06/2500

Über 40 Jahre
Heyne Science Fiction
& Fantasy
2500 Bände
Das Gesamt-Programm

Fantasy

Herausgegeben von Friedel Wahren

Ein vollständiges Verzeichnis aller
im HEYNE VERLAG erschienen Romane aus
der aventurischen Spielewelt
finden Sie am Schluß des Bandes.

Das Schwarze Auge

MOMO EVERS

UND ALTAIA BRANNTE

Einundvierzigster Roman
aus der
aventurischen Spielewelt

begründet von
ULRICH KIESOW

Originalausgabe

WILHELM HEYNE VERLAG
MÜNCHEN

HEYNE SCIENCE FICTION & FANTASY
Band 06/6041

Umwelthinweis:
Dieses Buch wurde auf chlor- und säurefreiem Papier gedruckt.

Redaktion: Angela Kuepper
Originalausgabe 9/99

http://www.heyne.de
Printed in Germany 1999
Umschlagbild: Krzysztof Wlodkowski
Kartenentwurf (Seite 6/7): Ralf Hlawatsch
Umschlaggestaltung: Atelier Ingrid Schütz, München
Technische Betreuung: M. Spinola
Satz: Schaber Datentechnik, Wels
Druck und Bindung: Presse-Druck, Augsburg

ISBN 3-453-15609-9

Für Bernd und
Rosi

und für alle,
die sich in diesen Zeilen wiederfinden

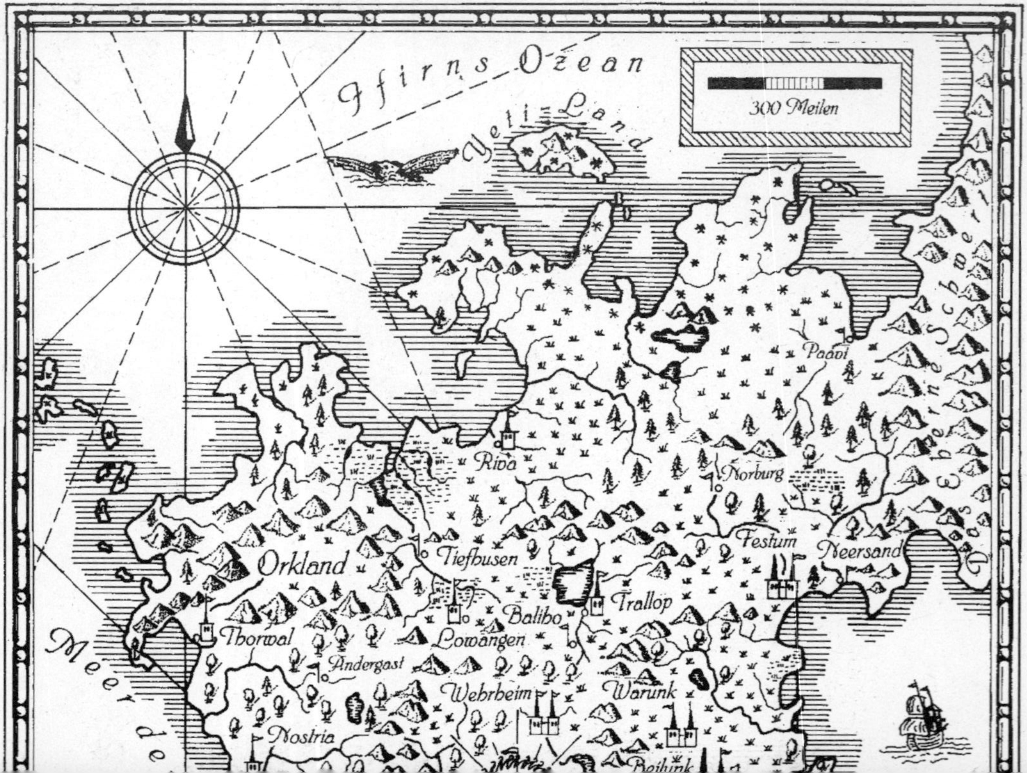

Ifirns Ozean
Yeti-Land
300 Meilen
Das Ehernes Schwert
Paavi
Riva
Norburg
Festum
Neersand
Orkland
Tiefhusen
Trallop
Balibo
Thorwal
Lowangen
Andergast
Wehrheim
Warunk
Nostria
Meer de

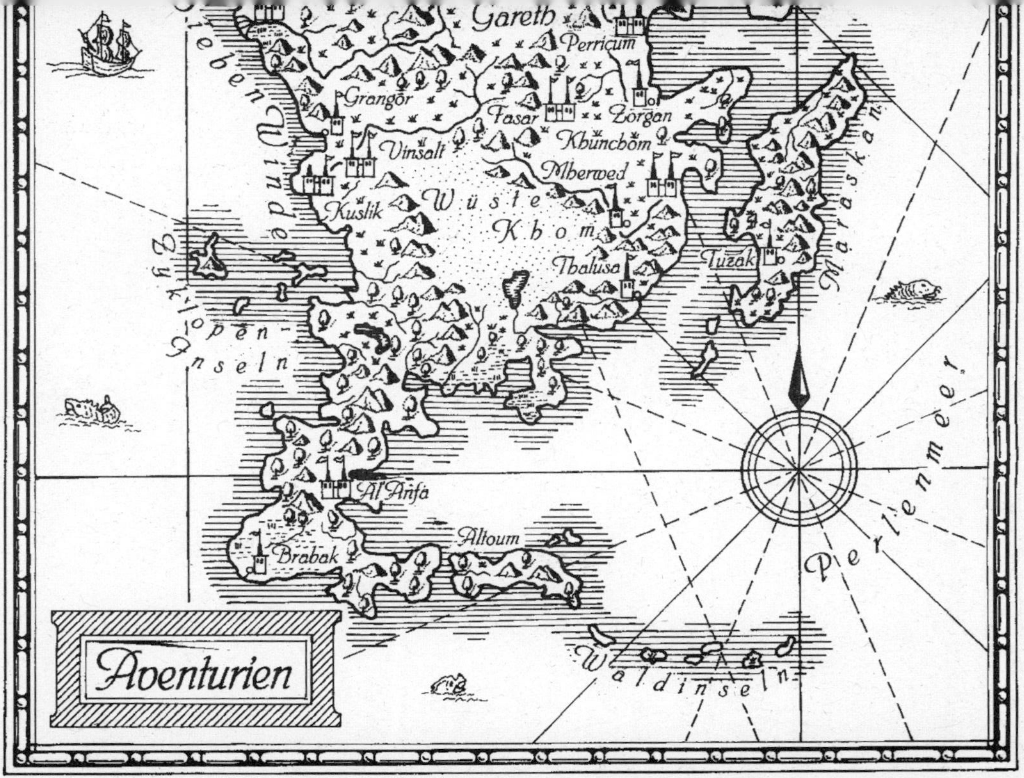
Gareth
Perricum
Grangor
Fasar
Zorgan
Vinsalt
Khunchom
Mherwed
Kuslik
Wüste
Khom
Thalusa
Tuzak
Maraskan
Perlenmeer
Zyklopen-Inseln
Al'Anfa
Altoum
Brabak
Waldinseln
Aventurien

Meiner Schwester Taija zugedacht
und allen Helden Deres

Und Altaia brannte

Eine Geschichte über Lebensfreude,
Sehnsüchte, Liebe, Pflichtgefühl,
Verzweiflung, Abgrund und Traum,
Hoffnung, die Welt der Anderwesen, die
Abgründe in den Seelen der Gottlosen,
die dunklen Schatten am Horizont
des aufgehenden Heldenzeitalters und
die unendliche Güte der Götter

Verfaßt und zusammengetragen
zu Ehren der Frau Hesinde
von Tulameth Naryad

Mein besonderer Dank gilt den Verfassern der wissenschaftlichen Abhandlungen über das Leben der Waldmenschen, dem Freiherrn von Wiesersgrund und dem Junker Jergan Radab, aus deren Werken ich entnehmen konnte, was zu erforschen mir selbst nicht gelungen ist, sowie den Reiseberichten des Mimosioll von Mayringhoff und den anschaulichen Kampfstudien der Fechtlehrerin Yadvige Grobensen und des Junkers Caraskan von Hohenlohe.

Dank schulde ich des weiteren den ehrenwerten Magistern Aleya Ambareth, Gor von Gargamel und Drinji Barn, deren Werke über die Magietheorie es mir in mondelangen Studien ermöglicht haben, mich tief in das Wesen der ›astralen Welten‹ einzuarbeiten, so daß ich viele Dinge, die ich ohne ihre Ausführungen wohl nur in gänzlich stümperhafter Unwissenheit hätte wiedergeben können, zuordnen und in einen Zusammenhang bringen konnte.

Schlußendlich möchte ich noch den Dienern und Dienerinnen der ehrenwerten Hesinde im Tempel zu Kuslik danken, die mich in meinen abschließenden Forschungen unterstützten und mich nicht nur in die Wissenschaften der Feen- und Drachenwelt einführten, sondern gleichfalls mein Wissen in aventurischer Geschichte schulten und mich auf die Zusammenhänge zwischen den Zeichen unseres Zeitalters und den Prophezeiungen des Nostria Thamos aufmerksam machten und auch ansonsten keine meiner vielen Fragen unbeantwortet ließen, sowie den Unzähligen, die mir auf meiner langen Reise durch Aventurien begegneten und mich an ihren Geschichten teilhaben ließen.

Inhalt

Diese Worte sind kein Nachruf auf die Toten.
Wir wollen nicht trauern!
Wir wollen staunen,
lachen und leben, wie sie es taten!
Denn in den Geschichten, die wir über sie erzählen,
leben sie weiter.
Und mit der Macht der Phantasie,
Geschenk der Unsterblichen Götter,
hauchen wir ihnen das ewige Leben ein …

aus: Lindaia Hewanger;
Geschichten aus Alt-Bosparan;
vervielfältigt in der Schreibstube
Dolch & Gänsekiel zu Havena

Wie alles begann

Seit vier Götterläufen steht es nun auf dem Sims aus Sandstein neben dem bunten Flickenteppich mit dem immerzu dampfenden Samowar: das Porträt der fremden Frau, die meine Schwester gewesen ist.

Es ist nicht viel von ihr geblieben: ein Buch, in dunkles Leder gebunden, mit dem metallenen Symbol des Boronrades darauf, einige Briefe, ein geschnitzter Becher, mit rankendem Efeu verziert; alles riecht noch immer nach kaltem Rauch und ist an einigen Stellen verkohlt.

Mutter verwahrt diese Dinge in einer Schatulle neben der Kreidezeichnung. Hier hebt sie auch den Brief aus Punin auf, den der Beilunker Reiter zusammen mit dem Nachlaß überbrachte. Ein kurzes Schreiben: *Euer Gnaden Taija Naryad folgte dem Ruf des Herrn Boron auf den Schwingen des Raben. Der Tempel in Altaia ist mit der ganzen Stadt in Rauch und Asche versunken. Sie ging mit denen, die ihr anvertraut waren, und sie ging in ihrer Mitte. Möge sie in Seinen Hallen ewig sein. Bahram Nasir*

Und immer wenn Mutter den unzähligen Gästen, die in unserer Karawanserei aus und ein gehen, ein Glas des süßen roten Tees einschenkt, verharrt sie kurz und starrt beides an. Und für einen Augenblick schwindet das Lächeln aus ihrem sonst so fröhlichen Gesicht, welches ihr bei den Kameltreibern den Namen *Dschamaidash* eingebracht hat, was in der Sprache der Tulamiden soviel bedeutet wie ›Strahlende Sonne‹.

Alle sagten zu mir, ich müsse über Taijas Tod nicht weinen. Der Herr Boron habe sie zu sich gerufen, nachdem ihr Lebenswerk vollendet gewesen sei.

Ja, ich weiß, meine Schwester hat ihr Leben dem Herrn des Todes geweiht. Wir alle werden, so die Götter es wollen, Einlaß finden in die zwölfgöttlichen Paradiese, obgleich ich für meinen Teil bete, eines Tages in Hesindes Hain alle Rätsel dieser Welt erforschen zu können. Meine Schwester wird wohl andere Wünsche gehabt haben, und ich bin gewiß, daß es wahr ist, was der Rabe von Punin schrieb: daß der Herr Boron sie in Seine Hallen geholt hat.

Dennoch: Nachts, wenn die Gäste schlafen und nur das leise Säuseln des Windes über dem unendlich weiten Sand zu hören ist … nachts höre ich zuweilen, wie die Mutter weint. Und wie der Vater sie nicht zu trösten vermag.

Nein, meine schöne, fremde Schwester mit den dunklen Augen … viel war es nicht, was damals von dir geblieben ist – auch nicht in meinen Erinnerungen.

Du hattest eine angenehme Stimme – warm, weich und dunkel. Ich weiß noch, wie du mich oft in den Schlaf gesungen und mir schöne Traumanfänge zugeflüstert hast, wenn ich mich vor der Nacht und der Dunkelheit ängstigte.

Als du nach Altaia fortgingst, war ich wütend, fühlte mich verraten und von dir im Stich gelassen. Mit den Jahren dann fand ich mich mit dem Gedanken ab, daß dein Leben nichts mehr mit dem meinen gemein hatte. Daß du es einem Gott geweiht hattest und darin kein Platz mehr für mich blieb.

Als der Reiter die Nachricht von deinem Tode brachte, fühlte ich mich, der Herr Boron möge es mir verzeihen, um dein Leben betrogen.

Ich hasse es, wenn eine Erzählung kein Ende hat. Und ich hasse es, wenn ich mir ihren Ausgang nicht zumindest erträumen kann. Die Geschichte meiner verlorenen Schwester hatte für mich kein Ende, das ich verstehen, das ich als ein solches hinnehmen konnte. Und so bin ich den Spuren gefolgt, habe mich führen lassen von ihren letzten Worten, niedergeschrieben in der Nacht, da der Dunkle sie zu sich rief.

Vier Götterläufe lang bin ich durch Aventurien gewandert, habe die Spur ihres letzten Schutzbefohlenen aufgenommen, mit dessen Auftauchen im altaischen Borontempel meiner Schwester – ihren Aufzeichnungen zufolge – die Botschaft vom nahenden Untergang der Stadt zuteil geworden ist. Raskir Ingramsson war sein Name, und ich habe mich lange Zeit gefragt, was ihn in den Tempel des Boron verschlagen hat, habe viele Ottaskin befragen müssen, bis ich die seinige fand und die Namen derer, die ihn auf seiner Reise nach Altoum begleitet hatten. Während ich nachzuvollziehen versuchte, was sich damals in Altaia zugetragen hat, stieß ich auf fremde Namen und fremde Gebräuche. Und mit den Monden bekamen sie ein Gesicht und eine Stimme, führten und begleiteten sie mich auf meiner Reise, hielt ich Zwiesprache mit ihnen, erklang ihr helles, rauhes Lachen spöttisch-verzweifelt des Nachts an meinen Lagerfeuern. Ich habe ihr Leben zu finden gesucht und die Geschichte meiner Schwester, die man ›Euer Gnaden‹ nannte. Und war enttäuscht, daß ich sie nicht habe finden können.

Erst jetzt, da ich wieder heimgekehrt bin nach Thalusa, erst jetzt, da ich das ledergebundene Buch in Händen gehalten und noch einmal die Zeilen gelesen habe, die sie hinterlassen hat, habe ich verstanden, daß sie am *Ende* dieser Geschichte gestanden hat, am Ende dieser Geschichte hat stehen müssen. Daß es nicht ihre Geschichte war, die ich fand und niedergeschrieben habe, sondern daß ihr Leben nur einen kleinen – wenn auch mitnichten geringen – Platz im unergründlichen Plan der Götter eingenommen hat.

Auf deine Art hast du, Schwester, mir die Welt gezeigt. Hast du mich gelehrt, daß es Geschichten gibt, die kein gutes Ende haben, die sinnlos scheinen in ihrer Ausweglosigkeit – und es dennoch nicht sind.

Die Zeichen sind dunkel, dunkler noch, als Taija es vermutet haben mag. Und doch ist nichts aussichtslos, und doch gibt es immer eines, das uns, den Überlebenden, bleibt, das uns Kraft zu geben vermag: das Vertrauen in die Götter und der Mut, den wir daraus ziehen können.

Aber die Wege der göttlichen Vorsehungen sind verschlungen wie die Pfade in Hesindes Hain; sprunghaft wie die Gedanken Tsas, der Jungen Göttin. Und so sehe ich es nun als meine Bestimmung weiterzutragen, was damals geschah, und somit den Kreis zu schließen. Möge Hesinde meine Feder führen, auf daß ich nichts Unüberlegtes schreibe, aber auch Tsa, die Launenhafte, damit ich hinzufüge, was nur die Phantasie mir eingeben kann, und zusammenfasse, was ich erfahren, zu einer Geschichte, die denen gerecht werden mag, die ihr Leben ließen, und jene aufzurütteln vermag, die sich erheben müssen, um dem Dunkel zu trotzen.

Mögen die Dinge, die ich mir nicht erklären kann, den Helden unseres finsteren Zeitalters Fingerzeig und Hilfe sein. Mögen *sie* im rechten Augenblick die rechten Schlüsse daraus ziehen und mit der Kraft der Unsterblichen Zwölf und ihren Kindern verhindern, daß die Zeichen sich erfüllen, verhindern, daß *er* Fuß fassen kann auf Dere. *Er*, der Verhaßte, der Finstere, der schon einmal einen blühenden Landstrich in Ödnis verwandelte, durch dessen ekle Wesenheiten schon Tausende den Tod fanden …

Er, dessen Kreaturen bis heute auf Dere wüten.

Er, der selbst nach so vielen Jahrhunderten noch in der Lage ist, den Geist der Lebewesen zu verfinstern und ihnen die Gier und den Zweifel einzugeben – die Gier nach Macht und den unseligen Zweifel am göttlichen Gefüge der Welt.

Und wäre ich keine Bardin, sondern eine mächtige Hexe, so schriee ich es hinaus in den trügerischen Frieden dieser lauen Praiosnacht: »Borbarad, ich verfluche dich! Dich und all diejenigen, die dein Werk fortzuführen trachten!«

Doch ich bin nur eine Geschichtenerzählerin, und so wird es Hesinde gefallen, mir meinen Platz in dieser Welt zuzuweisen, und ich werde mein Bestes tun, ihr Wohlwollen zu erlangen, und auch das Deine, fremder Leser …

Unsere Erzählung beginnt im Lieblichen Feld, dort, wo das stolze Vinsalt, Hauptstadt des gleichnamigen Königreiches, in einer lauen Perainenacht des Jahres 1017 nach Bosparans Fall friedlich in der Beuge des mächtigen Yaquir schlummert. Das Mondlicht taucht die hunderttürmige Feste in weiches Licht, die große Oper der Stadt hat schon vor vielen Stunden ihre Tore geschlossen, in den Tempeln der Zwölfgötter sind die Portale gleichfalls versperrt, und in den Tavernen der Südstadt erlöschen die letzten Lichter, während die Laternen in der Nordstadt, Residenz der vornehmeren Vinsalter Bürgerschaft, schon lange abgedunkelt worden sind. Und wie es der Zufall will, finden wir uns ebendort wieder, in den ›sicheren Armen des Gesetzes‹. Genaugenommen in der Schreibstube (auch als Wachstube genutzt) des dortigen Gesetzesvertreters, des Amtmanns Okenheld, der gleichfalls die Ehre hat, die vergitterten Zellen zur Ausnüchterung und Zurechtweisung allzu Vorwitziger sowie einen Büttel der Stadtwache unter seinem Dach zu beherbergen.

Leider werden wir den guten Herrn Okenheld zu dieser nachtschlafenden Zeit nicht mehr antreffen, da er bereits vor etlichen Stunden zu Bett gegangen und über einem guten Schmöker selig entschlummert ist (selig, da er einen wahrlich gesegneten Schlaf sein eigen nennen kann). Darüber hinaus, auch das müssen wir anmerken, hat er sich seine Ruhe in dieser Nacht redlich verdient. Denn am heutigen Tage hatten Gaukler in der Nordstadt gastiert. Das war weiter nichts Verwerfliches, im Gegenteil, der Gesetzeshüter hatte ihrer Vorstellung beigewohnt und seine helle Freude an dem bunten Treiben gefunden.

Doch als sie weiterzogen, waren zwei der Gaukler zurückgeblieben; die kleine Bauchrednerin und Illusionistin und eine Hochseilakrobatin, deren feuerrote Haarmähne und anmutige Bewegungen ihn bereits während der Vorstellung in rahjagefälliges Träumen versetzt hatten. Ebendiese zierliche Person war dann auch am späten Nachmittag in seiner Wachstube erschienen und hatte sich und ihre Gefährtin in der Stadt angemeldet. Eine Woche hatten sie bleiben wollen, und Orlan Okenheld hatte der Rothaarigen mit Freuden die schlanke Hand geführt, um ihr beim Unterzeichnen der Anmeldeurkunde behilflich zu sein.

»Nun, Verehrteste, so ein wundervoller Name wie der Eure gehört doch ausgeschrieben und nicht durch drei liederliche Kreuze ersetzt!« hatte er schmunzelnd – und auch mit ein wenig Stolz – gesagt, nachdem er bemerkt hatte, daß die Gauklerin des Schreibens nicht mächtig zu sein schien. Und wenige Wimpernschläge später hatten seine fleischigen Amtmannsfinger bereits nach der zierlichen Hand der Hochseilakrobatin gegriffen und mit geschwungenen Buchstaben ihren Namen unter das Dokument gesetzt: Zoe. Bei dieser Gelegenheit hatte er sich sogleich nach möglicherweise geplanten Einzelauftritten der beiden Fahrenden erkundigt.

Ja, hatte Zoe geantwortet, sie und ihre Begleiterin Tokahe würden am heutigen Abend eine Vorstellung auf dem großen Platz unweit der östlichen Hügel geben, auf denen der Herrscherpalast sich über die Stadt erhebt.

So hatte Orlan am Abend seine Uniform gebürstet, die wenigen längeren Haarsträhnen an der linken und rechten Kopfseite sorgsam über den ansonsten recht kahlen Schädel verteilt, sich den Bart geschabt und auf den Weg in Richtung des Palastes gemacht, um vielleicht noch den ein oder anderen längeren Blick auf die Kleine und ihre Kunststücke zu werfen, und sich vorgenommen, sie hernach auf ein Glas Wein auszuführen. Die gutbesuchte Vorstellung hatte ihn fast noch mehr begeistert als die nachmittägliche – was, um bei der Wahrheit zu bleiben, zu großen Teilen an den nur spärlich bekleideten Rundungen der Rothaarigen gelegen hatte, die im flackernden Schein der Fackeln noch einnehmender auf ihn wirkten. Und so hatte er sich nach der Vorstellung zu ihr gesellt, um ihr sein Anliegen einer gemeinsamen Abendgestaltung vorzutragen.

»Werte Dame Zoe«, so hatte er seinen Antrag begonnen, »der Liebreiz Eurer Darbietungen hat mein Herz derart erfreut, daß ich mich nun glücklich schätzen würde, Euch auf ein Glas edlen Weines …« Doch weiter war er nicht gekommen, denn in diesem Augenblick – o Schreck! – hatten sich mit einem leisen *Klack* die silbernen Schnallen seiner frisch gesäuberten Uniform gelöst, und von staunender Hilflosigkeit übermannt, hatte er mit großen Augen zugesehen, wie seine Kleider wie von Zauberhand an ihm hinabgeglitten waren und er binnen weniger Wimpernschläge splitterfasernackt mitten auf dem Platz gestanden hatte und die Fackeln ihr Licht auf seinen behaarten Bauch mit der stattlichen Rundung und sein rahjagefällig in die Höhe gerecktes Glied geworfen hatten. Als er, noch immer völlig perplex, seinen staunenden Blick erneut auf sein Gegenüber gerichtet hatte, hatte er in die erschrocken aufgerissenen Goldaugen Zoes geblickt, hinter deren Rücken unbemerkt Tokahe, die Bauchrednerin, getreten war. Ihr glucksendes Lachen und die in Richtung seiner Männlichkeit deutende Hand hatten ihn in die Wirklichkeit zurückgeholt. Binnen weniger Augenblicke hatte er seine Röcke gerafft, die Rothaarige beiseite gestoßen und die Verfolgung der flüchtenden Spötterin aufgenommen. Und wie es der Zufall wollte – oder es der gerechte Zorn des Herrn Praios angesichts einer derartigen Bloßstellung eines Gesetzesvertreters für angemessen befinden mochte –, war die flüchtende Tokahe wenige Straßen weiter einer Handvoll Gardisten der Stadtwache geradewegs in die Arme gelaufen, von ihnen ergriffen und von Orlan Okenheld daraufhin bis auf weiteres unter Arrest gestellt worden. Derart von seinem Traum von roten Locken kuriert, hatte er die Bewachung der inhaftierten Unperson seinem Gehilfen überlassen, Zuflucht und Entschädigung in dem jüngst erstandenen Werk *Rahjalieb in Fesseln* gesucht und gefunden und war hernach selig entschlummert. Auch die Geräusche aus der Wachstube, die im Laufe der Nacht immer lauter geworden waren und um die dritte Stunde in einem Konglomerat aus Poltern, Lachen und Singen endeten, hatten Orlan nicht zu wekken vermocht.

Und so lassen wir ihn, just da ein wackerer Geweihter im Praiostempel viermal den Gong schlägt und die hellen Töne über dem nächtlichen Vinsalt verklingen, mit seinen Träumen allein und wenden unser Augenmerk auf die rothaarige Zoe, die in diesem Augenblick in der Deckung der Häuserschatten zum Eingang der Wachstube huscht.

Ein kurzer, sichernder Blick, und schon hören wir das leise Klimpern metallener Dietriche. Wenige Wimpernschläge später öffnet sich die Tür.

Lauschen wir der jungen Gauklerin Zoe, die nun, nachdem sie durch die Tür geschlüpft ist und diese leise hinter sich geschlossen hat, ihre dunkle Stimme erhebt und damit den Stein unserer Erzählung ins Rollen bringt …

9. Peraine 1017 nach Bosparans Fall

Vinsalt, früh am Morgen

»Schnür dein Bündel, geh nach Grangor am Meer der Sieben Winde und rette Dere. Sofort! Weiteres nach dem Abmarsch! Also los, geh schon! Hopp, Hopp! Etwas schneller, wenn ich bitten darf!« flüsterte Zoe und knuffte die schnarchend unter einem Tisch liegende Tokahe unsanft in die Seite.

»Klar, geht klar, sofort... ich steh gleich auf... ich komm ja schon, geh ja schon los... Geh ruhig schon mal vor...«, murmelte es zurück.

Die Bauchrednerin mit dem pechschwarzen Haar rieb sich verschlafen die Augen und wunderte sich, warum die dunkle Holzdecke ihr so nahe zu sein schien. Muß mich wohl täuschen, bin ja gar nicht daheim, dachte Tokahe dann, streckte die dünnen Arme so weit wie möglich in die Höhe und rekelte sich gemächlich.

An ihrer Seite fuhr der flachsblonde Hüne mit der kleidsamen Uniform der Vinsalter Stadtgarde aus dem Schlaf und wollte gerade nach seinem Schwert greifen, als sein Kopf unsanfte Bekanntschaft mit der Unterseite der eichenen Tischplatte schloß. Es klirrte, und tönerne Trinkgefäße und hölzerne Schalen polterten zu Boden. Der Tisch kippte mit lautem Krachen auf die Seite und gab nun auch für den verschlafenen Blick Tokahes und ihres Vinsalter Trinkgefährten die Aussicht auf eine ausgesprochen unordentliche Kammer frei – Essensreste klebten an Decke und Wänden, der Inhalt der Regale, die die ganze Nordwand des Zimmers einnahmen, war auf dem Boden verstreut und mischte sich dort mit halb ausgelaufenen Weinschläuchen und zertretenen Schreibutensilien.

Während Tokahe immer noch mit halbgeschlossenen Augen am Boden lag und alle möglichen Einwände für die Notwendigkeit des Weiterschlafens suchte und fand, bestaunte Zoe kopfschüttelnd die Unordnung um sich herum und schüttelte lächelnd den Kopf.

Auch die Schleier vor den Augen des wackeren Vinsalter Gardisten lichteten sich langsam, aber stetig, und er begriff, daß die ihn umgebende Wüstenei tatsächlich einmal seine Wachstube gewesen war. Die Vorstellung allein bereitete ihm Grauen.

Inmitten dieses Durcheinanders stand breitbeinig, die Arme in die schmalen Hüften gestemmt, die vollen Lippen zu einem spöttischen Lächeln verzogen, die schönste Gauklerin Deres. Just in diesem Augenblick griff sie nach der auf dem Boden stehenden hölzernen Laterne, wobei das Feuerrot ihres Haars im Schein der Kerze hell aufloderte.

Der Gardist suchte sich verzweifelt einen Reim auf die Anwesenheit der ihm unbekannten Person in der Wachstube zu machen. Es gelang ihm nicht. Nachdenklich rieb er sich die schmerzende Stirn und betrachtete versonnen die goldschimmernden Augen der rothaarigen Unbekannten. Warum lächelte sie so sonderbar?

»Zoe, da bist du ja endlich!« ertönte nun erneut Tokahes Stimme seltsam krächzend von unterhalb des Tisches. Es stank nach Bier und Erbrochenem.

»O nein, nicht immer noch Vinsalt!« Die Schwarzhaarige wandte ihren schmerzenden Kopf fort von dem flammengerahmten Gesicht Zoes und ließ den Blick durch die Kammer und dann langsam zum Gesicht des

Mannes neben ihr schweifen. Dieser runzelte die dichten Brauen und schien nur langsam zu begreifen. Aber die Bauchrednerin hatte augenscheinlich keine Lust, auf seinen Kommentar bezüglich der, wie sie zugeben mußte, radikalen Wandlung der Wachkammer zu warten. Das Zechspiel der letzten Stunden war wohl ein wenig außer Kontrolle geraten – sei's drum, Tokahe störte es nicht.

Wieselflink sprang sie nun auf, klaubte ihren Beutel unter einem Berg metallener Rüstungsteile heraus, kramte kurz in dem Haufen aus Pergament und Schreibutensilien, zog einen engbeschriebenen Bogen hervor, steckte ihn mit einem breiten Grinsen in die weiten Taschen ihres viel zu großen Kleides und war schon wieder an der Tür. »Hab Wichtiges zu tun, muß die Welt retten, hast wohl keine Lust mitzukommen, was?« fragte sie in Richtung des nächtlichen Trinkgefährten.

Es vergingen etliche Wimpernschläge, bis der Hüne verstand, daß er gemeint sein mußte. Sein Blick wurde stetig klarer, und als er jetzt nach seinem Schwert tastete, war die Bauchrednerin sich sicher, was er damit tun würde. So zuckte sie nur bedauernd die Schultern, faßte die immer noch schmunzelnde Zoe bei der Hand, stieß einen schrillen Pfiff aus und rannte mit ihr hinaus auf die noch dunklen, nahezu menschenleeren Straßen der Stadt, dem stolpernden Getrappel ihres herbeieilenden Maulesels und dem gleichmäßigen Hufschlag von Zoes dunklem Shadif entgegen.

»Sag einmal, meine *Yako* und liebste aventurische Raubkatze, wie lautete noch gleich deine neue Aufgabe? Grangor? Meer der Sieben Winde und so? Was wollen wir denn da? Ratten jagen? Und überhaupt: Ich glaube, du bist gar nicht an der Reihe! Deine Aufgaben haben bislang nämlich immer ganz grauenvoll geendet! Ich erinnere mich da an den folgenden Satz: Geh nach Nostria und verschaffe uns eine Audienz beim dortigen

König! – Schrecklich! Langweilig! Wie wäre es denn mit: Geh in die Drachenei-Akademie und bring mir das Drachenei? Findest du nicht …«

Zoe unterbrach die lamentierende Tokahe: »Nein, nein, *ich* bin an der Reihe! Ich erinnere dich nur ungern an deine letzte Aufgabe: Reise nach Vinsalt und rette deine beste Freundin Tokahe aus den Fängen der Praioshäscher! – Und?! Was habe ich getan? Furchtlos, unerschrocken und prompt erledigt, Liebste! Und jetzt *will ich* auf einem Schiff reisen! Und außerdem, meine Hübsche, hast du mir offensichtlich nicht richtig zugehört: Wir werden die Welt retten! Du mußt zugeben, dagegen ist dein dummes Drachenei ein Nichts!«

»Ach so, na denn, wenn's weiter nichts ist! Dann laß die gute alte Tokahe nur machen! Du bekommst dein Schiff, *Karjagg*, und auch deinen Weltuntergang, mein Rotpüschel. Aber meine Rache wird fürchterlich sein! Ich glaube, ich sollte dir wieder etwas erholsamere Aufgaben stellen. Zum Beispiel: Geh mit deiner besten Freundin in eine gute Thorwaler Hafenkneipe und betrinke dich hemmungslos! Könnten wir nicht rasch die Spielregeln ändern und diese Aufgabe vorziehen?«

Die Rothaarige schüttelte den Kopf und deutete mit hochgezogenen Brauen zur Tür des Wachhauses, in der – schwankend und mit ungläubig glotzenden, blutunterlaufenen Augen – der flachsblonde Hüne auftauchte. Wimpernschläge später hallte ein krächzendes »Alaaarm!« durch die Gassen, und der Gardist bewegte sich torkelnd in ihre Richtung. Im Obergeschoß des Hauses wurde Orlan Okenheld unsanft aus dem Schlaf gerissen, griff nach seiner Waffe und rannte zum Fenster.

Während Zoe sich nun auf den Rücken des Shadif schwang, biß die Schwarzhaarige ihrer Begleiterin herzhaft in das feste, außerordentlich wohlgeformte Hinterteil.

»Tokahe, du gerissenstes aller aventurischen Großmäuler, schwing die Hufe, oder willst du wirklich, daß dein neuer Freund von der Stadtgarde uns begleitet?« klang es lachend vom Rücken des Pferdes. Die Angesprochene grinste breit. »Tut mir leid, Zoe, ich konnte einfach nicht anders!« Dann endlich sprang sie auf den Rücken des Maulesels – rittlings, wie sie es immer tat –, und Orlan Okenheld vernahm, als er kurz darauf die Treppe heruntergestürmt kam, nur noch das entfernte Getrappel der Hufe und das Stöhnen seines trunkenen Gardisten.

Ohne zu zögern, verpaßte er dem flachsblonden Hünen eine Ohrfeige, die diesen auf der Stelle in das Reich der Träume zurückbeförderte, und verständigte die Stadtwache.

Währenddessen verließen die zwei Frauen auf dem schnellsten Weg die Hauptstadt des Vinsalter Königreiches in Richtung Norden. Zoe hielt die katzenhaft gelben Augen liebevoll auf die spöttischen grünen Augen Toks gerichtet, die vor ihr ritt, ohne auch nur einmal nach vorn zu blicken. Sie hatten wirklich Glück, daß die Stadtgardisten sie nicht mehr erwischten. Natürlich hatten sie Glück – sie kannten viele Wege …

10. Peraine 1017 nach Bosparans Fall

Grangor, am Mittag

Während Tokahe und Zoe nach einer kurzen Rast noch immer lachend und scherzend auf ihren Reittieren in Richtung der Hafenstadt Grangor ziehen und Orlan Okenheld endgültig die Hoffnung aufgibt, der entflohenen Spötterinnen habhaft zu werden, schließen wir, werter Leser, Bekanntschaft mit einer weiteren wichtigen Person unserer Erzählung: dem jungen Thorwaler Raskir Ingramsson. Am Mittag des 10. Peraine 1017 nach Bosparans Fall steht er mit seinem Oheim, dem Kapitän Liskolf, an der Schiffswerft von Grangor und bewundert staunend das mächtige Schiff, mit dem ihrer beider Ottajasko bereits einen Tag später in See stechen wird.

Noch ahnt er nicht, wohin seine Reise ihn letztendlich führen, und auch nicht, wer ihn auf dieser begleiten wird …

»Was sagst du, Liskolf? Fünfhundert Quader Frachtraum hat dieses Monstrum von einer Karracke? Bei Swafnir, ein ganz schöner Brocken, das Mädchen! Warenlieferung, hm? Also, mit dem, was das Schiff hier fassen kann, stampft man auf dieser Südmeerinsel mühelos eine ganze Stadt aus dem Boden! Sind doch vor allem irgendein Holz und Metalle, die wir transportieren, oder? Na, Holz sollten sie da unten ja wirklich genug haben, hm?«

Die zwei Männer, die an einem abgelegeneren Teil der Grangorer Schiffswerft standen, blickten ehrfürchtig zu der Karracke auf, die in ihrer Massigkeit das ganze Hafenbecken auszufüllen schien. Von Bord des Schiffes wehte Efferds Odem vereinzeltes Klopfen und Rufen der Handwerker herüber, die letzte kleine Ausbesserungen vornahmen. Denn morgen sollte das stolze Schiff sich erstmals dem Wassergott stellen.

»Weißt du irgend etwas Genaueres?« nahm Raskir seinen Monolog wieder auf. »Wo genau soll das Zeug denn hin? Was wollen sie damit? Und wer hat dieses Mordsding bauen lassen? Bei Swafnir, welch ein Riese von einem Schiff!«

Der alte Liskolf antwortete nicht, sondern stopfte statt dessen bedächtig seine Pfeife und ließ den Blick zum wiederholten Male zum Bug des Schiffes gleiten, wo sich in schmiedeeisernen Lettern der Name der Karracke von dem Eichenholz abhob: *Golgaris Schwinge*.

»Ein reichlich sonderbarer Name für ein Handelsschiff, hmhmhm, reichlich sonderbar«, murmelte er dann.

Der Jüngere neben ihm schien noch immer ganz in den Anblick des Schiffes versunken. Reglos stand er da, hoch gewachsen, kräftig, die langen Strähnen seines dicken, rotblonden Haares rechts und links des markanten Gesichts zu Zöpfen geflochten. Dort, wo die Kleider aus hellem Leinen den muskulösen Körper nicht bedeckten, glänzte wettergegerbte Haut; er hielt die vollen Lippen fest zusammengepreßt, und seine strahlendblauen Augen waren unter den dichten Brauen zu schmalen Schlitzen verengt.

Liskolf entzündete seinen Pfeifentabak und antwortete, während Rauchwolken ihn einhüllten: »Länge vierunddreißig Schritt, Breite zwölf Schritt, fünf Schritt Tiefgang, fünfhundert Quader Schiffsraum, acht Dutzend Matrosen, sechs Dutzend davon angeheuerte Seeleute aus Grangor. Fast so groß wie die legendäre *Fürchtenichts!* Ins Südmeer soll's gehen, Brabak, einmal ums Kap, schäbige Gegend, Seeschlangen und anderes unschönes Kroppzeug, aber das weißt du ja schon, mein Junge. Und dann nach Altoum, diese Südmeerinsel, die ich euch bei der letzten Besprechung auf der Karte gezeigt hab. Hmhmhm, hab kein gutes Gefühl bei der Sache … *Golgaris Schwinge*, hm, will ja nichts verlauten lassen gegen den guten, alten Herrn Boron, aber ein Schiff nach dem Totenvogel zu benennen …«

»Was sagtest du gerade? Totenvogel? Wieso? Wie heißt es denn, das Mädchen?« Der rotblonde Hüne betrachtete forschend die schmiedeeisernen Lettern am Schiffsbug. Ein langes Wort. Und dieses Zeichen am Anfang, das war ein G … »*Güldenland?*« schlug er vor. Liskolf zog nachdenklich an seiner Pfeife. Die meisten Seeleute waren des Lesens nicht mächtig. Bei ihm als Kapitän war das natürlich anders, und er war stolz darauf. In der Tat wäre es besser, wenn niemand seiner Leute um den wahren Namen des Schiffes wüßte. Es würde nur Unruhe in die Mannschaft bringen. Doch Lügen war noch nie seine Sache gewesen. »Nein«, sagte er also. ›*Golgaris Schwinge*‹ heißt es. Wie der Totenvogel des Herrn Boron. Schwarzer Humor, den diese Brabaker Adelssöhnchen haben. Also, wenn's nach mir ginge … ach was!« Verärgert spuckte er aus.

Der Jüngere warf dem Kapitän einen erstaunten Blick zu. Da war er wieder – der besorgte, entmutigende Ausdruck im Gesicht des Oheims. Der verbitterte Zug um den sonst stets zufrieden lächelnden Mund. Gewöhnlich hatte Liskolf mit ihm immer ausführliche Erkundungsgänge über die Schiffe in der Werft gemacht, erst recht, wenn sie beide es auf seiner Jungfernfahrt begleiten sollten. Darüber hinaus war er, Raskir, auf dieser Fahrt erstmalig von der Ottaskin dazu auserwählt worden, Liskolfs Platz einzunehmen, falls diesem auf der Fahrt etwas zustoßen sollte. Eigentlich bin ich sozusagen zweiter Kapitän – erst recht ein Grund, mich ein bißchen genauer in Kenntnis zu setzen, so dachte Raskir bei sich.

Doch bei der *Golgaris Schwinge* war alles anders gewesen. Der alte Kapitän hatte die Ottajasko wie immer genauestens über Route und Bauart des Schiffes in Kenntnis gesetzt. Die Summe, die bei dieser Sache für die Mannschaft heraussprang, war beträchtlich. Doch über die Auftraggeber und das, was es zu transportieren galt, hatte der Alte kein überflüssiges Wort verloren.

Genaugenommen wußte Raskir selbst nichts weiter darüber, als daß es sich um einen Auftrag irgendwelcher feinen Herrschaften aus Brabak handeln sollte, die irgendwelche Materialien in den Süden schaffen wollten. Warum diese ihr Schiff hier und nicht weiter im Süden bauen ließen, war keine Frage: Grangor war bekannt für seine Zimmermänner und Baumeister, und wer etwas Besonderes haben wollte – was dieses Schiff zweifelsohne war –, tat gut daran, sich an die besten Schiffbauer Aventuriens zu wenden. Der Grund, warum gerade seine und Liskolfs Ottajasko ausgewählt worden war, um die Karracke zu überführen, lag gewiß nicht zuletzt daran, daß sie seit kurzem einen der führenden Zimmermänner dieser Region in ihren Reihen hatten: Fjornwulf, dessen hochgewachsene Gestalt Raskir auch jetzt zwischen den Handwerkern an Bord der Karracke ausmachen konnte. Fjornwulf stammte aus einer anderen Ottaskin und hatte vor gut einem Götterlauf mit Firinja, der Tochter Liskolfs, den Traviabund geschlossen. Firinja hatte ihr Leben dem Swafnir geweiht, und sie und ihre Familie waren innerhalb der Ottaskin hoch angesehen. Gewöhnlich war die junge Swafnirgeweihte bei den Fahrten der Ottajasko dabei, doch diesmal würden sie ohne sie in See stechen, da Firinja vor einigen Monden überraschend nach Prem aufgebrochen war. Fjornwulf begleitete die Ottajasko erst zum zweiten Mal, und für die anstehende Fahrt hatte er sich bei Liskolf ausgebeten, für die Koordination und Wartung der Lagerräume eingeteilt zu werden, was der Alte ihm gern zugestanden hatte. Fjorn könnte ich fragen, ob er mich einmal durch die Lagerräume führt, fiel es Raskir denn auch ein… obwohl ich viel lieber mit Liskolf gehen würde, beendete er seinen Gedanken. Doch derlei schien nicht möglich zu sein. Liskolf war, seit er von der Grangorer Werft als Kapitän dieses Schiffes bestellt worden war, immer stiller geworden, und man hatte ihn nur noch selten in den Hafenkneipen der Stadt zu Gesicht bekommen. Aber so sicher Raskir war, daß der Oheim ihn mochte, so sicher wußte er auch, daß man den Kapitän niemals nach etwas fragen sollte, über das dieser nicht sprechen wollte. Denn der Jähzorn des Alten war so gewaltig wie Swafnirs Leib…

Liskolfs Stimme unterbrach den Hünen in seinen Gedanken. »Ach, Raskir, sei doch so gut und treib mir noch zwei Gehilfen für den Koch auf. Norhild wollte ihre Söhne mitnehmen, aber daraus wird wohl nichts, die beiden liegen mit Dumpfschädel zu Hause.«

Dann, ohne eine Antwort seines Neffen abzuwarten, erhob sich der alte Kapitän und entfernte sich grußlos in Richtung der Hafenkneipen. Traurig sah ihm Raskir nach, bis die Gestalt mit dem langen grauen Haar zwischen umhereilenden Werftarbeitern und Matrosen nicht mehr auszumachen war.

»Was ist nur mit dem Alten los?« seufzte er mißmutig. Raskir überlegte, ob er Fjornwulf jetzt gleich sein Anliegen bezüglich einer Führung durch die Laderäume vortragen sollte, entschloß sich aber kurzerhand dagegen. Geladen war die Fracht ohnehin schon, und ob er sie nun heute inspizierte oder morgen, war im

Grunde einerlei. So stieß er lediglich einen trillernden Pfiff aus, machte Fjornwulf ein Zeichen, das soviel hieß wie »Wir treffen uns gleich auf einen Humpen!«, und machte sich dann auf zum Efferdtempel. Wie vor jeder Fahrt hoffte er, sich den Meeresgott durch eine großzügige Spende gewogen zu machen. Ehe die Karracke seinem Blick entschwand, wandte er sich noch einmal um und warf einen letzten Blick auf das Schiff, welches aus der Entfernung eher noch riesenhafter wirkte.

Ungehalten schüttelte er den Kopf und stampfte mit dem Fuß in den dicken Fellschuhen auf, um die trüben Gedanken zu vertreiben. »Bei Swafnir, Raskir, jetzt reicht's! Schau dich doch einmal um! Welch ein Schiff! Und Kap Brabak! Dazu noch das seltsame Verhalten des Oheims. Und du willst Trübsal blasen, weil dem alten Liskolf ein paar Läuse über das Fell gelaufen sind?! Also, wenn das nicht nach einem Abenteuer klingt, was dann? Und du, Raskir Ingramsson, bist dabei!«

Mit einem zufriedenen »Jau!« klatschte er die rechte Faust in die Handfläche der Linken und tauchte ein in die schmalen Gassen Grangors.

Grangor, später Nachmittag

»Tokahe! Was in der Zwölfe Namen trägst du da am Leib? Und was ist mit deinen Haaren geschehen? Du siehst ja aus wie ein gestreiftes Selemferkel!«

Zoe saß auf dem Geländer einer der unzähligen Brücken, die die einzelnen Inseln Grangors zu einer Stadt zusammenfügen. Sie hatte das bunte Treiben auf dem Marktplatz vor sich genossen, während Tokahe bei Freunden ein Quartier für Pferd und Maulesel suchte. Nun betrachtete sie staunend die abenteuerliche Aufmachung der ihr entgegeneilenden Freundin. Diese hatte sich das ehemals schulterlange Haar halbfingerkurz geschnitten und ihr weites Kleid gegen ein seltsames rosarot und schmuddelgrau gestreiftes leinenes Etwas getauscht, das eine entfernte Ähnlichkeit mit einem nostrischen Rübensack mit angenähten Hosenbeinen und einer Taillenkordel aufwies.

Die Angesprochene strahlte, schwang sich dann mit einem zufriedenen Seufzer neben Zoe auf die Mauer und streckte ihr triumphierend einen Tuchbeutel in den Farben ihrer Kleidung entgegen, auf dem in grünen Lettern ›Aldomarra Sgirra, Reliquienhändler‹ zu lesen war. »Hab dir was mitgebracht, meine kleine *Yako!*«

Da Zoe sie weiterhin fassungslos anstarrte und keinerlei Anstalten unternahm, nach dem Beutel zu greifen, fügte Tok hinzu: »Heißt ›meine kleine Raubkatze‹ … ›*Yako*‹, meine ich.«

Ein kurzes Lächeln huschte über das Gesicht der Rothaarigen, ehe sie ihre schlanken Arme in gespielter Verzweiflung der Praiosscheibe entgegenstreckte. Die Vorliebe der Freundin für fremde Sprachen würde sie eines Tages zu den Noioniten bringen!

Sie waren vor einigen Monden, als sie noch mit den Gauklern über Land zogen, in Almada bei einem dort lebenden Moha zu Gast gewesen. Tok hatte er stets ›Tokahe‹ geheißen, was er ihr mit ›Großmaul‹ ins Garethi übersetzt hatte. Seitdem nannte sie sich so – Tokahe oder aber ›Tok‹, der Einfachheit halber. Und seit dieser Begegnung spickte sie ihre Reden stets mit der Handvoll mohischer Wörter, die sie von dem alten Mann erlernt hatte.

Wenn Tok doch nur einmal eine Sprache ganz erlernen würde!

Als sie einander kennenlernten, auf dem Havenaer Neujahrsjahrmarkt im Praios vor nunmehr … Sie überlegte kurz und nahm dann doch ihre langen, schlanken Finger zur Hilfe. Ja, drei Götterläufe mußte es wohl her sein, da hatte die Freundin sich noch ›Badoc‹ genannt. Ein elfischer Name, wie sie ihr damals mit stolzgeschwellter Brust erklärte. Später hatte sie diesen Namen wieder abgelegt.

»Ich hab so 'nem Elf meinen Namen gesagt, und da hat er so seltsam zwischen den Ohren ausgesehen und gemeint, ›Nurdradha‹, das wäre ein schöner Name für mich, und den anderen, den solle ich doch lieber weglassen, das würde ihn an irgendwelche hochgeistigen Dinge erinnern, die ich schon wieder vergessen habe, aber jedenfalls habe ich gedacht, wenn ich mir immer soviel Elfenweisheit anhören muß, wenn einer von denen meinen Namen hört, da heiße ich lieber anders, und dann haben wir ja auch den Moha kennengelernt, und da war ich schon deshalb froh, weil dieser andere Name mir viel zu lang war«, hatte Tok in einem ihrer heißgeliebten Bandwurmsätze ihren Namenswechsel erklärt.

Zoe war sich bis heute nicht sicher, ob sie diesem Elfen dankbar sein sollte.

Wahrscheinlich würde sich in absehbarer Zeit herausstellen, daß ›Tokahe‹ in Wahrheit das mohische Wort für ›Abfallgrube‹ war ...

Nachdenklich betrachtete die Gauklerin ihr Gegenüber. Die moosgrünen Augen unter den feingeschwungenen schwarzen Brauen glänzend, das Stupsnäschen in winzige Falten gekraust, auf denen die unzähligen Sommersprossen wie Seesternchen auf Efferds Wogen zu treiben schienen, die Zungenspitze aufgeregt die Linien des etwas zu großen Mundes entlangfahrend, mit den Füßen rechts und links des Geländers unablässig hin und her schwingend, den ganzen schlanken, drahtigen Körper beständig in Bewegung – so saß sie da und kramte mittlerweile aufgeregt in den Tiefen des mitgebrachten Tuchbeutels.

Ach, Tok, dachte sie da, und wenn du dich ›Flinker

Diffar‹ nennen würdest… Nun gut, das wäre ein wirklich dummer Name, aber lieben würde ich dich dennoch!

Ein empörter Aufschrei der Freundin riß sie aus ihren Gedanken: »Ha! Dieser Fuchs von einem mittelreichischen Händler hat mir den Zehnagel dieser Elida von Salza unterschlagen! Wie soll uns denn ohne diesen götterverdammten Zehnagel jemals auch nur irgendein dahergelaufener Seefahrer anheuern, kannst du mir das verraten? Der wird uns doch niemals glauben, daß wir waschechte Seeleute… Aber nein! Hier ist er ja! Gleich zweimal hab ich ihn erstanden, einen für dich und einen für mich. Und beide Male ist es der Nagel des rechten kleinen Zehs! Ist das nicht ein Zufall?« Sie zwinkerte verschwörerisch, während sie zwei gelbliche Nägel, jeder gewiß einen halben Spann breit und fingerdick, an außerordentlich robusten Lederbändern an ihrem Finger baumeln ließ.

»Ach, die heilige Elida war ein Troll? Nun, das habe ich nicht gewußt! Und das Leder, an dem ihr Nagel hängt, ist gewiß aus Drachenhaut.« Lachend fuhr Zoe der Freundin über die dichten schwarzen Stoppelhaare. Diese strahlte, gab ihr einen innigen Kuß und sprang dann mit einer gekonnten Rückwärtsrolle auf die Hände, so daß sie nun im Handstand auf dem Brückengeländer, mit Kopf und Beinen zappelnd, ein recht abenteuerliches Bild abgab.

Hatten die Augen der vorbeischlendernden Marktbesucher und Händler die beiden Frauen bislang nur kurz gestreift, viele mit einem ungläubigen, staunenden, fast ängstlichen Blick auf Zoes makelloses, feuergerahmtes Gesicht und einige mit einem »Welch dämonische Schönheit!« auf den Lippen, so blieben sie jetzt vereinzelt stehen, in Erwartung einer Gauklervorstellung.

Ein kleiner Junge in arg zerlumpter Kleidung nutzte

die Gunst der Stunde und rief, von einem zum anderen laufend: »Gaukler! Gaukler! Große Vorstellung! Nur einen Kreuzer! Kommt und staunt!« Wer ihm nichts gab und ihn nicht beachtete, dem suchte er den Beutel zu schneiden. Heute war ein guter Tag, denn Phex war mit ihm; niemand bemerkte sein Treiben, und ein gutgefülltes Säckchen fand den Weg in die viel zu weiten Ärmel seiner abgewetzten Joppe.

Und dann erhob Tok tatsächlich ihre klare Stimme: »Volk von Grangor! Ein Rätsel!« Von irgendwoher erscholl ein Trommelwirbel, doch die, die suchend den Kopf nach dem Trommler wandten, vermochten ihn in der Menschentraube, die sich mittlerweile gebildet hatte, nicht auszumachen.

»Wer ist groß und breit und schön
besegelt Efferds Meer und Seen
hat die Zehen eines Trolls
und stinkt dazu wie nasses Holz?
Na, Volk von Grangor, wer weiß die Antwort?«

»Wer weiß die Antwort, wer weiß die Antwort?« echote der Junge in der zerlumpten Kleidung. »Einen Silber schenke ich dem, der die Antwort weiß!«

Dann erst wurde er sich des Gesprochenen gewahr und runzelte verwirrt die Brauen. Was redete er denn da? Aber nein, er hatte ja überhaupt nicht gesprochen… Aber das war doch gerade seine Stimme gewesen, oder?

Unsicher blickte er zu den beiden Gauklerinnen hinüber. Die kleine Schwarzhaarige zwinkerte ihm zu. Und dann ertönte unmittelbar neben seinem Ohr ein leises spöttisches Lachen.

Da nahm er die Beine in die Hand und rannte los…

Brabak, Nachmittag

Am südwestlichen Zipfel Aventuriens auf dem höchsten Punkt der Hügelstadt am Mysob thront der herrschaftliche Palast König Mizirions. Seine Türme und Dächer glänzen gülden im hellen Licht der Praiosscheibe und verschwimmen doch von unten gesehen in der hitzeflirrenden Luft dieses sommerlichen Tages. Hier unten, im Hafenviertel der Stadt, stinkt es zu dieser Jahreszeit ebenso erbärmlich wie in den finsteren Tiefen des Al'Anfanischen Schlundes, denn die Fundamente ruhen auf Holzpflöcken, und diese wiederum sind irgendwo in den Tiefen des sumpfigen Untergrundes verankert. Auch die Gassen sind aus hölzernen Planken gefertigt, doch einige Stellen sind dünn und brüchig; im Hafenviertel Brabaks herrscht viel Betrieb, so daß man mit dem Auswechseln der Dielen kaum nachkommt.

In den unzähligen schmuddeligen Hafenkneipen trifft sich nahezu alles, was Dere an Lebewesen zu bieten hat; Menschen aus allen Teilen Aventuriens, einige Angroschim, Echs, Goblin und Ork – diese meist als Sklaven der hohen Herren. Nur Elfen sieht man selten, was nicht wundernimmt, wenn man bedenkt, daß dieses Volk von Schöngeistern mit seinen hochempfindsamen Sinnen den beißenden Geruch von Fisch, Reptil, Schweiß, Dreck und Verwesung wohl nicht lange ertragen könnte. Manchmal ertönt ein dunkles Grollen über der Stadt, Sumu bebt, fast ist es, als liefe ein Frösteln durch ihren Leib. In diesen Momenten sind die Augen der Brabaker angstvoll gen Osten gerichtet, dorthin, wo ein turmhoher Granitblock das Licht der Praiosscheibe zu schlucken scheint. Und viele greifen schutzsuchend nach ihren Talismanen, senden ein Stoßgebet zu ihren Göttern und stellen ein weiteres Mal voller Schrekken fest, daß noch nicht einmal eine Efeuranke diesen grauen Koloß zu erklimmen wagt, es überhaupt kein Leben zu geben scheint im Umkreis dieses dunklen Gebäudes, *des Konvents der verfinsterten Sonnenscheibe, des sphärenkundlichen Instituts, der dunklen Halle der Geister zu Brabak.*

Klein sind die Fensterluken dieses Bollwerkes – sie gleichen eher Schießscharten –, und von innen sind selbst diese zumeist mit schweren Vorhängen aus Samt verschlossen. So auch in der Bibliothek der Akademie, in der an diesem schwülen Perainemittag eine hellhäutige Tulamidin von zierlicher Gestalt in einem hautengen nachtschwarzen Gewand über einem ledergebundenen Folioband saß. Hoch über ihrem Kopf warf das wenige gebündelte Licht aus einer der Schießscharten ein Heptagramm an die Wand.

Jetzt, gegen die dritte Stunde, war die große Bibliothek bis auf die unzähligen Folianten und Pergamentrollen in den hohen Regalen leer, von den Bücherwänden einmal abgesehen, die hier und da in den Raum hineinragten und schattentiefe Nischen bildeten. Und dann gab es noch die Fresken dunkler Wesenheiten mit noch dunkleren Augen, welche die Mauern zierten. An der Nordseite entdeckte die grazile Frau einen Jüngling, der gleichfalls in einen Folianten vertieft war. Hin und wieder vernahm sie das Schaben einer Feder auf Pergament, wenn der junge Mann sich Notizen zu dem Gelesenen machte. Ansonsten war es vollkommen still in der Bibliothek … still, bis auf das leise Murmeln zweier Stimmen. Die junge Frau hatte diese nicht absichtlich belauschen wollen, doch vor wenigen Minuten hatte sie ihren eigenen Namen vernommen, gedämpft durch die angefüllten Regale, welche sie von den unbekannten Sprechern trennten. Sie war überzeugt davon, daß die zwei Männer, zu denen die Stimmen gehörten, nichts von ihrer Anwesenheit ahnten.

»Ssindai Rathilsssdarn heissst die Dame … Und Ihr

ssseid Euch sssicher, dasss sssie die Richtige für diessse Aufgabe issst, Magissster?« fragte die hellere der beiden Stimmen seltsam zischelnd.

»Ohne Zweifel, mein Freund«, entgegnete die andere, die, so die Einschätzung der Lauschenden, einem älteren Mann gehören mußte.

»Und wie finde ich sssie?«

»Ihr könnt sie nicht übersehen, die Frau gleicht einer marmornen Katze. Sie trägt stets ein Tuch um den Kopf gebunden, das ihre Haare verdeckt; ihre Haut ist sehr hell, fast durchscheinend, und sie ist schlank, hoch gewachsen, mit ernsten Augen von undefinierbarer Farbe, elfischen Gesichtszügen ...«

»Eine Elfe!« Die zischelnde Stimme klang belustigt. »Ich wussste gar nicht, dasss Ihr Euch hier mit Naturtzzzauberern abgebt, werter Magissster.«

»Nein, nur irgendein Elfenbastard in der Familie, ist wohl schon länger her. Sindai ist eine der Besten auf diesem Gebiet – hat man Euch ihre Präferenzen nicht genannt? Und *sie* kennt, mit Verlaub, keinen Skrupel, so daß sich die unerfreulichen Umstände, von denen Ihr berichtet habt, gewiß nicht wiederholen werden, da bin ich mir sicher. Die Dame ist außerordentlich selbstbeherrscht und absolut integer – in unserem Sinne, versteht sich.«

Der Unbekannte machte eine bedeutungsschwangere Pause, und die junge Frau war sicher, daß er dabei lächelte. »Integer – in unserem Sinne, versteht sich ...« war einer der Lieblingsausdrücke der Brabaker Magister und Magistrae. »Auch möchte ich meinen«, fuhr die Stimme schließlich fort, »daß ihre ... nun, sagen wir einmal ... Interessen den unseren keineswegs entgegenstehen. Darüber hinaus könnte sie diese Barbaren ein wenig im Auge behalten. Eine charismatische Dame ist für das Seefahrervolk gewiß eher eine Respektsperson als ein gebrechlicher Magister oder ein ...« Das leise Lachen des Älteren ging in ein Husten über, so daß die folgenden Worte nicht zu verstehen waren. »… wie Ihr es seid. Mit Verlaub, mein Freund, da müßt Ihr mir recht geben«, schloß er dann.

Man vernahm einen zischenden Laut, als hätte jemand scharf Luft geholt. Nach einer längeren Pause erklang wiederum die hellere Stimme, leiser jetzt und sehr gepreßt: »Nun gut, ich werde die Dame Sssindai noch in diessser Woche aufsssuchen. Ich hoffe nur, Eure ›Katzzze‹, werter Magissster, hat ssich wirklich die gefühlsssdussseligen Träume ihrer langohrigen Vorfahren ausss dem Kopf geschlagen …«

Hinter der schützenden Wand aus Folianten biß sich die Hellhaarige so fest auf die Unterlippe, daß Blut hervorquoll, dunkel und rot, und ein Tropfen auf den Mantikor in dem Folioband vor ihr fiel. In ihrem Kopf waren Stimmen, spöttische Stimmen zu hören. »… gar nicht schlecht für einen Elfen …«, sagten sie, und »… höchst erstaunlich für einen Baumhüpfer, meine Liebe …« Von der anderen Seite der Bücherwand vernahm man das Rücken von Stühlen und sich entfernende Schritte.

Sindai Rathilsdarn schlug den Folianten so heftig zu, daß der Jüngling an der Nordseite erschrocken auffuhr und ihr den Zeigefinger der linken Hand entgegenstreckte, zielte und ihn dann mit einem wütenden »Ruhe, bei Hesinde!« wieder sinken ließ. Sindai sah zu ihm hinüber, sah ihn nur an, fest und kalt. So lange, bis dieser den Blick senkte. Dann wuchtete sie den Folianten an seinen Platz zurück, griff nach einem an der Wand lehnenden schlichten Stab aus Blutulmenholz und verließ die Bibliothek.

14. Peraine 1017 nach Bosparans Fall

An Bord der *Golgaris Schwinge*, früher Abend

Die *Golgaris Schwinge* trieb über das Meer der Sieben Winde, welches seinem Namen am heutigen Tage keine Ehre machte. Es herrschte Flaute, und das schon seit Tagesanbruch.

Jetzt ließen sich bereits die ersten Sterne am Firmament erahnen, und noch immer wollte kein Wind aufkommen. Von irgendwoher wehten die melancholischen Klänge einer Flöte über das Deck. Ansonsten war es still auf der Karracke. Nur Swafgard, die thorwalsche Steuerfrau, und etwa zwei Dutzend Liebfelder Matrosen und Mitglieder der Ottajasko würfelten um Branntwein. War ein Spiel gewonnen, schallte ein ›Wird die Hucke immer voller, wird der Wind auch wieder doller!‹ über das Deck, gefolgt von dem dumpfen Geräusch aufeinanderprallender Holzbecher.

Tok und Zoe saßen abseits der Seeleute an der Reling der Karracke, letztere mit recht unglücklichem Gesichtsausdruck. »Meine gute Tok, ich *möchte* aber nicht zu diesem Raskir gehen und einen schönen Abend mit ihm verbringen! Du weißt genau, daß seine Vorstellung von diesem Abend sich nicht mit der meinigen deckt! Und überhaupt war es wieder einmal ein völlig dummer Einfall von dir, diesem Menschen zu erzählen, ich sei die Tochter der Leibköchin von König Kasimir von

Nostria! Ich kann verdammt noch mal nicht besser kochen als ein Oger! Außerdem …«

Tok unterbrach den Monolog der Freundin: »Meine gute *Cante-Tinza*, wertes Tapferes Herz, du *wolltest* auf einem Schiff fahren, und nun *bist* du auf einem Schiff! Außerdem: Meinst du wirklich, ich ließe dich allein zu diesem Thorwaler gehen? Ich habe mich bereits mit einem einflußreichen Freund in Verbindung gesetzt. Sollte Raskir dir also zu nahe rücken, dann …« Sie setzte eine grimmige Miene auf und rollte wild mit den Augen, was eher komisch als erschreckend wirkte.

Doch die Gauklerin sah nicht zu ihr herüber, ebensowenig wie der ›einflußreiche Freund‹ Tokahes sie zu beeindrucken schien. Ihr Blick war unverwandt auf das weite Meer gerichtet, welches nun, im Licht des aufgehenden Madamals, aussah wie ein dunkler Spiegel, über dem Goldstaub schwebte. Leise hub sie zu singen an, tief und dunkel schwebte ihre Stimme über den Wassern und schien eins zu werden mit den Sternen, der Nacht, mit den Träumen der schlafenden Matrosen …

»Das kleine Mädchen mit dem silbernen Haar
sitzt immer am See bei Mitternacht.
Schweigend.
Kleine, zarte Kinderhände fügen Teile
  aus Holz ineinander,
Schmerz zu Schmerz,
Rot zu Rot.
Wenn die Nacht am dunkelsten ist
und die Zeit der Prophezeiungen
heller strahlt als der Glanz der Sterne,
nimmt es den Dolch und stirbt,
wie so viele Nächte zuvor,
den tiefsten und einsamsten aller Tode.
Seine Lider zucken ein letztes Mal,
  wenn der Morgen graut.

Dann geht die Sonne auf.
Erst die Nacht erwartet wieder an einem See
ein kleines Mädchen mit silbernem Haar
und einer weiteren tiefen Narbe im Herzen…«

Zoe ließ sich mit einem leisen Seufzer zurücksinken.

»Ein Lied der Mada. Mein Vater sang es immer für mich, als ich klein war. Ja, ich weiß, eigentlich ist Mada eine erwachsene Frau, eine Kämpferin, groß und strahlend. Doch mein Vater sagte immer, in Wahrheit sei sie ein kleines Mädchen, einsam und doch stark genug, ihr Los zu tragen. Sie stirbt jede Nacht erneut, damit sie uns das Licht schenken kann. Das Licht und die Magie… Schau, Tokahe, Praios ist strahlend, aber das Madamal… es ist einfach nur wunderschön!« Und sie summte leise die eben gesungene Melodie, während der aufkommende warme Wind mit ihrem Haar spielte.

Tokahe sah die Freundin an, und ihr war, als wäre Zoe, deren Gesicht, deren Körper sie so gut kannte, ihr in diesem Augenblick ferner als das Madamal oder irgendein kleines Mädchen an einem fernen Ufer. *Sie* war so wunderschön! So schön, daß die meisten Wesen sie fürchteten. Eigentlich, so dachte die Dunkelhaarige, mochte sie diesen Raskir, diesen Thorwaler. Er schien keine Angst vor der Freundin zu haben, er schien sie so zu sehen, wie auch sie, Tokahe, sie sah. Als ein Wesen der Sterne und des Feuers. Die Bauchrednerin schmunzelte, als sie sich ihrer pathetischen Wortwahl bewußt wurde. Nun, Zoe, manchmal scheinst du doch auf mich abzufärben, dachte sie. Und dann rief sie sich noch einmal die Umstände ins Gedächtnis, die sie auf dieses Schiff geführt hatten.

Letztendlich war es Zoe selbst gewesen, die sie auf die Karracke gebracht hatte, als die beiden Frauen nach langer erfolgloser Suche nach Heuer am Abend in die

Schankstube einer Grangorer Hafenkneipe eingekehrt waren.

»Sollte das mein Schiff sein?« hatte die Freundin nach dem dritten Humpen Branntwein glucksend gefragt. »Na, schwanken tut's ja schon ganz ordentlich!«

Dann hatte sich ein Thorwaler an ihren Tisch gesetzt und Zoe unverhohlen angestarrt. Diese war viel zu betrunken gewesen, um den Fremden wahrzunehmen, und hatte statt dessen verträumt in ihren leeren Becher gestarrt und lange Reden über das Meer bei Nacht gehalten: »Und in dem Augenblick, da die silberne Mada das nachtdunkle Blau berührt, sie eine Sehnsucht nach der Ferne gebiert, die all mein Selbst mit sich fort in ihre Träume nimmt...« Grauenvoll! Nun ja, so war sie eben... Zoe hatte noch nie große Epen dichten können, aber dem Fremden hatte es offensichtlich gefallen. »Ich weiß nicht, warum, fremde Frau, aber ich würde mich freuen, wenn du mich begleiten würdest. Du bist wie das Meer bei Nacht, wunderschön und still«, hatte er zu Zoe gesagt. Und dann hatte er aufgeblickt und mit einem schiefen Grinsen hinzugefügt: »Könnt ihr zwei kochen? Ich suche da nämlich noch zwei, die so was können. Gleich morgen geht's los! Wenn ihr was Freßbares zustande bringt, dann: Bei Swafnir, schlagt ein, Mädels!«

Zoe hatte schon immer eine solche Wirkung auf menschliche und andere Geschöpfe gehabt. Entweder sie flohen vor ihr, oder sie erspürten ihr tiefstes Inneres, all das, was selbst Tokahe schwer beschreiben konnte. Etwas wie Tiefe, Melancholie, Dunkelheit, Wärme, Sanftmut... Und wenn sie es spürten, trat ein warmer Glanz in ihre Augen, und ihre Stimmen und Worte wurden weich und voller Poesie. Auf ihren Reisen durch Aventurien waren sie auf der Suche nach einem Winterlager mit den Gauklern einmal unwissentlich in der Orkschädelsteppe gelandet. Niemand, so heißt es, überlebt ein Zusammentreffen mit einer Horde Orken. Doch einer der Schwarzpelze sah Zoe, blickte sie lange an, das erhobene Schwert in der Hand. Dann ließ er es sinken und rief etwas in seiner rauhen, kehligen Sprache. Und auch die anderen ließen ihre Waffen sinken, verwirrt und zögernd, wie es schien, doch sie taten es. Sie töteten niemanden, sie plünderten nichts. Sie geleiteten die Gaukler hinaus aus der Steppe und ließen sie ziehen. Zoe hatte ihr einmal erzählt, daß diese ihr innewohnende Wirkung auf andere sie dazu bewogen hatte, mit den Gauklern zu ziehen. »Dort achtet man das Fremdartige, dort hat es seinen Platz. Dort – oder bei den Göttern«, so hatte Zoe gesprochen.

Tok scharrte mit den Füßen über die Schiffsplanken. »*Cepka*«, murmelte sie. Zoe blickte sie erstaunt an, dann fragte sie lächelnd: »Und was heißt dieses Wort, meine Geliebte?«

»Ooch«, sagte Tok, »ich glaube, es heißt: Du redest lauter Mist, weil du mein Götze bist.« Sie rollte sich neben der Freundin zusammen und vergrub den Kopf in den weichen Tiefen ihres Haars, das nach Meer und Gewürzen und auch ein wenig nach dem Essigsud roch, mit dem sie das Deck hatten schrubben müssen.

»Weißt du, meine Hübsche«, murmelte Zoe, »ich will nichts anderes, als eine Heldin sein, solange ich noch nicht alt und grau bin und traviagefällig am warmen Herd die Suppe hüten muß. Ich will ganz Dere sehen! Und Abenteuer erleben! Ich will *spüren*, daß ich jung bin, daß Tsas Odem noch frisch und wild ist. Ich will es spüren, damit ich als alte Frau nicht neidvoll auf die Jüngeren sehen muß! Ich will *leben*, Tokahe! Und wäre es nicht vermessen, und würde ich nicht die Götter lästern, so wünschte ich mir, ewig jung zu sein …« Zoe hatte sich aufgerichtet; ihre Augen glänzten. Von irgendwoher ertönte etwas wie ein Applaus, vielleicht war einem der Seeleute beim Würfeln just in diesem

Augenblick ein besonders guter Wurf gelungen. »Welch eine Rede, bei Kamaluq!« sagte Tok und griff erneut in die rote Lockenpracht der Freundin.

»Versprich mir, daß wir alle Abenteuer dieser Welt erleben werden, Tokahe!«

»Nichts lieber als das!« entgegnete diese. Und dann zog sie die Geliebte zu sich herab, weiche Körper schmiegten sich aneinander, warme Leiber, über die der Wind strich. Lippen fanden sich, lösten sich kurz, als Tokahe die Freundin herausfordernd anstrahlte, die Hände zu einer Kugel formte und mit einem höchst zufriedenen Grinsen die Augen schloß. Die Nacht schien um die Liebenden herum dunkler zu werden, und aus dieser Dunkelheit war das Rascheln von Leinenkleidern zu vernehmen, die sanften Töne der Flöte setzten wieder ein, lauter diesmal und näher, wie es schien. Ein perlendes Lachen aus der Dunkelheit, gefolgt von Zoes rauher Stimme: »Tokahe, willst du mich jetzt küssen oder romantische Theaterstücke aufführen?« Das Flötenspiel endete jäh mit einem hohen Pfeifton. »Küssen!« klang es aus dem Dunkel, klar und bestimmt.

Dann wurde es still in dieser Ecke des Schiffes, und das, was der Wind auf Efferds Element hinaustrug, war gleichsam ein Gruß der Rahja an ihren Götterbruder.

Zoe hätte nicht sagen können, wieviel Zeit sie mit Tokahe verbracht hatte, bis ihr ihre Verabredung mit Raskir wieder einfiel. Die Freundin hatte sie mit den vergnügten Worten verabschiedet: »Meine wundervolle *Yako*, Raubkatze Zoe, es wartet hier auf dich ewiglich deine dich liebende Tokahe!«

Nun lief die Gauklerin leichten Fußes über das Deck zum vorderen Teil des Schiffes, hin zu einer der Luken, die in das Innere der Karracke führten. Sie winkte einem der Nachtwache haltenden Matrosen zu – die Würfelrunde war bis auf wenige auf Deck schnarchende Branntweinleichen offensichtlich aufgelöst – und kletterte die steilen Holzstufen hinab. Diese endeten in einem kleinen schmucklosen Flur, von dem zwei Türen und ein Gang abzweigten. Die Türen führten, wie sie wußte, linker Hand in die große Kombüse, rechter Hand befanden sich Lagerräume, in denen Nahrung und Trinkwasservorräte aufbewahrt wurden. Dort lag auch ihre und Tokahes Schlafstätte, direkt zwischen drei weiteren Küchenhilfen und zwei schnarchenden Schiffsköchen. Es herrschte der penetrante Geruch des hier lagernden, wahrlich thorwalschen Essens – Kohl, Trockenfisch mit Honigkruste oder in Salz eingelegte Rüben.

Es hätte sie nicht gestört, Tokahe zu lieben, während sich andere Menschen in demselben Raum aufhielten. Das war nichts Ungewöhnliches, zumal sie fast ihr ganzes Leben mit Gauklern verbracht hatte. Sie kannten keine Einzelzimmer, wie das Adelsvolk sie wohl haben mochte, und was das Wort *Scham* in bezug auf den eigenen Körper bedeutet, muß einem Gauklerkind erst erklärt werden. Doch diese schäbigen Gerüche, so dachte Zoe, die sind wirklich nicht die ideale Untermalung einer erfüllenden Liebesnacht. Aber die Zeit mit Tokahe auf dem Deck, das war etwas anderes! Sie seufzte wohlig und wandte sich dann dem Gang zu, der weiter ins Innere des Schiffes führte.

Raskir hatte ihr gesagt, sie ›werde ihn schon finden‹. In den drei Tagen, die seit ihrem Aufbruch aus Grangor vergangen waren, hatte sich für Zoe noch keine Möglichkeit ergeben, die Karracke zu erkunden. Die Gauklerin hatte diesen Gang zwar noch nie betreten, aber sie hatte die Seeleute immer in diese Richtung verschwinden sehen. Und da ihr nichts von einem anderen Zugang ins Innere des Schiffes bekannt war, hoffte sie, den Thorwaler irgendwo am Ende dieses Ganges zu finden.

Überdies erklang gedämpftes Gemurmel aus dieser Richtung, nahezu übertönt von einem mehrstimmigen Schnarchkonzert. Hör mal, es ist mehrstimmig – das ist elfisches Schnarchen!, wie Tokahe sagen würde. Zoe griff also nach einer der Öllampen, die mit einem Haken an der Wand befestigt waren, entzündete sie und machte sich auf den Weg. Nach einigen Schritten gelangte sie an eine Abzweigung, aus der ihr ein gutes Dutzend Thorwaler Seeleute entgegenkamen, gleichfalls Öllampen in Händen haltend – die Wachablösung, wie sie vermutete. »Ist das nicht unsere kleine Küchenfee? Wohin des Weges?« Eine hochgewachsene Frau mit langen blonden Zöpfen lächelte sie freundlich an. Zoe meinte sich zu erinnern, daß diese sich ihr am Anfang der Reise als Norhild vorgestellt hatte. Wenn diese Hjaldinger doch nicht alle so gleich aussehen würden!

»Ich suche Raskir«, erwiderte sie.

»Ifirnsgirason, Ingramsson oder Trolskeson?«

»Wie bitte?« Die Gauklerin blickte ihr Gegenüber ratlos an. »Entschuldige, aber um genau zu sein, spreche ich eigentlich nur Garethi«, fügte sie dann leise hinzu.

Die Seeleute lachten dröhnend, und Norhild erklärte ihr, daß es mehrere Raskirs an Bord der *Golgaris Schwinge* gäbe, sie müsse demnach schon den Abstammungsnamen wissen.

Auf eine nähere Beschreibung Raskirs – rotblondes langes Haar, zwei geflochtene Zöpfe, leinene Kleidung, hoch gewachsen – verzichtete Zoe mit einem Blick auf die Männer und Frauen vor ihr. Diese Beschreibung traf auf gut die Hälfte der Anwesenden zu. Selbst einige der Liebfelder Matrosen waren rothaarig, und etliche von ihnen hatten sich auf der kurzen Fahrt bereits mit den Hjaldingern in seligem Premfeuerrausch verbrüdert und trugen das Haar nun ähnlich wie diese. Für Zoe waren sie äußerlich kaum noch von den Mitgliedern der Ottajasko zu unterscheiden.

»Ich werde ihn schon finden«, sagte sie also und ließ sich den Weg zu den Kajüten weisen.

Etwa eine Stunde später hatte sie Raskir noch immer nicht gefunden, obgleich sie alle Kajüten durchsucht hatte, über schlafende Leiber geklettert war und jedem ins Gesicht geleuchtet hatte. Schließlich hielt sie an Deck nach ihm Ausschau, doch niemand konnte ihr weiterhelfen. Nun blieb nur noch eine Holztür am Ende des Ganges, dort, wo sie der Wachablösung begegnet war. Kurz erwog die Gauklerin, zu Tokahe zurückzukehren und darauf zu vertrauen, daß Raskir am morgigen Tag ihren Weg kreuzen würde. Doch die Freundin war nirgends zu sehen, und so verwarf sie den Gedanken. Tok würde ja doch nur über sie lachen. Du wolltest doch eine Heldin sein, Zoe! würde sie sagen. Und: Jede Wette, daß du nur nicht durch diese Tür gegangen bist, weil du Angst gehabt hast, ein finsterer Dämon werde kommen und dich fressen? Und dann würde Tokahe sie wieder tagelang spöttisch ›mein kleines Langohr‹ oder ›Löffelchen‹ nennen ...

»Nein«, sagte Zoe und setzte ein grimmiges Gesicht auf, »ich werde durch diese Tür gehen und das Abenteuer suchen! Und du, meine liebe Tokahe, wirst derweil tief und fest schlafen und dir später ein Loch in deinen hübschen Bauch ärgern!«

Eine Zeitlang verharrte sie unschlüssig, den Blick fest auf die Abstiegsluke gerichtet. »Und sollte ich dort unten keine abenteuerliche Geschichte erleben, bei Phex, Tokahe, dann werde ich morgen lügen, daß sich die Balken biegen!« Mit diesen Worten, die Rechte fest um den derben Zehnagel um ihren Hals geschlossen, machte sie sich erneut auf den Weg.

Zoe fand den Zugang verschlossen vor, doch derlei war für sie noch nie ein Hindernis gewesen – ein Stück

Draht, der richtige Winkel, ein wenig Geduld, und das Schloß sprang leise auf.

Sie huschte hindurch und schloß die Tür hinter sich. Der Schein ihrer Lampe vermochte den großen Lagerraum, in dem sie sich befand, nicht gänzlich auszuleuchten. Zoe erblickte eine Menge hölzerner Fässer und Truhen, bauchige Flaschen mit merkwürdig schillernden Flüssigkeiten, die mit Seilen festgezurrt waren, und andere schwer definierbare Dinge. Auf viele der Gegenstände waren sonderbare Zeichen gemalt: Kreise, Vierecke, schlangenförmige und gezackte Linien, die sich zu Bildern verbanden und deren Sinn sie nicht verstand. Vor einer der Kisten hielt die Gauklerin inne, um eines der Zeichen genauer zu betrachten. Das Symbol war sehr vielschichtig und setzte sich aus unter- und übereinander verschlungenen Linien zusammen, in die an einigen Stellen ein schwarzer oder heller Kreis eingefügt war. Unvermittelt fröstelte es Zoe, und sie wandte sich schaudernd von der Truhe ab. Die Lust, den Inhalt dieses Raumes genauer zu erforschen, war ihr gründlich vergangen. Am Heck des Schiffes stieß sie auf eine weitere Tür. Auch diese war verschlossen. Zoes Hände zitterten, als sie die Lampe abstellte, um sie zu öffnen.

Diese Angst! Wenn sie doch nur nicht so ängstlich wäre! Wäre Tokahe doch bei ihr! Tokahe, für die es ein Kinderspiel war, ihre Beklommenheit zu verscheuchen – mit einem Wort, einem Kuß, einem kurzen Druck ihrer Hand…

Während der Draht in Zoes Fingern immer stärker zitterte, griff sie zu dem einzigen Mittel der Selbstberuhigung, das sie kannte. ›Ich bin nur eine Figur in einer Geschichte und gar nicht wirklich hier‹, lautete der Name des Spiels.

Und so begann sich in ihrem Kopf der Anfang einer Geschichte zu formen, die sie kurzerhand mit ›Zoes

Abenteuer auf See‹ betitelte. *Um ihre Freundin aus den Klauen des Finsteren zu retten, stieg Zoe mutig in den Schiffsleib hinab, öffnete Tür um Tür, furchtlos, die Hand an ihrem kleinen, schlanken Dolch …*, begann sie. Irgendwo in der undurchdringlichen Schwärze hinter ihr ertönte ein metallisches Schaben. Zoe erstarrte, der Draht entglitt ihren Fingern und landete mit einem leisen Klirren auf den Holzdielen.

Wie still es hier war! Die Seeleute und Tokahe, ja, die ganze Welt schien ihr mit einemmal Äonen entfernt zu sein … *den Holzdielen, den Holzdielen … Irgend etwas stimmte nicht mit diesen Dielen. Sie fühlten sich so glitschig an, jeder ihrer Schritte verursachte ein schmatzendes Geräusch … Hastig tasteten ihre Finger nach dem Draht, glitten über den schleimigen Boden und … Niemand würde kommen, sie zu retten, wenn das Grauen sich aus den dunklen Schatten am Rande ihres Blickfeldes lösen würde, niemand würde ihre Schreie hören! Die Gedanken der Gauklerin überschlugen sich, ihr Atem raste, die schnellen, harten Schläge ihres Herzens erschienen ihr lauter als das Hufgetrappel ihres Shadifs auf einer Steinstraße bei Nacht. Gleich würde ihr Herz zerspringen! Ihr zierlicher Körper würde mit einem dumpfen Aufprall auf dem Boden aufschlagen, und dann wäre dort nichts mehr als …*

Zoe holte tief Luft, versuchte, der Geschichte eine andere Wendung zu geben, suchte verzweifelt die aufsteigende Panik niederzukämpfen, die ihr die Kehle zuzuschnüren drohte.

… und doch: Zoe war mutig. Sie hatte schon viele Abenteuer erlebt und gemeistert. Einst würde man von ihren Heldentaten an den Feuern der Hjaldinger berichten. Aber all das kümmerte die Gauklerin nicht, denn in diesem Augenblick beschäftigte sie nur eine einzige Sache: … Wo ist der verdammte Ausgang!? schoß es ihr durch den Kopf. Ich finde den Draht nicht, und ich kann unmöglich einfach ins Dunkel hineinlaufen! Wo ist nur die Tür, durch die

ich hier hineingeraten bin? Vielleicht ist sie gar nicht mehr dort? So etwas soll es geben. Türen verschwinden manchmal … Ich könnte aber die Laterne … Nur nicht die Nerven verlieren, meine Hübsche, sch-sch, ist ja schon gut, alles wird wieder gut, alles …

Das metallene Schaben erklang erneut – näher diesmal, wie es ihr schien.

Die Gauklerin preßte sich mit dem Rücken gegen die Tür, ihre goldenen Augen waren weit aufgerissen, ihr ebenmäßiges Gesicht vor Grauen verzerrt. Schweiß rann über seidenweiche Haut …, *und der Finstere kam nun, um sie zu holen, denn er ließ sich nicht nehmen, was sein war …,* durchtränkte binnen weniger Augenblicke die dünnen Leinenkleider, die ihren zitternden Körper bedeckten, und ließ ihr Haar an ihrer Kopfhaut kleben – dunkel wie Blut auf dem Gesicht einer Porzellanpuppe. Unter Einsatz all ihrer Kräfte versuchte Zoe, sich erneut zu konzentrieren: *Sie mußte ihre Freundin aus den Händen des Finsteren retten und … Die Tür! »Du mußt die Tür öffnen, Zoe!« schrie eine Stimme in ihrem Kopf …*

Langsam ließ sie sich hinabgleiten, die Augen immer noch angsterfüllt auf die Schwärze jenseits des Lichtscheins gerichtet … *aus der sich langsam ein Gesicht formte, das Gesicht des Finsteren, klein und mit bösen roten Augen, und er sprach zu ihr und sagte: »Du kannst mir nicht entkommen, Zoeeeee …«, und er kam näher und näher. Sein fauliger Atem streifte ihre Wange …*

Es erschien Zoe, als wären Götterläufe vergangen, bis sie den dünnen Draht unter ihren Fingern spürte, sich aufrichtete und versuchte, den Widerstand im Inneren des Schlosses zu ertasten. »Phex steh mir bei«, murmelte sie … *und Phex stand ihr bei, das hatte er immer getan …* und erschrak vor dem Klang der rauhen, schrillen Stimme. Erst nach einigen Wimpernschlägen wurde ihr bewußt, daß es sich um ihre eigene handelte.

Der Boden unter ihren Füßen begann zu schwanken,

eine Erschütterung lief durch den mächtigen Leib des Schiffes ... *und unter den dröhnenden Schritten des Finsteren erbebte Dere, als er zum letzten Mal ausholte – zum Schlag, der alles vernichten, zum Schlag, der sie töten würde. Und eine Stimme grollte: »Du entkommst mir nicht, Zoeeee! Ich werde dich finden, wo auch immer du bist. Ich werde meine kleine, kalte Hand ausstrecken und dir das nehmen, was dir am liebsten ist. Und mein Haß wird dich von innen heraus verbrennen ...«* Irgendwo in der Dunkelheit erklang ein reißendes Geräusch, und dann bewegte sich etwas mit der Geschwindigkeit eines Luftdschinns auf die Gauklerin zu. Ein gurgelnder Laut entrang sich Zoes Kehle, sie wirbelte herum und versuchte ein letztes Mal, mit fliegenden Händen das Schloß zu öffnen. Dabei stieß ihr Fuß gegen die Öllampe. Das Klirren von Glas, dann – Schwärze.

Sie rüttelte verzweifelt an der Tür, welche sich wider Erwarten öffnete, glitt hindurch ... *Lauf, Zoe, lauf!!!!! ...* und stolperte in die dahinter liegende Finsternis. Hinter ihr ein Poltern, das Splittern von Holz, ein leises, hohes Lachen – dann war es still.

Sie achtete nicht darauf. Wild mit den Armen rudernd, stolperte die Gauklerin vorwärts, stieß gegen einen Widerstand, umrundete ihn, fand eine Einbuchtung und wäre beinahe in die Tiefe gestürzt, als einer ihrer Füße unvermittelt ins Leere trat und erst einige Handbreit tiefer wieder auf festen Boden stieß. Eine Treppe!

Sei leise! Dann findet es dich nicht! schoß es ihr durch den Kopf.

Sich ihren Weg ertastend, huschte sie in rasendem Tempo die Stufen hinab. Am Fuß der Treppe hielt sie einen Augenblick lang inne – irgendwo am anderen Ende des Raumes zeichnete sich in einem schwachen Licht, dessen Quelle sie nicht erkennen konnte, eine Tür ab.

Bitte, o bitte, bei allen Zwölfen, laß es den Thorwaler sein! dachte Zoe, während sie sich fliegenden Schrittes der Öffnung näherte. Die Wände des dahinterliegenden Ortes glänzten silbern im Schein des Lichtes. In der äußersten Ecke des karg möblierten Raumes stand, in der Mitte eines Lichtkegels, ein rauchumwabertes Wesen mit langem, weißem Haar.

Zoe erstarrte.

Hinter ihr löste sich eine Gestalt aus dem Dunkel, eine große, rauhe Hand legte sich über ihren Mund und riß sie zurück. Ihr Körper bäumte sich auf. Mit der Kraft der Verzweiflung stemmte sie sich gegen das Grauen in ihrem Rücken, doch es war stärker.

Da rann eine Träne ihre Wange hinab, heiß und salzig.

Tokahe…, dachte sie noch, ehe die rasenden Wirbel in ihrem Kopf sie mit sich in die Tiefe rissen.

An Bord der *Golgaris Schwinge*, später Abend

Raskir Ingramsson hatte seinen Oheim in den vergangenen Tagen eingehend beobachtet. Dieser Mann, da war er sich sicher, hatte Sorgen. Für die anderen war es vielleicht nicht ersichtlich, denn der alte Liskolf erledigte seine Aufgabe als Kapitän gewissenhaft wie immer. Doch er, Raskir, kannte den Alten lange genug. Liskolf war selten zu einem Pläuschchen aufgelegt, und allzu oft verschwand er durch eine kleine Luke, hinter der, so vermutete Raskir, wohl die Kapitänskajüte liegen mußte. Ein seltsamer Ort dafür, so abgeschieden. Aber auf diesem Schiff war ohnehin einiges anders, als er es gewohnt war. Fast so, als hätten die, die den Bau in Auftrag gegeben hatten, überhaupt keine Ahnung von der Seefahrt.

Die Karracke war durchaus zu Transportzwecken erbaut, da gab es keinen Zweifel. Auch mußten die Laderäume einen Großteil des Rumpfes einnehmen – einen Teil, den er, seinen Vorsätzen zum Trotz, noch immer nicht in Augenschein genommen hatte. Fjornwulf hatte sich in den letzten Tagen rar gemacht, genauso wie Liskolf.

Raskir hatte gehofft, der Oheim würde ihn, wie es sonst seine Art war, zu einer Partie *Boltan* in seine Kajüte einladen, so daß er ihm vielleicht die eine oder andere Antwort auf seine vielen Fragen entlocken könnte, oder Gelegenheit gehabt hätte, bei einem ›Gespräch unter Männern‹ der Trübsal des Oheims ein wenig auf den Zahn zu fühlen.

Doch Liskolf hatte ihn nicht eingeladen.

Überhaupt hatte Raskir das Gefühl, der Alte gehe ihm absichtlich aus dem Weg. In den ersten Tagen war keine Zeit gewesen, den Kapitän abzufangen – die Karracke war groß, und Liskolfs Mannschaft, die sonst meist mit kleineren Schiffen fuhr, hatte alle Hände voll zu tun.

Doch an diesem, dem dritten Tag herrschte Flaute. Zeit genug, den Oheim zur Rede zu stellen. Raskir hatte ihn am Abend zuvor bei seinem Schiffsrundgang abgepaßt, war jedoch von Liskolf mit einem grummeligen »Habe noch was zu erledigen« abgefertigt worden. Kurz darauf hatte Raskir beobachtet, wie Liskolf mit Fjornwulf durch jene kleine Luke – in Richtung Kapitänskajüte, wie er vermutete – verschwunden war.

Der junge Thorwaler hatte nachgedacht – Oheim hin, Kapitän her, eine Ottajasko mußte zusammenhalten! So war er denn gleichfalls, seinem Onkel und Fjornwulf folgend, die Seitenluke hinabgestiegen; zu seinem Erstaunen hatte er sie unverschlossen vorgefunden.

Der schmalen Wendeltreppe war er zuerst auf die Ebene gefolgt, auf der sich auch die Matrosenkajüten und der große Lagerraum befanden. Doch er vermutete, sich in dem Raum hinter jenem Lagerraum unweit der Küche zu befinden, welcher in den vergangenen Tagen stets abgesperrt gewesen war. Es war stockdunkel, und einer Eingebung folgend, entzündete der Thorwaler seine Laterne nicht. Vorsichtig tastete er sich durch den Raum, stieß an einer der Wände auf einen Durchgang und preßte sein Ohr gegen das dicke Holz.

Stille.

Langsam drückte er die Klinke hinunter. Die Tür öffnete sich geräuschlos. Bei allen sieben Winden, solch einen Traum von einer Kapitänskajüte hatte Raskir noch nie gesehen! In der Mitte des ganz mit nachtblauem Samt ausgehangenen Raumes thronte ein großes Himmelbett. Seine samtenen Vorhänge zierten verschlungene Ornamente. Auf einem wuchtigen Schreibtisch aus rötlichem Holz lagen Navigationskarten ausgebreitet, vier gepolsterte Sessel und ein Tischchen luden zum Sitzen ein. Der ganze Raum war mit kostbaren Teppichen ausgelegt. Doch das wundervollste war ein verschlungenes metallenes Deckengehänge, in welchem viele kleine Gwenn-Petryl-Steine befestigt waren, die den Raum in ein helles, bläuliches Licht tauchten.

Raskir traute seinen Augen kaum. Er hatte die heiligen Steine des Wassergottes bislang nur in den Tempeln des Efferd gesehen und wußte, wie selten dieser sein göttliches Licht den Menschen schenkte. Da Liskolf nicht in seiner Kajüte war, beschloß Raskir, obwohl es ihm schwerfiel, seinen Blick von der prachtvollen Lampe zu lösen, nach einigen Augenblicken, der Treppe weiter nach unten zu folgen.

An ihrem Fuß fand er, einem Lichtstrahl aus einer Tür am Ende des Zimmers folgend, den Kapitän. Dieser stand inmitten eines Raumes, der, so Raskirs Schätzung, fast die Größe von einem Langhaus haben mochte und dessen Wände mit metallisch glänzenden Platten ausgekleidet waren. In der Mitte dieser Halle war ein sechseckiger Stern aus einem goldenen Metall in den ansonsten silbrig glänzenden Boden eingelassen. Dahinter blickte man auf eine schlichte hufeisenförmige Tafel, um die wohl ein Dutzend samtbespannter Sessel mit hohen Lehnen gruppiert waren. Der Rest der Örtlichkeit war, soweit die neben dem Kapitän stehende Laterne ihn auszuleuchten vermochte, vollkommen leer.

Raskir zog sich nahe der Tür ins Dunkel zurück und beobachtete seinen Oheim. Dieser stand nahezu unbeweglich neben der Laterne und starrte nachdenklich auf den Stern am Boden. Hin und wieder zog er an seiner Pfeife, und das für ihn so typische ›... hmhm ...‹, drang an Raskirs Ohr, seltsam dumpf und sich in den Tiefen der riesenhaften Halle verlierend. Aus einiger Entfernung vernahm er gedämpft Fjornwulfs Stimme: »Nun, zufrieden, Liskolf? Ganz schön schick haben sie's hier, die Herrschaften, was? Warte, ich bin gleich fertig, bin gleich wieder da ...« Vom Ende des Raumes ertönte ein Poltern, der Lichtschein einer zweiten Lampe leuchtete kurz auf und erlosch dann wieder.

Während Raskir noch überlegte, was weiterhin zu tun wäre, vernahm er leise Schritte und schnelle, flache Atemzüge aus der Richtung der Treppe hinter sich.

Auf dem schmalen Lichtstrahl, der sich von der Laterne seines Oheims bis nahe an den Treppenabsatz erstreckte, bewegte sich eine Gestalt mit feuergerahmtem Gesicht auf ihn zu. Die Bewegungen waren zu geschmeidig für jemanden von der Schiffsbesatzung, und ansonsten fiel dem Thorwaler nur eine Person auf diesem Schiff ein, die solch feuerrotes Haar hatte.

Nur – was, bei Swafnir, hatte sie hier verloren?

Mit einem Blick auf seinen Oheim, der die Geräusche offensichtlich noch nicht vernommen hatte, trat Raskir aus seinem Versteck. Er legte der Frau eine Hand auf den Mund, um eventuelle Schreckenslaute, die sie hätten verraten können, zu unterbinden, und zog sie mit sich.

Doch wer beschreibt sein Erstaunen, als er nach wenigen Schritten feststellen mußte, daß die kleine Rothaarige in seinen Armen sang- und klanglos in Ohnmacht gefallen war? »Mittelreicher ...«, murmelte er noch, bevor er die Gauklerin schulterte und sich vorsichtig in Richtung Deck in Bewegung setzte. Wenn sie wieder zu sich käme, würde sie ihm einige Fragen beantworten müssen.

Derweil hatte Tokahe im mittleren der drei Krähennester des Schiffes gesessen und der Wache haltenden Norhild Gesellschaft geleistet. Sie hatte der Thorwalerin vorgeschlagen, den Wind mit einem Windbeschwörungsgedicht herbeizurufen, und daraufhin begonnen, eines ihrer ›großen Epen‹, wie sie selbst sie nannte, zum besten zu geben:

»Es rauscht der Wind bald übers Meer,
das Dichten fällt mir gar nicht schwer.
Nur wenn kein Wind zugegen ist,
vermag ich auch das Dichten nicht.
So komm doch, Wind, und blas uns fort
an einen schrecklich-schönen Ort.
Dann kommt ein Seeoger vorbei,
den mästen wir mit Bohnenbrei.
Den frißt er, und dann furzt er laut
– *da* haben sich die Winde angestaut!
Flugs hauen wir ihn dann zu Mus,
und schon ist mit der Flaute Schluß ...«

Mit hoher, leicht krächzender und ständig den richtigen Ton verfehlender Stimme hatte sie dies verkündet und wäre gewiß noch lange Zeit dergestalt fortgefahren, hätte Norhild sie nicht freundlich, aber bestimmt des Krähennestes verwiesen. Vermutlich hätte Tokahe Einspruch gegen Norhilds Kritik an ihrer Dichtkunst erhoben, wäre sie nicht just in dem Augenblick, da Norhild von ›unsäglich schlechten Reimen‹ und der Vermeidung des Heraufbeschwörens von Unheil sprach, auf eine kindsgroße Gestalt an Deck des Schiffes aufmerksam geworden, welche winkend auf und ab hüpfte. »Ich muß los, Norhild, war nett mit dir, paß gut auf den Wind auf und sag Bescheid, wenn der Seeoger kommt, sag ihm, er solle warten, die große Tokahe hat noch eine Rechnung mit ihm offen, muß mal kurz …«, sprach sie und kletterte an den Tauen in die Tiefe.

Die Thorwalerin sah ihr kopfschüttelnd nach und dankte den Göttern, daß diese kleine Person nicht ihre Tochter war. Wie ertrug die hübsche, rothaarige Frau nur diesen Redeschwall? Überhaupt, so dachte Norhild bei sich, waren die beiden ein sonderbares Paar. Raskir Ingramsson schien ein Auge auf die Rothaarige geworfen zu haben. Ob ihm wohl entgangen war, was ihr, Norhild, so offensichtlich schien? Daß diese kleine, ständig schwatzende Person, so nervenzehrend ihr Auftreten auch sein konnte, die Rothaarige hütete wie ihren Augapfel? Für die Thorwalerin lag es auf der Hand, daß diese beiden weder Schiffsgehilfen noch Matrosen waren. Wahrscheinlich hatten sie ein Schiff noch nie zuvor in ihrem Leben betreten. Tokahe versuchte den Tatbestand einerseits mit all ihrem verqueren Charme zu überspielen, aber auch, und das erstaunte Norhild immer wieder aufs neue, indem sie schuftete wie ein Packesel. Sie war stets in der Nähe ihrer Freundin, schleppte deren Wassereimer und stellte sich schützend vor sie, wenn einer aus der Mannschaft ihr feindselig gesonnen schien. Sollten die beiden das Deck schrubben, war es Tokahe, die putzte und scheuerte, während ihre Gefährtin oft genug innehielt, um, wie es schien, mit offenen Goldaugen zu träumen. Mit diesen faszinierenden Augen …

Viele auf der Karracke mißtrauten der Frau. Einer der Matrosen hatte heute verkündet, sie mit ihren feuerroten Haaren sei ganz allein schuld an der Flaute. Überhaupt sei sie ganz gewiß eine Hexe und würde eilends davonfliegen, wenn das Schiff durch die finsteren Mächte, die sie gerufen hatte, untergehen würde. »Das ist kein thorwalsches Rot, das ist flammendes Hexenrot!« hatte er gerufen. Einige hatten sich seiner Meinung angeschlossen, und Norhild befürchtete, daß die Stimmen gegen die Goldäugige lauter werden würden, sollte die Flaute anhalten.

Sie hatte Tokahe nach reiflicher Überlegung von dem Vorfall erzählt. Wie still diese da mit einemmal geworden war …

Und dann hatte sie begonnen, dieses unsägliche Windgedicht aufzusagen.

Gib gut acht auf deine Freundin, dachte Norhild und wandte ihre Aufmerksamkeit erneut dem nachtdunklen Meer um sie herum zu.

Tokahe war unterdessen an den Wanten in die Tiefe geklettert – eine ihrer leichtesten Übungen auf der Karracke – und folgte der davonhuschenden Gestalt in eine dunkle Ecke des Schiffes. Unter dem hinteren Besanmast hielt das Kind inne und erwartete sie, breitbeinig, die Hände in die Seiten gestemmt, mit schief geneigtem Kopf.

Nein, aus der Nähe betrachtet, sah das Wesen mitnichten wie ein Kind aus!

Es war etwa einen halben Schritt groß, nach Art der Thorwaler gekleidet – barfuß, weiß-rot gestreifte Beinkleider, wollenes Hemd mit farbigen Stickereien auf Saum und Kragen, die karottenroten Haare zu vielen kleinen Zöpfen geflochten, welche wild nach allen Seiten hin vom Kopf abstanden.

Aber das Antlitz, das die wirre Haarpracht rahmte, war das eines greisen Mannes – und doch nicht ganz. Auf einem schrumpeligen, dürren Hals saß ein übergroßer Kopf. Tomatengroße, rotglühende Augen funkelten aus einem Netz von geplatzten Äderchen und Runzeln hervor, eingefallene Lippen schürzten sich spöttisch und überzogen das Gesicht mit einem verwirrenden Muster aus Falten und Fältchen. Die großen abstehenden Ohren waren über und über mit goldenen Ringen behängt und wackelten – gleich den tastenden Schnurrhaaren einer Katze – aufgeregt auf und ab.

Tokahe wunderte sich weder, noch schreckte sie vor der eigentümlichen Gestalt zurück. Vielmehr stieß sie einen seltsamen Laut aus – *Teggeckch* – und sprang fröhlich glucksend auf das Männchen zu, umarmte es und wirbelte es durch die Luft. Dann setzte sie es ab und begann mit dschinngleicher Geschwindigkeit um das Wesen herumzulaufen, wobei sie stürmisch mit all ihren Gliedmaßen gestikulierte und hell zirpend Wort an Wort reihte – so schnell und mit solch hoher Stimme, daß Hengist, die patrouillierende Schiffswache, die leisen Geräusche für das Fiepen junger Mäuse hielt und sich in keinster Weise in seinen rahjagefälligen Erinnerungen an die kleine Bornländerin im Grangorer Hafenviertel gestört fühlte.

Nun mag sich der Leser an dieser Stelle zu Recht fragen, was denn der Klabauter auf dem Schiff macht? Nun gut, diese Frage ist noch recht leicht zu beantworten: Zur Zeit lebt er dort. Das ist für Klabauter nicht unüblich.

Warum aber kennt Tokahe ihn und bricht darüber hinaus noch in helle Freude aus, ihn zu sehen? Das ist eine gleichfalls berechtigte Frage, und auch sie soll beantwortet werden.

Wie jeder Aventurier weiß, ist solch ein Klabauter für gewöhnlich eine rechte Plage. Man ersteht für viele Münzen eine Passage, die Fahrt geht los, man lehnt sich gemütlich an die Reling und bestaunt die Wunderwelten des Herrn Efferd. Und dann kommt so ein übelgelaunter Klabauter daher und hat nichts Besseres zu tun, als seine schlechte Stimmung möglichst auf dem ganzen Schiff zu verbreiten. Niemanden läßt er dabei aus, für jeden hat er eine Gemeinheit parat und ersinnt, wenn nötig, eine neue, eigens für ihn. Tatsächlich habe ich aus alledem, was mir je über diese Wesen zu Ohren gekommen ist, den Eindruck gewonnen, sie hätten keinen anderen Daseinszweck, als Unmut und schlechte Laune zu verbreiten.

Auch dieser Klabauter bildete keine Ausnahme – wobei ich zu Teggeckchs Entschuldigung sagen muß: Ich habe ihn nie persönlich kennengelernt. Des weiteren wäre zu seiner Rechtfertigung anzubringen, daß es im Seefahrervolk den Ausspruch gibt: »Du mußt einen Klabauter so nehmen, wie er ist, sonst nimmt er dich, wie du bist.« Wenn man länger darüber nachdenkt, ist dieser Satz freilich höchst beunruhigend. Das Seefahrervolk hingegen ist der Meinung, es könne sich mit einem Klabauter arrangieren und manchmal danke er es einem. Nun gut, es gibt immer Wesen, die sich auch mit den absonderlichsten Geschöpfen verstehen.

Ich persönlich komme außerordentlich gut mit Zwergen zurecht, was ebenfalls nicht für jedermann zutrifft. Tokahe wiederum verstand sich besonders gut mit Kobolden und Klabautern. Viele ihrer Freunde behaupteten, sie hätte einen regelrechten sechsten Sinn für ihre Gegenwart. So muß es uns auch nicht weiter verwundern, daß sie bereits beim ersten Betreten der *Golgaris Schwinge* ein leichtes Kribbeln in der Nase verspürt hatte, was sie erstens dazu veranlaßt hatte, herzhaft zu niesen, und zweitens einen kurzen Rundgang über das Schiff zu machen, um den Klabauter zu begrüßen. Dieser war zuerst wenig erfreut gewesen – wie gesagt, diese Wesen lassen sich äußerst selten zu aufrichtiger Begeisterung hinreißen –, doch nach einem kurzen Wortwechsel und einem Spiel, daß er fluchend und zähneknirschend verloren hatte, schien er Tokahe in sein Herz geschlossen zu haben. Fortan trafen sich die beiden hin und wieder und trieben miteinander ihren Schabernack. Just an diesem Abend hatte Tok wieder einmal gegen Teggeckch gewonnen und ihm das Versprechen abverlangt, ein Auge auf Zoe zu haben, während diese sich mit Raskir traf. Er hatte mißmutig genickt, sich aber insgeheim seinen Spaß davon versprochen. In Wahrheit war es dann doch nicht so spaßig geworden. Denn kaum, daß er der Rothaarigen ein wenig Angst eingeflößt hatte, war sie ihm entkommen und kurz darauf in Ohnmacht gefallen. Deshalb war Teggeckch noch übellauniger als gewöhnlich.

Doch kehren wir nun auf Deck zurück und machen uns selbst ein Bild von den Geschehnissen …

Das Gespräch zwischen Tokahe und dem kleinen, schrumpeligen Männchen – für Außenstehende, die es hätten beobachten können, wohl eher an den Tanz hesindeverlassener Irrer gemahnend – drehte sich, wie auch die Gedanken der Thorwalerin im Krähennest über ihnen, zuerst um die goldäugige Gauklerin.

»Erzähl, erzähl, erzähl, Teggeckch, was hat sie unter Deck gemacht, hatte sie Angst, hat sie ihn getroffen, was hast du gesehen, was hat sie gedacht?« zwitscherte die Dunkelhaarige, und es war beides für sie: Spiel und Herausforderung, aber auch Notwendigkeit, den Blick ihres Gegenübers nicht von dem ihren abschweifen zu lassen. Denn die kleinen, greisenhaften Männchen, die wir Klabauter nennen, sind oft sprunghaft in ihren Gedanken und verlieren nur allzu schnell die Lust an einem Gespräch – erst recht, wenn man eine Antwort von ihnen *fordert*. Sie wollen unterhalten, bei Laune gehalten werden. Und genau das tat die Schelmin, indem sie beständig seinen Namen nannte und ihn somit an ihre erste Begegnung auf der *Golgaris Schwinge* am ersten Abend von ihrem und Zoes Aufenthalt auf der Karracke erinnerte. Denn an diesem Abend hatte Teggeckch sie zu einem Trinkspruchduell herausgefordert. Und sie hatte gewonnen! Oh, wie hatte der Klabauter getobt und gezetert, als er ihr den versprochenen Preis, seinen Namen, hatte nennen müssen! Und zetern, das tat er auch jetzt. Ungehalten, mürrisch, immer wieder verstockt innehaltend, berichtete er: Ja, gefürchtet habe sich Zoe, doch er habe schnell die Lust an ihr verloren, denn sie habe sich mit ernsten Dingen beschäftigt, sich ihnen zumindest genähert.

»Welche Dinge? Welche Dinge?« wiederholte er knurrend Tokahes Frage. Für einen Augenblick war die Bauchrednerin sicher, ihn verärgert zu haben, und befürchtete schon, der Klabauter würde einfach verschwinden, sich in Luft auflösen, wie es in solchen Momenten seine Art war. Doch Teggeckch verschwand nicht. Vielmehr wiegte er nachdenklich sein Greisenköpfchen und murmelte resigniert und wie in ein Selbstgespräch vertieft: »Jaja, wie du meinst, ist ja schon gut, ist ja schon gut, ich erklär es ihr …«

Mit einer schnellen Bewegung sprang er auf eine Rolle aus dicken Tauen und stemmte die Händchen in die Taille. Die Umstände, die ihn hierher verschlagen hätten, erläuterte er, seien wichtiger Natur. Und seine Greisenstirn zog sich erneut zu Aberhunderten kleinster Falten zusammen. Das Schiff sei für einen Zweck gebaut, den es zu verhindern gälte. Und so sei er mit einem Male hier gewesen und hätte die undankbare Aufgabe, diesen Kahn nach Altoum zu begleiten. Aber – und nun verschwand der mißmutige Ausdruck und wich für einen kurzen Moment einem hämischen Grinsen –, wenn sie erst mal auf der Insel angekommen wären, dann ginge der Spaß erst richtig los! Na, und dann habe er nur noch dafür zu sorgen, daß die Karracke von dort möglichst schnell wieder verschwinde. Um den Rest würde sich *die Große* schon kümmern. (Wobei er, das war Tokahe klar, mit *der Großen* mitnichten *die große Menschenfrau, das Trollweib, die Ogerin* oder *die Stute* meinte, oder was auch immer an körperlicher Größe einen Kobold überragt. Die Schelmin war nie wirklich schlau daraus geworden, wer *die Große* war und was sie mit dem Leben der Feenwesen zu schaffen hatte. Sie hatte es allerdings auch niemals ernsthaft ergründen wollen. Fest stand, daß *die Große* oft den Unmut eines Anderwesens auf sich zog, da sie offenbar in der Lage war, ihnen einen Platz auf Dere zuzuteilen und sie dort zu Aufgaben zu ›verdonnern‹, mit denen diese irgend etwas wieder gutmachen sollten. Dennoch schienen die Feenwesen *die Große* insgeheim sehr zu lieben und zu schätzen, denn so sehr sie auch zetern mochten, sie nahmen die ihnen zugeteilte Aufgabe *ernst* – etwas, das Tokahe selbst nur für ihre Geliebte zu tun bereit war, und auch das nicht immer. Um wieviel mehr mußten sich die Feen *der Großen* verbunden fühlen, wenn deren Wunsch ihnen manches Mal zur Daseinsaufgabe wurde?)

Teggeckch erklärte, er sei aus einem ihrer flüchtigen Gedanken gesandt. Und dieser sprach von Kummer. Er wisse nicht, welcher Art die Besorgnis sei, vermutete lediglich, was sie ausgelöst haben mochte, da auch *die Große* es geahnt hatte, als er mit einem Male *gewesen*, als er aus diesem Gedanken heraus geboren worden war. Jemand, etwas war unter die Augen *der Großen* getreten und hatte ihre Aufmerksamkeit erregt, war wie ein lästiges Sandkorn in ihr Auge geweht und hatte sich dort festgesetzt. *Es* würde wieder fortgehen, so, wie auch ihr Gedanke verwehen und er, Teggeckch selbst, zurückkehren würde. *Es* würde einige mit sich nehmen – Menschen, Orken, Anderwesen vielleicht. Doch das Feenreich, ihre Welt, die Welt *der Großen*, würde *es* nicht berühren können …

Seit Teggeckch zu sprechen begonnen hatte, waren kaum mehr als hundert Wimpernschläge vergangen. Tokahes ungestüme Sprünge und unbändige Hüpfer um den Klabauter herum waren während der letzten zwanzig oder dreißig Wimpernschläge immer langsamer geworden. Schließlich hielt sie staunend inne und bemerkte, daß das kleine Männchen ihr weiterhin sorgenvoll in die grünen Augen blickte.

Die Schelmin runzelte die schmalen Brauen und dachte nach: Düstere Vorahnungen, Untergang, Sorge …? Sie verstand nicht, wovon der Kobold sprach, verstand auch nicht, was all das mit ihr zu tun haben sollte.

»Ja und?« fragte sie also und zuckte ratlos die schmalen Schultern.

Irgendwie dämmerte es ihr, daß ihr dieses Gespräch nicht gefiel. Es war Tokahe, als vernähme sie eine innere Stimme, die zu ihr sprach. Dererlei war ihr zuvor noch nie geschehen, denn für gewöhnlich sprach die Schelmin jedes Wort, das ihr in den Sinn kam, laut aus. Die Stimme sagte: Tokahe, dies ist eine merkwürdige Situation. Teggeckch verhält sich sonderbar. Du solltest darüber nachdenken. »Nachdenken?« wiederholte Tokahe verwundert das ihr fremde Wort. »He, das gefällt mir aber nicht, ich habe Spaß an dieser Seefahrt gefunden, und nur damit du es weißt, ich habe keine Lust, mich hinzusetzen und wie ein Brütehaufen da hocken zu bleiben, und deshalb werde ich jetzt Zoe suchen gehen, jawohl!« erklärte sie mit tadelnder Stimme und erhobenem Zeigerfinger ihrem eigenen Bauch. Doch es gelang ihr nicht, ihren Plan in die Tat umzusetzen. Denn Teggeckch schien noch nicht genug von der einmal begonnenen Unterredung zu haben. Wieselflink sprang er von der Taurolle hinab und der Schelmin in die Beine, so daß diese einen erschreckten Hopser machte, strauchelte und auf dem Hosenboden landete. Der Klabauter stakste breitbeinig um sie herum, hielt vor ihr inne und schob sein greisenhaftes Gesicht so dicht vor das stupsnasige Tokahes, daß die wippenden Zöpfchen sie kitzelten und der stechende Blick der rotglühenden Augen sich ihr in den Kopf zu bohren schien. »Und«, flüsterte der Klabauter, »was tust du? O nein, ich gebe nicht Ruh, eh du's nicht sagst, *Sie* meint, daß du *Sie* magst, die *Große*, glaub mir: Ich stamme aus *Ihrem* Schoß und weiß, ich bin ein Greis und du bist jung – wie *Sie*. *Sie* sagt: Teggeckch! Ich tu's, ich hab gefragt! Was sag ich noch, was soll ich tun? Geh fort, sonst kommt der Rabe!«

»Äh… ich?« entgegnete Tokahe verwundert, während sie auf dem Schiffsdeck rückwärts rutschte, um ein wenig Abstand zwischen sich und die mit einem Male so beunruhigend wirkenden Augen des Klabauters zu bringen. »Äh… ja, also: Sollte ich denn etwas tun?!« fügte sie mit einem schiefen Grinsen hinzu. Der Gnom starrte sie weiterhin mit weit aufgerissenen Augen an, und sein Greisenkopf wurde plötzlich puterrot vor Zorn. »Ja glaubst du denn, du kommst zurück, wenn du nicht kennst die Antwort auf das letzte Rätsel? In einem Stück trägt sie dich fort! Ja, glaubst du denn, du bleibst an diesem Ort, und jemand sagt dir: Renn!, und es ist nicht zu spät?« fauchte er und fuhr einen Wimpernschlag später mit besorgter Miene fort: »O meine dumme kleine Grrrewidditt, wenn das nicht aus dem Lot gerät!«

Tokahe schüttelte sich und traute ihren Ohren kaum: Grrrewidditt! Das war der Name, mit dem ihr Ziehvater Llladiffidath sie stets gerufen hatte! Woher kannte Teggeckch den Vater?

Das *letzte Rätsel?!?*

Sie, Grrrewidditt, müsse das *letzte Rätsel* lösen, um zur rechten Zeit Dere verlassen zu können? Nun, dazu müßte sie den Vater rufen. Nur dieser könnte seinem Ziehkind das *letzte Rätsel* aufgeben... Tokahe wußte um dieses Rätsel. Wußte, daß es tatsächlich das *letzte* Rätsel war, denn es stellte das letzte Band zwischen einem Kobold und seinem Ziehkind dar. Zugänge ins Feenreich gab es nicht überall. Um genau zu sein, gab es nur sehr wenige; seit Tokahe den letzten gesehen hatte, waren gewiß zwei Götterläufe vergangen. Dennoch hatte die Schelmin sich noch nie darum gesorgt, daß vielleicht kein für sie nutzbarer Zugang in der Nähe sein könnte, wenn sie fliehen müßte. Fliehen? Sie sah keinen Grund, sich um dererlei zu sorgen, und hatte auch noch nie einen solchen gesehen. Und doch schien Teggeckch der Meinung zu sein, es gäbe einen... Wenn man die Lösung des *letzten Rätsels* fände, bedeutete es: Du kannst durch ein Tor gehen, das nicht für dich bestimmt ist. Ein einziges Mal. Und: Du kannst nie wieder zurückkehren... Tokahe erinnerte sich mit einemmal an diesen Satz, obgleich sie nicht hätte sagen können, wo und wann sie ihn gehört hatte. Verwundert hielt sie einen Augenblick inne. Und langsam, als ob sie aus einem Traum erwachte, entschwand der sonderbare Satz ihrem Gedächnis. Zurück blieb ein Wort, daß Tokahe langsam und fragend widerholte: »Fortgehen?!«

Zornig schüttelte sie den Kopf. Was sollte das heißen: Sie sollte fortgehen? – Und was war mit Zoe? Mit ihrer Aufgabe? Der Rettung Deres? Ja, das war Zoes Aufgabe für sie gewesen: Geh nach Grangor ans Meer der Sieben Winde und rette Dere, hatte sie gesagt. Und es war ein unausgesprochenes Gesetz zwischen ihnen, daß erst die Aufgabe des einen gelöst werden mußte, ehe der andere eine neue stellen konnte!

Ungehalten stampfte die Schelmin mit dem Fuß auf und funkelte den Klabauter zornig an. »Teggeckch, was soll das? Ich will nicht grübeln! Laß uns lieber Hengist einen Besuch abstatten und ihm ein wenig bei der Wache Gesellschaft leisten, das ist sowieso viel lustiger als dein Dummgeschwätz. Es macht ein seltsames Gefühl im Kopf, und das gefällt mir nicht!« Teggeckch schmunzelte, wandte sich um, kramte ein wenig im Dunkeln und hielt unvermittelt ein gewaltiges, ledergebundenes Buch in Händen, auf welchem in großen Lettern *Des Rätsels Lösung* stand. Ein Rätselbuch! Die Schelmin strahlte, als er es ihr reichte, und sogleich waren die lästigen Gedanken verschwunden. Mit ihnen verschwand auch der Klabauter. Doch das war Tokahe einerlei, denn sie hatte sich bereits umgewandt, um nach einer Öllampe zu suchen und ihren neuen Schatz genauer betrachten zu können. Doch kaum hatte sie die Lampe über das Buch gehoben, veränderte es sich vor ihren Augen, bis sie statt dessen eine Rübe in der Hand hielt. »Hunger!« dachte sie da. »Auch gut.« Und mit einem Achselzucken biß sie herzhaft in die holzige Frucht.

In diesem Augenblick legte sich eine Hand auf ihre Schulter; sie wirbelte herum und blickte auf einen breiten behaarten Brustkorb. Tokahe legte den Kopf in den Nacken und sah in das Gesicht Raskirs.

»Komm, ich muß dir etwas zeigen«, sagte er.

Kauend folgte sie ihm.

Raskir führte die Schelmin zu den Schlafkojen der Matrosen. Dann deutete er auf seine eigene Koje, in der Tokahe im Schein der Öllaterne eine zusammengerollte Gestalt mit feuerrotem Haar liegen sah. Fragend blickte sie den Thorwaler an. Dieser zuckte mit einem schiefen

Grinsen die Achseln: »Ist einfach in Ohnmacht gefallen … Was mach ich denn jetzt mit ihr? Hat sie das öfter?«

Tokahe sah von Raskir zu Zoe, von Zoe zu Raskir … und begann laut wiehernd zu lachen.

Das Schnarchen um sie herum verstummte, und Flüche sowie verschiedene harte Gegenstände flogen in ihre Richtung.

Die Schelmin wich letzteren aus und rang, sich den Bauch haltend, nach Luft, woraufhin der Thorwaler sie aus der Kajüte zog und ihr eine schallende Ohrfeige gab, so daß Tokahe unsanft gegen die Wand prallte. Dort stand sie, hielt sich abwechselnd Bauch und Wange und gluckste, während Tränen aus ihren Augen rannen.

»He, nicht so jähzornig, mein Guter«, brachte sie unter Japsen hervor.

»Verdammt, du weckst die ganze Mannschaft auf, Kleine! Hör zu, es ist wichtig. Ich kann mir keinen Ärger leisten, es ist …« Raskir überlegte, ob er der Fremden von dem Gesehenen berichten und sie offen nach einem Zusammenhang zwischen dem seltsamen Raum und dem Auftauchen Zoes an diesem Ort fragen sollte, und beschloß, es nicht zu tun. Sie würde nur Verwirrung stiften, gewiß alles ausplaudern und womöglich die ganze Mannschaft in Aufruhr versetzen. Außerdem: Wer sagte ihm, daß er ihr vertrauen konnte? Und: Wie sollte sie ihm helfen? Sie war nur eine Küchenmaid. Und schließlich ging es bei dieser Sache nicht nur um ihn: Die Ehre der Mannschaft stand auf dem Spiel! Wenn sein Oheim etwas mit finsteren Zauberdingen zu schaffen hätte – nicht auszudenken!

In diesem Augenblick wurde der Vorhang der Kajüte zur Seite gezogen, und Zoe stand schwankend in dem schmalen Gang, die Augen schreckgeweitet. Sie starrte in Richtung Tokahes und durch sie hindurch. »Da ist er wieder! Der Dämon! Der Raum mit dem Stern am Boden! Beschworen ... o Tokahe!« wisperte sie tonlos, bevor sie erneut in Ohnmacht fiel. Die Schelmin sprang vor, um die Freundin aufzufangen, dann sah sie fragend in Richtung des Thorwalers. Dieser hatte ihr den Rücken zugewandt und blickte auf eine Gestalt mit langem grauweißem Haar und ebensolchem Bart, welche nebelumwabert am Ende des Ganges stand. Der Geruch von Tabak hing in der Luft. Raskirs Gedanken überschlugen sich: Was hatte die Rothaarige gesagt? Ein Dämon? Das würde vieles erklären: ihre Angst, die Flaute ... Und: Bei Swafnir! Das seltsame Verhalten des Oheims! Die ganze Mannschaft war in Gefahr! Er mußte sie warnen! Sie mußten fliehen! Ja, sie mußten sofort alle fliehen und dieses Schiff mitsamt seinen finsteren Insassen und seinem Oheim ...

Aber was dachte er da überhaupt! Dieses Levthansweib hatte von einem *DÄMON* gesprochen!!! Das war doch nicht möglich! Vielleicht hatte sie sich geirrt? Mußten sie jetzt alle sterben? Hatte sein Oheim sich mit den finsteren Mächten eingelassen? *Sein Oheim?* Der große Kapitän, Oberhaupt der Ottajasko, Vater Firinjas, die ihr Leben dem Swafnir geweiht hatte? Nein, das konnte nicht sein! Es mußte sich um einen Irrtum handeln!

Ratlos sah er den Oheim an. »Liskolf, ich glaube, du bist mir 'ne Erklärung schuldig«, sagte er dann.

Tokahe kannte die Ängstlichkeit ihrer Freundin, die, einmal der Panik verfallen, in jeder lichtlosen Ecke dämonische Wesenheiten sah, und ein Blick in Richtung der Gestalt am Ende des Ganges bestätigte ihren Verdacht. Sie kicherte, während Raskir für sie unverständliche thorwalsche Worte an die Gestalt am Ende des Flures richtete. Tokahe liebte Situationen, in denen alle Anwesenden ratlos und irritiert waren. Zu ihrem großen Bedauern hatte sie keine Begabung fürs Zeichnen, sonst hätte sie ihr Leben damit verbracht, entgleiste Gesichtszüge von Menschen und anderen Wesen festzuhalten. Tokahe bedauerte, daß Liskolfs Gesicht zur Hälfte durch den Bart verhangen und es darüber hinaus so dämmrig in dem Gang war. Sie konnte fast nichts sehen!

Die Stimme des Kapitäns klang gepreßt, als er sagte: »Still jetzt! Folgt mir! Alle!«

Während er sich umwandte, versuchte Tok, die bewußtlose Freundin zu schultern, was ihr nur mit Mühe gelang. Die schwere Last halb über den Boden schleifend, stolperte sie hinter Liskolf her. Erst in diesem Augenblick erwachte Raskir aus seiner Erstarrung, nahm Zoe auf, schulterte sie ohne Mühe und setzte sich apathisch in Bewegung.

Beschworen! hämmerte es in seinem Kopf. Dämonen!

Brabak, später Nachmittag

Sindai hatte die Akademie am Morgen verlassen, um ihr neues Gewand abzuholen, das der Schneider der Vereinbarung gemäß am heutigen Tage für sie fertiggestellt haben wollte. Die Halbelfe war, wie stets, wenn sie die Akademie verließ, in ihr Reisegewand gehüllt: eine Kutte aus weißem Leinen, gehalten von einer zweifach gedrehten Kordel, sowie lederne Schnürsandalen. Ein weites, weißes Tuch, das sie nach Art der Novadi um den Kopf geschlungen hatte, schützte die Haut vor der so tief im Süden auch im Peraine schon unbarmherzig brennenden Sonne.

Bei der Schneiderei angekommen, war Sindai zufrieden: Die Arbeit war ordentlich und schlicht, ganz so, wie sie es sich gewünscht hatte. Das neue Gewand, das sie sich hatte anfertigen lassen, war von smaragdenem

Grün und sollte ihr im Laufe der Jahre dünn und schäbig gewordenes Reisegewand ersetzen.

Während die Magierin nun mit zielstrebigen Schritten die Straßen Brabaks durchmaß (und genau das tat sie, sie schlenderte nicht und blieb kein einziges Mal stehen, um die Auslagen in einem der Geschäfte oder die Waren auf dem Marktplatz zu begutachten), ließ sie die vor wenigen Tagen belauschte Szene in der Bibliothek der Akademie erneut Revue passieren.

Zu wem mochten die beiden Stimmen gehört haben, so fragte sie sich immer noch, und was könnte es sein, das der zischelnde Mann ihr nicht zutraute? Es schien sich um eine geheime Mission zu handeln, bei der die Akademie sie um Hilfe bitten würde. Oder drehte es sich um eine Angelegenheit, die einer Zusammenarbeit mehrerer Magiekundiger bedurfte und bei der man auf den Rat der Brabaker zurückgriff?

»Sie ist eine der Besten auf diesem Gebiet«, hatte die tiefere der beiden Stimmen gesagt. Natürlich wußte die Halbelfe, auf welchem Gebiet ihr Schwerpunkt lag. Und sie wußte auch, daß sie gut war – eine nahezu perfekte Chimärologin ...

Auch über das Bild, das Demelioe Nandoniella Terbysos (keine Elfe, wie manch einer ob des blumigen Namens vermuten würde), die Leiterin der Akademie, sowie die Lehrmeister und Schüler von ihr hatten, war sie sich sehr genau im klaren. Sie selbst hatte es schließlich wissentlich so geformt, hatte seit Beginn ihrer Ausbildung in Brabak daran gearbeitet, so zu wirken, wie die unbekannte ältere Stimme sie in der Akademie beschrieben hatte. Freilich war ihr Ruf von Anfang an begünstigt gewesen, als sie vor sieben Götterläufen um Aufnahme zum Zwecke der Weiterbildung gebeten und den Namen ihres bisherigen Lehrmeisters genannt hatte: Abu Terfas. Die erste Reaktion war damals ein ungläubiges Stirnrunzeln gewesen. Auch in Brabak war bekannt, daß der legendäre Abu Terfas sich nur selten bereit erklärte, sein Können weiterzugeben – und es wohl auch sehr wenige Wesen auf Dere gab, die einem Leben mit dem alten Tulamiden auf lange Sicht gewachsen waren. Doch nachdem Sindai ihr Können unter Beweis gestellt und die Spektabilität erkannt hatte, daß die damals Achtzehnjährige keineswegs danach trachtete, ihr dereinst den Posten der Akademieleitung streitig zu machen, sondern sich lediglich ihren Studien widmete, war die stille und ehrgeizige Schülerin stets mit Respekt behandelt worden und hatte sich in Ruhe der Vertiefung ihres Wissens widmen können.

Sindai war gespannt auf den Auftrag, den man ihr erteilen würde. Denn daß der Fremde mit der zischelnden Stimme sehr bald käme, um sie aufzusuchen, daran zweifelte sie nicht. Sie konnte ihre theoretische Bildung nicht weiter vertiefen, zumindest nicht hier in Brabak, und da sie sich nie besonders für ihr Umfeld interessiert hatte, wußte sie auch nicht, wohin sie sich noch hätte wenden sollen, um zu lernen. Darüber hinaus lagen ihre letzten *wirklich* ergiebigen praktischen Studien nunmehr bereits sieben Jahre zurück. Ja, so dachte sie, die Brabaker waren mit einigen Wassern gewaschen, aber gewiß nicht mit allen. Es war an der Zeit, das erworbene Wissen einzusetzen …

Um was auch immer es sich im einzelnen handeln mochte: Sindai wußte, daß sie die Herausforderung annehmen und ihr gewachsen sein würde.

Mittlerweile war die Straße um die Magierin herum menschenleer geworden. Sie bog in den schmalen Lehmweg ein, der die Häuser der Stadt hinter sich ließ, um sich zum Konvent der verfinsterten Sonnenscheibe hinaufzuwinden.

Wenige Minuten später stellte sie den gefüllten Bastkorb ab und legte die Rechte in den kühlen, basaltenen Schnabel des Nachtwindes, der seine mächtigen Schwingen inmitten der verzerrten Dämonenfratzen ausbreitete, die das bronzene Eingangstor der Akademie schmückten. (Wobei sich ein anderes Wesen als Sindai in diesem Zusammenhang gewiß gegen den Begriff des Schmückens gewehrt hätte, da die metallenen Reliefs bei einem durchschnittlichen Aventurier eher den Fluchtinstinkt ansprachen, als Bewunderung hervorzurufen. Ich selbst zum Beispiel habe die Akademie auf meiner Reise gleichfalls aufgesucht und tatsächlich so lange vor dem verschlossenen Portal ausgeharrt, bis ein Wagemutiger kam, der den Mut aufbrachte, das Tor zu öffnen. Freilich schreckten Sindai die Verzierungen nicht, obwohl ich auch kaum glaube, daß sie Gefallen an ihnen fand. Für wahrscheinlicher halte ich, daß sie sich fragte, wofür der ganze Aufwand gut sein sollte.)

Die feuchtschimmernde blutrote Farbe (war es Farbe?), mit der der Künstler die messerscharfen Kanten des Tierschnabels verziert hatte, ließ die Hand der Magierin zerbrechlich und fast durchscheinend wirken. Sie tastete im dunklen Inneren nach der seltsam rauhen und pelzigen Zunge des Nachtwindes, welche unter der Berührung zurückzuzucken schien. Ein kalter Hauch streifte Sindais Haut, als der obere Teil des scharfen Vogelschnabels lautlos herabfuhr und erst wenige Wimpernschläge vor der unweigerlichen Abtrennung des schlanken Handgelenkes unvermittelt zum Stillstand kam.

Das schwere Tor schwang auf, die Rechte entglitt dem Schnabel, und Nebelschwaden schmiegten sich an den Körper der jungen Frau, gleich grabeskalten Händen, die sie abzutasten schienen. Hinter dem Nebel war es still und finster, bis auf ein fernes Dröhnen (ein Geräusch, so leise und so tief, daß es eher durch ein dumpfes Ziehen in der Bauchgegend denn allein durch Hören wahrgenommen werden kann).

Die junge Frau atmete erleichtert auf, griff nach ihrem Korb, tauchte ein in den trüben Schlund des Tores und genoß es, daß der Schweiß, den die Hitze ihrem Körper abgerungen hatte, nun trocknete und die kalte Luft sie frösteln ließ. Sie haßte die Sonne, hatte sie immer gehaßt. Sie schmerzte, verbrannte ihre helle Haut, sobald sie sie berührte.

Das Tor schloß sich hinter ihr, so selbständig und nahezu geräuschlos, wie es sich zuvor geöffnet hatte. In der klammen Schwärze, die sie umgab, ging Sindai zielstrebig einige Schritte nach links, stieß dort auf ein schuppiges Gewebe – ein Vorhang, wie sie wußte –, schob ihn beiseite und betrat das Innere des Gebäudes. Ein junger Mann saß an einem Mahagoniholztisch und kaute lustlos an einem Kanten Brot. Das wuchtige Möbel wurde halb von zwei riesenhaften Statuen verdeckt. Sie stellten Wächterdämonen dar und flankierten den Eingang zu der prunkvollen und mit imposanten Fresken ausgestatteten Empfangshalle der Akademie. Sindai nickte dem Mann grüßend zu. Dann bog sie in einen unscheinbaren Seitengang ein, der zum Wohntrakt des Institutes führte.

Sie bewegte sich durch verschachtelte, menschenleere Steinflure in Richtung ihrer Kammer. Dumpf hallten ihre Schritte von den kahlen Mauern wider. Die Pechfackeln an den Wänden flackerten leicht, als sie sie passierte, und verzerrten ihren Schatten auf den schwarzglänzenden Bodenplatten.

Die junge Magierin hielt inne und betrachtete ihren Schatten:

Der Korb bildete einen rindskopfgroßen Auswuchs an ihrer Seite. Das flackernde Abbild erinnerte sie an etwas – etwas, an das sie schon lange Zeit nicht mehr zurückgedacht hatte –, Menschenchimären. Nur wenige hatten sich an solch ein Experiment herangewagt, so sagte man.

Hättest du Skrupel, ein denkendes Wesen zu verarbeiten, Sindai?

Derajan hatte ihr diese Frage gestellt, doch das war vor langer Zeit gewesen. Ein Bild schob sich vor ihr inneres Auge: eine schwüle Nacht, das dichte Blätterdach des Waldes, Geräusche von Tieren im Halbdunkel, ein junger Tulamide, nur mit einer Tunika bekleidet, seine hypnotisierenden Augen; sie kennt diese Augen viel zu gut und weiß, sie sind fragend auf sie gerichtet, und eine Stimme forderte eine Antwort von ihr: »Sindai, wer bist du wirklich? Woher kommst du? Warum ängstigst du dich vor mir?«

Sindai faßte den Korb fester und setzte den Weg zu ihrem Zimmer fort. Sie dachte nicht gern daran zurück. Sie dachte niemals gern *zurück*.

Die Tür zu ihrer Kammer öffnete sich, noch ehe die Magierin sie erreicht hatte.

»Ssseid Ihr Sssindai Rathilsssdarn?«

Die Gestalt, die ihr gegenüber stand, war in einen grauen Umhang gehüllt, dessen große Kapuze das Gesicht verdeckte. Doch Sindai erkannte unschwer die Stimme wieder, die sie in der Bibliothek belauscht hatte. Sie nickte, folgte dem Fremden in ihre fensterlose Kammer und stellte ihren Korb ab. Dann griff sie auf einem Regal nach Feuerstein und Zunder, um eine Kerze zu entzünden, denn sie hatte stets mehr Gefallen an dieser Art Beleuchtung gefunden als an dem magischen Licht des Zauberstabes.

»Kein Licht!« vernahm sie aus dem Dunkel.

Sie schloß die Tür und tastete sich in der nunmehr völligen Schwärze zu ihrem Stuhl.

»Keine Angssst, ssso ganzzz allein mit einem Fremden?« wisperte es neben ihrem Ohr.

»Nein«, entgegnete sie mit fester Stimme. »Können wir nun zur Sache kommen? Ich hoffe doch sehr, daß Ihr mir darin zustimmt, daß dererlei Spiele hier unangebracht sind. Ihr wißt, mit wem Ihr es zu tun habt.«

»Nun gut«, zischelte die Stimme, »fangen wir an. Ich habe keine Antworten für Euch, alssso bitte ich darum, erssst gar keine Fragen zzzu stellen. Ich schätzzze esss sssehr, wenn man meine Bitten erfüllt. Ihr habt Euch morgen zzzur achten Stunde am Brabaker Hurentempel einzzzufinden. Im Hafen werdet Ihr ein Schiff betreten, dasss Euch nach Altoum bringen wird. Die Akademie hat Euch als Forschungsssreisende angekündigt, Ihr werdet auf die Waldinsssel reisen, um dort dasss Leben der Wilden zu erforschen. Weitere Inssstruktionen sssowie die Namen Eurer Kontaktpersssonen in Altoum sssind schriftlich fessstgehalten und befinden sssich auf Eurem Tisch. Prägt sssie Euch ein und vernichtet ansssschließend die Aufzzzeichnungen!« Das leise Klacken einer auf den Tisch fallenden Pergamentrolle war zu hören.

»Noch Fragen?«

Sindai schwieg. Nach einer Weile öffnete sich die Tür, die Gestalt trat hindurch und schloß sie hinter sich. Die Magierin griff erneut nach Feuerstein und Zunder, entzündete die Kerze, entrollte das Pergament und begann zu lesen.

An Bord der *Golgaris Schwinge*, Nacht

Raskir, Tokahe und die mittlerweile wieder zu Bewußtsein gekommene Zoe waren Liskolf in die Kapitänskajüte gefolgt und saßen nun schweigend beieinander, jeder einen Becher Branntwein in den Händen. Zoes Blick verlor sich im bläulichen Schimmer der Gwenn-Petryl-Steine, Raskir ersann eine um die andere Frage, mit der er das Gespräch beginnen könnte, und verwarf sie mit einem Blick auf den Oheim wieder. Selbst die

Schelmin sprach nicht, spielte mit den Haaren Zoes und hing ihren Gedanken nach.

So war es schließlich der alte Kapitän, der zu reden begann: »Raskir, vielleicht war es ein Fehler von mir, dich nicht in meine Zweifel und Sorgen einzuweihen. Du bist ein erfahrener Seemann, bei Swafnir, und dein Rat und dein starker Arm sind immer auf der Seite der Ottaskin gewesen. Ich kenn dich schon, da hast du noch in die Windeln geschissen, und schon damals wußte ich, du hast das Zeug, später mal die Ottajasko zu leiten. Jetzt ist's so gekommen, du bist der neue Kapitän, wenn es Swafnir gefällt, mich zu Boron zu bringen. Nun, Junge, wir sind nicht unter uns, und es kann gut sein, daß der alte Liskolf dich überrascht, weil er trotzdem mehr redet als die ganzen letzten Monde zusammen ... Hmhm ...«

Er musterte die beiden Frauen und nickte ihnen zu, ehe er sich erneut Raskir zuwandte.

»Ich habe meine Gründe, Raskir, will zumindest hoffen, daß ich mich nicht täusche. Unsere zwei Hübschen hier sind bestimmt keine Seebären wie wir, aber lesen könnense, und das zeigt mal, daß sie gebildete Leute sind. Vielleicht kann uns das was nützen, Raskir, denn ich bin mit meiner Weisheit am Ende, das kannst du mir glauben.«

Liskolf machte eine bedeutungsschwangere Pause, die er dazu nutzte, seine Pfeife neu zu stopfen und jeden der Anwesenden einer genauen Musterung zu unterziehen. Zoe rutschte unruhig auf ihrem Sitz hin und her und versuchte, sich hinter der Schelmin zu verstecken, was ihr nicht gelang. Liskolf runzelte die Stirn und fuhr fort: »Wenn einer von euch auch nur ein Sterbenswörtchen von dem, was ich erzählen will, an die Mannschaft weitergibt, gibt's Ärger, das verspreche ich euch! Ihr werdet bei Swafnir schwören, daß ihr nur, wenn Not am Mann ist oder ein Geweihter euch fragt … na, jedenfalls: Kein Wort zu der Ottajasko, sonst lernt ihr mich kennen, ist das klar?« Ungehalten brummte er noch einige unverständliche Worte, ehe er sich Tokahe und Zoe zuwandte.

Die beiden hatten dem Alten aufmerksam zugehört, und es war die Gauklerin, die nun das Wort ergriff: »Werter Liskolf, wir danken Euch für Euer Vertrauen, und gern wollen ich und meine Gefährtin Eurer Bitte Folge leisten. Was Eure Hoffnung auf Hilfe betrifft, so will ich Euch nichts vorenthalten: Tokahe ist, im Gegensatz zu mir, tatsächlich des Lesens und Schreibens mächtig, auch haben wir beide schon viel von Dere gesehen und gehört, das vielleicht hilfreich sein könnte, obwohl wir niemals eine Hesindeschule besucht haben. Aber ich versichere Euch: Was immer wir tun können, Euch zu helfen, solange es nur rechtens und im Sinne der Götter ist, wir werden es tun! Das schwören wir bei allen Zwölfen.« Und dann erzählte sie dem Kapitän, wie sie auf der Suche nach Raskir in das Innere des Schiffes vorgedrungen war, verheimlichte auf einen fragenden Blick hin auch die geöffneten Schlösser nicht und entschuldigte sich für ihre Unvernunft.

Liskolf lauschte den Schilderungen der Gauklerin mit unbewegter Miene und spielte zeitweise mit dem Gedanken, die Rothaarige kielholen zu lassen und mitsamt ihrer Freundin auf der Stelle aus der Kajüte zu werfen. Doch sein Jähzorn blieb aus. Statt dessen fühlte er sich mit einemmal unsagbar müde und erschöpft. Was soll's? dachte er nur, und dann gab er mit einem tiefen Seufzer dem Wunsch nach, alles zu erzählen, was ihn in den letzten Monden beschäftigt hatte. Daß er nicht mit Raskir allein war, daß das, was es zu schildern gab, gewiß nicht für die Ohren dahergelaufener Küchengehilfinnen bestimmt war – zumal sie noch nicht einmal zur Ottajasko gehörten –, selbst das war ihm plötzlich einerlei. Es war richtig so, er *spürte* es. Er gab sich diesem Gefühl hin und hinterfragte es nicht.

So berichtete der alte Mann ihnen von der Depesche, die er vor nunmehr vier Monden erhalten und in der man ihn aufgefordert hatte, diese Karracke nach Altoum zu geleiten. Weiterhin von dem vermummten Auftraggeber, den er in einer verrauchten Premer Hafenkaschemme getroffen und der ihm vor allem eines klargemacht hatte: Diese Reise würde gut bezahlt werden, sehr gut sogar. Und die Kunden, in deren Namen er sprach, würden ein Scheitern des Unternehmens, egal unter welchen Umständen, auf gar keinen Fall dulden. Auf Zoes Frage hin, warum Liskolf an diesem Punkt der Unterhaltung nicht die Kaschemme verlassen und das Ansinnen – so es ihm denn mißfallen – schlichtweg abgelehnt hatte, lächelte der Alte nur müde. Die Resignation und Erschöpfung sowie die nagenden Selbstvorwürfe, die aus den Augen seines Oheims sprachen, brachen Raskir fast das Herz. »Was hätte ich tun sollen?« entgegnete Liskolf. »Er…« Hier legte er eine kurze Pause ein, bevor er fortfuhr: »…wußte 'ne Menge Sachen. Ich hatte keine Wahl. Einige Wesen sind stärker, ihr Arm ist länger als unser Wunsch nach Freiheit und Gerechtigkeit.«

Sie saßen eine Zeitlang schweigend beieinander, bis Raskir mit fester Stimme sagte: »Oheim, es steht mir nicht an, deine Entschlüsse in Frage zu stellen. Du bist der Älteste hier und hast deine Entscheidungen immer nach bestem Wissen für die Mannschaft getroffen, und du hast uns viel Ruhm damit eingebracht. Aber, verdammt, du mußt mir alles sagen, was du weißt. Und, bei Swafnir, gemeinsam werden wir einen Weg finden herauszubekommen, was dieser Knilch für einer ist, der einfach so daherkommt und meint, er könne eine Ottaskin zwingen!«

»Hmhm…« Der Kapitän entzündete seine Pfeife,

und die Rauchwölkchen vermischten sich mit dem hellen Blau des Lichtes der Petrylsteine.

Zoes Augen ruhten auf dem wettergegerbten Gesicht des Alten. Sie fühlte sich nicht wohl in ihrer Haut und spielte mit dem Gedanken, die Kapitänskajüte unter irgendeinem Vorwand zu verlassen.

Nicht, daß sie dem Alten nicht hätte helfen, nicht, daß sie bei den Erzählungen des Kapitäns nicht von Neugierde und Abenteuerdrang erfaßt worden wäre. Doch sie spürte, daß Raskir mit seinem Oheim allein sein wollte. Dummerweise spürte sie auch, daß sie Tokahe nicht zum Fortgehen würde bewegen können. Ohne einen Blick auf die Freundin zu werfen, wußte sie, daß deren Augen unablässig hin und her schnellten, während in ihrem Kopf die aberwitzigsten Gedanken Gestalt annahmen. Oh, Tok würde höchst ungehalten sein, Zeter und Mordio schreien, wenn sie, Zoe, nun vorschlüge, die Kajüte zu verlassen. Zoe dachte angestrengt nach, und schließlich hatte sie eine Idee. Sie tastete nach der Hand der Gefährtin und zeichnete auf deren Innenseite sanft die Linie eines Kreises, ein Zeichen, das sie einst ausgemacht hatten; es bedeutete: Bitte erfülle mir einen Wunsch.

»Liskolf«, sagte sie dann, »wir werden Euch helfen, soweit wir es vermögen, doch mir scheint, es gibt einige Dinge, die Ihr erst einmal unter vier Augen zu besprechen habt.« Sie zwinkerte Raskir zu: »Seemannsgarn, oder wie all diese Dinge heißen, von denen wir nichts verstehen. Wenn wir Euch noch mit irgend etwas helfen können, wißt Ihr ja, wo wir zu finden sind!« Raskir warf ihr einen erstaunten Blick zu und nickte dann anerkennend. Die Gauklerin erhob sich, griff nach einer entzündeten Laterne und zog Tokahe mit sich, die ihr tatsächlich widerstrebend folgte, allerdings nicht ohne ein »Ich hätte da ja schon das ein oder andere Gurkenfaß voll von Ideen bezüglich der ganzen Angelegenheit, wende dich also ruhig vertrauensvoll an mich, Herr Kapitän!« in Liskolfs Richtung zu werfen. Mit einem Zusammenschlagen der Hacken – in Anbetracht der Leinenschuhe, die sie trug, war das Geräusch erstaunlich laut und klang eher nach schweren soldatischen Lederstiefeln – verließ sie den Raum. Die Rothaarige schloß die Tür und zog ihre Geliebte in Richtung der Treppe. Tokahe folgte Zoe laut polternd, und im Takt ihrer Schritte murmelte sie immer wieder vor sich hin: »Mei-ne-Göt-tin-heißt-Zo-e-manch-mal-ist-sie-dumm-wie-Klee.«

Die Gauklerin lächelte versonnen. Und sie griff erneut nach der im Marschschritt wippenden Hand Tokahes.

Als Tokahe die Tür zum Deck hin öffnete, stieß sie mit einer dunklen Gestalt zusammen. Zoe schrie beim unverhofften Anblick der dunklen Silhouette erschrocken auf und griff nach ihrem Dolch. Doch die Schelmin kniff nur kurz die Augen zusammen und stellte, als sie in dem Mann Fjornwulf erkannte, fest: »Der Kapitän befindet sich in einer wichtigen Sitzung und möchte nicht gestört werden!«

»Ich glaube kaum, daß ihr zu entscheiden habt, wann Liskolf von mir gestört werden möchte und wann nicht«, entgegnete Fjornwulf schroff. »Was habt ihr zwei denn hier verloren?«

»Wir haben uns verlaufen«, flötete die Dunkelhaarige und bemühte sich redlich, ein unschuldiges Gesicht aufzusetzen.

An dieser Stelle möchte ich einmal mehr meine Erzählung unterbrechen, denn es scheint mir, als wäre es an der Zeit, Dir, geneigter Leser, etwas über Fjornwulf zu erzählen.

Wie bereits erwähnt, stammte Fjornwulf nicht aus Raskirs Ottaskin, hatte aber vor einigen Götterläufen den Traviabund mit Firinja, der Tochter Liskolfs, geschlossen. Der alte Liskolf hatte nichts dagegen. Fjornwulf war auch in seinen Augen eine gute Wahl: ein wackerer Zimmermann, dazu noch ein Thorwaler. Der Bursche war umgänglich, konnte anpacken und schien seine Firinja über alles zu lieben. Stattlich war er überdies: das dicke, flachsblonde Haar trug er stets zu einem Pferdeschweif gebunden, seine meerblauen Augen umgaben unzählige Lachfalten, und sein offenes Wesen sowie sein derber Humor hatten Liskolf auf Anhieb gefallen. Auch über seine Ottaskin gab es nur Lobenswertes zu berichten.

Doch eine Geschichte ist mir in den Jahren meiner Reise durch Aventurien zu Ohren gekommen, die vielleicht erklären kann, was für eine Rolle der Zimmermann im Verlauf unserer Geschichte spielen wird. Und ich möchte sie Dir, werter Leser, nicht vorenthalten. Vielleicht wirst Du Dich zu einem späteren Zeitpunkt an sie erinnern und sie zu seinen Gunsten in die Waagschale werfen, wenn es darum geht, die Guten zu richten und die Bösen zu ächten.

Es begab sich wohl einen halben Götterlauf, ehe Liskolf die Depesche erhielt, die ihn zum Kapitän der *Golgaris Schwinge* bestimmte, daß ein schmalschultriger junger Barde die Ottaskin besuchte und um Unterkunft bat. Man verwehrte ihm diesen Wunsch nicht, zumal die Namenlosen Tage vor der Tür standen, jene dunkle Zeit, in der die Augen der Götter getrübt werden von dem fauligen Atem des finsteren Namenlosen und in denen ein jeder allein und ohne Herberge verloren ist. Jener Barde also, Alrik Sturmfeder war sein Name, fand Unterschlupf im Hause Fjornwulfs. Firinja weilte in Prem, und so war genügend Platz, den Gast zu beherbergen. Die Namenlosen Tage vergingen, und an ihrem Ende feierte die Ottaskin wie zu Beginn eines jeden Jahres ein großes Fest mit viel Bier und Met. Während die

Feier bereits in vollem Gange war, fiel einigen auf, daß Fjornwulf noch nicht zu ihnen gestoßen war. Sie suchten sein Haus auf und fanden die Läden und Türen noch immer geschlossen vor, und auch auf das Klopfen und Rufen hin erfolgte keine Antwort. Nachdem man sich nach einer kurzen Lagebesprechung mit Gewalt Zutritt verschafft hatte, fand man Fjornwulf bewußtlos auf seinem Lager. Er blutete aus einer Platzwunde am Kopf und kam nur langsam wieder zu sich. Von dem jungen Barden aber fehlte jede Spur. Fjornwulf selbst brauchte nach diesem Vorfall einige Wochen, um wieder der Alte zu werden. Der Schlag schien ihm schwer zugesetzt zu haben. Er hatte vieles vergessen, mußte etliche Namen von neuem lernen. Auch Witze zu erzählen fiel ihm schwer, und manchmal verdunkelte sich unvermittelt und scheinbar grundlos das offene freundliche Gesicht.

Die Ottaskin sah wohlwollend darüber hinweg: »Der fängt sich schon wieder!« war der allgemeine Konsens. »Braucht nur 'n bißchen Zeit.«

Die Wochen vergingen, und nach und nach kehrten Fjornwulfs Erinnerungen und sein freundliches Wesen zurück.

An Alrik Sturmfeder und die Namenlosen Tage vor dem Jahreswechsel von 1016 auf 1017 aber vermochte er sich nicht mehr zu erinnern …

28. Peraine 1017 nach Bosparans Fall

Brabak, am Morgen

Vierzehn Tage später erreichte die *Golgaris Schwinge* Brabak.

Das Meer zeigte sich von seiner besten Seite. Nach der anfänglichen Flaute blies ein wackerer Nordwind, blähte die hellen Segel und ließ das Schiff schnell vorankommen. Meist fuhren sie in Sichtweite der Küste, und auch auf der Strecke zwischen Kuslik und Mengbilla hatten sie nicht die kürzere Route durch die Zyklopeninseln genommen, sondern sich weiterhin in der Nähe der Küste gehalten – vorbei an den großen Städten des Lieblichen Feldes – Belhanka, Methumis und Neetha –, und dazwischen an den grünen Auen und perainegesegneten Feldern dieses Landstrichs.

Liskolfs Mannschaft umsegelte das Kap nicht zum ersten Mal. Schließlich waren sie nicht einfach nur Schiffsüberführer oder Handelsleute, sondern sie waren Thorwaler, die Herren der Meere! Und obgleich Liskolfs Ottajasko ihre Dukaten tatsächlich mit ihrer Seemannskunst und nicht etwa mit dem Entern kleinerer Handelsschiffe verdiente, gab es auch für sie kein Halten mehr, wenn ein Schiff der verhaßten Al'Anfaner Sklavenhändler ihren Drachen kreuzte. Diese götterverdammten Rabenjünger gehörten gejagt – ob ums Kap oder bis zum Ende der Welt, das war einerlei. Doch ein gehöriger Respekt vor den stürmischen Winden und den unberechenbaren Untiefen am Kap war in den Herzen aller Seeleute verwurzelt. Man muß seinen Gegner achten, um eine Herausforderung auszusprechen oder anzunehmen – auch, um ihm mit Heldenmut entgegentreten zu können. Eine Schlacht gegen ein unwürdiges Gegenüber ist nicht nach dem Geschmack der Thorwaler. Weiß man doch, daß die Sagen und Lieder, die sich später um den Kampf ranken werden, desto zahlreicher und ausführlicher sein werden, je schwieriger der Gegner zu bezwingen ist. Und was gibt es Großartigeres als ein Lied zu Ehren der eigenen Ottaskin, das von den Skalden in die Welt hinausgetragen wird?

So verbrachten die Seeleute ihre Zeit mit Wantenwettklettern, Zechen, Segelhissen, Singen, Segeleinholen, Raufen, mit dem Einstudieren von Manövern sowie derben Scherzen und winkten in ihrer freien Zeit den Schiffern und Fischern zu, würfelten oder versuchten die Möwen anzulocken, nur um sie dann mit lautem Gejohle wieder zu verscheuchen.

Was für die Thorwaler und die Grangorer Routine war, war für Tok und Zoe, die ja das erste Mal in ihrem Leben auf einem Schiff fuhren, neu, aufregend und fremd. Sie lernten viel in diesen Tagen, zum Beispiel mit der rauhen Sprache und Umgangsweise der Thorwaler umzugehen (sie lernten sogar ein paar Worte ihrer Sprache, und für einen winzigen Moment befürchtete Zoe, die Freundin werde sich von nun an ›Hjaldingard‹ nennen wollen. Doch die Sorge stellte sich als unbegründet heraus. Der Schelmin schien ihre Begeisterung für das Mohische noch nicht abhanden gekommen zu sein.) Sie trugen etliche blaue Flecken von einer Rauferei davon (Zoe hatte der Versuchung des Falschspiels beim Würfeln nicht widerstehen können, was aber, da sie für gewöhnlich Karten spielte, nicht unentdeckt geblieben war), lernten, sich auf dem

Schiff nützlich zu machen, Seile und Segeltuch zu flikken, und ließen sich von den Seeleuten wieder und wieder Berichte ihrer bisherigen Fahrten erzählen.

Von Seeschlangen war da die Rede, von Krakenmolchen, von Piraten, Seeschlachten und vom fernen Güldenland. Die Stadtkinder staunten und waren dankbare Zuhörer, die großmütig über die mitunter hahnebüchenen Übertreibungen der Erzähler hinwegsahen. Sie wußten eine gute Geschichte zu schätzen, und Aufschneidereien gehörten nun einmal dazu. Doch auch die Seeleute genossen mit der Zeit die Anwesenheit der ›Landratten‹, ergötzten sich an ihren Berichten über Begegnungen mit Stadtgardisten (wobei diese natürlich am Ende immer als die Ausgetricksten dastanden) und begrüßten die willkommene Abwechslung einer abendlichen Gauklervorstellung, bei der Zoe beim Messerwerfen einmal fast die Freundin verletzt hätte, da sie beim Zielen das stete Schwanken des Schiffes falsch eingeschätzt hatte. Am fünften Tag spannte Tokahe ein dünnes Seil über dem Deck aus und balancierte darauf, während sie einen Kampf mit einem Drachen simulierte, welcher beim Höhepunkt der Darbietung für gewöhnlich tatsächlich erschien – freilich als eine Illusion der Schelmin. Diesmal jedoch erschien er nicht, so sehr Tokahe sich auch bemühte – und so fiel sie, abgelenkt wie sie war, vom Seil und hätte sich wohl ernstlich verletzt, wenn eine der Matrosinnen sie nicht aufgefangen hätte.

So zogen die Tage dahin, und hatten Raskir und die beiden Landratten zu Anfang noch oft beratschlagt, was es mit dem seltsamen Auftraggeber des Kapitäns auf sich haben mochte, so fand sich mit der Zeit neuer Gesprächsstoff, der ihnen spannender erschien.

Tok hatte noch eine Weile über das seltsame Verhalten Teggeckchs nachgedacht, doch auch hier war sie zu keinem Ergebnis gekommen. Und da langes Grübeln noch nie zu ihren Lieblingsbeschäftigungen gehört hatte, beschloß sie, die Dinge auf sich zukommen zu lassen. Zoe hatte sie lediglich berichtet, daß es einen Klabauter an Bord der Karracke gebe, und deren Fragen mit Neckereien und Küssen erstickt. (Darüber hinaus hatte Teggeckch sich seit jenem Abend nie wieder befremdlich verhalten, und die Schelmin und er hatten den einen oder anderen Seemann schon gehörig an der Nase herumgeführt.)

Vielleicht hatte die Freundin deshalb nicht weiter nachgehakt, weil sie zu sehr damit beschäftigt war, Verdachtsmomente gegen Fjornwulf zu sammeln, der ihnen auf dem Rückweg von der Kapitänskajüte so unwirsch über den Mund gefahren und ihr überdies von Anfang an unsympathisch gewesen war. Doch sie wußte nicht recht, wonach sie suchen sollte, und konnte auch nichts Verdächtiges finden.

Zudem war das Leben auf dem Schiff viel zu spannend und abwechslungsreich, so daß sie ihre Beschattungspläne verwarf (für die sie die Schelmin ohnehin nicht hatte begeistern können, da Tok sie für viel zu langwierig und langweilig hielt). Und so fiel die Gauklerin des Nachts todmüde in ihre Koje, wenn sie nicht der Wache Gesellschaft leistete oder mit der Geliebten den Sternenhimmel bewunderte, der ihr hier auf See um vieles klarer erschien als an Land.

Raskir hatte den beiden berichtet, was Liskolf ihm erzählt hatte, nachdem die Frauen die Kapitänskajüte verlassen hatten, doch auch er wußte sich auf das wenige keinen Reim zu machen.

Der Alte hatte ihm nicht viel Neues mitgeteilt. Die Reise sollte nach Altoum gehen, mit einem Zwischenhalt in Brabak, wo man einen südmeerkundigen Lotsen und Steuermann sowie eine weitere Person auf der *Golgaris Schwinge* aufnehmen sollte. Auf Altoum angelangt, werde man an einer auf der Karte eingezeichneten Stelle anlegen. Liskolf und die Mannschaft sollten an dieser Stelle die Karracke verlassen und mit einem dort auf sie wartenden Schiff nach Charypso weitersegeln, von wo aus die Ottajasko eine Passage zurück nach Grangor, ihrem Ausgangshafen, nehmen würde. Auch diese werde der Auftraggeber bezahlen.

Doch Raskir sorgte sich weiterhin um den Oheim. Liskolf war noch immer still und wirkte verzagt. Seit einigen Tagen trafen Zoe und Raskir sich regelmäßig nachts im Krähennest, wo der Thorwaler die junge Gauklerin auf deren Wunsch hin in Sternkunde unterwies. »Ich glaub, da liegt noch was im argen, der Alte sagt was nich…«, hatte Raskir sich bei einem dieser Treffen Zoe anvertraut. Doch was ›im argen‹ lag, das wußte er nicht, und auch die empfindsame Zoe vermochte sich keinen rechten Reim auf das Verhalten des Kapitäns zu machen.

»Er erschien mir so weich, so verletzlich, Raskir. So, als fürchte er, man nähme ihm etwas fort, das er über alles liebt, und er könne es nicht halten.« Doch Raskir wußte nicht, was das sein könnte. Zoes ungutes Gefühl Fjornwulf gegenüber wies der Thorwaler energisch zurück. »Der Fjorn, dem kann man vertrauen, das kannst du mir mal glauben, da hab ich 'n Gefühl für so was, das is unter uns Seebären so, da weiß man das!« hatte er mit heftigem Kopfnicken verkündet, und Zoe hatte ihm nicht widersprechen wollen, obwohl sie mißtrauisch blieb.

So beschlossen die drei, jeder für sich, die ganze Angelegenheit ruhen zu lassen, bis einem von ihnen ein Geistesblitz kommen würde.

Brabak, am Vormittag

»Göttin, wild ist mein Verlangen, wenn ich ihre Schenkel seh,
in den Tiefen ihres Schoßes rieche ich den Saft des Lebens.
Nimmer kann ich sie vergessen, wenn ich meiner Wege geh,
getrennt von ihrem weißen Fleisch, scheint mir jede Lust vergebens.

Göttliche Hure! Aus jedem Rausche erwächst mir ein neuer,
betritt sie den Raum, die mit Zauberhand betört.
Wenn ich ihre Tiefe spüre, bin ich Verlangen, Sehnsucht, Feuer,
hast, Göttin, Du mit ihr, Natalina, mein Beten erhört...«

Lirobal Bertez lehnte an einem hölzernen Ziehkarren nahe des Brabaker Rahjatempels, betrachtete mit zunehmend unzufriedenem Gesichtsausdruck die wandernde Sonnenscheibe und trommelte ungeduldig die Melodie des Liedes, dessen Klänge, von einer wohlklingenden weiblichen Stimme gesungen, aus den Gärten des Tempels zu ihm herüberwehten.

Nun gut, er wartete auf eine Forscherin, und die waren, Hesinde möge es verzeihen, zumeist ein wenig zerstreut. Er hatte durchaus mit einer Verzögerung gerechnet; diese Wissenschaftler vergaßen doch meist irgendeine ihrer Gerätschaften, oder aber – und das erschien ihm wahrscheinlicher – sie wußten nicht, wie sie diese transportieren sollten; beispielsweise weil der naheliegende Gedanke, eine Droschke zu rufen, ihnen nicht in den Sinn kam.

Er hatte es doch gleich gewußt, er hätte sie abholen

oder aber sich nicht auf dieses Warten einlassen sollen! Als würde die Dame nicht allein zum Hafen finden! Der andere Lotse war doch auch allein zur Anlegestelle gegangen! Warum mußten die *Charazzar* denn ausgerechnet ihn dafür auswählen, auf diese Frau zu warten?! So würden sie – er selbst und die gelehrte Dame – am Ende beide zu spät kommen; die *Golgaris Schwinge* würde sich einen anderen Steuermann suchen und ohne sie ablegen, und aus war der Traum vom eigenen Schinakel, mit dem er, Lirobal, seinen Widersacher Romero im Wettstreit zu besiegen und so Yvonyas Herz zu erobern hoffte.

Der Bastard hatte phexgefällig gehandelt, als er ihn zum Ruderstreit um die Tochter des Bogenbauers forderte, wußte er doch, daß er, Lirobal, sich ein solches Boot nicht leisten und dazugehörige gute Ruderer nicht bezahlen konnte. Auch daß der alte Bogner angekündigt hatte, Yvonya selbst müsse sich binnen zweier Monde entscheiden, sonst werde er ihr die Wahl abnehmen, war dem verhaßten Nebenbuhler bekannt.

Und wie die Wahl des Vaters ausfallen würde, darüber gab Lirobal sich keinen Illusionen hin. Denn Romero hatte einen Posten im Stadtrat inne, während er selbst nur ein mittelloser, wenn auch guter Lotse und Steuermann war. Gewiß, er hatte Aussicht, eines Tages reich zu werden – so Efferd ihm gnädig sein und das Kap ihn nicht verschlingen würde. Doch er war noch jung, und zudem hatte sein Vater in einer Nacht vor nunmehr drei Götterläufen all sein Vermögen verloren, nachdem er, so munkelte man, sich mit den Charazzar, einer der einflußreichsten und wohl auch sagenumwobensten Familien der Stadt, angelegt hatte. (Nicht, daß Lirobal selbst die stets vermummt gehenden Angehörigen dieser Familie nicht unheimlich gefunden hätte. Das hartnäckige Gerücht aber, sie wären in Wahrheit gar keine Menschen, sondern Echsen, und würden irgendeinem finsteren Götzen dienen, glaubte er nicht.)

Der Vater selbst konnte ihm keine Antworten mehr geben, denn er war damals mit seiner Schreibstube in Flammen aufgegangen.

Da Lirobal keinen Anhaltspunkt hatte, durch wen oder was sein Vater zu Tode gekommen war, bemühte er sich fortan stets, sich mit den Charazzar gut zu stellen. Nicht, daß er feige gewesen wäre. Er selbst bezeichnete sich eher als ›beständig‹. Denn die Charazzar riefen ihn des öfteren für kleinere Botendienste, und das gab ihm innerhalb der Stadt ein wenig Sicherheit. Darüber hinaus ermöglichte die Arbeit für diese Familie es ihm, hin und wieder deren Anwesen zu betreten. Freilich kam er nicht weiter als bis zu einem Gespräch mit den Bediensteten. Doch die Angestellten waren die Augen und Ohren eines jeden Haushaltes. Und so hatte Lirobal Bertez in den letzten Jahren versucht, vorsichtig und mit Bedacht soviel wie irgend möglich über die Machenschaften der Charazzarschen Sippe herauszufinden. Und er hoffte auf diese Art und Weise auch, eines Tages in Erfahrung zu bringen, ob sie für den Tod seines Vaters verantwortlich war.

Überhaupt, so führte Lirobal nun seine Gedanken über die ihm an diesem Tag bevorstehende Schiffahrt fort, war es völliger Blödsinn, nicht die komplette Mannschaft der Karracke gegen erfahrene Brabaker Seeleute auszutauschen. Derlei wurde fast immer so gehandhabt. Selbst das Handelshaus Stoerrebrandt vertraute den Brabaker Schiffern seine Ladung an, da die Aussicht, das Kap zu bezwingen, mit einer erfahrenen Besatzung um vieles besser war. Nicht nur, daß eine Karracke ein völlig ungeeignetes Schiff für eine Kapumrundung war. Die Mannschaft bestand, soweit er gehört hatte, zu großen Teilen aus Thorwalern. Er hielt diese Nordmänner für ein sehr erfahrenes Seefahrervolk und zollte ihnen hohen Respekt. Doch die Nordleute, das wußte er, fuhren für gewöhnlich auf leichten Drachenbooten und nicht auf schweren Seglern wie der Karracke. Sie könnten ernsthafte Schwierigkeiten mit dieser Art von Schiff bekommen, da sie doch eine völlig andere Art des Fahrens gewohnt waren. Darüber hinaus ließ sich das Meer der Sieben Winde nicht mit dem Südmeer vergleichen. Das Wasser war anders, die Winde und die unterirdischen Klippen, die Strudel, ja, selbst die Meeresbewohner waren andere, und mit dem Südmeer kannte sich diese Thorwalermannschaft gewiß nicht aus …

Der dunkelhaarige Jüngling strich sich über den ersten Flaum, der, so hoffte er, bald seine wulstige und, wie er fand, etwas weibische Oberlippe mit einem stattlichen Schnauz verdecken würde, und spielte gerade mit dem Gedanken, sich die Wartezeit mit einem kühlen Brabakbräu zu vertreiben, als ihm der schwere Geruch von Lotus in die Nase stieg und eine harte weibliche Stimme sagte: »Wir können gehen, Lirobal.«

Langsam wandte er sich um und blickte in das Gesicht einer hellhäutigen Frau, halb verborgen unter einem dunklen, schlichten Tuch, das sie um das Haupt gewickelt trug. Ihre kalten Augen fixierten ihn unverwandt. Einen Augenblick lang war es ihm, als stieße etwas Fremdes, Bohrendes in ihn hinein, als vermöchten diese Augen ihm seine Gedanken zu entreißen, und seine Nackenhaare stellten sich auf. Doch er wandte den Blick nicht ab, die Augen der Frau weiteten sich kurz, und der Schauder ging vorüber. Mit dem verwirrenden Gefühl, einen niemals angesagten Kampf gewonnen zu haben, griff Lirobal nach den ledernen Koffern der Hellhäutigen und lud sie auf seinen Karren.

An Bord der *Golgaris Schwinge,* Mittag

Wenige Stunden später suchte sich die *Golgaris Schwinge* ihren Weg aus dem Brabaker Hafen durch ein Gewirr aus Fischkuttern, Schinakeln und großen Handelsholken, vorbei an einer aufgebockten, ehemals wohl trutzigen Galeere, deren Farbe im Lauf der Jahre abgeblättert war und deren Galionsfigur, ein Delphin mit einer Königskrone, nur noch an wenigen Stellen golden schimmerte.

Raskir hatte Zoe begeistert einen langen Vortrag über die Erbeutung eben dieses Schiffes, der *König Peleiston,* gehalten, war von der Beschreibung jenes Beutezuges zu Beutezügen im allgemeinen und die seiner Ottajasko im besonderen abgeschweift und erläuterte seiner staunenden Zuhörerin gerade die Vorzüge eines Drachenschiffes als Freibeuterschiff, als Liskolf ihn unterbrach und auf zwei Männer, einen jungen, leicht schwindsüchtig wirkenden und einen älteren, grauhaarigen, mit einem beträchtlichen Bierbauch, an seiner Seite deutete: »Lirobal Bertez, unser Steuermann und Lotse um das Kap. Hat einen guten Ruf, bislang sind keine Zwischenfälle bei Kapumrundungen unter seiner Führung bekannt. Und Derjan Jandrarreschk, ebenfalls Lotse, kennt sich aus, ist schon etliche Jahre im Geschäft.«

Dann deutete er auf Raskir: »Mein Neffe, zweiter Käpt'n sozusagen. Er wird euch das Schiff zeigen und euch mit Swafgard, unserer Steuerfrau, bekannt machen. Ich warte derweil auf euch, um dann gemeinsam die Route durchzusprechen.«

Raskir nickte, warf der Gauklerin einen bedauernden Blick zu, entfernte sich mit dem Kapitän, Derjan und Lirobal in Richtung Steuerbord und ließ Zoe mit angsterfüllten Gedanken über das zu umrundende legendäre Kap Brabak allein an der Reling zurück.

Als das Schiff sich mehr und mehr vom schützenden

Hafenbecken entfernte, der rauhe Seegang die Karracke tanzen ließ und Zoe gewahr wurde, daß das Licht des Kapfeuers von Brabak immer schwächer wurde, trat Tokahe an ihre Seite. »Wird ganz schön wild heut nachmittag!« sagte sie und schleckte ihren Zeigefinger ab, um ihn dann hoch über ihrem Kopf in den Wind zu recken und mit einem prüfenden Augenrunzeln zu verkünden: »Es riecht nach Sturm – ach was, nach Sturm… nach einem Orkan riecht es, nach Windhosen und Aberwindhosen, ja, und es scheint, als hätten die West- und Süd- und Nord- und alle Winddrachen mitsamt ihren Familien heute Bohnen zum Frühstück gegessen – Hahaaaa!!! Jawohl, genauso riecht es!« Der Freundin das Wort abschneidend, fuhr sie, indem sie sich ob des in der Tat immer unruhiger werdenden Seegangs an der Reling festhielt, fort: »Ja, Püschel, ich weiß, ich weiß: Du fürchtest dich. Aber lausche, was die gute, alte Tokahe dir Neues und Spannendes zu berichten hat, und laß dir derweil die Sorgenfalten von der Stirn pusten, *Miniwatu* Wasserkind! Also: Wir haben Besuch bekommen! Zwei Männer und eine Frau. Die beiden Kerle kümmern sich darum, daß der Holzhaufen sicher ums Kap schunkelt, das Weibsbild hingegen, du wirst es mir nicht glauben, ist eine waschechte Forscherin, und jetzt rate mal, womit sie sich beschäftigt?! – Mit den Mohas!!! Sie will mit uns auf diese Waldinseln kommen, Waldinseln nennt sie sie nämlich, und behauptet, daß es dort nichts als Wald gibt und irgendwo in dem Wald so 'n paar Städte und 'n Haufen Waldvolk, und dort lernt sie dann die ›Sprache der Wilden‹, wie sie sagt. Ich hab alles gehört, als sie mit deinem Dämonenfreund Liskolf gesprochen hat! Und, *Panhahe*, weißt du noch etwas: Ich werde ihr Mohisch beibringen! Außerdem könnte sie sich ja mal mit dem Liskolf unterhalten, wo sie doch so eine Hesindeperson ist. Sie kann bestimmt seine Trübsal mit 'nem Haufen weiser Worte wegpusten, und dann könnte Freund Raskir endlich wieder mit ihm Boltan spielen. Dabei fällt mir ein, wenn wir endlich bei diesen Inseln angelangt sind, sind wir doch wohl lange genug auf diesem Schiff herumgeschippert, und ich glaube, da ich nun wieder an der Reihe bin mit dem Aufgabenstellen, wir retten die Welt doch lieber im Wald als auf dem Meer, zumal es auf dem Meer ja auch gar keine Welt zum Retten gibt! Sag selbst: Ist das was?!«

Doch die Gauklerin war nicht zu begeistern. Statt dessen klammerte sie sich an der Reling fest und dachte verzweifelt darüber nach, warum Tok den Vorschlag, von Bord zu gehen, nicht schon in Brabak gemacht hatte. Bislang war die Fahrt ruhig verlaufen, malerisch, ganz so, wie sie sich eine Schiffspassage vorgestellt hatte: Die Segel blähen sich im Sommerwind, der Himmel ist blau … Doch jetzt zerrte der Wind an den Leinenbahnen, dicke, dunkle Wolkenberge hatten sich vor die Sonne geschoben, und Zoe dachte unwillkürlich an eine Streitmacht, die sich sammelte, um gegen die Praiosscheibe anzutreten. Sie hatte noch nie in ihrem Leben eine Streitmacht gesehen, zumindest nicht auf einem Schlachtfeld, und sie gedachte auch nicht, dererlei jemals nachzuholen. Dennoch: Streitmacht – darunter verstand sie Kraft, zerstörerische Kraft, Masse und Urgewalt.

Sie versuchte, sich des *Wesens* eines Unwetters gewahr zu werden, des Wesens der Naturgewalten, um so ihre Angst niederzukämpfen. Auf der weiteren Suche nach etwas, das ihr ein Gefühl von Sicherheit geben könnte, kam ihr der Gedanke, diese Wolkenstreitmacht sei vielleicht dem Herrn Efferd und der Frau Rondra unterstellt – ein Kräftemessen zwischen dem Wassergott und der kampfeslustigen Leuin und ihrem Götterbruder Praios. Es wäre ja möglich, so sinnierte sie, daß das Unwetter, in das sie hineinfuhren, nichts weiter als ein Spiel der Unsterblichen war. Gerade so, als ob sie und Tokahe aus Freude oder Übermut ein Wettrennen oder eine wilde Rauferei veranstalteten.

Kurze Zeit war sie von dieser Vorstellung begeistert, doch dann fielen ihr die Wunden und Blessuren ein, die nach einer zünftigen Rauferei stets zurückblieben. Auch vergaß man aus Übermut schnell die Welt um sich herum …

Ihr Vater hatte immer gesagt, für die Götter wären die Wesen Deres wie für uns die Falter: Wir haben Spaß an ihnen, verfolgen manchmal eine Zeitlang ihren Weg und bestaunen ihre Schönheit. Aber im Grunde sind sie uns gleichgültig.

Sie hatte den Vergleich mit den Faltern nie ganz stimmig gefunden, aber in Ermangelung eines besseren dachte sie über ihr Verhältnis zu Faltern nach. Sie mochte sie. Ja wirklich, sie fand das feine Gespinst der Flügel wunderschön, und auch das leichte Kribbeln, wenn sich eines der kleinen Wesen auf der Hand oder Nasenspitze niederließ. Aber wenn sie ehrlich war, wußte sie nicht sicher zu sagen, ob sie bei einem Tanz durch das Gras oder einem Wettlauf über eine Sommerwiese nicht schon mal eines der kleinen Tiere zertreten hatte – ohne es zu wollen natürlich, aber auch ohne es recht zu bemerken, und, um ehrlich zu sein, auch ohne es sehr zu bedauern.

Wenn nun der launische Efferd und die stürmische Rondra gegen den gerechten Zorn des Herrn Praios … wie schnell könnte es da geschehen, daß … »Herr Efferd«, so flehte sie, »ach, bitte, ich habe nie viel zu dir gebetet, wo mir doch dein listenreicher Bruder und die lebenslustige Tsa immer um vieles näher gewesen sind. Aber nun, im Angesicht all dessen, was dich ausmacht, verstehe ich ein wenig mehr von deiner Kraft. Ach, Herr Efferd, und wenn dies wirklich ein Wettstreit sein sollte, so wünsche ich dir recht viel Spaß dabei. Aber auch, daß du uns Menschen nicht vergißt und hin und wieder einen Blick auf die Wasser wirfst und die kleinen Schifflein siehst, die sich dir anvertraut haben. Laß den Tanz der Wellen nicht zu wild werden, Herr Efferd! Denn auch, wenn es von oben wunderschön aussehen, wenn es berauschend sein muß, die eigene Kraft zu spüren… Herr Efferd, die beiden kleinen Schifflein auf deinen Wassern sind nicht so wild und so stark wie du. Wie wäre es, wenn du einfach noch ein wenig wartest, bis sie auf der Insel angekommen sind? Es ist nicht viel, was ich dir bieten kann, Herr Efferd. Vielleicht könnte ich dir eine Ballade dichten? Oder aber…«

Sie überlegte fieberhaft, was den Wassergott wohl beeindrucken könnte, doch ihr wollte nichts Rechtes einfallen. Tokahe hatte doch von diesem Drachenei erzählt. Und sie hatte gesagt, es sei sehr schwierig, es zu holen, und eine wirkliche Herausforderung…

Ja, das war es! Jetzt hatte sie einen Anfang gefunden!

Begeistert fuhr sie in Gedanken fort: »Also, weißt du, Efferd, dieses Ei ist ziemlich gut bewacht, es liegt nämlich in einer Akademie, und überall sind Magier, und gewiß ist es sehr schön und sehr groß und äußerst selten dazu, da es nämlich das einzige seiner Art ist! Und…« – nun riß die Begeisterung sie endgültig mit sich fort – »und ich würde es mit Tokahe für dich holen, und es könnte dir gehören, dieses einmalige, wunderschöne, seltene Ei! Alle würden dich darum beneiden, bestimmt, denn niemand außer dir hätte ein solches! Oh, ich bin sicher, es würde dir gefallen! Du könntest es jeden Tag betrachten und dich daran freuen, daß es nur diejenigen sehen könnten, denen du es zeigen willst! Oh, und viele würden es bestaunen wollen, und du könntest hohe Gegenleistungen von denen fordern, die du es anschauen läßt!«

An dieser Stelle machte sie eine kurze, bedeutungsschwangere Pause, um dann fortzufahren: »Wir *könnten* es dir holen, obwohl natürlich nur die Wagemutigsten versuchen würden, in eine *Magier*akademie einzudringen, um dort etwas zu stehlen...« (hier kam ihr kurz in den Sinn, daß man sie selbst vielleicht nicht für eine sonderlich wagemutige Person halten könnte, aber sie dachte nicht weiter darüber nach, da Tokahe ja an ihrer Seite sein würde und sie zudem gerade allzu sehr mit den Verhandlungen beschäftigt war). »Dazu müßten wir allerdings von diesem Meer zurück aufs Land gelangen, eine Kleinigkeit im Gegensatz zu dem, was du dafür bekommen könntest, und ...« Ups! Eine Gischtwelle fuhr ihr ins Gesicht, und sie riß erschrocken die Augen auf. Wie grauenvoll! Wie peinlich! Da hatte sie zu dem Herrn Efferd beten wollen, und nun feilschte sie mit ihm, wie man es mit dem Herrn Phex tat! Natürlich erzürnte es den Wassergott, wenn man ihm nicht das rechte Angebot machte! Oder? Vielleicht wollte er ja gar kein Angebot? Eigentlich konnte sie sich auch nicht recht vorstellen, was der Herr Efferd wohl mit diesem Ei anfangen sollte. Aber wie sprach man denn bloß zu ihm? Die Fischer opferten ihm immer einen Teil ihres Fanges. Ob sie ihm versprechen sollte, fischen zu lernen?

Sie fühlte sich mit einemmal sehr albern, sehr hilflos und sehr allein. Vielleicht hatte er ihr ja gar nicht zugehört? Hoffentlich hatte sie ihn durch ihr stümperhaftes Gebet nicht noch mehr erzürnt!

Zoe betrachtete das aufgewühlte Wasser, schmeckte die salzige Gischt, spürte den harten Wind, der ihr Gesicht zum Glühen brachte, hörte das aufgeregte Rufen, das von Steuerbord herüberschallte, fast übertönt von Tokahe, die laut an einem Sturmgedicht textete (zumindest vermutete Zoe, daß sie dichtete. Der letzte Satz »Wasser, du bist überall, ich schenk dir meinen Redeschwall ...«, jedenfalls hörte sich sehr nach einem dieser grauenvollen ›großen Epen‹ an) und spürte Übelkeit in sich aufsteigen.

Als die Freundin immer grüner um die Nase wurde, unterbrach Tokahe ihr Reimen (zumal ihr kein vernünftiger Reim auf das Wort ›Bananenstaude‹ einfallen wollte, was zur Folge hatte, daß sie augenblicklich die Lust am Dichten verlor) und griff kurz entschlossen nach dem roten Lockenschopf Zoes, zog ihn zu sich heran und preßte ihre Fingerspitzen gegen den Hals der Freundin.

Zoe gab einen gurgelnden Laut von sich und erbrach sich über die Reling.

»Du widerliche ... ekelhafte ... stinkende ... Duglumsbeule! Zorganpocke ...! Bah! Bäh! Brrr ... Luder, du, verrottetes Stück Fisch, du ...«, fluchte die Gauklerin und schüttelte sich, während sie versuchte, nach der auf und ab hüpfenden Tokahe zu schlagen.

»Aber, aber, *Eyapa Tisa!*« lachte diese. »Schau, nun geht es dir ja wieder besser, und wir können nun endlich aufbrechen und unseren Teil zur Bezwingung des feindlichen, großen und gefährlichen Kaps beitragen! Dämonenfreund Liskolf wird nämlich bald auf dem Vorderdeck erscheinen und Aufgaben verteilen! Wollen wir doch mal sehen, ob es nicht bessere Dinge für zwei kompetente Seefahrerinnen zu tun gibt, als das Deck von Erbrochenem zu säubern!« Mit einem Blick auf Zoe fügte sie hinzu: »Deines brauchen wir zumindest nicht wegzuwischen, du trägst es ja hübsch artig mit dir herum.«

Die Rothaarige sah an sich herunter, begann erneut zu fluchen und schwankte, sich von Haltepunkt zu Haltepunkt angelnd und nur unter Anstrengung das Gleichgewicht wahrend, hinter Tokahe her.

Einige Zeit später war die Schiffsmannschaft in heller Aufregung, denn das Wetter verschlimmerte sich beständig, und es sah nun überhaupt nicht mehr danach aus, als wäre es möglich, das Kap noch bei Tageslicht zu umrunden.

Liskolf hätte sich unter den gegebenen Umständen wohl dazu entschieden umzukehren, um es am morgigen Tag erneut zu versuchen (zumal er wußte, was von der sicheren Ankunft der *Golgaris Schwinge* abhing). Doch Lirobal und Derjan waren der Ansicht, es sei bereits zu spät. Man hätte sich schon ein ganzes Stück weit in die Untiefen und Strudel des Kaps hineingewagt, und der Weg zurück würde nicht einfacher werden als der Weg hindurch; zumal der Wind aus Nordwesten blies, die Sturmwand also hinter dem Schiff lag und es mit unerbittlicher Wucht vor sich her trieb.

Liskolf gab ihnen recht, und so hatte er die Mannschaft zusammenrufen lassen, um sie von der Lage in Kenntnis zu setzen und ein gemeinsames Gebet an den Wassergott zu richten.

Als der alte Kapitän vor seine Leute trat – er stand erhöht, auf der Brücke der Karracke –, war seine Miene gelassen und entspannt, und Zoe meinte etwas wie Vorfreude in seinen Zügen zu lesen. Sie dachte kurz nach, bis ihr einfiel, wo sie einen solchen Ausdruck schon einmal gesehen hatte, und dann erinnerte sie sich, daß sie ihn von ihrer Geliebten her kannte. Es war Abenteuerlust, es war das Wissen um eine Herausforderung, der man sich trotz ihrer Gefahren gern zu stellen bereit war. Natürlich: Die Geschichten der Seefahrer von der stürmischen, aufgewühlten See und von der ungezähmten Kraft der Winde und der Wasser ließen die Augen der Thorwaler stets leuchten, wenn sie davon sprachen! *Das* war ihr Leben, *das* war die Seefahrt! Eine ruhige See war für die Mannschaft so fad wie für einen Gaukler ein Kunststück ohne Risiko. Und tatsächlich fand sie, als sie sich nun umsah, den gleichen Ausdruck freudiger Erwartung auf den Gesichtern der Umstehenden, sowohl bei den Thorwalern als auch bei den Grangorern. Was auch immer die Seefahrer in den vergangenen Wochen getrennt haben mochte – es war nicht immer leicht für einige der Liebfelder gewesen, mit der lauten, impulsiven Ottajasko klarzukommen, war nun vergessen. In diesem Augenblick waren sie *eine* Mannschaft und würden es auch über das Ende des Sturmes hinaus sein, so sie diesen überlebten. Sie alle hatten oft genug die Meere befahren. In den kommenden Stunden würden sie sich blind aufeinander verlassen müssen.

Auch die Schelmin schien völlig von dem Augenblick gefangen.

Ihre Zungenspitze fuhr erneut die Linien ihres Mundes nach, während sie auf den Zehenspitzen auf und ab hüpfte, um möglichst viel zu sehen. Denn die meisten Menschen an Deck überragten sie und die Freundin gewiß um mehr als zwei Köpfe.

Raskir befand sich ebenfalls unter ihnen. Auch er war aufgeregt, voller Erwartung, ein wenig besorgt vielleicht, doch seine Angst verlor sich in dem Gefühl, nicht allein zu sein. Denn ein Blick auf die leuchtenden Augen der Mitglieder seiner Ottajasko und die der Grangorer Frauen und Männer gab ihm Sicherheit und verlieh ihm das Gefühl, mit dieser Mannschaft im Rücken jede Gefahr meistern zu können.

Unter den ihm vertrauten Gesichtern entdeckte er auch das halb vermummte Antlitz der Forscherin, die in Brabak zu ihnen gestoßen war. Sie allein schien nicht mitgerissen von der allgemein vorherrschenden Stimmung. Unweit von ihm stand sie neben Fjornwulf an einen Mast gelehnt und schien ihr Umfeld zu beobachten. Nein, zu begutachten, so verbesserte sich der Thorwaler: abschätzend, kühl – nicht ängstlich, wie er mit Erstaunen und auch Anerkennung feststellte. Eher als versuche sie zu beurteilen, ob die Mannschaft sich der Herausforderung gewachsen zeigen würde. Ob sie wohl schon einmal auf See gewesen war? Gewiß, so überlegte er, sonst würde sie bestimmt nicht so ruhig bleiben.

Er beschloß, sie bei Gelegenheit danach zu fragen und derweil ein Auge auf sie zu haben. Schließlich war sie die einzige Passagierin. Und wohl auch die einzige, die sich überhaupt nicht mit diesem Schiff auskannte. Denn selbst die von ihm angeheuerten Küchengehilfinnen hatten sich in den vergangenen Tagen gut an Bord eingelebt. Und davon abgesehen: Zoe würde diese Herausforderung gewiß bestehen. Das mußte sie auch, denn, um ehrlich zu sein, hatte Raskir beschlossen, sie im Laufe der Reise der Ottajasko als sein zukünftiges Weib vorzustellen – und dies würde wohl eher gebilligt und weniger belächelt werden, wenn Zoe sich nun wacker schlüge. Darüber, daß Zoe diese Idee vielleicht nicht begeistern könnte, machte Raskir sich keine Sorgen. Zoe mochte ihn, soviel war sicher. Sie hatten in den vergangenen Tagen viel Zeit miteinander verbracht, und der Gesprächsstoff war ihnen nie ausgegangen.

Er war sich gewiß, daß Liskolf für den Notfall selbst Zoe und ihrer Freundin eine Aufgabe zuweisen würde, denn: »Nichts ist besser gegen Angst und Panik als die Möglichkeit, etwas zu tun. Man muß jedem das Gefühl geben, daß er durch sein eigenes Verhalten etwas zur Veränderung und Besserung beisteuern kann, wenn die Kacke am Dampfen ist! Deshalb, Raskir, versuch immer, jedem auf deinem Schiff eine ihm sinnvoll erscheinende Aufgabe zuzuteilen«, hatte Liskolf ihm einmal erklärt. Der junge Thorwaler hatte die Worte seines Oheims überdacht und ihm recht geben müssen. Für die fremde Forscherin wollte ihm allerdings keine angemessene Arbeit einfallen. Also ein weiterer Grund, während der zu erwartenden Turbulenzen in ihrer Nähe zu bleiben – oder Fjornwulf zu bitten, sich um sie zu kümmern, so schloß er seine Überlegungen.

In diesem Augenblick hub Liskolf zu sprechen an –

oder vielmehr zu brüllen. Denn es war kaum noch möglich, sich gegen das rauhe Tosen der Winde durchzusetzen.

»Männer, Frauen! Der Wind bläst von Nordwest und uns geradewegs in die Untiefen des Kaps. Laßt uns Swafnir und Efferd eine Augenweide sein, laßt uns auf ihren Wogen tanzen und die Herausforderung annehmen, die sie uns stellen!

Also dann, Leute: Schotten dicht! Segelnehmen erst auf meinen Befehl – wenn ihr den nicht hören könnt: ehe die Segel reißen!« fügte er unter lautem ›Das wohl, das wohl!‹ seiner Leute hinzu. »Ihr kennt eure Aufgaben: Swafgard, du überläßt Lirobal das Steuer! Aber bleib immer hübsch in seiner Nähe, nicht, daß der Kleine uns von Bord geweht wird!«

Dröhnendes Lachen antwortete ihm, was auch nicht weiter verwunderlich war, denn die Steuerfrau war neben Lirobal getreten und hatte sich ihn im wahrsten Sinne des Wortes unter den Arm geklemmt.

»Wird gemacht, Lisk!« grinste Swafgard. »Kann gewiß noch den einen oder anderen Kniff von dir lernen, Bertez!« wandte sie sich dann an Lirobal. Und wenn dieser auch durch die vorherige Anspielung auf seinen geringen Wuchs einen Wimpernschlag lang mit Wut und Kränkung gekämpft hatte, nickte er der Steuerfrau nun bestätigend zu und murmelte: »Zusammen werden wir die Dicke schon schaukeln!«

»Das wohl!« bestätigte die Thorwalerin und streckte ihm die blanken Handflächen zum Schlagabtausch entgegen.

Derweil hatte Liskolf einige weitere Änderungen bei der Aufgabenverteilung der Mannschaft bekanntgegeben, Derjan, den Brabaker Lotsen, an seine Seite auf der Brücke abkommandiert, und selbst Tokahe und Zoe hatten Anweisungen für den Notfall erhalten: Sie sollten Bjarni und Raskir Starkardson sowie Zolthan, Alrik,

Junivera und Olk, vier Grangorern, am Besansegel behilflich sein.

Bjarni und Raskir, beide um die 40 Götterläufe alt und (wie sollte es anders sein?) mit rotem, langem Haar und ebensolchem Bart (wobei Bjarni ihn zu drei Zöpfen geflochten hatte, während Raskirs offen dem Spiel der Winde ausgesetzt war), Brüder, wie Zoe sich zu erinnern glaubte, waren ihr als verhältnismäßig ruhig und umsichtig in Erinnerung. Sie war erleichtert, nicht etwa dem unsteten Hengist oder dem eigentümlichen Fjornwulf zugeteilt worden zu sein.

»Und nun, Leute«, war die Stimme des Kapitäns erneut zu vernehmen, »laßt uns dem Herrn der Meere das *Lied der Wogen* entgegenschmettern, damit er weiß, daß er es mit einer Thorwaler Ottajasko zu tun hat und nicht mit Wellen und Wogen geizen muß! Oh, und mit einem wilden Haufen Liebfelder Sons und Dottirs!« fügte er nach einer kurzen Pause augenzwinkernd hinzu.

Liskolf hub mit seinem mächtigen Baß zu singen an, und die Männer und Frauen der Ottajasko stimmten ein, während sie ihre Posten bezogen, so daß das ganze Schiff vom Bug bis zum Heck von der derben Melodie und den trutzigen Worten widerhallte und selbst Norhild auf ihrem Platz im Krähennest sowie die in den Wanten und Seilen hängenden Seeleute sie vernahmen (und sie natürlich gleichfalls lauthals mitsangen).

Ja, wir stehn zusammen, wir lieben die Stürme;
der Wind und die Wogen, sie schrecken uns nicht.
Kommt, Ifirn und Swafnir, Herrn Efferd zu ehren,
der Schutz der Hjaldinger ist jetzt Eure Pflicht!

Donnernd der Hornstoß von Hjalda, der Ahnin,
hallt weit über die Wasser hin.

Das Entermesser zieht jetzt aus dem Gürtel,
laßt spritzen das Blut des Hranngargezüchts,
die Lieder der Toten, den Staub unsrer Heimat,
die Ehre der Otta, ihr nehmt sie uns nicht.

So schallte es über die Karracke, und sowohl die Liebfelder als auch die Schelmin und die Gauklerin stimmten in den stampfenden Rhythmus mit ein, letztere mit einem leisen, melodiösen Summen (welches freilich im Getöse des Windes und dem schmetternden Gesang der Umstehenden unterging), die beiden ersteren mit einem lauten, grölenden, begeisterten ›Lalala‹.

Nur einen Menschen gab es an Bord der *Golgaris Schwinge*, der nicht sang.

Sindai Rathilsdarn stand, zum Erstaunen aller, die es bemerkten, neben Liskolf, Lirobal und Derjan auf der Brücke, stützte sich auf ihren blutulmenen Stab und hatte die Augen geschlossen. Liskolf war sich der unausgesprochenen Frage Derjans, warum er sie nicht fortschickte, bewußt, wußte sich jedoch keinen Rat, wie er die Hellhäutige behandeln sollte. Der Mannschaft hatte er sie als Forschungsreisende vorgestellt, und vielleicht war sie sogar eine solche; er vermochte es nicht zu sagen.

Was er aber mit Sicherheit wußte (denn das Pergament, das sie ihm beim Betreten des Schiffes ausgehändigt hatte, und das knappe Gespräch, das er kurz darauf mit ihr in der Kapitänskajüte geführt hatte – oder sollte man besser sagen: die knappen Anweisungen, die er, Liskolf, von der Fremden erhalten hatte?), war die Tatsache, daß diese Frau mit seinen Auftraggebern in Verbindung stand, von ihnen geschickt worden war und daß er sich – bis auf Belange, die die Seefahrt betrafen und somit in seinen Zuständigkeitsbereich fielen – an mögliche Anweisungen der fremden Frau strikt zu halten hatte. Wie so oft in den vergangenen

Wochen und Monden verfluchte der alte Kapitän die Nacht in der Grangorer Schenke, in welcher der unselige Handel geschlossen worden war, der ihn nun in seinen Entscheidungen band. Wohl zum hundertsten Mal fragte er sich, ob es denn wirklich keine andere Möglichkeit gegeben hätte, und zum ebensovielten Male fiel ihm keine ein. Ja, es war Erpressung, auf die er sich eingelassen hatte (hatte einlassen müssen, berichtigte er sich in seinen Gedanken). Ja, er brachte wissentlich seine Mannschaft in Gefahr und, ja, er ahnte, daß, was auch immer es mit diesem Schiff, der *Golgaris Schwinge*, auf sich haben mochte, nichts Gutes war.

Was genau es war, konnte er freilich auch nicht sagen, denn er hatte seinem Neffen in jener Nacht in der Kajüte wahrlich nahezu alles mitgeteilt, was er wußte. *Nahezu* alles, denn was sein Herz am meisten bedrückte, das zu sagen hatte er sich nicht überwinden können – als würde es ausgesprochen noch schrecklicher, noch greifbarer werden. Der alte Kapitän war sich sicher, daß die Drohungen des Fremden ernst gemeint waren. Tatsache war, daß der Vermummte ihm das Liebste auf Dere genommen hatte und drohte, es zu vernichten, wenn er, Liskolf, nicht täte, was von ihm verlangt würde. Fest stand auch, daß die Drohungen, die der Vermummte geäußert hatte, nach Liskolfs eigener Überprüfung keine leeren Drohungen waren. Firinja – seine Tochter, sein Augenstern – war nach ihrem letzten Aufbruch nach Prem niemals dort angekommen. Und die kurze Nachricht, die der Vermummte ihm gezeigt hatte – »Vater, sorge dich nicht um mich. Ich bin stark wie der Wal selbst, und sein Ruf hallt weit und wird das Rattengezücht zerschmettern!« – war von ihrer Hand geschrieben. Alles war stimmig, alles paßte zusammen… *Stimmig…* Ha! Ausweglos! Und darüber hinaus hatte sein Gegenüber, der Vermummte mit der sonderbaren

Stimme, ihm unmißverständlich zu verstehen gegeben, mit wem seine Otta sich anlegen würde, wenn er, Liskolf, das Ansinnen ablehnen oder vielmehr nicht auf die Erpressung eingehen würde. Raskirs Oheim kannte sich nicht gut aus in der Welt der Zauberkundigen, aber auch ihm sagte der Name *Dunkle Halle der Geister zu Brabak* etwas. Und dieses ›etwas‹ reichte, um ihm nächtelang den Schlaf zu rauben.

Nein, er hatte keine andere Wahl. Es hatte nie eine andere Wahl gegeben.

Vielleicht, so ging es ihm, gleichfalls zum wiederholten Male, durch den Kopf, hatte es auch etwas mit der Art und Weise zu tun, wie der Fremde ihm begegnet war. Er hatte seinen Widerstand im Keim erstickt, es war von Anfang an klar gewesen, daß es keine zwei Möglichkeiten gab. Und sein Gegenüber hatte erst gar nicht versucht, ihn zu täuschen oder ihm Honig um den Bart zu schmieren. Gegen die dreckigen Al'Anfaner konnte man kämpfen, gegen feiste Barone oder das Hranngargezücht der Meere warf man seine Axt. Doch gegen eine Rotte finsterer Magier konnte seine Ottajasko nur unterliegen. So war es doch, oder?!

Zudem hätte er nicht nur seine Leute in den sicheren Untergang geführt: Der Fremde hatte keinen Zweifel daran gelassen, daß er auch vor den Daheimgebliebenen nicht haltmachen würde, wenn Liskolf so unvernünftig sein sollte, den Auftrag abzulehnen, »Ganzzz zzzu schweigen von dem reizzzenden Töchterchen…« – Liskolf war sicher, daß er weder Worte noch Stimme des Fremden je vergessen könnte. Und so hatte der alte Kapitän abgewogen – eine kurze Schiffahrt, auf der nur er seine Seele verkaufen würde, gegen den Untergang seiner Sippe – und hatte sich für ersteres entschieden. Seine Seele verkaufen, wiederholte er in Gedanken, und wohl zum tausendsten Mal dröhnte es in seinem Kopf, und er vernahm sein eigenes, niederschmetterndes Urteil: DU HAST NICHT AUF DIE GÖTTER VERTRAUT, ALTER NARR!

Er spürte, wie Wut in ihm aufstieg und die Adern auf seiner Stirn anschwollen, während er, fast mechanisch, das *Lied der Wogen* weitersang.

Zum Namenlosen mit Vorschriften und Erpressung: Dieses war *sein* Schiff, *er* war der Kapitän, dies *war* etwas, das in seinen Zuständigkeitsbereich fiel! Und diese grüngewandete Schlange stand ihm im Weg!

»Raskir!« brüllte er in Richtung seines Neffen, »kümmere dich um unseren Gast, und schaff sie von der Brücke!« Raskir kam und zog Sindai hinter sich her in Richtung der Kajüten.

Die Magierin folgte ihm widerstandslos und ließ sogar zu, daß er ihr den Arm um die Taille legte, während er sie die Treppen hinunter in Richtung der Kapitänskajüte schob.

»Ihr bleibt zu meinem Schutz hier?« meinte sie schließlich als sie, in dem vom unruhigen Licht der schwankenden Gwenn-Petryl-Steine erleuchteten Raum eintrafen; es war mehr eine Feststellung denn eine Frage. Doch Raskir schüttelte entschieden den Kopf, war bereits auf dem Weg zurück an Deck, wandte sich, die Türklinke in der Hand, noch einmal um und sagte: »Wir können später reden, Mädel! Mach dir keine Sorgen, wir schaukeln die Kleine schon! Und wenn's dir zu langweilig hier unten wird, schäl dich aus deinem Fummel, schmeiß dich in Wams und Wollhose und komm zum Bug der *Golgaris Schwinge!* Wir finden schon was für Landratten wie dich, das wohl!«

Einer Eingebung folgend, kehrte der Hüne noch einmal zu der vor einem Divan stehenden Sindai zurück und tätschelte ihr mit seinen schwieligen Pranken aufmunternd die bleichen Wangen.

Dann verließ er, ohne eine Antwort der Magierin abzuwarten, die Kajüte.

Die Tür fiel ins Schloß und ließ eine Sindai zurück, die – wohl zum ersten Mal, seit sie zurückdenken konnte – im wahrsten Sinne des Wortes sprachlos war. Eine mächtige Woge brachte das Schiff erneut zum Schlingern und beförderte die Halbelfe auf das Sitzmöbel hinter sich.

Dort saß sie eine ganze Weile und mußte sich wohl oder übel eingestehen, daß sie verwundert war. Überrascht nahm sie zur Kenntnis, daß sie weder wütend auf den Thorwaler war noch ihn verachtete. Und für einen winzigen Augenblick umspielte ein kleines Lächeln ihre Lippen.

Auf dem Weg zurück an Deck begegnete Raskir Fjornwulf, der eine kleine, in Tuch eingeschlagene Kiste trug. »Mensch Fjorn, bin froh, dich zu sehen! Meinst du, du kannst dich um unser Forschermädchen kümmern? Die Kleine macht sich sonst noch in die Hose oder stößt sich ihr schlaues Köpfchen… Ich bring's jetzt einfach nicht fertig, unter Deck zu bleiben, verstehst du? Das ist fast so was wie meine erste Fahrt als Käpt'n! Und außerdem sollte wer in Lirobals Nähe sein, wenn's hart auf hart kommt. Hast auch 'nen Humpen bei mir gut…«

Fjornwulfs anfängliches Stirnrunzeln wich einem kurzen Nicken: »Geht klar, Rask, bin eh grad auf dem Weg zu der Dame Sindai. Wollte ihr was… zu trinken bringen.«

»He, Fjorn – Mensch, du bist ja selbst ganz aufgeregt!« dröhnte Raskir lachend. »Mach dir man keine Sorgen, das wird schon! Ist doch nicht dein erstes Stürmchen, was!« Mit einem aufmunternden Schubs in die Seite quetschte Raskir sich an dem Zimmermann vorbei und entfernte sich, polternd und die Melodie des *Liedes der Wogen* erneut aufnehmend, in Richtung Deck.

Fjornwulf schüttelte verwundert den Kopf. »Es ist

doch immer wieder erstaunlich, wie dumm sie wirklich sind ...«, murmelte er. Dann legte er die letzten Schritte bis zur Tür der Kajüte zurück, trat ein und verriegelte sie hinter sich. Sindai erhob sich und sah ihn fragend an. Die Mundwinkel des Thorwalers verzogen sich zu einem schmalen Grinsen, und alles Derbe fiel mit einemmal von ihm ab, als er nun, eine kurze Verbeugung andeutend, vor der Brabaker Magierin stand.

»Gestatten, werte Sindai, daß ich mich vorstelle? Mein Name ist nicht von Belang – Ihr könnt mich Alrik nennen, oder Fjornwulf, wenn Euch das lieber ist. Ich bin Euer Kontaktmann auf der *Golgaris Schwinge* – reizender Name im übrigen, nicht wahr? Wir hätten da noch einiges zu besprechen.« Ohne auf eine Antwort Sindais zu warten, zog er einen Stuhl heran und legte das eingewickelte Kästchen vor sich auf den Tisch.

Und dann brach der Sturm los.

An Bord der *Golgaris Schwinge*, Abend

Wie eine Nußschale tanzte die mächtige Karracke auf den turmhohen Wogen. Hinauf ging es, hoch, immer und immer höher, dem düsteren Himmel entgegen, an dem Wolkenriesen vorbeiflogen, und dann wieder hinab in bodenlose Tiefen.

Die Mannschaft mußte sich eingestehen, daß dies der schlimmste Sturm war, den sie jemals erlebt hatte. Gewaltige Blitze tauchten die Szenerie in immer kürzeren Abständen in gleißendes Licht, und in diesen Augenblicken nahmen die Wellenberge ringsumher die metallische Farbe von Eisen an und wirkten so noch bedrohlicher. Das Dröhnen des Donners war ohrenbetäubend, und selbst inmitten all des Berstens und Brausens traf er die Seeleute wie ein Schlag und ließ sie zusammenzucken. Bei jeder Böe, die die Karracke erfaßte, bei jedem Blick zum Steuer hin, wo Lirobal und Swafgard sich gemeinsam gegen das Ruder stemmten, um das Schiff auf Kurs zu halten, spannten sich die Muskeln der Thorwaler Männer und Frauen an, als wollten sie sich in die Riemen legen, um beizulenken. Doch es gab keine Riemen, nur Segel, gegen deren Zerreißen es Maßnahmen zu treffen galt.

Auf Kurs? Gab es überhaupt noch einen Kurs? Zumindest vermuteten es jene, die einen Blick auf Derjan, den dickbäuchigen Brabaker Lotsen, erhaschen konnten. Der Sturm hatte die Behäbigkeit aus seinen Gliedern geblasen. Derjan stand, am Mast festgebunden, im Krähennest oberhalb des Besansegels und gab Lirobal und Swafgard immer wieder Zeichen, wenn ein Riff an Back- oder Steuerbord aus den Wellen aufragte.

Liskolfs Hauptaufgabe lag in diesen Stunden in der Koordination der Seeleute. Längst war es nicht mehr möglich, mit gehißten Segeln zu fahren. Nur noch die Untermarssegel, die letzten zwei der bis zu fünf Segeletagen, fingen den Wind ein und trieben mit seiner Kraft die Karracke durch den Orkan. Die meterhohe Gischt fegte über das Deck der *Golgaris Schwinge* und nahm den Seeleuten den Atem. Inmitten des Schreiens und Tobens machte Zoe an der Seite der Freundin die Erfahrung, daß die Konfrontation mit dem Unwetter ihr auch die Furcht genommen hatte, von ihm verschlungen zu werden. Es gab keine Zeit für Mutlosigkeit. Jeder Augenblick war überlebensnotwendig und mußte genutzt werden: zum Aufrollen der Tuchbahnen, zum Festhalten, zum Atemholen, zum Ausspeien des Wassers, das wiederholt mit den über Bord schwappenden Wassermassen den Weg in die Lunge fand …

Immer wieder trug der Sturm Stimmen zu ihr hinüber – Schreie, Wortfetzen …

Erst als sie sah, wie Alrik, einer der Grangorer Seeleute, sich nicht mehr halten konnte, als eine Woge aufs

Deck brandete, erst, als Junivera bei dem Versuch, Alrik zu halten, mit ihm von Bord gespült wurde, erst, als Zoe verstand, daß beide nicht wieder auf die Karracke zurückkehren würden, begriff sie, daß einige der Schreie Todesschreie waren.

Wenn nur Tokahe nichts geschieht! dachte die Gauklerin flehentlich. Doch eine neuerliche Flutwelle machte ihr unmißverständlich klar, daß die Geliebte auf sich selbst würde achtgeben müssen, und ihr, Zoe, nicht mehr zu tun blieb, als ein inniges Stoßgebet an die Götter zu richten, wann immer sie den Atem oder die Konzentration dazu fand.

Auch die Focksegel wurden geborgen, und nun gab es für die Gauklerin nichts weiter zu tun, als um ihr nacktes Überleben zu kämpfen – festhalten, atmen, nur nicht loslassen! Mehrmals drohte eine Ohnmacht sie zu übermannen, doch immer wieder warfen sie das harte Aufklatschen des kalten Wassers oder ein mächtiger Donnerschlag ins Bewußtsein zurück.

Plötzlich fürchtete sie, die einzige Überlebende inmitten der alles verschlingenden Urgewalten zu sein, und sie riß angestrengt die brennenden Augen auf und versuchte auszumachen, ob Tokahe noch in ihrer Nähe, ob das Steuer des Schiffes noch besetzt war, ob sie noch irgendein Lebewesen auf Deck sehen konnte. Obgleich sie nicht weit vom Steuerrad entfernt war, sah sie dort lediglich einen Schemen, so rabenschwarz war es um sie herum.

Ja, *raben*schwarz, schoß es ihr durch den Kopf. So, als wäre es Golgari selbst, der die Praiosscheibe verdunkelte und über ihnen in der Luft schwebte, bereit, herabzustoßen und sie alle mit sich über das Meer zu nehmen. Und tatsächlich war es ihr, als vernähme sie das gleichmäßige Geräusch von Flügelschlägen zu ihrer Linken. Bestürzt wandte sie den Kopf, just in dem Augenblick, in dem erneut ein greller Blitz herniederzuckte und eine starke Windböe die Karracke auf die Seite warf – und erstarrte in namenlosem Entsetzen.

In dem zuckenden Licht sah sie einen dicken, grünbewarzten Arm, der ihr zuwinkte! Nein – es waren zwei, drei … viele grünbewarzte Arme, jeder wohl so dick wie ein ganzer Thorwaler. Und inmitten der Arme ruhte, auf dem Rande der Reling, fast so, als würde es neugierig über eine Mauer schauen, ein riesenhaftes kopfähnliches Gebilde von wohl sechs Schritt Durchmesser. Am oberen Rand des Gesichtsrundes befand sich eine Ansammlung gallertartiger Masse, darunter etwas, das sehr, sehr groß und sehr, sehr breit war und sich in diesem Moment verzog und eine Reihe dolchlanger Zähne zum Vorschein kommen ließ – ein Mund? Ein Lächeln? – Eine Krake! Eine Krake, die mir freundlich lächelnd zuwinkt, war das letzte, das Zoe dachte, ehe die freundlich winkenden Krakententakel zum Schlag ausholten und die Gauklerin endgültig in tiefer Ohnmacht versank, den Mast fahren ließ und auf das grinsende Gesicht des Dekapus zurutschte.

Nun hatten auch andere das riesenhafte Ungeheuer entdeckt, und ein Aufschrei ging durch die Seeleute: »Ein Dekapus! Efferd hilf! Hranngargezücht! Bei Swafnir! Zu den Waffen!« schrien sie. Einige der Grangorer Seeleute versuchten, unter Deck zu flüchten; die meisten wurden, kaum daß sie sich nicht mehr festhielten, ins Meer gespült.

Einer der ersten Schläge der Krakententakel erwischte den alten Kapitän und schleuderte ihn hoch in die tosenden Winde über dem Schiff, während ein anderer Swafgard vom Steuer fort und in die See hinaus riß.

Raskir Ingramsson stand neben dem Steuerruder, als der warzige Arm seinen Oheim erfaßte. In wenigen Wimpernschlägen riß er das dicke Seil von seinem Gürtel, schlang das eine Ende um seinen Bauch und das andere um den Steuerblock, zog sein Entermesser aus der

Scheide, stürzte sich mit einem Aufschrei in Richtung des Fangarmes, der seinen Onkel umschlungen hielt, und stieß seine Klinge mit der Kraft der Verzweiflung bis zum Heft in das eklige warzige Fleisch. Grünliche Gallertmasse spritze ihm ins Gesicht, und der getroffene Tentakel senkte sich, während ein anderer nun ihn selbst zu umschlingen suchte. Raskir wich ihm aus, wurde von einer ihn erfassenden Woge in die Höhe geworfen und ruderte haltsuchend mit den Armen durch das kühle Naß. Was er zu fassen bekam, war feucht, hart und behaart – das Bein des Oheims! Mit der Linken umschloß er es, mit der Rechten hackte er wieder und wieder nach dem Fangarm, bis dieser erschlaffte, noch einmal nach oben zuckte und den Körper des Kapitäns schließlich freigab. In diesem Augenblick fuhr ein ruckender Schmerz durch Raskirs Unterleib – das Seil um seinen Bauch riß ihn zurück.

Immer noch den Oheim umklammernd, raste er aus wohl zehn Schritt Höhe auf das Deck der Karracke zu.

Das letzte, was er hörte, war das Bersten von Knochen, als sein Körper unweit des Steuerruders hart auf den Planken aufschlug.

Im gleichen Augenblick ertönte ein markerschütternder Donnerschlag. Ein gewaltiger Flammenstrahl schoß – scheinbar aus dem Nichts – auf das Meeresungeheuer zu. Menschen kreischten und sprangen auseinander. Und noch etwas schrie. Ein schrilles, unmenschliches Brüllen erfüllte die sturmgepeitschte Luft, als das Feuer den Dekapus erreichte, und Fangarme und Krakenkopf zogen sich zurück und versanken brodelnd in den Tiefen des Südmeeres.

Im blendenden Licht des folgenden Blitzes war Tokahe die einzige, die nicht beobachtete, wie die Riesenkrake versank. Sie hatte sich umgewandt, als der Feuerstrahl über das Deck gefahren war, um nach Zoe Ausschau zu halten, die sie schon seit geraumer Weile aus den Augen verloren hatte. Die Freundin entdeckte sie nicht, doch etwas anderes sah sie: Wenige Schritt hinter ihr stand, hoch aufgerichtet, die rechte Hand seltsam gespreizt in Richtung des versinkenden Untieres weisend, Sindai, die Brabaker Forschungsreisende …

Altoum/Altaia, Nacht

Perarfirs große, machtvolle Schwingen durchschnitten die kühle, seltsam blütenschwere Nachtluft. Die Insel weit unter ihr ruhte gleich einem Schatten in den Wassern des Südmeeres. Eingebettet in silberne Wogen, wurde sie von Norden umschmeichelt von den Wassern des Perlenmeeres und bildete im Süden ein natürliches Bollwerk gegen die rauhen Wellen des Südmeeres, welche die Winde stetig gegen die Insel trieben, so daß im Laufe der Äonen bereits ein gutes Stück dichtbewachsenen Bodens in die starken Arme Efferds geglitten war und sich auf ewig seiner tiefen, zeitlosen Kühle überantwortet hatte. Im Osten der Insel erstreckte sich ein riesenhaftes, jadefarben schimmerndes Felsmassiv. Um die höchsten Gipfel desselben zu überwinden, bedurfte es noch einiger Schläge der mächtigen Flügel. Hinter den Felsen lag nahezu flaches, von hohen Bäumen bedecktes Land, von Westen nach Osten durchzogen von einem dunklen Band, einem Fluß, von dem ein Nebenarm abzweigte, an dessen Ufern Menschen wohnten. Sie hatten Insel, Bergmassiv und Flüssen Namen gegeben: Altoum, Altimont, Iliara, Ianur.

Die Stadt, die nun – verschwindend klein in Perafirs großen, goldenen Augen – unter ihr lag, hieß Altaia.

Perafir wußte es nicht, es beschäftigte sie nicht. Das Land war alt, es hatte schon viele Namen getragen. Das Land war Sumu, die Mutter. Auch das Land, das unter den silbernen Wogen schlummerte, war Sumu. Und

Sumu würde es immer heißen, bis der letzte Funken Leben die Mutter verlassen hätte. Doch das würde noch Äonen dauern, viel länger als Perafirs Leben, viel länger auch, als das Leben ihres Jungen währen würde. Amargant – sie konnte seine Gegenwart spüren, auch jetzt, da er sich über zweihundert Meilen östlich von ihr in den Tiefen der Erinnerungen ihrer beider Ahnen verlor. Er träumte den Flug seiner Mutter, träumte ihre Gedanken, träumte den Wind, der über den schwarzpurpurnen Schuppenleib glitt, sah Perafir, ihren mächtigen, schillernden Leib, die sechs Beine, die jetzt, da sie flog, eng an den muskulösen Körper gezogen waren, den Schädel mit den feinen hellvioletten Zeichnungen über den Augen, den wohl zwei Schritt langen, kräftigen Hals, den sehnigen Schwanz, dessen obere Seite ein schwarzer Zackenkamm schmückte. Er spürte ihr heißes Blut pulsieren, und so, träumend, erlernte er das Fliegen, hatte er teil an ihrem unergründlichen Wissen, wie sie selbst dereinst teilgehabt hatte an dem Wissen ihrer Mutter. Noch war das mächtige Band, die geistige Nabelschnur zwischen Mutter und Jungen, nicht gelöst. Noch wußte Amargant nicht alles, was Perafir wußte. Es gab noch so viele Gedanken, so viele Erinnerungen, an denen es teilzuhaben galt.

Menschen, dachte der purpurne Drache, als er der winzigen Stadt unter Perafir gewahr wurde. Und gleichzeitig mit diesem Gedanken erfuhr Amargant alles über die Geschichte jener Wesen, deren Erinnerung den Geist seiner Mutter gestreift hatte. Er sah einen großen Kontinent und Schiffe, die von seinen Ufern fort und einem fremden Land entgegen segelten. Er sah die Menschen Städte bauen, sah, wie sie Kriege führten, sah sie den Göttern *Macht, Existenz, Ferne, Ewigkeit* huldigen, erfuhr, daß einige der Menschen mit seinesgleichen sprechen konnten, und es verwunderte ihn. Sie begegneten fremden Wesen, anderen Wesen – *Elfen*, durchzog es seinen Traum, *Echsen, Goblins, Trolle, Zwerge* ... Er sah ihr Reich in Schutt und Asche versinken und ein neues entstehen. Kurz verweilte die Erinnerung Perafirs bei zwei Menschen, sehr ähnlich im Aussehen, die sich gegenüberstanden. Graues Haar und ein ebensolcher Bart umwehten die Menschengesichter, das Gewand des einen war hell, das des anderen dunkel. Beide umgab ein Gewebe aus Fäden und Bahnen astraler Kraft – nicht so dicht wie das Netz, das die Mutter umgab, anders in der vereinten Kraft der Linien, doch dem Perafirs auf eine fremde Weise mehr als ebenbürtig. Die Muster um die helle Gestalt waren voller Energie, die der dunklen Gestalt voll von Schmerz. *Schmerz,* träumte Amargant, und einen quälenden Wimpernschlag lang wand der junge Drache sich in für ihn schier unermeßlichem Leid. Das Blut kochte in seinen Adern, wie es in der Erinnerung der Mutter heißer und glühender geworden war. Amargant sammelte all seine Kraft, und aus seinen Nüstern fuhr ein heißer, flammender Strahl und versengte die Bäume um ihn her, während er schlief. Der Schmerz zog vorüber, und Amargant wußte nun, wie er das Feuer in seinem Inneren sammeln und nach außen richten konnte. *Nahrung,* dachte Perafir und legte die purpurnen Schwingen eng an den Körper. Pfeilschnell schoß sie auf die Stadt unter ihr zu, breitete die Flügel etliche hundert Schritt über dem Boden wieder aus, um den Sturz abzufangen, und glitt über eine Weide voller fett gemästeter Rinder, die inmitten vereinzelter Bäume gedöst hatten und nun erschrocken die Nüstern blähten. Als sie aufblickten, weiteten sich ihre blöden Augen in schierem Entsetzen, und sie sprangen auf und stoben mit blökendem Schreien auseinander. Perafirs Schweif peitschte die Luft – die Masse, die ihr mächtiger Körper dem Wind entgegenstellte, ließ die Stämme der alten Bäume auf der Weide erzittern und knickte die der jüngeren – und traf zwei der Tiere am Kopf, so daß sie, aus dem Lauf gerissen, von der fliehenden Herde fort geschleudert wurden. Das eine der Rinder brach sich beim Aufprall auf einen der Bäume das Genick, das andere atmete nur noch schwach, als Perafir in seiner Nähe landete. Die Pranken des Drachen hinterließen mächtige Furchen im feuchten, weichen Erdreich – bei der Landung entwurzelten sie einige Bäume, wobei sich vereinzelte Schuppen lösten und auf dem feuchten Gras zurückblieben. Perafir sah sich um: Etliche hundert Schritt entfernt lag, ein wenig erhöht, ein dunkles, steinernes Gebäude, auf dessen Spitze sich die Umrisse eines gebrochenen Wagenrades gegen den mondhellen Himmel abhoben. *Tod,* dachte Perafir, und Amargant träumte mächtige Leiber, menschenähnlich zwar, doch um etliches größer, fallend und auf den Boden schlagend, sah Wesen in Feuer und Lohe verglühen, träumte den letzten, mächtigen Atemzug, mit dem Taragir – *Mutter, Schmerz, Erinnerung, Einsamkeit* – ihr Leben aushauchte.

Die Drachin verschlang den noch warmen Leib eines Rindes, zerriß ihn mit ihren starken, spitzen Zähnen. *Sicherheit*, dachte Perafir, und die tiefen Krallenspuren verschwanden im Erdreich, als die astrale Kraft der Purpurnen die Weide in ihren ursprünglichen Zustand zurückversetzte. Dann stieg sie auf, riß das zweite der getöteten Tiere mit sich in die Luft und flog zurück gen Osten. *Amargant*, dachte Perafir, und den hellen Leib des jungen Drachen durchlief ein kühler, zärtlicher Schauer.

Das Haus mit dem gebrochenen Wagenrad lag noch immer im Dunkeln, als Perafirs kraftvoller Flügelschlag schon längst verklungen war. Niemand war vom Lärmen der Rinder erwacht, niemand vom Rauschen des Windes oder vom Ächzen und Bersten der Bäume.

Auch die Erschütterung der Erde, als der mächtige

Körper des Drachen auf ihr gelandet war, war spurlos an dem Gebäude vorübergegangen – oder richtiger: hatte es gar nicht erst erreicht. Die Bewohner des Hauses – vier Geweihte, drei Novizen, ein Medikus, Ayla, die Alchimistin und Heilkräuterkundige, Alrik, der Koch des Klosters, sowie einige Schutzbefohlene – schliefen tief und fest. Ein im wahrsten Sinne des Wortes von Boron gesegneter Schlaf, denn das Steingebäude beherbergte den Borontempel von Altaia.

Bei den Geweihten des Tempels handelte es sich um Anhänger des Ordens der Noiona, einer Heiligen des Boronglaubens, die ihr Leben der Heilung zerrütteter Seelen gewidmet hatte. Auch ihre Nachfolger nahmen sich, in ihrem Sinne und mit Borons Hilfe, der verwirrten und haltlosen Wesen Deres an und suchten sie mit unendlicher Ruhe, Geduld und der Kraft, die der Glaube ihnen schenkte, zu heilen. Das Kloster der heiligen Noiona – und mit ihm der Borontempel in Altaia – besaß keinen eigentlichen Hochgeweihten.

Jeder der vier Priester hatte vielmehr seinen eigenen Aufgabenbereich, seine eigenen Schutzbefohlenen, die es zu betreuen galt.

Mit den Aufgaben innerhalb und außerhalb des Tempel- und Klosterbezirks wechselte man sich ab und wählte stets denjenigen, der sich für die entsprechende Arbeit begeisterte, oder diejenige, die den Geweihten für die auszuführende Tätigkeit am geeignetsten erschien.

Eine der Geweihten des Tempels war Taija Naryad, die nun, zur fünften Stunde vor Morgengrauen, auf der hölzernen Pritsche ihres kargen Zimmers lag und schlief. Ihre schwarzen, zum straffen Zopf zurückgebundenen Haare ruhten auf einer gefalteten, groben Decke, und ihr dunkles tulamidisches Gesicht mit der hohen Stirn, der rundlichen Nase mit den breiten Nasenflügeln, den hohen Brauenbögen und den vollen

Lippen war entspannt und wirkte, als lächle sie im Schlaf.

Auch Taija träumte, anders als Amargant freilich, doch war auch sie auf ihrer nächtlichen Reise nicht allein. Die Geweihte schlenderte in ihren Träumen mit Jantar, einem weiteren Geweihten des Klosters – der nur wenige Schritte entfernt gleichfalls in seiner Kammer schlief, allerdings ohne den Traum seiner Glaubensschwester zu teilen oder zu ahnen, daß er in dem ihrigen vorkam –, durch die Gärten, die den hellen Sandsteinbau des Tempels umgaben, und disputierte mit ihm. Jantar war auch im Wachen ein enger Vertrauter der Tulamidin, ihr Geliebter, um genau zu sein, doch ›disputierten‹ sie für gewöhnlich nicht, wenn sie sich in den Gärten aufhielten, da das Reden und Scherzen nicht in der Natur der Geweihtenschaft des Boron liegt, oder besser: ihren Gelübden zuwiderläuft. Vielmehr hatte es sich zwischen ihnen eingespielt, daß sie einander Briefe schrieben, wenn es eine längere Geschichte zu erzählen gab, die das Gemüt des einen oder der anderen bewegte.

So wurde auch der Disput des Traumes nicht lebhaft, sondern vielmehr mit Ruhe und Besonnenheit geführt, denn es ist nicht das Wort an sich, sondern das unüberlegt gesprochene, das den Unwillen des Herrn Boron erregt.

»Taija«, sagte der dunkelhäutige Mann an ihrer Seite in diesem Augenblick, und er beobachtete dabei einen kleinen, purpurn schillernden Käfer, der kurz zuvor auf seinem Handrücken gelandet war und diesen nun, leicht schwankend und mit den zarten Fühlern tastend, erkundete, »hast du jemals das Orakel auf der Insel im Iliara um Rat befragt, und gibt es eine Frage, mit der du es tun würdest?« Sie blickte verwundert in das schmale Gesicht des Geliebten, betrachtete seine vollen, dunklen Lippen – typische Lippen für die *Haipu*, einen Waldmenschenstamm, dem er angehörte –, seine Schläfen, die bereits von ersten silbernen Fäden durchzogen wurden, und seinen aufrechten, sehnigen Körper und dachte über seine Frage nach.

Währenddessen beobachtete auch sie das Insekt und stellte erstaunt fest, daß es zwei Köpfe hatte. Der Käfer flog fort, und Jantar griff nach ihrer Hand.

So gingen sie eine lange Zeit schweigend nebeneinander. Taija überlegte: Warum sollte sie ein Orakel befragen, wo es doch in der Hand ihres Gottes lag, was mit ihr oder irgend jemandem auf Dere geschah? Falsch, verbesserte sie sich, es lag nicht nur in der Hand ihres Gottes, es lag in den Händen aller Zwölfe. Und drei des Pantheons hatten es offensichtlich für richtig befunden, daß man sie befragen sollte. Denn die drei Statuen im Iliara stellten, so war es überliefert, Phex, Hesinde und Efferd dar. Und sie waren nicht nur ein Abbild der drei Götter, so lehrte es die Geweihtenschaft, sondern vielmehr waren sie selbst es, die einem Ratsuchenden, der mutig genug war, sie zu befragen, eine Antwort gaben. Taija war noch nie auf der kleinen Insel gewesen, sie hatte auch noch nie in Erwägung gezogen, dorthin zu gehen, da es für sie immer klar gewesen war, daß ein göttliches Orakel kein Pilgerort sein konnte, den man für belanglose Fragen wie »Werde ich glücklich werden?« oder »Wird das Rind ein gesundes Junges werfen?« aufsuchen sollte. Auch Fragen, die sie stets beschäftigt hatten, wie »Warum sind Jantar und ich schon so viele Jahre vereint, und noch immer hat Tsa uns kein Kind geschenkt?« verboten sich von selbst – sie würden Nachkommen haben, wenn die junge Göttin es für richtig befand. »Warum leben die Menschen? Woher kommen sie? Wohin gehen sie zurück?« Auch auf all diese Fragen gab es bereits Antworten, sie fanden sich in ihrem Glauben. Und diesen hatte sie niemals in Frage gestellt und dachte – auch jetzt im Traum – nicht daran, es je zu tun.

»Nein«, antwortete sie schließlich. Jantar nickte, und Taija wußte mit einemmal, daß er keine andere Antwort erwartet hatte. Warum hat er dann danach gefragt? ging es ihr durch den Kopf. Doch da nahm der Geliebte ihr Gesicht zwischen die Hände, versenkte seinen Blick in dem ihren und fragte: »Warum sorge ich mich um dich?«

Und das vertraute Augenpaar schien ihr plötzlich fremd und unergründlich in seiner lichtlosen Schwärze.

Sie prüfte seine Frage auf eine mögliche Antwort hin, und wieder verging eine lange Zeit. »Ich weiß es nicht«, erwiderte sie dann, »sag du es mir.«

»Du mußt lernen, die richtige Frage zum richtigen Zeitpunkt zu stellen, Taija«, entgegnete er. Die Geweihte wunderte sich, ihre Stirn, auch die der Schlafenden, legte sich in steile Falten, und das entspannte Lächeln verschwand langsam von ihrem Gesicht. Warum stellte er ihr so seltsame Fragen? Warum gab er ihr rätselhafte Antworten? Das war nicht seine Art.

Auch wunderte sie sich, wie wirklich ihr der Traum auf der einen Seite erschien – und darüber, daß sie auf der anderen Seite in ebendiesem darüber nachdachte und doch gleichzeitig mit Gewißheit wußte, daß sie sich in einem Traum befand.

Jantar wandte sich ab und ging grußlos fort. Sie hielt ihn nicht auf, sie wußte, daß er gesagt hatte, was es zu sagen gab.

Nur verstand sie es nicht …

Was, in der Götter Namen, hatte er ihr mitteilen wollen?

Diese Frage beschäftigte die Geweihte noch immer, als Jantar einige Stunden darauf tatsächlich ihre Stube betrat, sehr leise zwar, um sie nicht zu wecken (denn der

Schlaf ist ein Geschenk des Herrn, und man stört ihn nicht ohne einen triftigen Grund, genausowenig, wie man die Stille ohne einen solchen unterbricht), doch da Taija schon eine geraume Zeit in den Sphären zwischen Schlafen und Wachen geschwebt hatte, öffnete sie nun die grüngrauen Augen und richtete ihren Blick auf das dunkle Gesicht des Glaubensbruders.

»Was weißt du von dem Orakel im Iliara?« fragte sie schließlich, während sie sich erhob und ihre schlichte schwarze Kutte überstreifte. Erst auf dem Weg zum Morgengebet antwortete Jantar ihr. Antwortete ihr mit dem harten kehligen Akzent, der ihm eigen war und der, was Taija erst jetzt auffiel, im Traum der letzten Nacht nicht vorhanden gewesen war: »Was beschäftigt dich, Taija?«

Sie nickte. Natürlich, es war nicht ihre eigentliche Frage gewesen, und der Geliebte wußte es. »Ich hatte einen Traum«, entgegnete sie, »und er hinterließ eine Frage in meinem Kopf, die ich mir nicht beantworten kann. Ich bitte dich um deinen Rat.«

Jantar griff nach ihrer Hand und sah sie an, und einen Wimpernschlag lang hielt Taija die Luft an, war sich sicher, was er im nächsten Moment sagen würde … *Warum sorge ich mich um dich?*

»Ordne deine Gedanken und bringe sie auf Pergament, Taija. Ich bin nach dem Gebet im Garten«, sagte er jedoch, und diese vertraute Reaktion des Geliebten ließ sie lächeln. So nickte sie ihm bestätigend zu, und die Geweihten öffneten die schwere Holztür, hinter der sich etliche Stufen verbargen, die ins Erdreich hinab, in den Tempelraum des Klosters führten, aus dem ihnen bereits ein angenehm melancholischer Singsang sowie der süßliche Geruch von Rauschkräutern entgegenwehte.

29. Peraine 1017 nach Bosparans Fall

An Bord der *Golgaris Schwinge*, Morgen

Das Unwetter war auch nach der Vernichtung des Dekapus nicht vorübergezogen. Der Feuerstrahl, mit dem das Ungeheuer in den Fluten versunken war, hatte die Mannschaft für wenige Augenblicke erstarren und vergessen lassen, daß die Karracke noch immer gegen die Urgewalten und den Untergang ankämpfen mußte.

Erst, als Praios' erste Strahlen die Dunkelheit vertrieben, ließ der Sturm nach. Die tobenden Fluten verwandelten sich kaum merklich in hohe Wellen und schließlich in sanfte Wogen, die die Überlebenden in den Schlaf der Erschöpfung wiegten, ohne daß diese selbst es recht bemerkten. Auch Tokahe war, an einen Mast gebunden, in sich zusammengesunken und blickte mit trüben, starren Augen in die kühl-gelbe Dämmerung. Träge und zäh zwang sie sich, immer wieder ein und denselben Satz zu murmeln, ohne daß ihr bewußt gewesen wäre, was er ihr hätte sagen sollen, noch, wie lange ihre Lippen ihn bereits formten: »… wachbleiben, Tokahe, du mußt wachbleiben, Tokahe, du mußt wachbleiben, Tokahe, du mußt …«

Als der Stand der Sonne die neunte Stunde des Tages anzeigte, erwachte sie langsam aus ihrer Lethargie. »Kannst du nicht endlich still sein, ich will schlafen!« fauchte sie und wurde sich in der darauffolgenden Stille bewußt, daß es ihre eigene Stimme gewesen war, die sie davon abgehalten hatte, in den Tiefen der Bewußtlosigkeit zu versinken.

»Was …«, krächzte sie, und der pelzige, trockene Klumpen in ihrem Mund fühlte sich viel zu groß an. Meine Zunge ist gewachsen, dachte sie, seltsam … und kurz darauf: Durst! Sie band sich los, robbte über das Deck, von einer Bohle zur nächsten, bis zur einer Luke, fiel mehr die Stufen hinab, als daß sie diese hinabgeklettert wäre, und suchte sich torkelnd ihren Weg zwischen schwimmenden Trümmern und Unrat bis zu den Wasserfässern in einer der Kombüsen des Schiffes. Unter Deck war das Kriechen unmöglich, denn das Wasser stand kniehoch in den stockfinsteren Gängen und schwappte im Rhythmus der behäbigen Bewegungen des Schiffsleibes.

Sie tastete sich zu den Fässern vor, öffnete einen Hahn, hielt den Kopf darunter und trank – mühsam erst, dann immer gieriger –, bis sie sich zusammenkrümmte, wimmerte und den größten Teil der Flüssigkeit wieder erbrach.

Da wirst du morgen wieder Karenherden in deinem hübschen Kopf haben, Tok, sagte eine vertraute Stimme in ihr. »Alriks Alwe angelt alte Aale«, murmelte die Schelmin. »Siehst du, Zoe, ich habe nicht zu viel getrunken!« fuhr sie fort, riß die Augen auf und war mit einem Male hellwach.

Um sie herum war es stockfinster. Es roch feucht und unangenehm, das Wasser in den Gängen gluckste, und sie vernahm ein immer wiederkehrendes dumpfes Klocken, abgelöst von schmatzenden, gurgelnden Geräuschen. Etwas Kaltes, Weiches, dessen Konsistenz sie an irgend etwas erinnerte, dessen sie sich jedoch nicht bewußt werden wollte, schlug wieder und wieder gegen ihre bloßen Schenkel.

Es fühlte sich an wie Fleisch …

»Gepökeltes Schweinefleisch in Honigkruste«, zitierte sie die gestrige Speisekarte und verstummte gleich darauf, als sie des rauhen, unsicheren Tonfalls der eigenen Stimme gewahr wurde.

Die Schelmin war nie besonders ängstlich gewesen, doch nun fühlte sie, wie sich ihre Haut zusammenzog und sie schauderte. »Raus hier, Tokahe, und zwar so schnell wie möglich!« befahl sie sich, und genau das tat sie denn auch.

Also, überlegte sie auf dem Weg nach oben, wo hatte sie die Geliebte zum letzten Mal gesehen? Das war, so erinnerte sie sich, unmittelbar bevor der Feuerstrahl das vielbeinige Krakentier getroffen hatte. Nun, Zoe war höchstwahrscheinlich in Ohnmacht gefallen und ...

»Oh!« entfuhr es Tokahe, und sie erstarrte und verweilte so etliche Augenblicke, die Augen weit aufgerissen in der gurgelnden Finsternis, in völliger Bewegungslosigkeit, ehe sie gefunden hatte, wonach sie suchte. »... und schläft jetzt wahrscheinlich irgendwo«, beendete sie halbherzig den in Gedanken begonnenen Satz. »Ich muß lediglich auf Deck gehen und sie finden«, stellte sie abschließend fest. »Ja, so wird es gemacht!« Wie um ihrer Aussage Nachdruck zu verleihen, nickte sie mehrmals energisch mit dem Kopf. Sich derart davon abhaltend, einen weiteren Gedanken an die Unwahrscheinlichkeit ihrer Aussage zu verschwenden, fuhr die Schelmin fort, sich ihren Weg an Deck zu suchen.

Wieder an der frischen Seeluft, fand sie das Schiff unverändert in völliger Stille vor. Doch als sie ihren Blick schweifen ließ, stellte sie mit Verwunderung fest, daß die Karracke dem Land erstaunlich nahe gekommen war. Genaugenommen war das Ufer kaum mehr als einen gekonnten Steinwurf weit entfernt. Es war ein schönes Land, wie sie beiläufig feststellte – große, ihr unbekannte Bäume, deren tiefgrünes Blätterdach einen weißen Sandstrand beschattete, fremdartige Blumen in einer Farbenpracht, die der des Gauklervolkes in nichts nachstand.

Kurz fesselte ein kleines Tier, das seinen schlanken, grünschillernden Körper durch den hellen Sand schlängelte, die Aufmerksamkeit der Schelmin.

»Wie unachtsam von dir, kleines Windetier«, murmelte sie.

Irgendwo über ihr schrie ein Vogel, und kurze Zeit später fuhr er herab und trug den nunmehr leblosen Schlangenkörper mit sich nach Osten fort. »Na dann, guten Hunger!« brummte Tokahe, ehe sie sich zwang, ihre Aufmerksamkeit erneut dem Schiff zuzuwenden.

»Also, Zoe, dann wollen wir mal. Natürlich finde ich dich, mach dir keine Sorgen, ist mir klar, daß du dich versteckst, mein Püschel, kein Problem, ich komm ja schon, und dann wird alles gut«, brabbelte die Schemin ohne Unterlaß, während sie die *Golgaris Schwinge* nun so systematisch, wie es ihrem Naturell eben möglich war, absuchte.

Sie fand viele Bewußtlose, wohl auch einige Tote, wie sie vermutete. Doch wußte sie nicht recht, wie sie helfen, wem sie sich zuerst zuwenden sollte. Dieser da war Hengist, Saufkumpan vieler lustiger Nächte. An seiner Stirn klaffte eine häßliche Platzwunde, doch sie war verschorft und blutete nicht mehr. Dort war Beorn, der Zoe oft so seltsam gemustert hatte. Sein rechtes Bein, um das ein Seil geschlungen war, sah seltsam verdreht aus.

Ein Heiler wäre dringend vonnöten, dachte Tokahe bei diesem Anblick. Die Frau aus Brabak war eine Hesindeforscherin. Vielleicht verstand sie sich auch aufs Heilen? Aber die Schelmin wußte nicht, wo die hellhäutige Passagierin sein könnte, und so entschloß sie sich, zuerst einmal weiter nach Zoe Ausschau zu halten. Denn die Freundin verstand sich ein wenig darauf, Verbände anzulegen, und konnte hier gewiß mehr von Nutzen sein als sie, Tokahe. Unvermittelt blieb sie stehen, hockte sich auf die Planken und bohrte angestrengt in ihrer Nase. »Also«, überlegte sie, »das ist ja wohl klar! Ich kann ja nicht einfach loslaufen und dann noch erwarten, daß ich etwas finde! Nur der Weg des größeren Popels führt zum Ziel, das weiß ein jeder! Mal schauen – ah! Der im rechten Nasenloch ist von beträchtlicher Größe, aber vielleicht findet sich im linken noch ein größerer …« Doch ehe sie die genaue Inspektion ihres Naseninnenlebens abgeschlossen hatte, zupfte und zerrte etwas an ihrem Bein. Als sie hinabsah, blickte sie in die roten Triefaugen Teggeckchs, des Klabauters. »Hab sie gefunden«, brummte er und streckte Tokahe in einer auffordernden Geste die leere Handfläche entgegen, während er mit der anderen Hand auf ihren Hals zeigte.

Tokahe starrte ihn ungläubig an. »Zoe?« fragte sie dann atemlos. Teggeckch nickte. Die Schelmin machte einen Satz nach vorn, um den Klabauter zu umarmen, um ihrer unbändigen Freude und Erleichterung Ausdruck zu verleihen, doch Teggeckch stieß ein empörtes Zischen aus, wich zurück und deutete erneut mit auffordernder Geste auf ihren Hals.

Tokahe sah fragend an sich herab und mußte unwillkürlich grinsen, als sie dort den jüngst in Grangor erstandenen Zehnagel baumeln sah. »Natürlich«, sagte sie, »eine gute Wahl.« Der Klabauter runzelte mißmutig seine Greisenstirn, und erst da wurde Tokahe bewußt, daß sie in Menschengeschwindigkeit gesprochen hatte. Doch sie war zu erschöpft, um sich auf die Sprache der Kobolde zu konzentrieren, auch, um zu feilschen. Und so nahm sie mit einem entschuldigenden Schulterzucken die Kette und gab sie dem Klabauter, obgleich sie wußte, daß sie damit erneut dessen Mißmut schüren würde. Und so war es auch, denn Teggeckch nahm zwar den Talisman an sich, schien aber einige Wimpernschläge lang unschlüssig, ob er die Schelmin zu Zoe führen oder einfach verschwinden sollte. Seine kleine Gestalt flackerte, war stofflich, schien sich aufzulösen und kehrte schließlich erneut zur Stofflichkeit zurück.

»He... später, später...«, murmelte Tokahe, die, so nah am Ziel ihrer Wünsche, erbittert gegen eine neuerliche Welle der Erschöpfung ankämpfte. Und der Klabauter wandte sich tatsächlich brüsk ab und stapfte leise brummelnd und für ein Feenwesen betont langsam davon.

Die Schelmin eilte stolpernd hinter ihm her. Zoe lag unweit der Stelle, an der die Schiffsbrüstung, von der Massigkeit des Krakenleibes eingedrückt, nahezu vollständig zerstört war. Dort war eine hölzerne Planke zersplittert und ragte gleich einem mahnenden Zeigefinger in die Höhe.

Tokahe gluckste glücklich, als sie sah, *was* die Freundin vor dem sicheren Tod bewahrt hatte. In den Trümmern des zerborstenen Holzes verhakt, hing das Lederband mit dem zweiten Talisman der Elida von Salza – und an ihm die rothaarige Gauklerin. Mit tiefen Striemen an Hals und Körper, aber lebendig...

»Zoe, Schlafmütze, aufwachen, *Yako*«, flüsterte Tokahe ihr ins Ohr.

Und als die Gauklerin, begleitet von einem glückseligen Jauchzer Tokahes, die Augen aufschlug, ging ein federndes Beben durch den Leib der Karracke, und Teggeckch verschmolz ärgerlich fluchend mit der Luft um ihn herum – die *Golgaris Schwinge* war auf sandigem Grund aufgelaufen...

Im Dschungel von Altoum, Morgen

An dieser Stelle unserer Erzählung wechseln wir nicht nur einmal mehr den Schauplatz des Geschehens, sondern schließen auch das erste Mal Bekanntschaft mit den auf Altoum lebenden Waldmenschen. Wir nähern uns damit dem Kern der Geschehnisse, die zum Untergang Altaias und mit ihm zum Tod meiner Schwester geführt haben. Vielleicht wird der geneigte Leser sich fragen, warum ich unsere Geschichte an dieser Stelle so unvermittelt unterbreche. Mitnichten, um ihn zu erzürnen. Der Grund ist vielmehr der folgende: Spätestens jetzt ist der Zeitpunkt gekommen, an dem die Waldmenschen eine entscheidende Rolle in unserer Geschichte zu spielen beginnen.

Diese Menschen mit ihrem Götzenglauben glichen in meinen Augen stets eher wilden Tieren denn unseresgleichen. Und ich bin sicher, daß es den meisten Bewohnern Deres ebenso ergeht.

Nun verhält es sich aber so, daß die Götter diesen ungläubigen Barbaren jene besondere Aufgabe zugeteilt haben, die sie im Verlauf dieser Geschichte einnehmen werden. Um sie und ihr Verhalten zu beschreiben, war es unumgänglich, ihr Wesen im Rahmen meiner Nachforschungen längere Zeit zu studieren – gewiß nicht lange genug, um ihr sonderbares Verhalten verstehen zu können, obwohl ich, um ehrlich zu sein, bezweifle, daß mir dies jemals möglich sein würde, und auch nicht sicher bin, ob ich es wirklich möchte. Dennoch habe ich mich nach reiflichem Nachdenken dazu durchgerungen, sie in dieser Geschichte so unvoreingenommen wie möglich zu beschreiben, da jedwede andere Vorgehensweise der Erzählung wenig zuträglich wäre und ich mir außerdem nicht auf die Fahnen geschrieben habe, ein praiosgefälliges Werk über das Leben der Ungläubigen zu verfassen. So habe ich mich bemüht, sie und ihr Gebaren unter dem objektiven Aspekt der Forschung zu betrachten, und erstaunt festgestellt, daß diese Spezies sogar eine Art eigener Kultur aufzuweisen hat.

Wenn der Leser sich also im folgenden fragen wird, wie eine zwölfgöttergläubige Person wie die Verfasserin dieser Zeilen dazu kommt, diese Wilden derart unvoreingenommen zu beschreiben, so möchte ich hiermit im Vorfeld jedwede Anschuldigung von mir weisen, die mir dieses etwa als Lästerung an den Zwölfgöttern auszulegen gedenkt.

Doch kehren wir nun nach dieser langen, aber notwendigen Rechtfertigung zu unserer Erzählung und mit ihr in den Dschungel der Insel Altoum zurück...

Taiku huschte leise und gewandt wie die Raubkatze, deren Namen er trug, durch den dichten Dschungel des östlichen Altoum. Jeder Muskel seines dunklen, sehnigen Körpers war angespannt, der Atem tief und ruhig, die Bewegungen kraftvoll. Der Lederrock um seine Hüften raschelte leise, und die linke Hand umschloß ein Buschmesser, mit dem er sich seinen Weg durch das Dickicht bahnte – bahnte, wohlgemerkt, nicht schnitt, denn die Waldmenschen seines Stammes vermochten ihre Spuren gewiß ebensogut zu tarnen, wie es die Geschichten von den Elfen der Salamandersteine zu berichten wissen.

Der Pfad (der für den ›normalen‹ Aventurier nicht als ein solcher zu erkennen war, da nur die Waldmenschen ihn anhand von Wildspuren, auf besondere Art verformtem Astwerk oder – für das geschulte Auge – einprägsamen Baumgruppen zu erkennen vermochten) führte den jungen Krieger zu den *Haipu*, seinem Stamm, der an den Küstengebieten Altoums in versteckt gelegenen Rundhüttendörfern lebte. ›Versteckt‹ deshalb, weil die *Haipu*, wie so viele Waldmenschenstämme in den südlichen Regionen, gegen Sklavenhändler zu kämpfen hatten, die immer wieder durch den Dschungel zogen, die dunkelhäutigen Ureinwohner ihrem Stamm entrissen und zu einem Leben in der ›Pestbeule des Südens‹, Al'Anfa, verdammten.

Die *Haipu* waren Jäger und Sammler – überdies auch

hervorragende Taucher –, und Taiku gehörte zu den Jägern des Stammes.

Dies zu erwähnen ist von großer Wichtigkeit und auch, es zu erläutern. Denn *Haipu* bedeutet in unserer Sprache wohl soviel wie ›die zwei Gesichter hinter den Nebeln‹. In der Sprache der Haipu bezeichnen diese zwei Gesichter das friedliche, das den Fischern und Seefahrern des Volkes zu eigen ist, und das kämpferische, das die Krieger des Stammes tragen. Das Wesen des Gesichtes eines Haipu enthüllt sich zumeist erst in seinem neunten Jahr. Dann gilt es, die Reifeprüfung abzulegen, eine Prüfung, die auf friedliche oder kriegerische Art gelöst werden kann – und erst dann entscheidet sich der junge Waldmensch für seinen Weg. Und so mag es geschehen, daß der größte Raufbold des Dorfes auf sich allein gestellt mit einemmal seinen Sinn für Diplomatie und Verhandlungsgeschick entdeckt, wohingegen die als friedliebend bekannte Tochter den Speer fester zu umfassen und dem Pfad des Jaguars *Kamaluq* zu folgen lernt. Die Krieger der *Haipu* unterscheiden sich nicht nur in ihrer Gesinnung, ihrem ›Gesicht‹, von den Fischern und Sammlern ihres Volkes. Auch äußerlich erkennt man sie an ihren kunstvollen Hautbemalungen aus gelbem Schwefel und einer roten Farbe, die aus einer Brühe der Scharlachwurzel gewonnen wird.

Die Schamanen dieses Stammes, die zauberkundigen Deuter Kamaluqs, stehen seit jeher in engem Kontakt zu den *Darna,* einem Waldmenschenstamm, der in den Berghängen des Altimont lebt und dem das Talent zur Naturmagie mehr im Blute liegt als irgendeinem anderen uns bekannten Stamm der Waldmenschen. Für gewöhnlich sind beide Stämme friedlich, wenn sie auch gelegentlich untereinander rituelle Kriege führen. Rituell bedeutet, daß die Blutopfer gering sind, der Kampf mit beiderseitigem Respekt dem jeweils anderen Stamm gegenüber geführt und der Sieger nach einer gewissen Frist von beiden Seiten anerkannt wird. ›Barbarisches‹ Verhalten, das ihnen oft nachgesagt wird, haben beide Stämme lediglich bei der Zerstörung Charypsos im Jahre 802 nach Bosparans Fall bewiesen, doch scheint dieser Krieg ein für sie notwendiger gewesen zu sein, denn erst seit jener Zeit ist es den Waldmenschen wieder möglich, einigermaßen ungestört Handel mit den dort Ansässigen zu treiben.

Doch beenden wir nun erneut unseren Exkurs über Geschichte und Wesen der Waldmenschen und wenden unsere Aufmerksamkeit wieder dem jungen Krieger zu: Tauchen wir ein in die Gedanken und Gefühle, die ihn auf dem Weg zurück zu seinem Dorf bewegen...

Verwirrung und *Ratlosigkeit* sind wohl die Worte, mit denen Taikus Seelenzustand am ehesten zu beschreiben wäre. Der Ursprung dessen war nicht nur in den Ereignissen der jüngsten Zeit zu suchen, sondern vielmehr in seinem Verdacht, daß zwischen den merkwürdigen Geschehnissen der vergangenen Monde und dem jüngst Erlebten ein direkter Zusammenhang bestand oder, seinen Vermutungen zufolge, bestehen mußte. Diese Erkenntnis erschreckte ihn, den Lebensgefährten des *Aikarr* der *Haipu*, zutiefst.

Aikarr, so spricht man den Schamanen des Stammes an, und der Titel geht stets von dem alten Schamanen auf den neuen über. Der *Aikarr* kann mit den Tieren sprechen, seine Seele gar in das mächtigste von ihnen, den nachtschwarzen Jäger, gleiten lassen, und er kann sich in dessen Träume versenken und so an ihnen teilhaben. Die *Haipu* glauben, daß der dunkle Jäger ihr Schicksal lenkt und auch, daß Schlimmes geschähe, wenn sie je sein Mißfallen erregen würden. So halten sie sich an seine Botschaften, meiden gewisse Jagdgebiete und achten die Beute des Jaguargottes.

Auch Taiku und seine Jäger hatten sich stets an die Botschaften des *Aikarr* gehalten, wenn sie für mehrere

Monde den Stamm verließen, um die Fährten des Wildes zu erkunden.

Doch seit die *Haipu* vor nunmehr zwei Götterläufen das erste Mal in den Tiefen des Altoumdschungels auf eine Handvoll Menschen und Anderswesen gestoßen waren, die, wie sich später herausstellte, an den Hängen des Altimont ein Lager errichteten, das, je weiter es gedieh, den Waldmenschen immer sonderbarer erschien, hatte sich einiges geändert.

Die *Haipu* hatten sich mit den *Darna* beraten und dann beschlossen, die Fremden zu beobachten und abzuwarten, was geschähe, sich nicht zu zeigen und wachsam zu bleiben. Vielleicht wollten die Unbekannten eine neue Siedlung gründen, so hatte man in den damaligen Stammeszusammenkünften überlegt. Doch eine neue Siedlung so tief im Altoumdschungel schien den *Darna* und den *Haipu* sinnlos, denn die Menschen der Städte liebten den Luxus.

Es waren vier Männer und drei Frauen, zwei von ihnen stets vermummt, und sie verließen ihr Lager nur selten, um, so vermuteten es die Waldmenschen, in den Städten neue Waren einzukaufen, denn die Fremden jagten nie. Mit Kräutern allerdings schienen sie sich auszukennen, denn man sah sie häufig, mit großen Kräutertrommeln ausgerüstet, den Dschungel durchqueren.

Beim Aufbau der Hütten half ihnen ein gutes Dutzend zerlumpt aussehender Männer und Frauen. Taiku hielt sie für *Bukanier*. (Das ist ein Menschenschlag, der sich aus Flüchtlingen, Deserteuren und sonstwie aus der sogenannten ›zivilisierten‹ Welt Geflohenen zusammensetzt. Für Taiku waren es jedoch lediglich sonderbare Menschen, deren Lebensweise er nicht verstand, die ihn regelrecht abstießen. Wäre das Mohische eine komplexere Sprache, so gäbe es in ihr gewiß ein Wort für das, was der Begriff *Bukanier* bei dem jungen Krieger auslöste. Doch da ein solches Wort nicht existiert, greife ich auf das Isdira, das Elfische, zurück, das ein sehr treffendes Wort für dieses Gefühl bietet: *badoc*. In Taikus Augen – und in denen aller Waldmenschen – war das Verhalten der Bukanier in höchstem Maße *badoc*.) Die Bukanier tauchen nach ihrer Flucht – wovor auch immer, es gibt unzählige Beweggründe, aus denen heraus man zum Bukanier wird, und es ließen sich Bücher damit füllen, wollte man sie erzählen – in den Tiefen des Dschungels unter und finden dort eine neue Bleibe. Der Stamm des jungen Kriegers mochte die Bukanier genauso wenig, wie sie die meisten von uns Weißen mögen. Tapamlose nennen sie uns und sehen ihr Urteil bestätigt, wenn wieder einer der unsrigen in den Tiefen des Dschungels verschwindet und nie mehr herausfindet. Bukanier sind in ihren Augen in mancherlei Hinsicht sogar noch schlimmer als die Altaianer, die Freibeuter oder die allzu abenteuerlustigen Weißen, die sich manchmal in den Dschungel wagen. Denn die Bukanier kennen die Gefahren des Waldes und haben gelernt, in ihm zu leben. *In* ihm, ja. Nicht aber *mit* ihm, wie die Waldmenschen es tun. Sie wissen nicht um die großen *Tabus*, nicht um das *Nipakau* oder die Ehre, die, wie die Waldmenschen glauben, den Tierkönigen gebührt. Sie haben kein *Tapam*, und sie jagen die Nebelspinnen. Sie erzürnen Kamaluq und verstoßen gegen seine Gesetze. Taiku hatte von Fällen gehört, in denen sie sich Waldmenschenfrauen raubten und diese nie wieder zu ihrem Stamm zurückkehren ließen. Ja, die Bukanier waren ein widerwärtiges, ungläubiges und gewalttätiges Volk.

Manchmal war ein weiterer Mann zu Besuch in dem sonderbaren Lager am Altimont. Bucklig und kahlköpfig war er, und niemand der *Darna* oder *Haipu* vermochte sich zu erklären, wie er allein seinen Weg über die Insel bis hin zum Unterschlupf der Fremden zu finden imstande war. Auch hatte ihn niemals jemand an- oder abreisen sehen. Er verschwand genauso unverhofft und spurlos, wie er aufzutauchen pflegte.

Da die Fremden die beiden Waldmenschenstämme nicht bedrohten, ihnen auch keinen ihrer Jagdgründe nahmen, da sie, trotz der Bukanier, Kamaluq offenbar nicht beleidigen wollten, sie darüber hinaus weder wie Sklavenjäger aussahen noch sich wie solche verhielten, sie die Waldmenschen vielmehr ignorierten, fand man sich mit der Zeit mit ihrer Anwesenheit ab und schickte nur noch hin und wieder einen Späher aus, der allerdings niemals etwas Beunruhigendes zu berichten wußte.

So war Taiku auch in diesem Jahr, wie in jedem zuvor, mit seinen Jägern aufgebrochen, um Wildspuren zu überprüfen, Fährten zu suchen und zu jagen.

Fünf Männer und zwei Frauen waren sie gewesen, und sie hatten ein behelfsmäßiges Lager errichtet und sich aufgeteilt, wie jedes Jahr. Doch zu der vereinbarten Zeit war niemand in das Lager zurückgekehrt, und nachdem der junge Krieger zwei Tage lang auf seine Stammesbrüder und -schwestern gewartet hatte, hatte er sich auf die Suche nach ihnen begeben.

Ihre Spuren endeten in der Nähe des Lagers der Fremden, doch finden konnte er seine Leute nicht.

Aber etwas anderes erregte seine Aufmerksamkeit: Die wundersame Siedlung war größer geworden, als er es vom letzten Jahr her in Erinnerung hatte. Die Fremden hatten offenbar ein gutes Stück Waldes gerodet. Sonderbar… sie mußten auch die Wurzeln der riesenhaften Bäume ausgegraben haben, denn das Erdreich war vollkommen eben.

Taiku konnte sich nicht vorstellen, wie diese schmächtigen Männer und Frauen eine solche Arbeit in so kurzer Zeit bewerkstelligt haben wollten. Auch die grobschlächtigen Bukanier wären seiner Ansicht nach unmöglich zur Einebnung einer derart großen Fläche in der Lage gewesen.

Sie hatten ein merkwürdiges Gebäude errichtet, Taikus Schätzungen zufolge so groß wie das ganze Dorf der Haipu. Die Wände waren aus einem sonderbaren, dunklen Material geformt, das er nicht kannte. Darüber hinaus wiesen sie keine Fugen auf, sondern waren glatt und spiegelten in ihrer matten Schwärze merkwürdig verzerrt das Abbild des umliegenden Dschungels wider. Das ganze Gebilde erinnerte den jungen Krieger an eine auf den Kopf gestellte tönerne Eßschale, nur daß die Oberfläche eben ungleich dunkler und von jener eigentümlichen Glätte war. Taiku war es ein Rätsel, wo sie diese riesenhaften Mengen des unbekannten Materials hergenommen und wie sie es durch den Dschungel hierher transportiert hatten, ohne daß es den Danar oder seinem eigenen Stamm aufgefallen war. Und ratlos wie er war, fiel ihm nur eines ein, was ihm in dieser Lage zu tun bliebe: Er mußte sich allein auf den Rückweg machen, um dem Stammesältesten und Larak, dem Aikarr, zu berichten, was er beobachtet hatte.

So hatte er sich, verwirrt und nachdenklich, auf den Weg gemacht.

Und in ebendieser Stimmung befand er sich noch immer, jetzt, etwa zwei Tage später, kurz vor Erreichen seines Dorfes unweit der Südküste Altoums.

Als der junge Krieger die letzten Baumgruppen hinter sich ließ und auf die Lichtung seines Dorfes hinaustrat, liefen ihm wohl ein Dutzend Kinder entgegen, und ihnen folgten mit einigem Abstand die Älteren, denn ein Späher der Haipu hatte die Ankunft des Kriegers bereits gemeldet. Larak, der Aikarr, umarmte ihn kurz und führte ihn dann, vorbei an den fragenden Blicken der Stammesangehörigen, in seine Hütte, wo bereits der Rat der Ältesten sowie die erfahrensten und angesehensten Jäger, Fischer und Sammler warteten. Die restlichen Haipu folgten ihnen.

Bis spät in die Nacht saßen sie dort beisammen, und Taiku berichtete, was er gesehen hatte, nur selten unterbrochen durch kurze Fragen Laraks. Auch die Jüngsten der Haipu harrten vor der Behausung des Schamanen aus und lauschten den Worten des Kriegers.

Als Taiku geendet hatte, erhob sich das Murmeln besorgter, sich beratschlagender Stimmen, vermischte sich mit dem Weinen der Jüngsten und den allgegenwärtigen Geräuschen des Dschungels. Nachdem der Aikarr die aufgeregten Fragen bezüglich der Vermißten zur Kenntnis genommen und den verschiedensten Vermutungen und Vorschlägen seiner Stammesmitglieder aufmerksam zugehört hatte, erhob er sich, und das Stimmgewirr verstummte. »Ich habe bereits um die Umstände gewußt, ehe du mir von ihnen berichtet hast, Taiku«, hub er zu sprechen an, und seine tiefliegenden schwarzen Augen fixierten den jungen Krieger eine Zeitlang, ehe er sich erneut seinem Volk zuwandte.

»Ja, ich stimme den Ältesten zu. Wir werden zu dem Lager der Fremden ziehen. Wir werden unsere Brüder und Schwestern suchen. Doch die Träume des Jaguars mahnen zu Besonnenheit. Er jagte, doch« – und hier machte er eine längere Pause, in der sich das Dunkle seiner Augen nach oben drehte und nun nur noch zwei helle Schlitze im Kerzenlicht blitzten – »... doch er war nicht allein. Sein Bruder schritt an seiner Seite, und über ihrer beider Pfade kreiste der Schreivogel. Wir werden nicht allein ausziehen. Nicht ohne die Darna. Und ich werde Jantar rufen ...«

Ein Raunen ging durch die Hütte, und Karlun, ein älterer Mann, der eine Gruppe der Sammler führte und auf dessen rechter Schulter ein kleines Äffchen saß, erhob sich. »Du weißt, daß Jantar dem Pfad des Jaguars nicht mehr folgen kann. Er ist *dein* leiblicher Bruder, Larak, doch er ging vor vielen Sommern fort und kehrte nicht zurück. Wir wissen, wo er lebt. Wir wissen auch, daß er unsere Pfade nicht länger betreten kann. Wie sollte *er* es sein, der mit Kamaluq läuft? Er verleugnete seinen Namen. Er dient den Götzen der Sklaventreiber.« Dann räusperte er sich kurz, senkte das Haupt und sagte: »Ich widerspreche dir nicht. Du bist der Aikarr. Du weißt. Ich suche nur zu verstehen.«

Nun erhob sich Kunkau, eine hochgewachsene Kriegerin, deren linke Gesichtshälfte drei parallel laufende Narben trug. Auch sie brachte ihr Mißfallen über die geplante Benachrichtigung Jantars zum Ausdruck, und viele andere der Haipu taten es den beiden gleich.

Doch alle endeten mit den Worten: »Ich widerspreche dir nicht…«, und so war es, wie stets, an Larak, das letzte Wort zu sprechen. Und er tat es, hoch aufgerichtet, mit stolzem Gesicht, die feingliedrigen Hände über den unzähligen hölzernen, beinernen und fellenen Amuletten gekreuzt, die um seinen Hals hingen.

»Wir folgen dem Weg Kamaluqs. Ich bin sein Auge. Ich bin seine Stimme. Wir rufen Jantar, den fernsten unseres Stammes. Die Fremden sind aus seiner Welt. Kamaluq hat auch seine Schritte gelenkt. Und jetzt erfüllt sich sein Schicksal. Wir rufen die Darna. Sie sprechen die Zunge des Schreivogels. Sie wachen, wenn wir träumen. Sie rufen vor der Zeit.«

Und dann ging er hinaus auf den Platz inmitten der Hütten, riß die Arme in die Höhe und schüttelte das lange, graumelierte Haar.

Und die Trommeln setzten ein, begleiteten den Schamanen in seinem zuckenden Tanz, unterstrichen sein kehliges Rufen, und nach und nach fiel der ganze Stamm mit ein, begleitete den Aikarr und tat so seine Zustimmung gegenüber ihrem Schamanen und dessen unangefochtene Position als Deuter des Jaguars kund.

In einer uns fremden, undurchschaubaren Choreographie brandete ihr Rufen auf und ab, und über den Trommeln und dem Rasseln der Ketten, dem lockenden Rufen der Haipu, dem allgegenwärtigen Rauschen der mächtigen Bäume und dem Schreien der Tiere des Dschungels erscholl die rauhe Stimme Laraks, des Aikarr: »Darnaaaaa! Jantaaaaar!«

An Bord der *Golgaris Schwinge*, Morgen

Just in diesem Moment erwachte viele Meilen weiter nördlich der Thorwaler Raskir Ingramsson von dem seltsamen Umstand, daß er sich wohl fühlte.

Ja, es ging ihm außerordentlich gut, prächtig geradezu.

Er spürte jeden Muskel seines Körpers, und jeder Muskel war entspannt und ausgeruht. Sein ganzer Leib war von einem merkwürdigen Prickeln erfüllt, fast so, als hätte er an einem heißen Tag Erfrischung in den kühlen Meereswogen gesucht und gefunden. Zwei Stimmen, die eine leicht und perlend, die andere tief und auf sonderbare Weise schwermütig und beschwingt zugleich, summten eine fremde, eigenwillige Melodie. Es erinnerte ihn ein wenig an das Plätschern der Wellen am Hafen.

»Zu Hause…«, dachte er und seufzte leise und wohlig.

Er spürte die Berührung zweier weicher, kühler Hände auf seinem nackten Brustkorb.

Ja, es waren Hände, weibliche Hände; er wußte es, ohne die Augen zu öffnen. Und mit derselben unumstößlichen Sicherheit wußte er, daß er noch eine Ewigkeit hier liegen wollte, auf dem weichen, leicht federnden Untergrund. Entspannt, ruhig, wohlig und zeitlos.

Wessen Hände waren es wohl, so fragte er sich, mit

denen er sich in derart sorgloser Intensität verbunden fühlte?

Genüßlich ließ er das Bild von der kleinen rothaarigen Zoe in seinem Geist Gestalt annehmen. Gewiß hatte sie ihr Ponyhaar rechts und links des Kopfes zu zwei kleinen Zöpfen geflochten, denn das hatte sie in den letzten Tagen des öfteren getan. Und diese ›Walzöpfe‹, wie sie die klassische Haartracht der Thorwaler nannte, kleideten sie, wie er fand, außerordentlich gut.

Seine Gedanken schweiften weiter... zu dem ersten Mal, da er sie in der Hafenkneipe in Grangor gesehen hatte und Swafnir es so vortrefflich eingerichtet hatte, daß sie und ihre Freundin Heuer auf einem Schiff und er selbst noch zwei Küchenhilfen gesucht hatte. Ach, der wundervolle, warme Klang ihrer Stimme, diese weichen, goldenen Augen, die vielen Male, da sie gemeinsam an der Reling gestanden und er ihr von daheim erzählt und sie ihm staunend gelauscht hatte... und die Art und Weise, wie sie ihr hübsches Köpfchen gegen die Stelle zwischen seiner Brust und dem Bauchnabel gelehnt – denn sie war ja so winzig, so zerbrechlich, um so vieles kleiner als irgendeiner der Ottajasko –, ihn mit großen, traumverhangenen Augen angesehen und geseufzt hatte: »Ach, Raschgichr (denn so sprach sie stets seinen Namen aus), die Welt ist unermeßlich groß, so unendlich, so wundervoll in ihrer Endlosigkeit. Wir sind in diesem Überfluß gefangen – gemeinsam. Und doch machst du die Welt mit deinen Geschichten größer für mich ...«

Er dachte an die sonderbaren, fremden Weisen, die sie sang, an die Art, wie ihr Körper sich bewegte, wenn sie tanzte ...

Auch ihre Freundin, die quirlige Tokahe, hatte er in sein großes Herz geschlossen. Nun, er war sich sicher, daß Zoe nicht ohne sie mit ihm nach Thorwal würde gehen wollen. Aber dieses Wissen störte ihn nicht, denn er mochte die geradlinige Art der Dunkelhaarigen. Nicht zuletzt deshalb, weil er in ihren Augen dieselbe tiefe Zuneigung für seine kleine Gaukelfee entdeckte wie die, die er selbst in sich trug. Und wie hätte er jemanden nicht mögen sollen, der der Frau seines Herzens genauso wohlgesonnen war wie er selbst?

Ach, Zoe … Vielleicht, so zogen träge die Gedanken durch seinen Kopf, wäre jetzt die Gelegenheit, ihr sein Vorhaben bezüglich des Traviabundes mitzuteilen, den er mit ihr zu schließen gedachte?!

Die kühlen Handflächen vollführten leichte, kreisende Bewegungen; ihn durchflutete ein Gefühl, als ob eine unendlich sanfte Woge seinen ganzen Körper, jedes Stück Haut, jedes Härchen, jede Pore, jeden Nerv, jeden Muskel liebkoste.

Die Melodie klang langsam aus, fast so, als entfernten sich die Stimmen. Dann erstarb sie in einem zweistimmigen leisen Seufzer, und eine dunkle Frauenstimme flüsterte erschöpft: »Wie lange ist es her? So lang, so lang …«

Es klang so weich, so verletzlich.

Die Hände verweilten an ihrem Platz und fuhren dann mit ihren sanften, kreisenden Bewegungen fort. Und Raskir, noch immer ganz gefangen in der heimeligen Nähe dieser Berührung, sagte ganz leise: »Bei Swafnir, ich wünschte, es könnte immer so sein. Wünschte, du wärest mir immer so nah wie in diesem Augenblick. Möchte, daß du unser beider Kindern deine Weisen singst. Komm mit mir heim nach Thorwal! Sag: Willst du mein Weib sein?«

Ungewohnt sanft klang seine Stimme, doch hatte er, so dachte er bei sich, ja von Anfang an anders zu Zoe gesprochen. Außerdem mochte sie dererlei auch so gern. Poesie … Nun ja, eigentlich war er kein Mann der großen Worte, doch schien ihm dieser Augenblick gleichsam verzaubert – so, wie es damals in Grangor gewesen war. Auch da hatte er nicht nach Worten suchen müssen. Sie waren einfach da gewesen, waren fast wie von selbst seinen Lippen entwichen. Bei jenem ersten Mal hatte ihn dieser Umstand irritiert, und er war über sich selbst erschrocken. Doch jetzt fühlte er, daß es richtig so war.

Langsam öffnete er die Augen... und blickte in das Gesicht der Brabaker Forschungsreisenden.

Ihre hellen Augen, undefinierbar in ihrer Farbe, schimmerten feucht; das blaue Licht der Gwenn-Petryl Steine ließ ihre Haut noch durchscheinender wirken als gewöhnlich. Kleine Schweißperlen standen auf ihrer Stirn, das helle kurze Haar war gleichfalls feucht und wirkte auf seltsame Art und Weise lebendig, beweglich... Sie hatte es sich aus der Stirn gestrichen, und dennoch schoben sich einzelne der merkwürdig aussehenden Strähnen immer wieder in Richtung der schweißnassen Gesichtshaut, ganz so, als führten sie ein Eigenleben, als leckten sie gierig das salzige Naß von der blassen Stirn.

Es war das erste Mal, daß Raskir die Brabakerin ohne das um den Kopf geschlungene Tuch sah. Über sein Erstaunen darüber, wie verändert ihm die unnahbare Frau in diesem Augenblick erschien, vergaß er vollkommen, daß das eben Gesagte nicht für ihre Ohren bestimmt gewesen war. Vergaß auch, sich darüber zu wundern, warum er hier, allein mit ihr, in der Kapitänskajüte seines Oheims war. Sann gleichfalls nicht weiter über ihre eigenwilligen Haare nach.

Verblüfft betrachtete er ihre fremdartigen Gesichtszüge und die spitzen Ohrmuscheln.

Ah, da ist sie also ein Baumhüpfer, dachte er schlicht.

Die Augen der Elfe waren weit aufgerissen und der Ausdruck in ihrem Gesicht ein Abbild des Klanges der Stimme, die Raskir vor wenigen Wimpernschlägen hatte flüstern hören – weich, verletzlich. Ihre vollen Lippen waren leicht geöffnet, wie erstarrt in einem Ausruf ungläubigen Erstaunens.

Und es war mehr ein Impuls – ausgelöst durch die Art und Weise, wie die hellhäutige Frau nun, gleichsam ratlos, ihre schlanken Hände hob und sie unverrichteter Dinge wieder auf seinen Brustkorb sinken ließ –, daß Raskir ihr mit seiner großen, schwieligen Hand sanft über die Wange strich. Er hatte nicht darüber nachgedacht, es war ihm auf unbestimmte Art richtig erschienen. Doch noch ehe die Bewegung endete, kamen ihm Zweifel. Was tat er hier überhaupt? Wie, in Swafnirs Namen, war er in diese Lage geraten?

Die Forschungsreisende saß noch immer auf der Kante des Himmelbetts und sah ihn unverwandt an. In Ermangelung einer Eingebung, die ihm gesagt hätte, was er nun tun sollte, versuchte er es mit einem schiefen Lächeln und dem Versuch eines verschwörerischen Augenzwinkerns.

»Bei Swafnir, das ist ja nun mal 'ne komische Sache!« donnerte er dann aufs Geratewohl in den Raum hinein und tätschelte unbeholfen die auf seiner Brust ruhenden Hände.

Das mißglückte Zwinkern, die laute Stimme und die abrupte Bewegung brachen den Zauber des Augenblicks und warfen Sindai mit einem Schlag in die Realität zurück. Sie unterdrückte den Impuls, ihre spitzen Ohren zu verdecken.

»Was fällt dir ein?« sagte sie nur.

Und Raskir fuhr zusammen, denn ihre Stimme war hart wie ein Peitschenhieb, und auch ihr Gesicht, ihre ganze Haltung hatte mit einemmal nichts mehr mit der weichen, sinnlichen Frau gemein, die noch vor wenigen Augenblicken neben ihm gesessen hatte.

Abrupt erhob die Elfe sich vom Bett, durchmaß mit schnellen Schritten die Kapitänskajüte und kehrte nach kurzer Zeit mit einem zusammengerollten Pergament zu ihm zurück. Sie zog sich einen Stuhl heran und setze sich ihm gegenüber, während sie beiläufig ihr Haupt wieder unter dem hellen Tuch verbarg.

Auch Raskir richtete sich auf und sah sie fragend an. Seine liegende Haltung erschien ihm mit einem Male unangebracht.

»Nun dann«, brach die Forschungsreisende schließlich das Schweigen, »ich bin eine Elfe, eine Halbelfe, um genau zu sein.« Raskir schien es, als klänge ihre Stimme ein wenig ungehalten, ehe sie wieder in den kalten, belanglosen und leicht arroganten Tonfall zurückfiel, der ihr für gewöhnlich eigen war. »Ich habe dich geheilt. Du warst verletzt. Es war notwendig.« *Aber nicht so viel,* schoß es ihr durch den Kopf. Und: *Das hast du nie wieder tun wollen. NIE WIEDER! Du hast nie wieder zurückschauen wollen, Sindai. Hast du das vergessen? Nie wieder diese Art der Magie. Nie wieder der fremde, der so sehr verhaßte, der elfische Weg! Nie wieder eine Nähe, die die* Herzogin *in Frage stellt …*

Unwirsch schob Sindai ihre Gedanken beiseite.

»Also, es war notwendig«, wiederholte sie. »Wie dem auch sei: Du bist nun der Verantwortliche auf diesem Schiff und wirst dich wohl oder übel mit meinen Wünschen arrangieren müssen, Raskir Ingramsson, Nachfolger des Liskolf Thorfinnson. Und mein erster Wunsch lautet: Lies dieses. Es erspart mir etliche Erklärungen.«

Irgendwo in den Tiefen seines Bewußtseins erschien Raskir der Umstand, daß er nun der Verantwortliche für die *Golgaris Schwinge,* der ›Nachfolger‹ Liskolf Thorfinnsons, sein sollte, sonderbar. Doch er war noch zu benommen, um dieser Frage nachzugehen. Und so beobachtete er statt dessen gebannt, wie Sindai das Pergament entrollte und es ihm reichte. Er nahm es entgegen und besah ratlos die vielen, eng beschriebenen Zeilen, die es enthielt. Der erste Buchstabe, das war ein ›G‹. Und der zweite? Ein ›E‹? Oder doch ein ›B‹? Und dann? Noch ein ›G‹, diesmal ein kleingeschriebenes.

»Soso, den Trick kenn ich«, murmelte er erfreut, während er sich – ganz in kindlichem Entdeckerstolz gefangen – bereits mit dem nächsten Buchstaben auseinandersetzte. Dieser, das erkannte er sofort, kam nicht in seinem eigenen Namen vor. »Nein«, so stellte er nach einiger Zeit des Grübelns sachlich fest, »dieses Zeichen dort kenne ich nicht.« Und er hielt der Halbelfe das Pergament hin, während sein breiter Zeigefinger auf die besagte Stelle deutete und sie dabei zur Hälfte verdeckte.

»Wie bitte?« fragte Sindai und warf einen kurzen, prüfenden Blick auf das Pergament und dann auf den Thorwaler, der sie fragend ansah.

»Nun«, hub Raskir erneut zu erklären an, »dieser Buchstabe dort, den kenne ich nicht. Und das da vorn, ist das ein ›B‹ oder ein ›E‹? G-B-G«, buchstabierte er, um dann fachmännisch hinzuzufügen: »Na, wird wohl ein ›E‹ sein, was?! Höhö, gäbe ja sonst auch keinen Sinn, das wohl. Aber dann?!« Und er betrachtete erneut den vierten Buchstaben, ohne jedoch zu einem Ergebnis zu kommen. »Nein, nein«, wiederholte er bedauernd, indem er ihr das Schriftstück zurückreichte, »so etwas habe ich noch nie gesehen.«

Sindai schwieg und musterte den Thorwaler eine Zeitlang mit unverhohlenem Erstaunen. »Du kannst nicht lesen«, meinte sie schließlich.

Raskir konnte sich des Eindrucks nicht erwehren, daß es klang wie: »Du hast die Duglumspest.«

»Nein, nein, so ist es nicht«, beeilte er sich daher zu korrigieren. »Ich kann zwar nicht *alles* lesen, aber manches schon, bei Swafnir! Und ich kann meinen Namen sogar schreiben, daß du das bloß nicht falsch verstehst. Und das sieht nach was aus. Das macht was her. Das steht ja mal fest, daß das nicht jeder von sich behaupten kann, darauf ein Feuer!« fügte er, nicht ohne Stolz, hinzu.

Die Halbelfe schüttelte unwirsch den Kopf und machte eine kurze, abwehrende Handbewegung.

»Nun ja«, sagte sie schließlich. »Du kannst nicht lesen. Auch gut. Dann werde ich dir eben erzählen, was in dem Schreiben steht. Fangen wir mit dem Wichtigsten an: Ich bin, um es in deinen Worten auszudrücken, dein Kapitän. Du hast meinen Anweisungen Folge zu leisten. Wir werden dieses Schiff nach Altoum bringen, und das so schnell wie irgend möglich. Dort werdet ihr auf ein zweites Schiff umsteigen, das euch nach Charypso bringt. Von dort geht eine Passage für euch zurück nach Grangor. Dein Oheim hat bislang gut mit uns zusammengearbeitet. Es ist nicht mehr weit bis nach Altoum, und ich möchte dir raten, dir an seinem kooperativen Verhalten ein Beispiel zu nehmen. – Nein, laß mich ausreden!« unterbrach sie den Thorwaler scharf, der sich mit vor Wut funkelnden Augen aufgerichtet hatte, indem sie mit der linken eine kurze, kreisförmige Bewegung vollführte und Raskir scharf fixierte. »Dein Onkel hat sich auf diesen Handel eingelassen, und du wirst ihm wohl kaum in den Rücken fallen wollen, oder? Zumal einiges davon abhängt, wie du dich verhältst. Es steht viel für dich und deine Mannschaft auf dem Spiel, Raskir Ingramsson. Dein Oheim war sich dessen bewußt. Nun stellt sich lediglich die Frage, ob du ihm ein würdiger Nachfolger wirst sein können. Ich habe Verbündete auf diesem Schiff – auch unter deinen Leuten. Es wird mir ein leichtes sein, einen anderen ins Vertrauen zu ziehen. Aber ich will *dir* die Chance geben, daß alles so verläuft, wie es das unter normalen Umständen tun würde. Das wirst du doch wohl nicht aus reiner Dummheit ablehnen wollen? Ich selbst habe auf der Insel einiges zu erledigen und werde dort bleiben. Fragen?« schloß sie, und ihr kalter Blick taxierte den rotblonden Hünen, der ratlos auf das Bett zurückgesunken war.

»Ja, das wohl! Etliche, möchte ich meinen«, entgegnete er leise.

Und so erfuhr Raskir, während an Deck der *Golgaris Schwinge* die Mannschaftsmitglieder nach und nach ihr Bewußtsein wiedererlangten, die Verletzten geheilt, die Toten geborgen, die Schäden gesichtet wurden und das Stück Land, an dem man gestrandet war, in Augenschein genommen wurde, alles, was Liskolf dazu gebracht hatte, Kapitän auf diesem Schiff zu werden.

Er fand auch die Antwort auf die Unnahbarkeit seines Oheims in den letzten Monden, die Erklärung, warum dieser niemandem von seinem Zusammentreffen mit dem vermummten Mann in der Premer Hafenkneipe erzählt, bei niemandem sein Herz erleichtert, sich mit niemandem beraten hatte, wie es sonst die Art seines Volkes war.

Firinja, ja, es war Firinja, um die es ging, die Tochter Liskolfs, Geweihte des Swafnir im Tempel zu Prem.

›Vorläufig in Gewahrsam genommen‹ hatten sie diese Brabaker Herrschaften – ha! Er verstand sehr wohl, was dieser ›Gewahrsam‹ bedeutete, verstand, daß Firinja entführt worden, daß all das eine schmutzige, abgekartete Erpressung war!

Oh, er hatte während des Monologs der Halbelfe des öfteren aufspringen und sie schlagen, sie mit seinem Entermesser in Stücke schneiden und in die Niederhöllen schicken wollen. Doch er tat es nicht, sondern lauschte ihren Worten, und zum ersten Mal in seinem Leben war er hilflos vor Wut. Währenddessen wurde ihm bewußt, was Liskolf gemeint hatte, als er damals in der Kajüte ihm, Tokahe und Zoe gegenüber von ausweglosen Situationen gesprochen hatte.

Worum genau es der Forschungsreisenden ging, das

verstand Raskir nicht, und sie ließ auch keinen Zweifel daran, daß es ihn gleichwohl nichts anging. Aber daß Firinja zweifelsohne sterben würde – und nicht nur sie –, daß diese ›Leute‹, in deren Auftrag die Brabakerin sprach, Gegner waren, gegen die weder er selbst noch eine ganze Armada von Thorwaler Drachenschiffen etwas ausrichten konnte, daran hatte er keinen Zweifel.

Warum? hatte er sich kurz gefragt, als er bemerkte, wie Resignation sich in ihm ausbreitete. Warum nehme ich diese Person nicht einfach und werfe sie über Bord? Ja, bei Swafnir, was lasse ich mir drohen? »Was fällt dir überhaupt ein?!« hatte er ausgerufen. Doch als er hatte aufspringen und dem Unrecht seine Faust entgegenschmettern wollen, hatte ein Blick der Halbelfe ihn auf eine seltsame Art und Weise gelähmt und verzagt gemacht, die er nicht kannte und der er nichts entgegenzusetzen vermochte.

Eine bleierne Müdigkeit hatte von ihm Besitz ergriffen, und Gedanken wie: Warum nicht, Raskir? Es sind nur noch wenige Tage bis nach Altoum, und es bringt ja doch nichts, du hast keine Wahl... hatten Gestalt angenommen und den Kampfgeist verdrängt, so daß der Stolz des Thorwalers sich nun wie ein geschlagener Hund in eine Ecke verzog und – während Raskir der Brabakerin weiterhin lauschte – kläglich verstummte.

Nun, es war gut so. Er mußte nur stillschweigen und tun, was man von ihm verlangte.

Als Sindai geendet hatte, ließ sie ihren Blick einige Wimpernschläge lang nachdenklich auf der apathisch in sich zusammengesunkenen mächtigen Gestalt des Thorwalers ruhen. »... daß nur Bestand hat, was wahrhaft mächtig ist«, murmelte sie versonnen, und kurz flackerte etwas wie Bedauern in ihren Augen auf. Dann nickte sie Raskir zu und sagte: »Da dein Oheim tot ist, gibt es ja vielleicht sowieso nicht mehr vieles, was dich hier halten könnte, Raskir Ingramsson. Der Kopf Liskolfs ist mit dem Dekapus in den Fluten versunken. Vielleicht könntest du mich auf meiner Reise über die Insel begleiten? Ja, unter Umständen würde mir das gefallen.«

Der Thorwaler antwortete nicht. Er weinte vor Verzweiflung und mutloser Verzagtheit leise in die Kissen des Himmelbetts. Seine breiten Schultern bebten, während sich Rotz und Tränen in dem geflochtenen Barthaar verfingen.

Sie trennten sich schweigend. Über die Heilung und den Heiratsantrag verloren weder Raskir noch Sindai je wieder ein einziges Wort.

Altaia, Morgen

In den Tiefen des Gewölbes des Altoumer Borontempels lagen Taija und Jantar, jeder auf einem mit schwarzem Samt bezogenen Diwan, und atmeten tief den süßlichen Geruch des Rauschkrauts ein, der ihre Sinne entspannte. In diesem Zustand völliger Öffnung und Losgelöstheit sahen sie Bilder, hatten sie Gesichte, wurden sie eins mit Schlaf und Vergessen, verschwand die Grenze zwischen Tod und Neubeginn, *suchten* sie nicht, das Wesen ihres Gottes zu ergründen, sondern verstanden es. In all seiner Klarheit, in all seiner Einfachheit offenbarte sich ihnen das Alles und das Nichts.

Die Geweihtenschaft betete. Ein leiser, beruhigender Singsang, in dem die Stimmen Taijas und Jantars mit denen ihrer Glaubensbrüder und -schwestern verschmolzen.

... Herr des Schlafes,
der Du Bishdariel ausschickst und uns durch Deine Augen sehen läßt,
Deine Wunder wirken in meiner Finsternis,

Deine Stimme tönt sanft in unserem Vergessen,
Herr des Vergessens,
Deinen Bund will ich erneuern,
zurück in Deine Arme gebe ich mein Sein,
Herr des Todes,
der Du an den Toten Wunder tust wie an den Lebenden,
der Du uns den Weg weist über das Nirgendmeer
und Deinen Raben ausschickst,
uns heimzuholen in die Hallen, aus denen Tsa
uns dereinst ausgesandt,
Herr Boron, ich sehne mich nach dem Frieden
in Deinen Armen.
Daß Du mir fern wärest allein will ich fürchten
und nicht den Tod …

Jantars Geist schwebte, von süßlichen Nebeln umspielt, während er die Worte des Gebetes sang. Schwerer Blütenduft. Dschungelnacht. Todesschreie und neu entstehendes Leben rings um ihn.

Alles war eins, er wußte es.

Die Haipu, sein Stamm, hatten ihm verziehen, sie verstanden ihn. Und auch das war ihm in diesen Stunden tröstliche Gewißheit: Wir alle haben unsere Bestimmung.

Jeder von uns findet den Weg, den die Götter für ihn vorgesehen haben.

Seltsam, wie ähnlich sich die Wesen waren, wenn sie glaubten.

Nicht nur bei seiner Weihe hatte er diese Worte vernommen. Auch sein Bruder Larak hatte sie einst zu ihm gesagt, ehe sie gemeinsam aufgebrochen waren, die Reifeprüfung der Haipu abzulegen. Gemeinsam, denn sie waren nicht nur Brüder, das Band, das sie einte, war tiefer. So verschieden ihre Bestimmung auch gewesen war, das Gefühl der Einsamkeit, der Unvollständigkeit kam immer wieder unverhofft über den Geweihten. Denn Laraks und seine Seele waren in einem immerwährenden Band miteinander verbunden: Sie waren Zwillingsbrüder.

Ihr Vater war der Aikarr, der Schamane des Stammes gewesen, und Jantar wußte, was für einen schweren Stand sein Bruder gehabt hatte, als er, Jantar, nicht von seiner Reifeprüfung zurückgekehrt war. Und doch war er sich gleichzeitig stets des Verständnisses des Bruders gewiß gewesen.

Laraks Weg war der des Aikarr. Sein, Jantars, Weg war der, den Boron ihn zu gehen anwies. Boron, der ihn gesucht und gefunden hatte, dessen Ruf ihn durch den Körper jener Frau erreicht hatte, die ihn, mehr tot als lebendig, vor nunmehr 30 Jahren im Dschungel gefunden und ihn in diesen Tempel gebracht hatte. Sherinja war ihr Name gewesen, und er erinnerte sich noch gut an ihr freundliches, von aberhundert Runzeln durchzogenes Gesicht. Und auch an den Tag vor sechzehn Jahren, an dem sie gestorben war und Taija, damals noch ein junges Mädchen von fünfzehn Götterläufen, ihren Platz eingenommen hatte. Taija, der er sich zuerst nur als väterlicher Führer angenommen hatte und die nun, viele Jahre später, neben seinem Glauben zum Wichtigsten in seinem Leben geworden war.

Es war das Wesen der Götter, daß ihre Wege den Wesen Deres unverständlich erscheinen mochten und es doch nicht waren.

Während seine Seele in dem angenehmen weichen Nichts des Rausches schwebte, sah er, wie so oft, das Gesicht des Bruders vor sich, Spiegelbild seines eigenen. »Jaantaaar… Jaantaaar«, rief es, und der Geweihte drehte erstaunt den Kopf und lauschte. »Ja?« fragte er unsicher in die Luft hinein. Und von ferne, aus der Tiefe der Dunkelheit um das Gesicht seines Bruders her, traten Bilder in seinen

Schlummer, erzählten von den Dingen, die den Bruder bewegten.

Und Jantar sah und verstand.

Als der Geweihte erwachte und die Augen öffnete, war er allein in der Gebetshalle.

Der süßliche Rauch war verweht, und nur ein schwacher Abglanz seines Aromas hing noch in der warmen Luft. Die Kerzen brannten still und kräftig, jemand mußte sie vor kurzem erst ausgewechselt haben. Die anderen Geweihten hatten ihr Tagwerk offensichtlich bereits begonnen.

Auch Jantar erhob sich. Er wußte, was es zu tun galt.

Denn am Ende der Bilderflut hatte etwas gestanden, dem er nun schon das zweitemal an diesem noch so jungen Tag begegnet war: die kleine Insel im Ianur, der, den Überlieferungen zur Folge, von Lotusblüten umgebene Hain aus Zedern und Eiben, in dessen Mitte das Orakel Altaias verborgen lag. Die Fährfrau war eine Darna, Fremde in beiden Welten, gleich ihm, Jantar, dem Sohn des Aikarr.

Sie würde er aufsuchen.

30. Peraine 1017 nach Bosparans Fall

Irgendwo im Niemandsland zwischen Vinay und Khefu, Abend

Die Nacht hatte ihre dunklen Arme um das Land gelegt und auch den Strand, an dem die *Golgaris Schwinge* lag, umfangen. Mada sah mit ihrem silbernen Blick hinab auf den weißen Sand, diese schmale Grenze zwischen dichtem Blätterdach und dem Ozean, irgendwo in der grünen Ewigkeit zwischen den Fischerdörfern Vinay und Khefu. Sah hinab auf ein gutes Dutzend menschlicher Gestalten, die am Strand unweit des nur noch schwach erleuchteten Schiffes geschäftig auf und ab liefen, Fackeln in den weichen Grund stießen, sie entzündeten, Fässer und Nahrungsmittel herbeitrugen und sie zu einem großen, aus Holz und Planken errichteten Tisch unweit des Ufers brachten, neben dem zwei Flöße auf dem Wasser dümpelten: ein kleines, unscheinbares und ein größeres, an dessen Mast eine grob geschnitzte Holzfigur hing. Sie gemahnte entfernt an einen Menschen, der eine Wurfaxt und eine Pfeife in Händen hält. Auf dem leinenen Segel des größeren Floßes prangte das Wappen der Ottaskin, das vier Delphine zeigte, die um einen Wal gruppiert waren. Unter dem Bild stand der Schriftzug SWAFNIR HILFT.

Es waren nun bereits anderthalb Tage vergangen, seit die Karracke inmitten des Niemandslandes auf Grund gelaufen war. Und erst jetzt, nachdem die größten

Schäden geortet und so gut wie möglich behoben waren, kam die Mannschaft langsam zur Ruhe.

Raskir hatte vor wenigen Stunden verkündet, daß in dieser Nacht die Seebestattung der wenigen stattfinden sollte, deren tote Körper noch nicht in den kühlen Tiefen ruhten. Zwei der Grangorer hatte man leblos unter Deck gefunden, erschlagen von mehreren Fässern, die sich aus den Verankerungen gelöst hatten. Sie lagen aufgebahrt neben dem einzigen Toten der Thorwaler, der nicht vom Meer verschlungen worden war: Liskolf Thorfinnson, Kapitän des Schiffes, Oberhaupt der Ottajasko, Raskirs Oheim.

Ja, Liskolf war tot. Seine Seele war, so wollen wir es zumindest hoffen, schon in Efferds Paradies eingegangen, ehe Raskir erst dessen Bein und dann den Körper den Fangarmen des Dekapus entrissen hatte. Denn das, was mit dem bewußtlosen Raskir auf den Planken des Schiffes aufgeschlagen war, war nur der Leib des Oheims, nicht aber sein Kopf gewesen – ein Körper, dessen Hals in eine rote, weiche Masse überging. Und so lag der Leichnam des Alten nun auch mit einem Stück dunklen Tuches bedeckt neben denen der Grangorer, so daß jeder, der vorbeiging, zumindest vor seinem geistigen Auge das wettergegerbte Gesicht des Alten, seinen mächtigen grauen Bart und die grauen Augen mit den Aberhunderten kleiner und kleinster Fältchen in Erinnerung behielt.

Als der große Tisch mit Speise und Trank versehen und die Fackeln entzündet waren, füllte sich der Strand mit Leben. Vom Schiff her zogen die Thorwaler in einem Lichterzug zu der hölzernen Tafel, und die Grangorer folgten ihnen. Während sich die eine oder der andere Liebfelder lautstark in seinen Hemdsärmel schnäuzte oder sich verstohlen eine Träne von der Wange wischte, spiegelten die Gesichter der Thorwaler Stolz und freudige Erwartung wider. Auch war ihr Fackelzug kein andächtiger und stiller: viele der Männer und Frauen trugen Branntweinflaschen und -schläuche in Händen, einige hatten bereits einen ordentlichen Schluck genommen, und andere debattierten bereits über die Auswahl der Geschichten, die sie an der Totentafel über das Leben des Verstorbenen zu erzählen gedachten.

Das Wesen des Toten einfangen sollten sie, diese Erzählungen, ihn noch einmal in all seinem Wesen auferstehen lassen.

Denn je mehr Mitglieder der Ottajasko um die Taten des Kapitäns wußten, desto wahrscheinlicher war es, daß auch den Kindern und Kindeskindern noch die Abenteuer von Liskolf Thorfinnson ein Begriff sein würden, daß ein Skalde eine Ballade über seine Taten dichten und somit nicht nur seine, sondern auch die Erlebnisse seiner Ottajasko unsterblich machen würde…

Raskir ging an ihrer Spitze, eine Fackel in der einen, eine Flasche Branntwein in der anderen Hand. Er wußte, daß ihm, als neuem Kapitän und engem Verwandten Liskolfs, die Ehre der ersten Geschichte zukäme. Und er wußte auch, daß die erste Geschichte über den Toten maßgeblich für die Richtung war, die die Totenfeier einschlagen würde, je nachdem, ob von der Bekämpfung der Al'Anfaner, einem zünftigen Zechwettstreit, einer derben Prügelei, der Brautschau des Alten oder der Geburt seiner Tochter die Rede sein würde. Doch nach allem, was ihm die Unterlagen seines Oheims, die Sindai ihm verlesen hatte, offenbart hatten, war er sich nur in einem sicher: Den Namen seiner Tochter, Firinja, würde er nicht aussprechen können, ohne die schwer erkämpfte Fassung völlig zu verlieren. Das, was ihn in diesen Stunden bewegte, das, was sein Bild des Oheims prägte und alle anderen Erfahrungen und Abenteuer, die er mit ihm je erlebt hatte, in den Hintergrund stellte, war nichts, das für eine Geschichte zu Ehren des Toten taugte. Dennoch war Raskir wild entschlossen, eine ebensolche zu erzählen. Denn diese Reise, unter was für einem unseligen Stern sie auch stehen mochte, mußte zu ihrem Ende gebracht werden.

Niemals in seinem Leben, das wußte er, würde er den Augenblick vergessen, als er nach dem Fortgang der Brabaker Forschungsreisenden allein in Liskolfs Kajüte zurückgeblieben war. Trostlos und elend war ihm das Leben erschienen, als Sindai Rathilsdarn ihm, sich ein letztes Mal in der Kajütentür umwendend, berichtet hatte, daß sein Oheim nicht mehr am Leben war. Fast beiläufig hatte ihre Stimme geklungen, als sie schilderte, wie sie ihn, Raskir, gefunden hatte: in Umarmung mit dem blutleeren, kopflosen Leichnam Liskolfs.

Energisch schüttelte er den Kopf und nahm einen tiefen Schluck aus der Flasche in seiner Hand. Nein, er mußte vergessen, was er wußte, mußte es für die Stunden, die die Totenfeier währen würde, vergessen.

Langsam näherte sich die Prozession der errichteten Tafel, in deren Mitte die leblosen Körper der beiden Grangorer und des Kapitäns auf ihren jeweiligen Flößen lagen.

Raskir nahm einen weiteren tiefen Schluck aus der Branntweinflasche, goß den Rest über den Körper des toten Oheims und begann mit dröhnender Stimme zu erzählen …

Viele Stunden dauerte das Totenfest, viele Geschichten wurden erzählt, viele Lieder gesungen, und etliche Flaschen Branntwein rannen die Kehlen hinab. Mit der Zeit ließen selbst die Grangorer Seeleute sich von der ihnen fremden Art des Abschieds von den Toten mitreißen. Zu fortgeschrittener Stunde erhob sich schließlich Olk, einer der Grangorer, und erzählte mit schwerer Zunge, wie er in einer Hafenkneipe Junivera kennengelernt hatte: Sie hatte ihn – zu seinem größten Erstaunen – als ihren wohlhabenden Gatten ausgegeben. Gern hatte er das Spielchen mitgespielt, auch, als sich später am Abend herausstellte, daß er Juniveras Spielschulden hatte begleichen müssen… »Sie war halt ein gerissenes Stück – und ein hübsches dazu!« beendete er seine Geschichte. Und um die Tränen nicht doch wieder die Oberhand gewinnen zu lassen, hob er sein Glas und donnerte: »Auf das schönste Weib und die schlechteste Falschspielerin Deres! Auf meine Junivera! Nimm dich in acht, Efferd, jetzt hast du eine, gegen die kommst du nicht an!«

Dröhnendes Gelächter erklang, Thorwaler und Grangorer prosteten sich zu, übergossen die kleinen Flöße mit den Resten des Branntweins in ihren Flaschen und Schläuchen, entzündeten die Fackeln, die an jeder Seite der Flöße zwischen den groben Balken befestigt waren, und schickten die Toten mit einem lauten »Hauuu-Ruck!« auf die Reise. Der leichte Wind trieb die Flöße auf die See hinaus, kleiner und kleiner wurden sie, und ehe die Zurückbleibenden die Körper der Toten aus den Augen verloren, sorgte ein launischer Windstoß dafür, daß die leinenen Segel Feuer fingen.

Laut hallte das *Lied der Wogen* durch die Nacht.

»…die Lieder der Toten, den Staub unsrer Heimat, die Ehre der Otta, ihr nehmt sie uns nicht…«, erscholl es aus Dutzenden Kehlen, und als der rauflustige Eldgrimm den brennenden Flößen einen tiefen Hornstoß über die Wasser nachschickte, schien es, als loderten die Flammen noch ein letztes Mal heller auf. Das Floß mit den Leichen der Liebfelder versank in den Tiefen des Südmeeres.

Und dann geschah das Wundersame, von dem die Mannschaft noch Generationen später berichten würde und von dem jeder der Anwesenden später Stein und

Bein schwor, daß er es genau gesehen habe. Denn in dem Augenblick, da das Feuer auf dem Floß des Kapitäns hell aufloderte und es schien, als stehe nun wohl das ganze hölzerne Gefährt in Flammen, schob sich ein gewaltiger Schatten vor das orangerote Lodern. Wie ein Aufschrei ging es durch die am Ufer stehenden Seeleute: »Swafnir!«

Mit einem lauten, alles übertönenden Stoß aus Eldgrimms Horn senkte sich die riesenhafte Schwanzflosse vornüber und riß das brennende Floß mit sich in die Tiefe.

Dann war es vorbei. Liskolf Thorfinnson war zu seinen Ahnen gegangen.

Nach und nach zogen sich die Mitglieder der Ottajasko und die Grangorer Seeleute in ihre Kojen zurück. Betrunken zwar, aber ob des eben Gesehenen noch immer aufgeregt disputierend.

Nur Raskir fand keinen Schlaf. Er wanderte am Strand entlang, hielt hin und wieder inne, um einen flachen Stein über das Wasser hüpfen zu lassen, und versuchte, seine Gedanken zu ordnen, indem er halblaut zu sich selbst sprach. Es war dies eine Angewohnheit, die er von Zoe übernommen und die er schätzengelernt hatte, da, wie er festgestellt hatte, vieles, wenn man es aussprach, an Grauen verlor. »Nichts, für das man Worte finden kann, ist unfaßbar«, hatte Zoe ihm ihre Beweggründe für die eigenen Selbstgespräche erklärt. Nach langem Nachdenken hatte er ihr recht gegeben. Doch auch mit dieser Hilfe fiel es ihm schwer, sich in der neuen Lage zurechtzufinden.

Er sehnte sich nach einem Ratgeber, wie sein Oheim ihm stets einer gewesen war. Mit einem Mal fühlte er die ganze Last der Verantwortung für die Ottajasko auf seinen Schultern ruhen, und das war nichts, das ihn mit frischem Mut erfüllte. Zwar hatten die Seinen ihn vor der Abfahrt nach Grangor zum Nachfolger Liskolfs bestimmt, so diesem etwas zustoßen sollte, doch Raskir hatte diese Möglichkeit niemals ernsthaft in Betracht gezogen. Nun war sie eingetreten, und in ihm war nichts als Erschöpfung und Ratlosigkeit.

Oh, wäre das Gespräch mit Sindai nicht gewesen, er hätte sich in die Arbeit gestürzt, seinem Onkel und der Ottaskin zu Ehren, voller Heldenmut und mit all dem frischen, unerschütterlichen Glauben an das Gute und die Kraft des Willens, die der Jugend eigen ist. Er wäre Liskolf ein würdiger Nachfolger gewesen, der verwegenste und gewiefteste Freibeuter unter der Praiosscheibe! Er hätte seine Ottajasko nach Altoum und siegreich zurück ins heimatliche Prem geführt – hätte, hätte, hätte …

»Ach, bei Swafnir«, stieß er verärgert aus, »was auch immer ich *hätte* tun können, ist egal. Scheint ja so, als fragte mich keiner, was ich will und was nicht. Ich muß diesen ganzen verrotteten, flautigen Ebermist doch nur zu einem Ende bringen …«

Eine leise Stimme unterbrach ihn in seinen Gedanken: »Raskir?«

Er sah auf. Es war Zoe, den Kopf leicht geneigt, so daß ihre dunkelrote Lockenmähne in üppigen Wellen über ihre Schultern fiel. Die Hände hinter dem Rükken verschränkt, stand sie da und blickte forschend zu ihm auf.

»Ich hab dich gar nicht kommen hören. Aber wo du nun einmal … Setz dich zu mir, Zoe. Bin froh, daß du hier bist. Und freu mich auch, wenn du ein wenig bleiben würdest, das wohl! Ich hab genug davon, allein spazierenzugehen«, beantwortete der Thorwaler die unausgesprochene Frage der Gauklerin.

Er ließ sich in den weichen Sand fallen und klopfte mit der breiten Rechten auffordernd auf eine Stelle neben sich. Die Rothaarige nahm an seiner Seite Platz und legte die große, schwielige Hand des Thorwalers in die ihren. »Die Art, in der ihr euch von euren Toten verabschiedet, ist mir bislang fremd gewesen«, sagte sie, »aber sie gefällt mir. Statt zu trauern freut ihr euch über die Dinge, die gewesen sind, und ihr schreckt nicht zurück vor der Veränderung. *Die Lieder der Toten, den Staub unsrer Heimat, die Ehre der Otta, ihr nehmt sie uns nicht …*, das sind keine leeren Worte, die schön klingen. Auf eure Art seid ihr ein sehr gläubiges Volk. Das hat mich verwundert. Und auch erfreut und mich über Dinge nachdenken lassen, die ich bislang noch niemals in Erwägung gezogen habe. Ja, Raskir, wieder ist die Welt durch diese Schiffsreise ein wenig größer für mich geworden, und ich bin froh, daß die Trauer dich nicht verzehrt, wie sie es wohl bei mir täte, wäre Liskolf mein Oheim gewesen. Dennoch, Raskir: Ich habe deiner Geschichte über Liskolf und seine erste Schiffahrt gelauscht – sie war wunderschön, aber ich kann kaum glauben, daß es ihm auf einer einzigen Fahrt gelungen sein soll, drei Al'Anfaner Schiffe zu entern und die Prinzessin Nedime zu retten … Dennoch war deine Erzählung nicht so erfüllt von der Begeisterung, die sonst deine Reden beflügelt, wenn du von derlei erzählst. Ich habe deinen Blick gesehen, als das Floß versank. Er schien mir so trostlos in Anbetracht des Wunders, dessen Zeugen wir sein durften. Und ich habe dich allein fortgehen sehen. Du bist mein Freund. Tokahe und ich, wir möchten dir helfen, wenn wir dazu in der Lage sind. Was beschäftigt dich, Raskir? Was für Gedanken sind es, die nur du und die Sterne erfahren dürfen?«

Ein Lächeln glitt über das Gesicht des Thorwalers. Freunde? Ja, die brauche ich wohl, so dachte er.

»Zoe«, sagte er statt dessen, »ich würde dir gern *alles* erzählen. Aber ich weiß nicht, ob du mir helfen kannst. Bei Swafnir, genaugenommen weiß ich noch nicht einmal, ob ich deine Hilfe will. Aber vielleicht ist es ja genau das, was mich lähmt. Daß ich keine Hilfe will, sie aber eigentlich verdammt dringend nötig hätte.«

Und dann erzählte Raskir ihr von seinem Gespräch mit der Brabakerin (von dem Punkt an, da sie ihm das Pergament unter die Nase gehalten hatte, nicht jedoch von seinem Heiratsantrag und den sonderbaren Minuten danach). Von der seltsamen Müdigkeit und Lethargie, die ihn plötzlich befallen hatte und ihn seitdem gefangenhielt. Von der Ausweglosigkeit, in deren Angesicht er alles in Frage zu stellen begann. Von seinem Wunsch, all dies – die Reise, die Karracke, diese hellhäutige Forschungsreisende und die dunklen Machenschaften, von denen er nichts verstand – möglichst schnell hinter sich zu lassen. Von seiner Hilflosigkeit, seiner Mutlosigkeit, die er nicht abzuschütteln vermochte.

Zoe hörte ihm aufmerksam zu. Nachdem er geendet hatte, strich sie lange Zeit gedankenverloren durch sein rotblondes Haar und spielte mit einem der langen, geflochtenen Seitenzöpfe, den sie immer wieder um ihren schlanken Finger wickelte. Irgendwann begann sie leise eine ihrer schwermütigen bornischen Melodien zu summen, und auch Raskir sprach nicht, zog sich wieder in dumpfe Melancholie zurück und lauschte dem Lied, das so sehr seinen Empfindungen entsprach.

»Rask, diese Sindai hat gesagt, du sollst mit ihr gehen«, unterbrach Zoe mit einemmal ihr Summen. »Ich verstehe, daß du unglücklich über die Situation bist, und vermag nicht einzuschätzen, ob sie wahrlich ein derart unbezwingbarer Gegner ist, wie du, mein Freund, es vermutest. Auch weiß ich nicht zu sagen, ob es Sindai ist, die dir Böses will. Woher wissen wir, ob man ihr nicht genauso übel mitspielt, wie man es mit dir und deiner Ottaskin tut? Aber wie dem auch sei, ich denke, daß du recht hast. Wir sollten diese Reise hinter uns bringen. Allerdings, Raskir: Du hast die Möglichkeit, Sindai nach Altoum zu begleiten. Wenn du alles tust, was sie verlangt, wird sie dich gewiß mitnehmen. Dort, auf der Insel, bist du allein. Du hast keinerlei Verantwortung mehr für die Mannschaft, denn sie wird ja in diesem Fall ohne dich nach Hause zurückkehren. Und auf Altoum kannst du herauszufinden versuchen, was es mit all dem – dieser Sindai, den edlen Herrschaften aus Brabak, dem Auftrag, den ›dunklen Machenschaften‹, von denen du sprichst, aber auch mit der Erpressung deines Oheims und der Entführung deiner Base auf sich hat. Und wenn du es geschickt anstellst …«

»Das *könnte* ich. Bei all dem vermaledeiten Hranngargezücht, Zoe, das *würde* ich! Aber was bin ich schon – allein gegen einen Haufen Zauberer und skrupelloser Erpresser? Mit meiner Mannschaft kann ich nichts gegen sie ausrichten, denn ich würde meine Leute nicht nur in einen aussichtslosen Kampf führen, ich würde obendrein noch den Namen meines Oheims in Verruf bringen. In Verruf?! Ach was, Zoe… Zauberer! Magie! Wir Thorwaler kennen uns mit derlei Kroppzeugs nicht aus! Wir lassen die Finger davon! Wir kämpfen ehrlich, mit unserem Entermesser in der Hand und einem lauten ›Bei Swafnir!‹ auf den Lippen! Und wir kämpfen gemeinsam, das macht uns stark. Was bin ich allein gegen eine Horde von ehrlosem Aas, das mit den Fingern schnippt, und ich falle tot um, ob mit oder ohne Messer in der Hand?! Ich bin nicht feige, Zoe! Denk das nicht! Ich bin nur ratlos.«

Mit einem wütenden Knurren gruben seine Fersen tiefe Krater in den sandigen Boden.

Zoe dachte an die Worte Tokahes, die sowieso auf Altoum das Schiff verlassen und nicht mit zurück ins Mittelreich hatte fahren wollen. Sie hätte gewiß nichts dagegen, Raskir zur Seite zu stehen. Zoe wußte, daß Tokahe den rotblonden Hünen in ihr Herz geschlossen hatte, und darüber hinaus war sie ihr, Zoe, noch die Erfüllung einer Aufgabe schuldig: Sie hatte von der Freundin verlangt, die Welt zu retten, aus einer Laune heraus und ohne besonderen Grund. Doch hier ging es tatsächlich um eine Welt, um Raskirs Welt. Und Tokahe hatte Freunde. Nun ja, um ehrlich zu sein, wußte sie, Zoe, nicht allzu viel über diese ›einflußreichen Freunde‹, von denen die Geliebte ständig sprach. Aber daß die Kobolde, bei denen die Freundin aufgewachsen war, magische Wesen waren, wußte sie sehr wohl. Und auch, daß es Pforten in diese ›andere Welt‹ gab, aus der Tokahe einst fortgegangen war. Sie hatte ihre Gefährtin früher oft darüber auszufragen versucht, doch die Schelmin hatte sich stets launenhaft gegeben oder keine Lust gezeigt, von etwas zu berichten, das ›die Menschen‹ nichts anging. Und so hatte Zoe irgendwann die Lust am Fragen verloren.

Aber Tokahe konnte zaubern, auf magische Art Dinge bewegen, Gegenstände verändern …

»Du müßtest nicht allein gehen, Rask. Wir könnten dich begleiten«, sagte sie schließlich und lächelte dem Thorwaler aufmunternd zu. Raskirs Miene hellte sich auf.

»Ja«, zitierte er, »unter Umständen würde mir das gefallen!«

Und dann, unverhofft, sprang er auf, faßte Zoe um die zierliche Taille und warf sie, gleich einem Kind, hoch in die Luft. »Du bist mir schon ein Saubär, das wohl!« dröhnte es voll zärtlicher Zuneigung durch die Nacht, und als er sie wieder auffing, drückte er sie kurz und fest an sich, bis Zoe zu zappeln begann und Raskir einen heftigen Schmerz in der Brust verspürte. »He!« rief er da und ließ sie aus einem halben Schritt Höhe in den Sand plumpsen. »Du hast mich gebissen!«

Die Gauklerin saß am Boden und schnappte nach Luft.

»Selber Bär! Du hättest mich ja wohl sonst vor lauter Begeisterung erstickt!« stieß sie schließlich keuchend, aber gutgelaunt hervor.

»Ja, bei Swafnir, daß mir das… Darauf ein Feuer!« lachte der Thorwaler, und gemeinsam schlenderten sie noch einige Zeit am Strand entlang, tuschelnd und Pläne schmiedend.

Als sie in den frühen Morgenstunden zum Schiff zurückkehrten, begegneten sie bereits den ersten Matrosen, die begannen, die Segel zu setzen.

An Bord der *Golgaris Schwinge*, Nacht

»…wo wir nach kleinen Wundern suchen, die retten könnten unsre Welt, wacht hinterm Hügel doch der Schmerz, das Schicksal er in Händen hält…« So heißt es in einer bornischen Weise, die ich nie sehr gemocht habe, da sie mir doch ein wenig theatralisch erschien. Doch in diesem Fall empfinde ich sie als passend. Denn während Raskir und Zoe Pläne schmiedeten und man den jungen Thorwaler zum erstenmal seit dem Tod seines Oheims wieder lachen hörte, trafen sich zwei in der Kapitänskajüte der *Golgaris Schwinge*, denen die kleinen Freuden und Hoffnungsschimmer Zoes und Raskirs gleichgültig waren.

Fjornwulf hatte sich in dem allgemeinen Tumult, der bei dem Untergang des Floßes Liskolfs entstanden war, von der Totenfeier abgesetzt, um sich wie vereinbart mit Sindai zu treffen. Er war überaus froh gewesen, die Feierlichkeit verlassen zu können, denn er haßte Gesang! Und es war ihm überaus schwer gefallen, seine Rolle zu spielen.

Als er die Kajüte betrat, wartete Sindai schon auf ihn. Sie hatte einige Kerzen angezündet, und zwei Gläser mit blutrotem Bosparanjer standen auf dem

Tisch. Fjornwulf lächelte amüsiert. »Ach, Sindai, so romantisch? Ihr erstaunt mich immer wieder aufs neue. Fast wäre ich versucht, Euch eine Unartigkeit zu unterstellen. Doch Euer Ruf eilt Euch voraus: Unnahbar nennt man Euch, und höchst berechnend überdies. Eine Frau, die weiß, was sie will. Nun, und nach all dem, was ich über Euch weiß, scheint es mir nicht ganz Euer Stil zu sein, Eure Ziele mit dem Einsatz Eurer weiblichen Reize erreichen zu wollen. Darüber hinaus könntet Ihr Euch, selbst wenn ich mich täuschen sollte, jedwede diesbezügliche Mühe sparen, meine Liebe. Ihr wißt, was ich bin, nicht wahr? Enttäuscht mich nicht. Auch darüber, wer mich schickt und wer mich lenkt, müßt Ihr Euch nicht länger Euer hübsches Köpfchen zerbrechen. Der Name des Unseligen, der mich rief, ist schon seit vielen hundert Jahren vergessen. Ich arbeite auf eigene Rechnung, schöne Dame.« Mit einer charmanten Verbeugung deutete er eine Kußhand an und griff mit geziert gespreizten Fingern nach dem Glas, ehe er sich mit einem leisen genüßlichen Seufzer niederließ und die Beine übereinanderschlug.

Sindai schüttelte kurz den Kopf, wie, um ein Bild zu verscheuchen. Es war verwirrend, Fjornwulf zuzusehen. All seine Bewegungen, seine Ausdrucksweise und auch seine Stimme paßten ganz und gar nicht zu dem breitschultrigen, flachsblonden Thorwaler mit den schwieligen Händen, der er äußerlich war. Und doch war das Wesen in diesem plumpen Körper so präsent, daß es Sindai immer wieder schien, als sähe sie vor sich einen feingliedrigen, vornehmen Mann mit wohlmanikürten Nägeln, geschabtem Bart und edler Robe. Sie war verunsichert, wußte aber, daß sie sich diese Unsicherheit unter gar keinen Umständen anmerken lassen durfte. Ihr fehlte die Erfahrung im Umgang mit Wesen aus der Domäne des Blenders, doch auch das durfte sie ihr Gegenüber auf keinen Fall spüren lassen. Sie entschloß sich, weiterhin abzuwarten und ihn erzählen zu lassen. Denn er schien sich selbst gern reden zu hören, und mit dieser Taktik war sie auch bei ihrer letzten Unterhaltung gut gefahren. »So dann, werte Sindai«, ergriff Fjornwulf nun erneut das Wort, »kommen wir zu unserem weiteren Vorgehen. Doch halt – eines würde mich noch interessieren.« Er zwirbelte nachdenklich eine geflochtene Strähne seines langen Barthaares und musterte sie aufmerksam. »Wie ist das mit Euch, liebe Sindai? Euer hoher Grad an Selbstbeherrschung – ist der unerläßlich, Euren Geist und Körper beieinander zu halten, oder liegt er seit jeher in Eurem Naturell?« Die Halbelfe riß erstaunt die Augen auf und suchte nach einer Spur von Spott oder Gehässigkeit in den Zügen ihres Gegenübers, konnte aber nichts dergleichen entdecken.

»Es liegt seit jeher in meinem Naturell«, entgegnete sie gepreßt.

»Interessant.« Fjornwulf nickte bedächtig, und für einen kurzen Augenblick meinte Sindai, etwas wie Enttäuschung in seinen Zügen zu lesen. Doch der Ausdruck wich schnell wieder einem selbstzufriedenen Lächeln. »Nun gut: der Plan. Wir werden morgen erneut in See stechen. Auf Altoum angekommen, warten die Bukanier – als Packesel für unsere Ladung durch den Dschungel. Ein kurzer Abstecher nach Altaia, einer kleinen Stadt etwa eine Tagesreise von unserer Lagerstatt entfernt, wird unerläßlich sein. Ich selbst möchte mich gern erst über den Stand der Dinge informieren, ehe ich ›in die Höhle der Löwin‹ – wie man so reizend sagt – zurückkehre. In diesem Fall sollte man wohl eher sagen: in die Schlangengrube.« Er schmunzelte amüsiert. »Nun gut, wie dem auch sei. Eure Aufgabe in dem großen Plan kennt Ihr selbst sicher besser als ich, so daß ich mir über dererlei nicht den Kopf zerbrechen muß. Was ich allerdings noch von Euch wissen möchte, holde Sindai: Wie macht sich der junge Ingramsson? Und: Gibt es Eurer Meinung nach noch irgend jemanden, der uns Ärger machen könnte und den wir lieber entsorgen sollten?«

Nach einiger Überlegung nickte die Halbelfe. *Entsorgen …* hallte es in ihrem Kopf, und sie erschrak. Doch ihre Gesichtszüge glichen wie stets einer Maske, und auch ihre Stimme klang ruhig und beherrscht, als sie sagte: »Meiner Ansicht nach sollten wir Raskir – den jungen Ingramsson – auf Altoum mit an Land nehmen. *Mit an Land nehmen,* nicht beseitigen. Desgleichen Lirobal Bertez, den Brabaker Lotsen.«

»Ah?« Fjornwulf zog fragend die buschigen Brauen in die Höhe. »Und wie möchtet Ihr Eure Auswahl erklären?«

»Lirobal Bertez mitzunehmen geschieht auf Anweisung hin«, entgegnete Sindai.

»Ja, und Ingramsson?«

»Auf meinen Wunsch«, antwortete die Magierin und umschloß das Glas in ihren Händen fester, während sie Fjornwulf bestimmt in die Augen sah.

»So?!« Fjornwulfs Lächeln wich nun einem breiten Grinsen. »Gut. Wenn es denn Euer einziger Wunsch ist, werte Sindai, so wollen wir ihn Euch natürlich keinesfalls verwehren. Diese Thorwaler haben etwas Faszinierendes in ihrer grenzenlosen Einfalt, nicht wahr? Schön, Ingramsson ist mit dabei. Meine Rolle als Mitglied der Mannschaft gilt es allerdings weiter aufrechtzuerhalten. Sie wird noch benötigt.«

Irgendwo im Niemandsland zwischen Vinay und Khefu, Nacht

Tokahe hatte die ›Seemannsbestattung‹ in vollen Zügen genossen. Begeistert hatte sie den Geschichten gelauscht, immer wieder übermütig in die Hände geklatscht, wenn eine Passage ihr besonders gut gefiel, und darüber hinaus mit wachsender Hingabe dem Branntwein zugesprochen.

So hatte sie zwischen der flachsblonden Norhild und Lirobal Bertez, dem Brabaker Lotsen, gesessen und immer wieder – unvermittelt und scheinbar grundlos – ein donnerndes ›Das wohl!‹ in die Runde geworfen, woraufhin die Umsitzenden ihr mit denselben Worten geantwortet hatten, was ihnen ganz offensichtlich einen Heidenspaß bereitete, denn diese Zeremonie wiederholte sich etliche Male, ohne daß eine der beiden Seiten die Lust daran verlor.

Später hatte Lirobal ihr mit schwerer Zunge von einer gewissen Yvonya erzählt, deren Schönheit zu preisen er nicht müde geworden war. Auch von einem Romero war die Rede gewesen, der zwischen ihm und dieser Wunderperson stand. Tokahe hatte bereitwillig angeboten, mit Romero den Traviabund zu schließen und ihn Lirobal und seiner Angebeteten auf diese Art vom Leib zu schaffen. Bei dem dritten Schlauch Branntwein hatte man gemeinsam unter lallendem Kichern immer und immer wieder auf die Brillanz dieser außerordentlich großartigen Idee angestoßen.

Dann hatte sich die übervolle Blase bemerkbar gemacht, und Tokahe war torkelnden Schrittes in Richtung des Waldrands davongeschwankt. Während sie sich Erleichterung verschaffte, stellte sie hockend und nur mühsam das Gleichgewicht haltend fest, daß ihr schwindelig war.

Ich sollte mir wohl den Finger in den, dachte sie

noch, doch weiter kam sie nicht, denn sie fiel einfach vornüber, wo sie gehockt hatte, und begann fast im selben Moment leise zu schnarchen.

Auf diese Art verschlief sie den Augenblick, in dem das Floß ins Wasser gelassen wurde, und auch den Zeitpunkt des allgemeinen Aufbruchs.

Sie hätte womöglich gleichfalls das Ablegen des Schiffes am nächsten Morgen verschlafen, wenn sie nicht, es mochte um die dritte Stunde gewesen sein, ein immer wiederkehrendes Jucken in ihrer Nase derart gestört hätte, daß sie, langsam und vorsichtig und dem Kreisen vor ihrem inneren Auge Rechnung tragend, zuerst das rechte und dann auch das linke Auge geöffnet hätte.

»Llladiffidath!« rief sie begeistert, als sie in der aufgedunsenen, stutzerhaft gekleideten Gestalt vor sich ihren Vater erkannte, der mit einem kleinen Zweig – voll väterlicher Hingabe, wie es schien – wieder und wieder in ihrer sommerbesproßten Nase herumstakte.

Gleich darauf gab sie ein stöhnendes Geräusch von sich und hielt sich den Kopf. »Huruhuhu«, jammerte sie, »das war viel zuviel Branntwein. Aber«, fuhr sie fort, indem sie die Augen erneut aufriß und beiläufig den Zweig aus ihrer Nase entfernte, während sich ihr Gesicht in höchster Zufriedenheit aufhellte, »es war guuuut!!!« Dann rollte sie sich auf den Bauch, stützte den immer noch viel zu schweren Kopf in beide Hände und blickte forschend in die wäßrigblauen, birnenförmigen Augen Llladiffidaths, die nun auf gleicher Höhe mit den ihrigen waren.

Der Kobold, der ihr gegenübersaß, hatte, anders als der Klabauter Teggeckch, ein völlig faltenfreies Gesicht. Es war rosig und verquollen, und den viel zu großen Kopf zierte nur ein dünner heller Flaum. Die Augen hatten, wie bereits erwähnt, die Form von auf der Seite liegenden Birnen, wobei, um bei dem Vergleich zu bleiben, das sich verjüngende Ende auf beiden Seiten zur Spitze der überlangen, knochigen Nase zeigte, deren Rücken ein großer Höcker zierte. Die Lippen waren stets leicht geschürzt, und wann immer der Kobold sprach, schien es, als spie er die Worte seinem Gegenüber entgegen. Das ballonförmige Haupt zierte des weiteren ein vornehmer Hut, geschmückt mit einer flaumigen Kükenfeder, und der pralle Bauch unter der golddurchwirkten Weste ruhte in seiner stattlichen Wölbung auf den ausgestreckten, viel zu dünnen Beinchen, die, in eine schimmernde, enganliegende Hose gekleidet, in zwei nackten Füßen endeten, die erbärmlich stanken. Die Hände lagen nun – klein, aufgedunsen und wohl manikürt – auf dem Bauch, und die vier Finger einer jeden trommelten angelegentlich auf ebendiesem herum.

Ja, ihr Vater war eine vornehme Erscheinung, wie die Schelmin mit Genugtuung feststellte.

Leider war er immer schon ein wenig wortkarg gewesen, und so saß er auch nun, ohne Unterlaß auf seinem Bauch trommelnd, mehrere Wimpernschläge lang schweigend vor ihr, ehe er in seiner schnorrenden Altstimme sagte: »Du hast mich gerufen, Grrrewiditt. Nun, ich wollte sowieso wieder einmal vorbeischauen.«

Lladiffidath sprach nicht in der Sprache der Kobolde zu seiner Tochter, sondern in ruhigem, akzentfreiem Garethi. Er hatte es stets so gehalten, denn »Ordnung muß sein, und ich bin ja schließlich bei einer jungen Dame zu Besuch«, hatte er der verwunderten Tok beim ersten Wiedersehen, nachdem sie die Welt ihres Vaters verlassen hatte, erklärt. Und von da an hatten sie es stets so gehalten – Garethi auf Dere, Koboldisch in Lladiffidaths Welt.

»Hm, ja, hab ich«, entgegnete die Schelmin. »Teggeckch, ein Klabauter, dessen Bekanntschaft du vielleicht noch nicht gemacht hast, hat mir dazu geraten. Er sprach von ›Dingen, die in das Auge der Großen gekommen sind‹, und von dem ›letzten Rätsel‹. Nun, Llladiffidath, deine Tochter hat lange und ausführlich darüber nachgedacht und ist schließlich zu der Einsicht gelangt, daß sie kein einziges Wort davon versteht. Und da dachte ich, ich frage dich, großer und weiser, ehrenvoller und weitgereister Edelmann, der du bist!« Sie kicherte vergnügt, als sich das kleine, feiste Gesicht des Vaters nun vor Stolz aufblähte.

Der Kobold antwortete ihr nicht sofort; Tokahe hatte auch nichts anderes erwartet.

So lauschte sie zuerst den Neuigkeiten aus der Anderswelt, erfuhr von dem Schicksal ihres Freundes Rajastrandunkelfudz, der in einem Wettstreit gegen einen Elfen das Geheimnis seines Namens gesetzt und verloren hatte. Auch von Tokahes Ziehschwester war die Rede, die sich unsterblich in den Handschuh des Koboldkönigs verliebt hatte – ein sehr kampfeslustiges Geschöpf, das stets ein keckes »Ich fordere dich, niederer Würmling!« auf den imaginären Lippen trug. Leider sprach er sonst nichts weiter, und so wartete Tokahes Schwester nunmehr seit Monden vergeblich auf eine Zuneigungsbekundung des Handschuhs – und dergleichen mehr.

Die Schelmin ihrerseits schwärmte von der Schifffahrt, den Thorwalern, erzählte von dem dummen Gardisten in Vinsalt – und immer wieder von ihrem Leben auf Dere, von ihrem Leben mit Zoe. Und mit plötzlich ernster Miene berichtete sie, wie erschrocken sie gewesen war, als sie die Gauklerin nach dem Angriff des Dekapus nicht mehr hatte finden können.

»Grrrewidditt, Grrrewidditt, manchmal will es mir scheinen, daß du ganz und gar zu einem Menschling werden willst«, sagte der Kobold mit einemmal und wackelte betrübt mit seinem runden Köpfchen, daß die

Kükenfeder wippte und der Hut ihm schließlich vom Kopf herunterrutschte. »Ja, ich weiß, wovon Teggeckch gesprochen hat, und in Wahrheit bin ich auch in der Hoffnung gekommen, du würdest mich zurück in meine Welt begleiten und deinen Ausflug nach Dere nun ein für allemal als beendet ansehen. Allein: Mir scheint, das ist es nicht, was du willst, hm?«

Tokahe blickte ihn verwundert an. »Nanu, Llladiffidath, wieso sollte ich mit dir kommen? Obwohl... wenn ich es mir genau überlege, ist es eigentlich gar keine schlechte Idee. Zoe und ich, wir könnten uns um den Handschuh kümmern und Honig essen und...«

Der Kobold schüttelte den Kopf, immer und immer wieder und so heftig, daß sich der Kopf vor lauter Schwung schließlich ein paarmal um sich selbst drehte und die kleinen, vierfingrigen Hände ihn an seinen Platz zurückdrehen mußten. Dann hielt Llladiffidath unvermittelt inne und sah mit seinen großen wäßrigblauen Augen in die grünen Tokahes: »Nein«, sagte er, »das geht nicht. Du mußt dich entscheiden, meine Tochter: wir oder sie. Du kannst zurückkehren, wann immer du willst. Sie kann es nicht. Unsere Welt lebt in den Gedanken der Großen, Grrrewidditt. Auch du bist ein Teil ihrer Gedanken – wenn auch nicht ganz. Wie dem auch immer sei, deine Zoe ist – nun, wie soll ich es erklären – eher in den Gedanken ihrer Geschwister... Gedanken? Geschwister? Ach was, Grrrewidditt: Es geht nicht, verflixtnochmalundzugenäht, so ist das in dieser Welt: Entscheide dich!«

Die wäßrigen Birnenaugen blickten ernst und aufmerksam in die der Schelmin. Kleine Schweißperlen zeigten sich auf der rosigen Stirn, und die klimpernden, wimpernlosen Lider suchten vergeblich, sie vom Eindringen in die großen Augen abzuhalten.

Tokahe ist sehr tief in mir verwurzelt, dachte Llladiffidath. Und es fällt mir so verflixt schwer, den Gedanken zu halten, daß es wichtig *wichtig* WICHTIG ist, daß sie… DANN GIB IHR ZUMINDEST DAS AMULETT!!!

Llladiffidaths Augen weiteten sich, und dann rollten sie unvermittelt in rasantem Tempo rechts- und linksherum.

»Das Fest! Nein, so etwas, Grrrewidditt! Da hätte dein Vater doch beinahe tatsächlich das Hoffest vergessen! Komm doch – ach nein, du willst ja wohl nicht mitkommen – komm doch einfach nach! Nun muß ich aber wirklich los. Ade, schöne Dame, es war nett, wieder einmal mit Euch zu plauschen.« Er lachte schrill.

Dann drehte er Tokahe den Rücken zu und verschwand.

»Entscheiden?« schrie sie in die Nacht. »Entscheiden? Du hast noch nie eine Entscheidung von mir verlangt! He, wo willst du hin? Was ist los? Llladiffidath…?!« Ratlos blickte sie um sich und begriff nicht, was geschehen war. Er hatte so seltsam zu ihr gesprochen, so, wie nur die Sterblichen zueinander sprechen. Die Sterblichen, zu denen er nicht gehörte.

Wo er gestanden hatte, lag ein Amulett auf der Erde und glänzte im blassen Licht der Sterne.

Sie hob es auf und betrachtete es eine Weile: ein von einem ledernen Band gehaltener Kreis, in den Symbole eingearbeitet waren – eine Hand, ein Tor, ein grinsendes Gesicht, ein Baum, ein Drache, ein Fußabdruck, ein Wildschwein… Sie hatte solch ein Schmuckstück bislang nur ein einziges Mal gesehen. Es war das Zeichen des letzten Bandes zwischen einem Anderwesen und seinem Zögling. *Du kannst mich rufen, wann immer du willst, ich werde dir helfen. Ein allerletztes Mal…*

Tokahe verstand nicht: Was war mit ihrem Vater geschehen? War denn überhaupt etwas geschehen? Hatte sie etwas übersehen? Gewiß würde sie dieses dumme Amulett verlieren… Wie funktionierte es eigentlich? Da würde der Vater noch einmal zurückkommen müssen. Oder?! Niemand hatte ihr die Spielregeln dieses Spiels erklärt, und überhaupt hätte sie so gern noch ein wenig mit ihm geschwatzt.

»Hm«, dachte sie, »jetzt bin ich wieder genauso weit wie nach dem sinnlosen Wortschwall des Klabauters. Soll ich tatsächlich die nächsten Stunden mit Nachdenken verbringen? Nein, das bringt doch nichts.« Ratlos stand sie auf, band sich den Anhänger um und machte sich auf den Weg zum Schiff zurück.

An Bord schienen alle zu schlafen, und so setzte sie sich zu Hengist, der Wache hielt, und lauschte seinen Geschichten.

Der Thorwaler fand in dieser Nacht in Tokahe eine geduldige Zuhörerin, denn der Schelmin war nicht nach Schwatzen zumute.

Irgendwann dämmerte der Morgen, Leben kam auf die Karracke, die Segel wurden gehißt, und die *Golgaris Schwinge* setzte ihren Weg nach Altoum fort.

2. Ingerimm 1017 nach Bosparans Fall

Altaia, Morgen

Jantar und Taija wanderten nach Altaia, beide mit einem geflochtenen Korb am Arm. Da der Tempel des Boron ein Stück nördlich, abseits der Stadt, auf einem Hügel lag, genossen sie – wie stets schweigend, doch mit all ihren Sinnen staunend – das Bild, das sich ihnen darbot.

Altaia lag in dem tief eingeschnittenen Tal, das der Ianur, Nebenarm des Iliara, sich in abertausend Jahren durch die hügelige Landschaft gebahnt hatte. Grün wie Jade schimmerte das Band des Flusses und trennte die Siedlung im Westen von dem dunklen Blätterdach des Dschungels.

Die Häuser der kleinen Stadt, die meisten von ihnen aus Holz, schmiegten sich an die Flanken der Hügel, die Altaia umschlossen. Einige der Hütten waren halb in das Gestein hinein gebaut. Eingerahmt wurde der Ort nach allen Seiten hin von Feldern – steinig zwar, aber dennoch von Peraine gesegnet, denn dort wuchsen die vielen verschiedenen Gewürze, mit denen die Altaier Handel trieben. Zum Ianur hin standen die Äcker zu großen Teilen unter Wasser. Hier wurde Reis angebaut. Vier große Steingebäude hoben sich von den hölzernen Hütten ab.

Im Tal zur Linken der beiden Geweihten lagen die Tempel des Efferd und der Tsa. Das Dach des Efferdtempels leuchtete jadefarben wie der Fluß, wohingegen die unzähligen Giebelchen und Türmchen des Tempels der Jungen Göttin in all den Farben schimmerten, die der Dschungel zu bieten hatte – von tiefstem Moosgrün bis zu schillerndem Gold, wie es an den Flügelspitzen mancher Inselvögel zu finden ist, gleißte und glänzte es. Doch das Wundervollste war ein großer, unregelmäßig geschliffener Spiegel, der auf einem der Dächer des Tempels befestigt war. Er war gen Mittag gerichtet und fing die Sonnenstrahlen ein, die er als schillernde Reflexe in den Himmel warf. Fast schien es, als danke die junge Göttin Tsa ihrem Bruder Praios für die hellen Strahlen, die er auf Dere niedersandte, und als werfe sie ihm diese in der ihr eigenen, spielerischen Freude jauchzend zurück.

Die beiden Tempeldächer, das jadegrüne des Efferd und das irisierende der Tsa, wurden von dampfenden Nebeln umweht. Denn unweit der beiden Gotteshäuser entsprangen dem Berg heiße Quellen, die etwas weiter westlich in den Ianur mündeten. Auch dort hing stets ein dichter Dunst über den Wassern, wenn die heißen Quellen sich mit dem kühleren Wasser des Flusses vereinten.

An dieser Stelle hatte der Flußarm sich zu einem kleinen See erweitert, und irgendwo dort, inmitten des Nebels, lag, wie die beiden Borongeweihten wußten, auch die dichtbewachsene Insel, die das Orakel Altaias barg.

Am Ufer dieses Gewässers stand der Tempel der Hesinde.

Ebenfalls in östlicher Richtung befand sich – in den Hang gebaut, zweistöckig und aus Bruchstein, der mit gemahlenem Korallenkalk getüncht war – der herzogliche Palast.

Die Dächer waren mit gebrannten roten Ziegeln gedeckt, die breiten Veranden und Balustraden aus dunklen Edelhölzern kunstvoll gefertigt, und die hesindigoblauen Fensterläden waren selbst auf die Entfernung hin zu sehen. Den Palast umgaben großzügige Parkanlagen, und eine breite Allee zog sich von dem Anwesen den Berg hinunter bis in die Stadt hinein.

In den Straßen Altaias herrschte zu dieser Stunde reges Treiben. Wagen mit Jade, Kupfer oder Zinn aus den Minen am Altoum bewegten sich, gezogen von schwitzenden Ackergäulen, durch die engen Gassen. Auf den Feldern arbeiteten die Bauern, und auf dem Marktplatz tummelten sich Frauen und Männer, die große Kübel und Körbe – zumeist auf ihren Köpfen – durch das bunte Treiben balancierten; denn heute war Markttag.

Der süße Geruch des Dschungels wich dem leicht mentholhaltigen, den die heißen Quellen über der Stadt verbreiteten. Diesen Quellen war es auch zu verdanken, daß man in der kleinen Stadt (obgleich sie in einem windstillen Talkessel inmitten des drückend heißen Dschungels lag) stets das Gefühl hatte, frei atmen zu können. Die Luft schien, wie heiß auch immer die Praiosscheibe auf die Erde herniederbrannte, von einer erfrischenden Kühle, die auf angenehme Art die Lungen füllte.

Als die Geweihten sich der Stadt näherten, vernahmen sie bereits die hohen, klagenden Klänge von Flöten, die sich mit dem Schnauben der Pferde und dem Stimmgewirr der Marktbesucher mischten.

Jantar und Taija ließen sich von dem Treiben zum Marktplatz leiten, denn sie waren in die Stadt gekommen, um Vorräte für das Kloster zu kaufen.

Ein kleiner Junge pries mit hoher, kieksender Stimme die Ausdauer der Esel an, die er zu veräußern gedachte. Seine Stimme paßte in der Tat vortrefflich zu den krächzenden Lauten der grauen Langohren, die hinter ihm in einem hölzernen Pferch standen.

Einige Waldmenschen, von den Einheimischen leicht durch ihre dunkle Hautfarbe sowie die spärliche Kleidung zu unterscheiden, waren zum Markttag nach Altaia gekommen, um kunstvolles hölzernes Schnitzwerk, beinernen Schmuck, Häute sowie seltene Dschungelkräuter und -früchte zu verkaufen.

Hier hatte eine Schreiberin ihr Tischchen an der staubigen Straße aufgebaut, dort schliff ein Bartscherer seine Klingen. Fischhändler, Kokosmilchverkäufer, Bäkker, Bauern, Tuchhändler, Brauer, Seiler und Metzger schrien um die Wette.

Eine Handvoll rotbärtiger Angroschim aus dem Altimontgebirge hatten Werkzeuge und Waffen vor sich ausgebreitet, und eine junge Tulamidin flocht Blumenkränze aus Orchideen und Ranken.

Obgleich die Straßen voller Leben waren und die Menschen sich dicht an dicht durch die Marktgassen schlängelten, hatten Jantar und Taia genügend Raum, um frei auszuschreiten. Die Menschen wichen vor ihnen zurück, lautes Lachen erstarb in ihrer Gegenwart, man neigte den Kopf, schlug das Boronsrad, trat einen Schritt – oder einen halben, je nach Dichte des Gedränges – beiseite und ließ sie passieren.

Die Geweihten waren diese Scheu der Altaier gewohnt, und ihr Gesichtsausdruck ließ keine Rückschlüsse darauf zu, ob sie ihnen angenehm oder unangenehm war.

Auch das laute Schreien der Händler verstummte, wenn die Borongeweihten an einen der Stände traten, die feilgebotenen Waren begutachteten und schließlich einer der beiden freundlich, aber schweigend, auf dieses oder jenes deutete, das er zu erwerben gedachte.

Dann nickte der angesprochene Händler, nannte leise einen Preis, der weit unter demjenigen lag, mit dem er die Waren zuvor angepriesen hatte, nahm mit gesenktem Blick die Geldstücke entgegen, verbeugte sich gleichfalls leicht und setzte sein werbendes Geschrei erst wieder fort, nachdem die Boronis sich etliche Schritt entfernt hatten.

So erstanden sie einige Werkzeuge, ein paar Felle, Tuch, mehrere Schritt Seil und etliche Kräuter. Als ihre Körbe gefüllt und alle Einkäufe getätigt waren, bemerkten sie, daß ihr Weg sie an den Rand des Marktes geführt hatte, der dem Tempel der Hesinde am nächsten lag.

Der Geruch von Menthol war hier besonders stark, und im Schatten des hohen Steingebäudes luden einige hölzerne Bänke zum Ruhen oder Disputieren ein. Die Wände des Tempels waren über und über mit Rankenpflanzen bewachsen, und etliche große Bäume wuchsen nahe der Mauern. Betrachtete man das Grün, das den Tempel umgab, genauer, so bemerkte man an vielen Stellen des Pflanzenwerks schlängelnde Bewegungen. Und sah man noch etwas aufmerksamer hin, so stellte man fest, daß an den Tempelmauern tatsächlich etliche Schlangen – von der kleinen Hesindeviper bis zur mächtigen Silbernatter – lebten. Hinter dem Gebäude rauschte der Ianur, und irgendwo im Dunst hinter dem Tempel lag die Orakelinsel.

Jantar nahm Taija bei der Hand und sah sie fragend an. Sie nickte.

Wortlos ließen sie den Tempel der Schlangengöttin hinter sich und wanderten am dunstverhangenen Ufer des Flusses entlang. Die Stimmen der Stadt wurden leiser und leiser und gingen schließlich im steten Gemurmel des Wassers unter. Die Sichtweite betrug nur wenige Schritt.

Die beiden Geweihten hatten die Entscheidung, das Orakel aufzusuchen, am Abend zuvor getroffen. Taija hatte ihm in einem Brief von ihrem sonderbaren Traum berichtet, und Jantar hatte von seiner Vision geschrieben. Es war darin von einer Darna die Rede gewesen, einer Waldmenschenfrau, die den Suchenden zu dem heiligen Ort führen würde. Nach Meinung der beiden Geweihten forderten das Gesicht, das Jantar gehabt, und der Traum, den Taija geträumt hatte, sie förmlich dazu auf, das Orakel aufzusuchen. Taija hatte nicht gewußt, daß es eine Fährschifferin gab, doch sie vertraute den Worten ihres Geliebten. Verwundert hatte es sie allerdings schon, daß es sich bei dieser nicht um eine Geweihte der Zwölfgötter, sondern um eine Waldmenschenfrau handeln sollte. Doch sie nahm diese Tatsache als göttergegeben hin und hinterfragte sie nicht.

Nun gehen wir also zu dem Orakel, dachte sie, während sie neben ihrem Gefährten durch den Dunst wanderte. Ob er weiß, was er dort fragen wird? Er scheint sich so sicher zu sein. Nein, ich wüßte noch immer nicht, welche Frage ich dort stellen sollte. Ob wir es überhaupt finden?

Auf dem Weg nach Altaia hatte sie sich immer wieder gefragt, ob sie und Jantar ihrer beider Träume und Gesichte wohl richtig gedeutet hätten. Und doch: jetzt, da sie sich tatsächlich auf dem Weg zum Orakel befanden, erschien ihr die Entscheidung richtig. Wenn wir es finden, *wird* es gut so sein, dachte sie.

Taija bemerkte die Veränderung zur gleichen Zeit wie Jantar und hielt einen Augenblick inne, ehe ihr bewußt wurde, *was* sich verändert hatte.

Es war der Geruch, der starke Mentholgeruch der Quelle. Er war fort.

Nein, so verbesserte sie sich, er war nicht fort. Vielmehr schien er gleichsam überlagert von einem schweren, süßen Geruch, der sie entfernt an den erinnerte, der in den Tiefen des Borontempels vorherrschte: Orchideen. Es roch, als stünde man inmitten eines Orchideenhains. Aber weit und breit war keines dieser Gewächse zu entdecken.

Der Dunst schien noch dichter geworden zu sein, so

daß sie den Fluß zu ihrer Linken nun gleichfalls nicht mehr erkennen konnte; allein sein Murmeln drang an ihr Ohr.

Als sie sich erneut umwandte, um sich zu orientieren, bemerkte sie eine schemenhafte Gestalt, die wenige Schritt vor ihnen auf dem Boden hockte. Sie hatte den beiden Geweihten den gerade aufgerichteten Rücken zugewandt. Jantar ließ die Hand Taijas los, stellte den Korb mit den Einkäufen auf der Erde ab und bewegte sich auf den Schemen zu. Taija folgte ihm. Die hokkende Gestalt bewegte sich nicht und wandte sich auch nicht um, obgleich die Borongeweihten erst in einem halben Schritt Entfernung innehielten.

Die Frau am Boden war nackt, vollständig nackt. Sie trug nicht nur keinerlei Kleider, Schmuck oder rituelle Bemalung, ihr edel geformter Schädel und die dunkle, glatte Haut waren gänzlich unbehaart. Sie saß am Ufer des Ianur, den Blick auf das Wasser gerichtet, und als die Geweihten innehielten, erhob sie sich mit einer langsamen, fließenden Bewegung, deren Gleichmäßigkeit durch den ihren Körper umspielenden Nebel noch unterstrichen wurde.

Am Ufer des Wassers lag ein ausgehöhlter Baumstamm.

Taija kannte diese Boote des Waldvolkes, war aber noch nie in einem solchen gefahren. Sie nannten sie *Chavva-Hienn*, was in ihrer Sprache soviel wie ›Einbaum‹ bedeutete. Und tatsächlich wurden sie aus einem einzigen Stamm, nämlich dem des *Turupa*, gefertigt. Noch nie hatte man davon gehört, daß eines von ihnen je gesunken sei. Nur die Darna, so hatte Jantar berichtet, konnten die *Chavva-Hienn* schnitzen, und nur sie wußten, wo dieser ganz bestimmte Baum zu finden war und wie man ihn erklimmen konnte.

Die Fährfrau stieg in das Boot, welches kaum schwankte, und dort erstarrte sie erneut, kerzengerade, bewegungslos und stumm. Jantar trat vor und stieg gleichfalls in das Kanu. Taija folgte ihm, ohne zu zögern.

Es war nicht so sehr eine Schiffahrt, die sie nun erlebte, vielmehr schien es der Geweihten wie der Teil eines Traumes oder einer Vision: die Nebel und der schwere, süße Geruch, der dunkle, bewegungslose Körper der Darna. Taija sah nichts und niemanden, das den Einbaum hätte vorwärtsbewegen oder lenken können, und dennoch glitt er stetig über den nebelverhangenen Fluß, und sie wunderte sich weder darüber, noch zweifelte sie auch nur einen Wimpernschlag lang, daß das *Chavva-Hienn* sie zu der Insel bringen würde.

Wie lange die Fahrt dauerte, vermochte sie später nicht zu sagen. Doch irgendwann verließ die Dunkelhäutige das Boot, den Geweihten nach wie vor den Rücken zuwendend, um dann erneut in Reglosigkeit zu verharren. Es war Jantar, der zuerst den Einbaum verließ und schweigend an der Darna vorüberschritt, ohne sie anzusehen, und wieder folgte Taija und tat es ihm gleich.

Der Orchideengeruch war hier noch stärker, so daß er den Dunst der minzigen Quellen völlig überlagerte, wenngleich er in den Ästen der Zedern und Eiben hing, die dicht an dicht auf der Insel wuchsen. Taija hielt inne und betrachtete den undurchdringlich erscheinenden Wald in dem diffusen, gräulichen Licht, das die Dunstschwaden bis zu der Insel hin durchließen. Orchideen, die heiligen Pflanzen der Hesinde – und Zedern und Eiben, die heiligen Bäume des Efferd und des Phex, dachte die Geweihte und lächelte. Sie stehen so dicht. Wir sollten uns an die der Hesinde heiligen Pflanzen halten. Sie werden uns sicherlich zu dem Orakel führen, denn Phex, der Listenreiche, wird wohl eher darauf aus sein, es zu verbergen.

»Na, na, na«, klang da eine helle, vorwurfsvolle Stimme in ihrem Kopf. Und im selben Moment mußte

sie sich eingestehen, daß es gleichfalls die dem Fuchsgott heiligen Bäume sein könnten, die sie zum Ziel führen würden. Denn: War Er es nicht, der Wege an Stellen ebnete, an denen sie niemand vermutet hätte und die auch niemand sah, der nicht bereit war, durch Seine Augen zu schauen? Vielleicht mußten sie auch einfach nur in den Wald hineingehen und würden das Heiligtum von ganz allein finden. Oder erschien es nur, wenn man wußte, welche Frage man ihm zu stellen hatte?

Jantar schien seine eigene Theorie zu diesem Problem zu haben, denn er nahm seine Glaubensschwester erneut bei der Hand und tauchte mit ihr ein in die Schatten der Bäume. Taija vertraute sich seiner Führung an, ließ ihre Gedanken treiben, gab sich dem Gefühl von Vision und Unwirklichkeit hin, das sie umgab.

Von Zeit zu Zeit meinte sie, Gesichter in den Nebeln um sich herum zu erkennen oder Stimmen zu hören, die keinen Ursprung zu haben schienen. Doch weder lauschte sie ihnen, noch verbannte sie sie aus ihrer Wahrnehmung, fügte sie vielmehr ein in die traumgleiche Unwirklichkeit, die dem Augenblick innewohnte. Denn wie ein Augenblick schien es ihr, bis sie aus den Bäumen heraus auf eine erhöhte Lichtung traten. Dort standen, gleichfalls dunstverhangen, drei jadefarbene Statuen – oder vielmehr Torsi. Denn von den Gestalten, die die Jadeblöcke den alten Überlieferungen und den Lehren der zwölfgöttlichen Geweihtenschaft zufolge einmal dargestellt hatten, war nicht viel geblieben: drei durch Urgewalten bis zur Unkenntlichkeit abgeschliffene Steinblöcke, aus denen hier und da kleinere oder größere Wölbungen hervortraten, wie um die Phantasie des Betrachters anzuspornen, aus diesen Vorsprüngen Körperteile oder Symbole zu formen – einen Zeigefinger zum Beispiel, der, in mahnendem Spott, keß lächelnde Lippen verschloß. Oder Wogen, aus denen ein mächtiger Leib emporzutauchen schien; eine

Schlange, die die zierliche Taille ihrer Trägerin umschmeichelte; ein grinsender Fuchskopf; ein gewaltiger Dreizack; ein aufgeschlagener Foliant…

Ohne darüber nachzudenken oder sich auch nur ihrer Handlungen bewußt zu sein, trat Taija vor die drei Statuen, kniete nieder, schlug das Boronsrad und fragte: »Warum sorgt Ihr Euch um uns?«

Einige Wimpernschläge lang geschah nichts, schien die Zeit förmlich den Atem anzuhalten. Doch dann veränderten sich die steinernen Statuen vor den Augen der Geweihten. War es ihre Phantasie, die die Bilder formte, die sie nun sah, war es ein phexgefälliges Spiel oder eine Vision – Taija vermochte es nicht zu sagen und versuchte auch nicht, es sich zu erklären.

In dem Torso zu ihrer Rechten meinte sie nun das Abbild einer Frau zu erkennen, um deren Leib sich eine Schlange wand und deren Unterkörper aus den Wogen emportauchte. Sie strich dem kleinen Füchslein auf ihrem Arm über den Kopf und lächelte: »Weil, Taija, dies eine Prüfung ist. Glaubst du, daß du sie bestanden hast? Oder steht sie dir noch bevor? Was mag uns zu dererlei veranlaßt haben? Suche die Antwort auf diese unsere Fragen, und sie wird dir die deinen beantworten. Und nun: Verlasse uns, Dienerin unseres schweigsamen Bruders.«

»Priesterin des Raben, welcher der Söhne des Nandus ist es, der die Waagschalen auszuloten sucht? Und welcher, der danach trachtet, sie zu stürzen? Oder hältst du es für möglich, daß eine Waagschale, die, einmal ins Gleichgewicht gebracht, sich immer wieder auf ebendieses einpendeln wird, wie stark die Erschütterung auch sein mag, die sie in Unruhe versetzt? Kannst du diese unsere Fragen beantworten, so wirst du wissen, welche Frage du als nächste stellen mußt«, flüsterte augenzwinkernd die mittlere Statue, die Taija mit einemmal wie ein Kind mit einem viel zu großen

Dreizack in der Rechten erschien, welches seinen Kopf hob, um von dem großen Folianten aufzuschauen, in dessen Studium es zuvor vertieft gewesen war. »Erwäge deine nächste Frage gut, denn es ist wichtig, daß du die richtige stellst, damit wir wissen, daß du verstanden hast, daß es den zu bekämpfen gilt, den sie den Alveraniar des verbotenen Wissens nennen werden«, fügte es noch hinzu. Dann beugte das Kind erneut den Kopf über den Folianten und kicherte leise.

Der Torso zur Rechten des Kindes war jetzt ein riesenhafter Mann, der auf einem Haufen von Geschmeide und Dukaten thronte. Mit der Linken strich er sich bedächtig durch den langen, dichten Bart, während die Rechte mit drei Münzen jonglierte, auf dem eine Schlange, ein zwinkernder Fuchskopf und ein Dreizack abgebildet waren. Nachdenklich neigte er den Kopf und sprach: »Weil ein Dieb mit drei Armen gewiß weitaus auffälliger wäre als einer, der zwei hat, wie es seiner Natur entspricht. Jeder würde ihn beobachten und auf ihn zeigen, so daß die Heimlichkeit, der er bei seinem Werk nachkommen muß, ihm nicht gegeben wäre. Er würde gewiß entdeckt werden, so sollte man meinen. Doch, Mensch, bedenke: Würde er zu erlernen suchen, sich in das Gefüge dieser Welt einzuordnen, oder würde er suchen, seinen Vorteil zu nutzen und gegen eben jenes Gefüge aufzubegehren, indem er lernte, diesen zusätzlichen Arm derart zu nutzen, daß er schneller und geschickter wäre als all diejenigen, die ihrer Natur entsprechend mit nur zweien durch ihr Leben wandern? Oder wäre es falsch, ihm die Wahl der Entscheidung zu lassen und darauf zu hoffen, er möge die richtige treffen? Ist es möglich, daß die Unnatürlichkeit seines Daseins allein denjenigen, der darum weiß, dazu berechtigt, ihn auszulöschen, um das Gefüge der Welt zu erhalten, ehe es Gefahr laufen könnte, von wem auch immer in Frage gestellt zu werden? Verlasse diesen Ort und trage unsere Fragen hinaus in die Welt. Stelle sie zur Diskussion! Disputiere! Wer diese unsere Frage beantworten kann, wird wissen, wie er zu handeln hat. Den schicke zu uns.«

Taija blickte still von einem zum anderen und versuchte zu ergründen, welche die Antwort der gelehrten Göttin gewesen sein mochte. Zwei der Stimmen rieten ihr, diesen Ort zu verlassen, eine riet ihr, hier zu verweilen, bis sie verstanden hätte. Doch während die eine sie lediglich bat, die Orakelinsel zu verlassen, so riet, nein, so *befahl* ihr die andere, Altaia zu verlassen, um in die Welt hinauszuziehen und zu disputieren! Befahl *ihr*, Taija, einer Geweihten des *Boron*, gelehrte Dispute zu führen!

Sie schwieg, sofern ihre Arbeit im Kloster kein Sprechen erforderte, und wenn sie sprach, wählte sie ihre Worte zu Ehren ihres Gottes stets mit Bedacht. Bis auf die Frage an die Götterstatuen hatte sie an dem heutigen Tag nichts gesprochen. Sie war nicht geeignet, *Dispute* über Sinn und Unsinn der Unnatürlichkeit des Daseins zu führen. Es stand ihr nicht zu. Was auch immer sie täte, es wäre, wenn sie die Stimmen richtig gedeutet hatte, gegen den Willen der Götter.

Aber das Gleichnis an sich … Ja, es war gewiß nach Art Hesindes.

Jedoch: Der alte Mann hatte von einem Dieb gesprochen, der die anderen zu übervorteilen sucht.

Wäre es Phex, der ihr dieses Gleichnis zur Antwort gegeben hätte, so würde die Erwiderung gewiß eine andere sein, als wenn das Bild aus dem Mund des Efferd gekommen wäre. Hätte Hesinde hingegen die Geschichte mit dem Dieb gewählt, so läge vielleicht tatsächlich in der Fragestellung selbst die Antwort auf ihre, Taijas, ursprüngliche Frage verborgen. »Welcher Sohn des Nandus?« hatte das Kind wissen wollen. Und seine Antwort hatte die Frage mit eingeschlossen, ob es richtig wäre, zu handeln oder den Dingen ihren Lauf zu lassen, die die Waagschale ins Ungleichgewicht gebracht hatten. Wobei es zugleich die Frage aufwarf, ob die Waagschalen überhaupt aus dem Gleichgewicht geraten könnten, nur, weil ein Sturm sie in Erschütterung versetzte.

Die Frau hatte von ihr verlangt, die Insel zu verlassen, auf die Götter zu vertrauen und in ihrem Sinne zu handeln. Denn was sonst hätte sie meinen können, wenn sie von einer Prüfung sprach, die ihr auferlegt worden war oder werden würde?

Aber auch in diesem Falle wäre es für eine sichere Antwort unerläßlich zu wissen, welcher der drei unsterblichen Götter ihr zu gehen riet. War es der Listenreiche, so wollte er ihr unter Umständen zu verstehen geben, daß sie sich mit dieser Antwort nicht zufriedengeben, sondern weiter fragen sollte.

Wäre es die Stimme der Schlangengöttin gewesen, so sollte sie vielleicht fern der Insel über den Sinn dieser Antwort nachdenken und später noch einmal wiederkommen. Und hätte der Wassergott als erster zu ihr gesprochen, so war es vielleicht zwingend notwendig, daß sie auf der Stelle ging, ehe sie ihn mit ihrer Weigerung erzürnte.

Was hatte das Kind gesagt? Es gelte, den ›Alveraniar des verbotenen Wissens‹ zu bekämpfen? Wer könnte das sein? Sie kannte einen solchen nicht und fand diese Bezeichnung auch nicht sonderlich zwölfgöttergefällig.

Nein, sie mußte wissen, welche Antwort von Phex, welche von Hesinde und welche von Efferd stammte. Sie mußte erneut eine Frage stellen. Es war nicht an ihr, eine List zu suchen, um herauszufinden, welche Statue die Hesindes sein mochte. Sie konnte nur darauf hoffen, daß Hesinde selbst ihr einen Fingerzeig geben würde. Geschicktes Feilschen und pfiffige Tricks lagen einfach nicht in der Natur einer Geweihten des Boron.

Noch immer kniend, hob sie den Kopf. »Weise Göttin?« flüsterte sie fragend.

»Gewiß«, sagte die Frau zu ihrer Rechten.

»Ja?!« fragte das Kind, indem es erneut aus dem Buch aufblickte.

»Frag nur, Tochter«, sagte der alte Mann.

An der Küste Altoums, Nachmittag

Zwei Tage nachdem Liskolfs Körper Efferds Element überantwortet worden war, erreichte die *Golgaris Schwinge* die südliche Küste Altoums. Bereits vor der Ankunft hatte Sindai bestimmt, wer sie auf ihrem Weg durch den Dschungel begleiten sollte. Ihre Wahl war auf Raskir und Lirobal Bertez gefallen und, zum großen Erstaunen des Thorwalers sowie Zoes und Tokahes, auf Fjornwulf, den Zimmermann.

»Was will sie mit Fjornwulf?« so hatte Raskir gefragt. »Nun gut, auch er versteht es, Entermesser und Säbel zu schwingen, und das Beilwerfen beherrscht er auch nicht übel. Aber warum hat sie sich nicht von mir jemanden der Ottajasko empfehlen lassen, sondern selbst – frei nach Schnauze – einen herausgepickt? Ja, bei Swafnir, das frage ich mich!«

Doch niemand konnte ihm Antwort geben. Nur Zoe erinnerte sich ihrer und Tokahes Begegnung mit Fjornwulf in jener Nacht, als Liskolf sie alle drei in seine Kajüte gebeten hatte, und ihr alter Verdacht gegen den Zimmermann entflammte von neuem. Doch auch damals hatte sie keine weiteren Indizien gegen ihn finden können, und Raskir weigerte sich entschlossen, irgendein Mitglied seiner Ottajasko des Verrats zu bezichtigen. (Tatsächlich jedoch waren ihm die Worte Sindais, ›Ich habe Verbündete – auch unter deinen Leuten‹, noch sehr gut im Gedächtnis. Um genau zu sein, schreckten sie ihn jede Nacht aus dem Schlaf, und der Thorwaler vermarterte sich den Geist, welcher seiner Männer und Frauen zu derlei fähig sein könnte. Doch in Wahrheit bemühte er sich mit seinen Überlegungen vor allem, seiner Verantwortung als Kapitän der Ottajasko gerecht zu werden – zumal er sich im tiefsten Grunde seines Herzens weigerte, auch nur in Erwägung zu ziehen, daß einer seiner Leute ein Verräter sein sollte. So zog er die Erklärung vor, die Brabakerin habe ihn verunsichern und einen Keil des Mißtrauens zwischen ihn und seine Mannschaft treiben wollen.)

Außerdem stellte sich Raskir durch Sindais Wahl ein weiteres Problem: Fjornwulf und Firinja verband der Traviabund. Er hatte dem Zimmermann bislang dennoch nichts von der Entführung seiner Angetrauten berichtet, da er fürchtete, Fjornwulf werde von Walwut übermannt werden und Sindai erschlagen, sobald er die Wahrheit über sie erführe – und ohne Sindai würden sie niemals den Weg zu seiner Base finden. Doch Lüge und Heimlichkeit liegen den Thorwalern nicht, und so litt Raskir, wann immer er und Fjornwulf beieinander saßen, Seelenqualen. Auf der Karracke selbst schien der Zimmermann viel beschäftigt, so daß sie einander nur selten zu Gesicht bekamen. Doch auf einem gemeinsamen Weg durch den Dschungel würde das anders sein. Auf der anderen Seite: Bei der Befreiung der Base würde jeder Streitarm gebraucht werden. Und wer sollte hierzu besser geeignet sein als Fjornwulf? So beschloß Raskir, ihn erst kurz vor Sindais Ziel über die Entführung in Kenntnis zu setzen, so schwer es ihm auch fallen würde; doch für ihrer aller Sicherheit war es gewiß das Beste.

Daß Lirobal, der Brabaker Lotse, Sindai gleichfalls begleiten würde, hatte sich bereits seit Anfang der Fahrt abgezeichnet, denn dieser hatte keinen Hehl daraus gemacht, daß er nahezu jede Aufgabe annehmen würde, die ihm einen zusätzlichen Dukaten einbringen könnte.

»Nun ja«, hatte er am Tag vor ihrer Ankunft auf Altoum zu der Schelmin gesagt, »so werde ich zwar etwas später zu meiner Yvonya zurückkehren, dafür allerdings als reicher Mann. Dann werde ich diesem Romero die Leviten lesen und kurz darauf mit meiner Blume den Traviabund schließen. Ich würde mich freuen, wenn ihr beide, Zoe und du, bei unserer Hochzeit anwesend wäret, um für die rechte Stimmung zu sorgen. Wohnen könntet ihr bei mir. Überlegt es euch!«

Tokahe hatte begeistert zugesagt und war kurz darauf zu ihrer Gefährtin geeilt, um ihr ihren Plan zu unterbreiten: »Also, *Cankuna*, flinkste aller aventurischen Gaukelfeen, wir machen das so: Wir sagen der Hesindeperson, daß wir sie freiwillig begleiten und auch gar keinen einzigen Heller dafür verlangen. Wenn sie dann bei ihrer Forschungsstelle ist, gehen wir mit Lirobal zurück nach Brabak und feiern seinen Traviabund! Und weil wir in der Zwischenzeit mit unserem Freund Raskir diese Firinja Swafnirfrau aus den Krallen der finsteren Entführer befreien und die Ehre seines Onkels und seine gute Laune wiederherstellen werden, nehmen wir Firinja und Raskir danach einfach mit nach Brabak! Es werden sich schon zwei Lager mehr in Lirobals Hütte finden! Ist das nicht ein herrlicher Plan?! Ich bin noch niemals dabeigewesen, wenn jemand den Traviabund schließt! Wie aufregend! Also, *wenn* es aufregend ist, Zoe, wer weiß, vielleicht baue ich dir dann auch ein Herdfeuer, *Yako!* Ja, so wird es gemacht!«

Die Gauklerin hatte bei der Vorstellung, ihre quirlige Freundin stünde ernst und ergriffen vor einer Traviageweihten und schwüre, mit ihr, Zoe, für den Rest ihres Lebens das Herdfeuer zu hüten, laut gelacht, doch gegen ein Fest hatte sie nichts einzuwenden gehabt. Und daß sie Raskir nicht allein mit der Brabaker Forschungsreisenden in den Dschungel der Insel hatten verschwinden lassen wollen, war seit der Nacht der Feuerbestattung Liskolfs eine abgemachte Sache.

Daß alles so ›einfach‹ werden würde, wie die Schelmin es beschrieb, diesbezüglich hatte Zoe freilich Bedenken. Und sie sollte recht behalten, denn Tokahe war einige Zeit darauf wutschnaubend von einem Gespräch mit der Brabakerin zurückgekommen und hatte wie ein Meckerdrache geflucht. »Diese Unperson! Zoe, stell dir vor: Da biete ich ihr unsere Hilfe an, und weißt du, was sie sagt?!? ›Nein, Kind. Es ist wohl besser, wenn sich unsere Wege an dieser Stelle trennen. Ihr wäret nicht die rechten Begleiter für solch ein Unternehmen.‹«

Dann hatte die Schelmin mit einemmal zu kichern begonnen, und Zoe hatte nichts Gutes geschwant, als die Freundin feixend fortgefahren war: »Und daraufhin hat diese Unperson ihre hochnäsigen Backen aufgeblasen und ist in all ihrer Arroganz davongeschwebt! Und so hängt sie jetzt unter der Decke der Kapitänskajüte und kann darüber nachdenken, ob sie uns nicht doch mitnehmen will! Hihi, sieht ziemlich albern aus! Aber um bei der hochheiligen Wahrheit des hochgroßartigen Herrn Praios zu bleiben: Ich will gar nicht mehr mit der albernen Frau in den Wald! Wir gehen einfach allein hinter ihnen her und beschatten sie! Ist ohnehin viel spannender!« Begeistert jauchzend hatte sie Zoe mit sich gezogen, um auf der Karracke nach Ausrüstung für sich und die Gauklerin zu suchen, die sie unauffällig beiseite schaffen könnten. Auf diese Art hatten sie mehrere Seile, Decken, Feuerstein und Zunder, etwas halbwegs sauberen Verbandsstoff, einen großen Wasserschlauch, zwei Entermesser, eine Laterne, zwei Tuchbeutel sowie einige Rationen getrocknetes Brot und Dörrfleisch zusammengetragen. Das Ganze war schnell in ihren großen Lederrucksäcken verstaut, und die Schelmin hatte der Ausrüstung noch eine tönerne

Flasche voll Brabaker Bier beigesteuert, die sie Hengist in einem der nächtlichen Würfelspiele abgenommen hatte. Ihre Gauklerausrüstung hatten sie in den Tuchbeuteln verstaut, die sie nach Verlassen des Schiffes an einem günstigen Ort zurücklassen wollten…

Unter dem Siegel der Verschwiegenheit ließen sie sich von Raskir ihre Heuer im voraus auszahlen und versprachen, ihm zu folgen und stets in seiner Nähe zu bleiben und darüber hinaus Augen und Ohren offen zu halten. Der Thorwaler gab ihnen noch eine Machete, da auch das Marschgepäck, welches die Brabaker Forschungsreisende für ihre Truppe hatte zusammenstellen lassen, für jeden der Beteiligten eine solche bereithielt und sie sich demnach gewiß auf dem Weg durch den Urwald als nützlich erweisen würde.

Den Rest des Tages verbrachten die beiden Freundinnen auf Drängen der Gauklerin in möglichst abgelegenen Winkeln des Schiffes, um der Brabakerin nicht noch einmal über den Weg zu laufen und so möglichem Ärger vorzubeugen.

Sie gingen in der hereinbrechenden Dunkelheit in einer Bucht Altoums vor Anker.

Unbekannte am Ufer hatten das Schiff mit Lichtsignalen zu der Bucht gelenkt, ganz so, wie Sindai es Raskir zuvor dargelegt hatte. Dort lag bereits ein weiteres Schiff, eine Schivone, wie die Mannschaft mit kundigem Blick feststellte. Nachdem die Karracke den Anker gesetzt hatte, verließ Sindai mit Raskir, Lirobal und Fjornwulf das Schiff und blieb längere Zeit an Land.

Als sie zurückkamen, ordnete sie an, ihre persönlichen Gerätschaften auf die Insel zu bringen und ansonsten die Überführung der Mannschaft der Karracke auf die Schivone einzuleiten. Raskir übergab Norhild einen Beutel mit Dukaten – den Lohn der Mannschaft, den er an Land erhalten hatte, und beschwor sie, Stillschweigen darüber zu bewahren, daß Tokahe und Zoe nicht mit dem Rest der Besatzung auf die fremde Schivone überwechseln würden. Des weiteren gab er ihr noch einen versiegelten Umschlag mit auf den Weg, den sie dem Hetmann übergeben sollte – für den Fall, daß er, Raskir, einen Mond nach Ankunft der Schivone noch nicht in Prem eingetroffen wäre.

Die Thorwalerin lauschte seinen Worten schweigend. Dann nickte sie knapp, klopfte ihm auf die Schulter, versprach, was er sie zu versprechen gebeten hatte, nahm einen ihrer Talismane, gab ihn Raskir und wandte sich abrupt zum Gehen.

Raskir verstand auch ohne Worte, daß sie sich um ihn sorgte. Und er war ihr dankbar, daß sie ihm keine Fragen gestellt hatte.

Als Zoe begriff, daß die Mannschaft der Karracke das Land erst gar nicht betreten sollte, brach sie in helle Panik aus. »Tok!« rief sie, »wie sollen wir so jemals das Ufer erreichen! Ich kann nicht schwimmen, das weißt du doch! Wie sollen wir nun zu Raskir gelangen und unser Versprechen einlösen? Wir können uns ja nicht einfach in ein Beiboot setzen und hinüberrudern! Oh, nun ist gewiß alles verloren!«

Doch die Schelmin lachte nur, verschwand für einige Zeit im Bauch des Schiffes und kehrte dann – ein leeres hölzernes Faß schleppend, schweißüberströmt und heftig nach Luft japsend – zu der Freundin zurück. »Du setzt dich in dieses wunderschöne Faß, kneifst die Augen zu und sagst leise alle mohischen Wörter auf, die du kennst, *Miniwatu!*«, schnaufte sie. »Derweil werde ich dich mucksmäuschenstill zum Ufer ziehen. Du mußt dir nur dein ängstliches Gewimmere verkneifen, meine Schöne!«

Tatsächlich war es erstaunlich einfach, das Faß unbemerkt zu einer unbeleuchteten Seite des Schiffes zu bringen und es mit Hilfe eines dicken Taus und einer

Winde langsam ins Wasser zu lassen. Das Deck war nahezu menschenleer, denn die meisten Besatzungsmitglieder befanden sich bereits auf der Schivone. Die Gefährtinnen hatten Glück: Das Wasser in der Bucht war angenehm warm und still. Auch Strudel gab es nicht, und niemand an dem mit Fackeln beleuchteten Ufer vernahm das leise Plätschern oder bemerkte das Holzfaß, das die Schelmin schwimmend bis zum Strand zog.

Faß und Tuchbeutel wurden in einem Gebüsch verborgen, und dann schlichen sich die beiden Frauen am Rande des dichten Dschungels, der sich direkt an den schmalen Strand anschloß, näher an den Feuerschein heran.

Im Licht der Fackeln sahen sie, wie wohl zwei Dutzend Männer und Frauen – wild aussehende Gestalten in langen, abgewetzten Gehröcken – geschäftig auf dem Sandstreifen auf und ab liefen. Sindai stand etwas abseits und sprach mit einem Mann, der das Hautbild einer Krake auf seinem kahlen Schädel trug. Hin und wieder winkte dieser einem seiner Leute und erteilte mit gedämpfter Stimme Anweisungen. Raskir, Lirobal und Fjornwulf standen bei einer der Fackeln, wo eine dunkelhaarige Person mit erstaunlich großem Ohrgehänge mit Hilfe eines Stockes Zeichen und Linien in den Sand malte. Vermutlich erläuterte sie die Strecke, die es durch den Urwald zu gehen galt.

Irgendwann lichtete die Schivone die Anker und glitt still in das Meer hinaus.

Einige Zeit danach lief ein weiteres Schiff in die Bucht ein, der Schivone nicht unähnlich, jedoch kleiner und weniger beleuchtet als diese. Viele der Männer und Frauen am Ufer wechselten mit einem kleinen Boot auf die *Golgaris Schwinge* über, etwa ein Dutzend blieb zurück, um am Ufer ein behelfsmäßiges Lager aufzuschlagen. Zoe befand, daß die Fremden allesamt genauso aussahen, wie sie sich schon immer einen Haufen finsterstes Piratenpack vorgestellt hatte, und die Schelmin stimmte ihr in ihren Vermutungen zu.

Die Boote, mit denen die Besatzung des kleineren Schiffes auf die *Golgaris Schwinge* übergewechselt hatte, waren offensichtlich dazu gedacht, die Ladung der Karracke zu bergen, denn Sindai begab sich mit Fjornwulf an ihrer Seite erneut an Bord der *Schwinge*. Als die beiden unweit von Zoes und Tokahes Versteck vorübergingen, hörten die Gefährtinnen sie Packzuteilungen aufstellen. Ein kleines Boot entfernte sich und brachte die beiden zu der Karracke. Als die Schelmin und die Gauklerin gerade überlegten, ob sie sich Raskir bemerkbar machen könnten, ohne entdeckt zu werden, hub mit einemmal ein Schreien und Poltern auf dem Schiff an. Tokahe riß erstaunt die Augen auf. »Teggeckch?« murmelte sie dann. »Ist *das* der große Spaß, von dem du gesprochen hast?!«

Als Sindai mit Fjornwulf das Deck der *Golgaris Schwinge* betrat, war es ihr für einen kurzen Augenblick, als hätte sie hinter einer der Taurollen eine huschende Bewegung gesehen. Verwundert kniff sie die Augen zusammen, konnte aber nichts erkennen. Gewöhnlich hätte sie dem Vorfall keine sonderliche Bedeutung beigemessen und den Schatten für eine Sinnestäuschung oder ein Tier gehalten – eine Ratte zum Beispiel. Doch in diesem Fall blieb ein ungutes Gefühl zurück, und sie bemerkte, wie sich ihre Nackenhaare aufstellten. Fast, als würde mich jemand beobachten, dachte sie. Sie warf Fjornwulf, der neben ihr stand, einen fragenden Blick zu, doch dieser sah weder in ihre noch in Richtung der Taurolle, sondern erklärte einem der Bukanier, wie die Ladeluke zu öffnen sei. Es war eindeutig, daß ihm nichts Sonderbares aufgefallen war.

Sie gingen zuerst in den Laderaum, den Zoe am Anfang der Reise durchquert und in dem sie Todesängste ausgestanden hatte. Und wieder warf das Licht der Laternen seltsame Schatten, wieder gluckste das Wasser gegen die Schiffswand, doch dieses Mal waren es Sindai und Fjornwulf, die die Laternen in ihren Händen hielten, und sie fürchteten sich nicht – natürlich nicht: Wovor hätten sie sich auch ängstigen sollen? »Ich werde mich mit einigen Männern und Frauen des hinteren Laderaumes annehmen. Könntet Ihr Euch um die Ingredienzen und den restlichen Zauberkram, der hier noch lagert, kümmern, holde Sindai? Ich schicke Euch dann einige Leute hier herunter«, fragte Fjornwulf, und Sindai nickte. Der Zimmermann verschwand durch die gegenüberliegende Tür, und seine Schritte entfernten sich in Richtung der uns bereits bekannten Treppe, die zu dem Laderaum führte, vor dem Zoe damals in Raskirs Armen in Ohnmacht gefallen war.

Bis auf das Glucksen des Wassers und die fernen Rufe vom Deck der Karracke war es nun völlig still. Sindai machte sich daran, die Kisten genauer in Augenschein zu nehmen, um entscheiden zu können, welche nach Altaia und später zum Lager geschafft werden mußten und welche sofort mitgenommen werden sollten. Auch die Kästen mit zerbrechlichem Inhalt müßten getrennt gepackt und mit besonderer Vorsicht befördert werden. Als sie sich gerade auf einer der Kisten niedergelassen und Pergament und einen Kohlestift hervorgeholt hatte, um eine Liste der wichtigsten Dinge zu erstellen, war es mit einem Mal wieder da – stärker noch als zuvor an Deck: das Gefühl, beobachtet zu werden. Sie spürte förmlich, wie sich der Blick unsichtbarer Augen in ihren Nacken bohrte. Langsam hob sie den Kopf, drehte sich jedoch nicht um. »Wer bist du? Was willst du von mir?« fragte sie statt dessen, während sie begann, sich auf eine Formel zur magischen Verteidigung zu konzentrieren. Niemand antwortete ihr. Sindai erhob sich von ihrer Kiste, legte Pergament und Kohlestift nieder und drehte sich gemächlich um. Aus dem Dunkel hinter ihr blitzten sie zwei rotfunkelnde Augen an. Die Magierin wartete einige Zeit, dann wiederholte sie ihre Frage, etwas ungehalten diesmal: »Was willst du von mir?«

»Daß du verschwindest«, knurrte es aus dem Dunkel zurück. Sindai schüttelte verärgert den Kopf und wandte sich erneut Stift und Pergament zu. Doch noch ehe sie nach den Schreibutensilien greifen konnte, flogen diese in hohem Bogen davon und landeten vor ihr auf dem Holzboden. Der Kohlestift zerbrach. »Es geht auch anders, Klabauter«, murmelte Sindai, fuhr herum und richtete die ausgestreckte Rechte in Richtung der rotglühenden Augen. Doch bevor sie die Formel gesprochen hatte, war Teggeckch verschwunden. Im selben Augenblick vernahm sie Schreie und Poltern aus dem zweiten Laderaum. Sie lief dem Lärm entgegen und sah gerade noch den Klabauter am Treppenabsatz verschwinden. »Mir stinkt's!« rief er und löste sich in Luft auf. Plötzlich drang ein Gestank in die Nase der Magierin, der ihren feinen elfischen Geruchssinn entsetzte. Sie schrie erschrocken auf und flüchtete torkelnd und gegen Brechreiz ankämpfend an Deck. Auch die Bukanier flohen aus den Laderäumen, denn hier war der Gestank unerträglich. Es roch nach einer Mischung aus Schweiß, fauligem Fisch, Erbrochenem, Verrottendem, Kadavern, Fäkalien und süßlichem Parfum, die einem schier den Atem raubte. Die Menschen an Bord flohen in die Boote, sprangen von der Reling aus ins Wasser, übergaben sich, würgten, manche fielen gar ob des unerträglichen Gestanks in Ohnmacht. Auch Sindai sprang. Der einzige, der nicht floh, war Fjornwulf. Verärgert und fluchend folgte er den anderen an Deck, konnte aber nichts gegen das allgemeine Chaos ausrichten. Schließlich kehrte auch er an Land zurück. Doch keiner der Bukanier war – weder durch Drohungen noch durch Versprechungen – dazu zu bewegen, das Schiff noch einmal zu betreten, solange der Gestank vorhielt. Fjornwulf schaffte die wichtigsten Kisten allein an Land, doch auch diese stanken derart unerträglich, daß niemand sich ihnen zu nähern wagte. Sindai und Fjornwulf beschlossen notgedrungen, die wichtigsten Dinge herauszunehmen und alles andere zu einem späteren Zeitpunkt zu seinem Bestimmungsort zu transportieren. Dann, so kamen sie überein, werde man sich auch des Klabauters entledigen.

Teggeckch hingegen saß unterdessen höchst zufrieden allein auf der *Golgaris Schwinge* und sonnte sich in seinem Erfolg. Beharrlich öffnete er Kiste um Kiste und inspizierte die sonderbaren Gegenstände, die sich darin befanden. Was ihm gefiel, behielt er. Schließlich gehörte das Schiff jetzt ihm allein. Und solange das so war, mußte Vorsorge getroffen werden, daß nicht eines Tages wieder jemand käme, der ihm seine neuen Schätze raubte. – Denn *der Großen* mißfielen Sindai und Fjornwulf genauso wie ihrem kleinen Geschöpf.

Nach und nach legten sich die meisten an Land zum Schlafen nieder. Nur einige Wachen patrouillierten noch um die Ruhenden.

Tokahe gähnte herzhaft. »Schade, wäre gern dabei gewesen, als der gute Teggeckch die olle Hesindeperson vertrieben hat. Aber jetzt bin ich viel zu müde, um noch mal nach ihm zu schauen und mir die famose Geschichte erzählen zu lassen. Sah aber recht witzig aus, wie diese Forscherdame wie ein begossener Pudel aus dem Wasser kam – huh, und sauer war die und der Fjornwulf auch! Nun denn, *Tapam-Wah*, mögen die Geister des Dschungels und der große *Kamaluq* über deinen Schlaf wachen, holde Dame Zoe!« verkündete sie und war bereits im nächsten Augenblick eingeschlafen. Die Gauklerin nahm sich zwar vor, zu wachen und die

Freundin zu wecken, ehe auch sie selbst von Müdigkeit übermannt würde, doch langsam und unbemerkt wiegte sie das Rauschen des Meeres und der mächtigen Bäume in den Schlaf, und so vergaß sie ihren guten Vorsatz und schlummerte tief und selig bis in die frühen Morgenstunden.

Sie wurde von der Schelmin geweckt, die die im Lager entstandene Unruhe aus dem Schlaf gerissen hatte. Gemeinsam nahmen sie ein Frühstück aus salzigem Dörrfleisch und muffig schmeckendem Wasser zu sich und harrten der Dinge, die da kommen würden.

Gegen die neunte Stunde brach eine kleine Gruppe vom Lager auf: Raskir, Lirobal, Fjornwulf und die Brabakerin, begleitet von zwei Männern der Fremden und einem Packpferd, welches den Inhalt der stinkenden Kistchen trug, die Fjornwulf von der *Golgaris Schwinge* geborgen hatte. Sindai hatte vor dem Aufbruch offensichtlich ihrerseits einen Zauber gewirkt, denn das Packpferd umschwebte ein schwerer Duft von süßen Blüten und Weihrauch.

Aufgeregt und in sicherem Abstand folgten ihnen Zoe und Tokahe.

7. Ingerimm 1017 nach Bosparans Fall

Iltoken, Nachmittag

Inmitten der Wälder der kleinen Insel Iltoken hob Amargant sein purpurnes Haupt und richtete seine silberumkränzten Augen der Sonne entgegen. Er hatte eine lange Zeit über geträumt, doch nun war es soweit, Abschied zu nehmen. Hoch über ihm kreiste ein großer, dunkler Schatten.

Perafir! rief der Geist des jungen Drachen, und über ihm antwortete ein tiefer, grollender Ton, der selbst auf die Entfernung hin die Erde um Amargants Hort erzittern ließ. Dann verklang das Grollen, das Beben legte sich, und der mächtige Leib Perafirs entfernte sich gen Norden, flog davon und ließ den jungen Drachen allein zurück.

Allein. Amargant kannte dieses Gefühl aus den Erinnerungen Perafirs. Und es schmerzte ihn weder, noch bereitete es ihm Grauen.

Er sah sich um, ließ seine silberumkränzten Augen über den Gipfel des Berges gleiten, auf dem er seit Anbeginn seiner Existenz geschlummert hatte.

Dann blähte er die Nüstern, fing den Wind, der von Westen kam, richtete sich auf, breitete seine Flügel aus und warf sich in die Luft. Sein schuppiger Leib – gleichfalls purpurn, wie der seiner Mutter, doch mit grünen Sprenkeln an den Beinen und lapislazulifarbenen und silbernen Zeichnungen auf Leib und Gesicht – glänzte im Licht der Sonne, während er flog. Der dunkle Zackenkamm auf Schwanz und Rücken war noch nicht annähernd so groß wie der Perafirs, doch war auch er bereits von einer dicken, rauhen Hornschicht überzogen; die Schwanzzacken würden ihm auf der Jagd eine große Hilfe sein. Der junge Drache kreiste über der Insel und hielt Ausschau nach etwas, das er töten und verschlingen könnte, um seinen Hunger zu stillen.

Ein gleißendes Glitzern im Westen der Insel erregte seine Aufmerksamkeit. Er näherte sich ihm und kreiste tiefer, um zu erkennen, was es sein mochte. Dort schimmerte und funkelte es wie Edelsteine – *Hort, Hort, Heimstatt, bewahre es!* –, und ihm gefiel, was er sah.

Das Gleißen kam von einer Lichtung her, groß genug, um auf ihr zu landen. Und genau das tat er auch. Freudig näherte er sich dem blitzenden Steinhaufen, der inmitten der Lichtung lag. Stieß mit den Nüstern hinein und ließ einige der Steine mit der Kraft seiner Gedanken durch die Luft schweben, sich um sich selbst drehen, auf daß sie noch herrlicher glänzten und erstrahlten. Neben dem Haufen lag der tote Körper eines Pferdes. Es war noch warm, und Amargant verschlang es, ohne von seinem Spiel abzulassen. *Opfer,* dachte er, und er erblickte Menschen, die mehr der glitzernden Steine zusammentrugen und auch Nahrung – auch Menschenfrauen, die sie an Holzpflöcke banden. Sie erwarteten, daß er sie mit sich nähme.

Herrschaft, Tausch, Gerechtigkeit.

Amargant war glücklich.

Die Menschen hatten gewußt, daß er zu ihnen kommen und über sie herrschen würde. Und sei es, weil diese Tatsache ihn versöhnlich stimmte, sei es, um seine Macht zu erproben, erhob er nun zum ersten Mal seine Stimme.

»Tretet nur heraus aus euren Löchern!« donnerte seine

Stimme, und der lange, zackenbewehrte Schwanz peitschte die Luft, während er von seinem Spiel mit den Steinen abließ und – mit den Augen rollend – den Rand der Lichtung taxierte. Dabei stieß er – fast unbewußt – dampfende Wolken aus, und kleine Flämmchen züngelten aus seinen Nüstern. Der Klang von Amargants Stimme war gewaltig – gleich einem tiefen, dunklen Gong; vollkommen und klangvoll.

Von links erscholl eine donnernde Stimme – doch nicht annähernd so melodisch und gewaltig wie die des Drachen – und gab ihm in seiner Sprache Antwort: *»Herrscher, Meister, Drache! Wir danken Euch für die Gnade, mit der Ihr unsere Gaben annehmt. Doch sollte dies nur Eure Aufmerksamkeit auf uns richten. Wir haben uns erlaubt, Euch einen Thron auf Altoum, der Königin all dieser kleinen Inseln, zu errichten. Dort ist der Rest des herrlichen Geschmeides, welches Ihr hier zu Euren Füßen seht, Drache.«*

So sprach der kleine, häßliche Mann mit dem kahlen, verbrannten Haupt zu Amargant.

Der Mensch verstand es wohl, dem jungen Drachen zu schmeicheln.

Und als der Tag sich seinem Ende zu neigte, war Amargant bereit, dem Fremden in seinen neuen Hort zu folgen.

Im Dschungel von Altoum, Nacht

Sindai erwachte von der Berührung einer metallenen Hand, die sich schwer auf ihre nackte Schulter legte. Sie zuckte zusammen, sei es ob der unvermutet heftigen Reaktion ihrer Haut, die sich unter der kalten Berührung zusammenzog, oder ob der Anspannung, die sie verspürte und die sie bereits am gestrigen Abend nur schwer hatte Schlaf finden lassen.

»Heute ist es soweit, meine Blume, möget Ihr den Diamantenen den letzten Schliff verabreichen mit Euren zarten Händen«, wisperte eine hohe Fistelstimme in ihrem Nacken, gefolgt von einem schrillen, meckernden Lachen. Die Halbelfe fuhr herum, schlug instinktiv die eisige Hand von ihrer Schulter und blickte in das Gesicht Abu Terfas': Wirr rahmten die schulterlangen, schwarzgrauen Haare das dunkle Antlitz mit der Adlernase und den tiefliegenden, schwarzen Augen unter dichten, stahlgrauen Brauen. Die Goldfäden seines Gewandes schimmerten im kalten Licht der blauen Stunde. Die Hand, es war die linke, die eben noch auf ihrer Schulter geruht hatte, fiel schwer auf das Lager nieder.

»So schreckhaft, gleich einem jungen Vollblut, ungestüm und wild«, fuhr Abu Terfas fort, und seine Stimme klang nun dunkler, weicher, inniger, auch ein wenig rauh – fast wie die Worte eines Geliebten, der verheißungsvoll zu seiner Muse von nahender Erfüllung spricht. »So werdet Ihr wohl desgleichen in Leidenschaft entbrennen, wenn Ihr vernähmet, welche Aufgabe ich Euch zugedacht? Oh, mitnichten würdet Ihr sie auszuschlagen gedenken; primo, da Ihr Euch der Vollendung nähert, der Ihr schon so nah, secundo, da es keineswegs die Aufgabe einer Rose ist, ihrem Schöpfer den Dorn in das sorgende Fleisch zu treiben, so daß sein Herzblut herniederrinnt, tertio, da ich de facto Eure Ader für Herausforderungen kenne und zu schätzen weiß, meine Perle. Alea iacta est. So kleidet Euch nur rasch an, auf daß das Tagwerk vollbracht werde!« sagte er, lehnte sich an den Pfosten des Bettes und betrachtete voll unverhohlener Bewunderung die helle, zarte Haut und die schlanken, langen und zierlichen Glieder der Halbelfe, als diese die dünne seidene Decke abstreifte, um sich vor seinen Augen anzukleiden.

Mit Bedacht wählte sie eine seidene Robe von der

Farbe des Lapislazuli, die mit den Zeichen der sieben Elemente (des Feuers, Felses, Humus, Frostes, der Septessenz und inmitten von ihnen das des Wassers) sowie denen des Levthan, des Kor, Nandus und Aves, der Simia, Marbo und Mada bestickt war. Sindai kleidete sich langsam an, ließ den feinen Stoff sachte ihren Körper hinabgleiten, da sie Terfas' bewundernde Blicke deutlich auf sich spürte. Sie beunruhigten sie nicht, noch riefen sie Stolz oder weibische Eitelkeit in ihr hervor. Sie zu betrachten, zu formen, zu nutzen, für was auch immer, war sein Recht – ihre Glieder, ihr Geist gehörten ihm, bis er sie freisprechen würde. Das kurze, helle Haar verbarg sie unter einer seidenen, enganliegenden Kappe.

Dann kniete sie sich zu seinen Füßen auf die hölzernen Dielen, griff nach seiner Rechten, der warmen, lebendigen, und blickte ihm fest in die nachtdunklen Augen, bis der unstete Blick Terfas' den ihren erwiderte.

»Ich bin bereit, Meister«, sagte sie schließlich. Der Tulamide nickte, erhob sich, zog sie hoch und geleitete sie zu dem Vorhang aus hölzernen Perlen, der ihr Gemach von dem seinen trennte, durch dieses hindurch und hinaus in das kalte Licht des nahenden Morgens, hin zu einem großen, kuppelförmigen Steingebäude, das sich unweit des Wohnhauses inmitten eines Kreises aus Blutulmen erhob.

»Ich habe bereits alles vorbereitet, mein Mondschein«, sagte er. »Auch die Ingredienzen stehen zu Eurer Verfügung bereit und harren der Vereinigung. Ihr werdet erfreut sein, dunkler Lotus, der Ihr meine Sinne wie keine Zweite mit Eurer schöpferischen Kunst beleben werdet, mit welcher Sorgfalt ich die Zutaten zusammengestellt. Oh, das werdet Ihr, mehr noch, als Ihr es jetzt ahnen könntet. Doch seht selbst!« endete er, als nun die Tür des Kuppelbaus aufschwang und der Magier und seine Schülerin den Raum betraten.

Sindai blickte sich um: Inmitten des Raumes waren zwei sich gegenüberliegende Heptagramme im Abstand von etwa einem Schritt mit blutroter Farbe auf den gelblichen Marmorboden des Raumes gezeichnet worden. In dem größeren der beiden lagen, reglos und mit Stricken aneinandergebunden, die Köpfe von der Betrachterin abgewandt, ein mächtiger, sandfarbener Löwe und ein Khoram-Skorpion, dessen mattschwarzer Panzer feucht im flackernden Schein der Öllampen glänzte.

An der Nordwand des Raumes, einige Schritt hinter dem auf mächtigen Pranken ruhenden Löwenkopf, blickte sie auf die Rückseite eines großen, blutulmenen Lehnstuhls, um dessen Holz gleichfalls Stricke gewunden waren. Von dort ertönte ein leises, verängstigtes Wimmern – menschlich, wie Sindai sachlich feststellte. Das helle, unregelmäßige Klicken der Skorpionscheren, untermalt von den rasselnden Atemzügen des – offensichtlich schlafenden – Löwen lenkte Sindais Blick erneut auf die gefesselten Tiere. Die beiden Enden der Stricke, mit denen sie gebunden waren, lagen, jedes zwei Schritt lang, unverknotet auf dem Steinboden.

Löwe, Skorpion ... und Mensch. Ein Mantikor. So ist es wirklich wahr, er hält meine Ausbildung für abgeschlossen. Ich weiß und kann genauso viel wie er, all das, was er mir vermitteln konnte, dachte sie. Vor ihrem geistigen Auge verbanden sich Skorpionschwanz und Löwenkörper, veränderten sich die tierhaften Züge der Raubkatze in menschliche, verwandelten sich in die Züge ihres Lehrmeisters ... Der aberwitzige Gedanke bereitete ihr Vergnügen, und sie lächelte, als die Worte des Chimärologen sie in ihren Betrachtungen unterbrachen; sie wandte den Kopf erneut in seine Richtung: »Schaut, schaut, was Abu Terfas Euch zu Füßen legt – den Glanz der ersten Liebe, die Leidenschaft, das Begehren ...« Die Stimme des Tulamiden überschlug sich fast und wurde schier unerträglich hoch und schrill, als er, immer schneller sprechend, fortfuhr: »Gleich wird sie aufgehen, die Sonne, meine Wüstenblume, weiß, so weiß, so zart ihre Haut, so sanft die Liebkosung, so klar die Erkenntnis wie das Blau ihrer Augen, *daß nur Bestand hat, was wahrhaft mächtig ist!*«

Mit diesen Worten war er hinter den Stuhl getreten und drehte ihn, sacht und mit einem verzückten Lächeln auf dem grauumrahmten Gesicht, in Richtung der jungen Elfe.

Der Jüngling, in sich zusammengesunken und an den Stuhl gefesselt, war nackt. Das lange, glatt-schwarze Haar fiel über den schlanken Körper und gab, als er nun langsam den Kopf hob, den Blick frei auf ein fein geschnittenes Gesicht mit hohen Wangenknochen, schmalen, festen Lippen, einer weichen, geraden Nase und tiefgrünen Augen mit braunen Sprenkeln darin, umschattet von langen Wimpern, die unter den kräftigen, schwarzen Brauen matt funkelten.

»Sindai«, murmelte der junge Tulamide flehend, »hilf mir.«

Die Halbelfe erstarrte. »Derajan!«

»Wohlan denn, so wird der Skorpion zeigen, ob sein Stachel sticht«, vernahm sie die Worte Abu Terfas', der nun wieder mit seiner sanften, dunklen Stimme zu ihr sprach. Er trat in das größere der beiden Heptagramme, kniete nieder und griff nach den Enden der leinenen Stricke, um sie ihr zu reichen …

Ein spitzer Schrei riß Sindai aus ihren Träumen. Die Magierin erwachte, griff nach ihrem Florett, sprang auf und sah sich um.

Am nördlichen Rande der Lichtung stand der Thorwaler, die Axt mit beiden Händen umschlossen, neben Fjornwulf, der seinen Säbel gezogen hatte, gleichfalls sichernd. An ihrer Seite war Lirobal Bertez aufgesprungen und stand nun, den Rücken der Brabakerin zugewandt, gleich einem Raubtier zum Sprung bereit, seinen schweren Dolch mit beiden Händen fest umschlossen. Er stieß leise knurrende Laute aus, und sein Atem ging schwer und pfeifend.

Das Packpferd schnaubte unruhig und scharrte mit seinen breiten Hufen.

Es war noch immer Nacht, der Himmel war schwarz, und nur das kleine Feuer beleuchtete die Szenerie. Während Fjornwulf an seinem Platz am Rande des Feuerscheins blieb, schlich Raskir zu den beiden anderen.

»Vor einigen Minuten sind die Trommeln verstummt. Wir haben gelauscht, aber nichts hören können. Die beiden Führer haben sich ins Gebüsch geschlagen. Kundschaften, nehme ich an. Bei Swafnir, dieser verdammte Dschungel!« Er spuckte aus, und seine Zähne knirschten. Auf seiner Stirn hatten sich kleine Schweißtropfen gebildet.

»Was war das für ein Schrei?« zischte Lirobal, ohne sich umzuwenden.

»Ich weiß es nicht, verdammt. Ein Tier? Ein Mensch? Ein *Wesen?!* Bei der Duglumspest, dieser Wald ist voll von Schreien und knackendem Unterholz. Jeden Augenblick denkt man, irgend etwas bricht aus dem Wald. Und dann ist es doch bloß ein Vogel oder einer dieser götterverfluchten Affen! Ich werde das Gefühl nicht los, daß wir beobachtet werden. Seit fünf Tagen geht das nun schon so! Ja, ja, ich weiß, die zwei von der Piratenbagage meinen, man soll nichts auf das Getrommel geben. Aber die sind ja auch öfters hier, zum Henker, die hören den Lärm wahrscheinlich gar nicht mehr! – Ach, verflucht, dieser Dschungel bringt mich noch zu den Noioniten! Ich halte das nicht mehr aus! Sollen sie doch endlich kommen, daß ich ihnen den Säbel zwischen die Rippen stecken kann!«

Abrupt wandte er sich um und reckte die Waffe in

die Höhe. »Kommt doch, ihr verdammten Waldgeister! Dämonengezücht! Was ist?! Seid ihr zu feige, euch mit Raskir Ingramsson zu messen?! Na los?! Kommt endlich aus euren verrotteten Löchern gekrochen, Hranngarsbrut!!!« schrie er in den Wald hinein. Lirobal sprang auf ihn zu und riß ihn herum. »Verdammt, Ingramsson, was soll das?! Bist du von allen guten Göttern verlassen? Behalt die Ruhe, Mann!«

Der Thorwaler hielt in seinem Gebrüll inne und blickte mit wild rollenden Augen zu dem kleinen Männchen herab. »Was?!« knurrte er, und einen kurzen Augenblick schien es, als wolle er in Ermangelung anderer Gegner seine Kampfeswut an dem Brabaker Lotsen auslassen. Doch ein kurzer Blick in die blanken, schwarzen Augen des Gefährten ließ ihn sich eines Besseren besinnen, und Raskir senkte seine Waffe. »Tut mir leid, Bertez«, brummte er und klopfte dem Kleineren mit seiner schweren Pranke auf die Schulter.

»Ist schon in Ordnung. Solange du die Walwut nicht an mir ausläßt...«, entgegnete Lirobal mit einem erleichterten Grinsen. Raskir zog erstaunt die Brauen in die Höhe. »Du hast wohl noch nie einen Thorwaler in Walwut erlebt, was? Nein, Bertez, so weit ist es noch nicht. Sonst wärst du jetzt nämlich mausetot.«

Sindai hatte sich leicht auf ihr Florett gestützt und die beiden mit kühlem Interesse beobachtet. Nun wandte sie sich an Raskir: »Walwut also. Ich habe gehört, daß derlei nicht bei allen Angehörigen eures Volkes vorzukommen pflegt. Aber es soll eine sehr effektive Waffe sein. Sie wird uns gewiß noch nützen. Aber nun – Fjornwulf, Raskir – solltet ihr euch schlafen legen. Lirobal und ich werden weiter Wache halten.« Und sie wandte sich ab und ging zu Fjornwulf, wechselte leise wenige Worte mit ihm, worauf dieser kurz nickte, sich dann zum Feuer begab und es sich auf den Decken bequem machte.

Auch Raskir legte sich, noch immer schwer atmend, neben Fjornwulf nieder und betrachtete eine Zeitlang unter halb geöffneten Augen den ruhig atmenden Zimmermann.

Irgendwie sonderbar, dachte er. Was hat sie nur immer mit ihm zu tuscheln? Auch war es ihm gar nicht recht, daß er die Sprache der beiden Führer nicht verstand. Sie redeten in einem kehligen Akzent, der ihn entfernt an Tulamidya erinnerte. Leider sprach er auch diese Sprache nicht. Offensichtlich war Sindai die einzige, die sich mit den beiden dunkelhäutigen, verwahrlost aussehenden Männern verständigen konnte. Und Raskir vermutete, daß sie die Führer unter anderem aus diesem Grund ausgewählt hatte, denn in dem Lager am Strand hatte es auch Männer und Frauen gegeben, die – wenn auch gebrochenes – Garethi sprachen. Doch da er merkte, daß der Jähzorn immer noch an ihm nagte und zerrte und einen Anlaß suchte, sich Bahn zu brechen, zwang er sich, derlei Gedanken zu verwerfen.

Wenig später beobachtete er unter halbgeschlossenen Lidern, wie ihre Führer zurückkehrten und der Brabakerin Bericht erstatteten. Sie nickte kurz, und einer der beiden, der größere, hagerere, legte sich gleichfalls schlafen. Offensichtlich waren sie auf nichts Beunruhigendes gestoßen.

Und irgendwann schlief auch Raskir ein.

8. Ingerimm 1017 nach Bosparans Fall

Altaia, am Morgen

Mit den ersten Morgenstrahlen des achten Ingerimm erreichten Sindai, Fjornwulf, Raskir, Lirobal und ihre beiden Führer Altaia. Die Stadt erwachte langsam aus ihrem Schlummer. Die ersten Bauern waren auf dem Weg zu ihren Feldern, wenige vornehm gekleidete Mädchen und Jungen trugen kleine Tuchbeutel unter dem Arm und gingen zur Hesindeschule. Sehnsüchtig sahen ihnen die barfüßigen Kinder der Bauern nach, die ihren Eltern zur Arbeit auf die Felder folgten.

Die Priesterschaft der Tsa hatte am heutigen Tage spontan beschlossen, die Bürger Altaias mit einem morgendlichen Lied zu erfreuen. Die beiden Priesterinnen und ihre zwei Novizen hatten sich in ihren buntschillernden Kleidern und Roben bereits in der Dämmerung vor dem Tempel aufgestellt, jeder ein Musikinstrument in Händen, und zogen nun, musizierend und singend, durch die Straßen und Gäßchen der erwachenden Stadt. Einige der Bauernkinder folgten ihnen lachend und tanzend, und ihre Eltern ließen sie eine Zeitlag gewähren, ehe sie sie zur Eile ermahnten.

Auch Sindai begegnete mit ihren Begleitern der musizierenden Schar der Tsa, doch vermochte das vergnügte Lied sie nicht zu erfreuen. Aufs höchste irritiert, musterte sie die Buntgewandeten. Über Fjornwulfs Gesicht huschte ein Ausdruck von Ekel, den er rasch zu verbergen suchte, als Raskir und Lirobal ihn unterhakten und einige hüpfende, ungelenke Tanzschritte um die Musikanten herum vollführten. Die Geweihten der Tsa nickten ihnen lachend zu und zogen dann weiter in Richtung des Hesindetempels.

Fjornwulf befreite sich mit einem gequälten Lächeln aus dem Griff seiner Gefährten und murmelte etwas von drückendem Kopfschmerz und Übelkeit. Sindai beschleunigte ihre Schritte und winkte einen der Führer an ihre Seite, den sie in harschem Ton zur Eile gemahnte. Raskir und Lirobal schüttelten verwirrt den Kopf. »Wie kann man nur so muffig sein«, donnerte Raskir vergnügt. »Mensch Leute, wir sehn hier das erste Mal seit Jahren, wie es mir scheint, wieder Menschen! Und dann noch Geweihte der Tsa! Na, wenn das kein Grund zum Freuen ist! Außerdem kriegt man hier endlich mal Luft in die Lunge! Ist ja großartig, diese kühle Brise. Scheint mir, als kommt das vom Fluß! Ob die da wohl was reinschütten, was meinst du, Bertez?! Ach, was geht's mir gut, das wohl!« Und er klatschte fröhlich in die Hände und pfiff grausam falsch die eben gehörte Melodie. Lirobal zuckte lachend die Schultern und stimmte in das Pfeifen ein.

Wenige Augenblicke später erreichte die kleine Gruppe ein einstöckiges Holzhaus, das am Rande des Marktplatzes gelegen war. Auf das Holz um die Tür herum waren farbenprächtige Blüten gemalt. Diese Bemalung fand sich an vielen Häusern Altaias und spiegelte zumeist das Wesen oder die Profession des Besitzers wider. Das Gebäude, vor dem Sindai und ihre Begleiter standen, hatte ehemals einer altaiischen Blumenbinderin und ihrem Sohn gehört, doch diese waren vor zwei Götterläufen zu ihren Verwandten ins Mittelreich gezogen und hatten ihr Häuschen einer gewissen Tsalieb Charazzar verkauft. Die Altaianer bekamen die neue Bewohnerin nur selten zu Gesicht. Bekannt war lediglich, daß sie eine Händlerin aus dem fernen Brabak war. Und manchmal sah man die vermummte Frau und ihre Helfer am Markttag einen Stand mit kostbaren Teppichen und Stoffen aufschlagen. Die Waren waren stets von erstklassiger Qualität, doch die Altaianer befanden, daß der Name ›Phexlieb‹ wohl besser zu der Frau mit der sonderbar zischelnden Stimme gepaßt hätte. Denn sie feilschte mit einem Geschick, das keinem der anderen Händler des Marktes von Altaia zu eigen war, und hatte so schon manches gute Geschäft zu ihren Gunsten entschieden.

An der Tür war ein Klopfer angebracht, der eine echsenähnliche Gestalt zeigte, die – als bewegliches Teil – eine Schlange in Händen hielt. Des weiteren fand sich neben dem Eingang ein kleines schmiedeeisernes Schild, auf dem in verschnörkelten Lettern eingraviert der Name *Charazzar* stand.

Einer der Helfer deutete auf den Türklopfer, und Sindai griff nach ihm und klopfte. Kurze Zeit später öffnete sich die Tür, und eine von Kopf bis Fuß vermummte Gestalt erschien. Die Art der Kleidung erinnerte Sindai an die Person mit der zischelnden Stimme, die sie vor etlichen Wochen in der Akademie aufgesucht hatte, doch diese Person hier war viel kleiner und zierlicher. Die Fremde hieß sie mit heller Stimme willkommen. Das Haus war über und über mit Kisten und Säcken vollgestellt. An diesen vorbei führte die Frau ihre Besucher in einen kleinen Raum, in dem ein großer hölzerner Tisch stand, um den mehrere Stühle mit kunstvoll geschnitzten Lehnen gruppiert waren. Auf dem Tisch standen kleine bemalte Porzellantassen und eine Kanne mit dampfendem Tee, der einen angenehm süßlichen Geruch verbreitete. Von dem Raum ging ein weiterer ab, der nur durch mehrere dünne Holzperlenschnüre abgetrennt war. Durch diese betrat ein junger Tulamide das Zimmer, der die Ankömmlinge mit einer einladenden Geste Platz zu nehmen bat und ihnen reihum von dem süßen Getränk einschenkte.

»Ssseid willkommen, Freunde«, sagte ihre Gastgeberin. »Mein Name ist Tsssalieb Charazzzar. Womit kann ich euch weiterhelfen?« Die Gäste nannten ihre Namen, und Sindai zählte einige Waren auf, die sie von der Händlerin zu erwerben gedachte. Tsalieb nickte, erhob sich und bedeutete der Halbelfe, ihr in den mit Kisten überfüllten Raum zurück zu folgen, den sie bei ihrem Eintreten durchschritten hatten. Dort wechselten einige Beutel den Besitzer, und Sindai übergab Tsalieb eine versiegelte Pergamentrolle, die diese mit einem zufriedenen Murmeln in den weiten Ärmeln ihres Gewandes verschwinden ließ. »Ich soll ausrichten, daß alles zur vollsten Zufriedenheit abgeschlossen wurde«, sagte Sindai mit gedämpfter Stimme. »Die Auftraggeber sind erfreut und hoffen, noch öfter mit Eurer Familie derart lukrative Geschäfte tätigen zu können, und werden Euch gern weiterempfehlen.« Tsalieb nickte. »Sssagt Euren Auftraggebern, auch unsss war esss ein Vergnügen. Ich werde die gewünschten Waren zzzusssammenssstellen und den Bukaniern mitgeben, wenn diesse dasss nächssste Mal in Altaia vorbeischauen. Auch weiterhin allssseitsss viel Erfolg bei Euren Geschäften, werte Dame.«

Nachdem Sindai und Tsalieb zu den Wartenden zurückgekehrt waren, wechselte man noch einige Artigkeiten, lobte den parfümierten Tee und verabschiedete sich kurze Zeit darauf.

Nachdem Tsalieb Charazzar die Tür wieder hinter Sindai und ihren Begleitern geschlossen hatte, holte sie das Pergament hervor, kehrte zu dem großen Tisch zurück, erbrach das Siegel und rollte das Schriftstück aus. Zufrieden überflog sie die wenigen Zeilen: *Hiermit werden dem Hause Charazzar die ausschließlichen Rechte für den Tuchhandel in Charypso erteilt. Jedwede bestehende ge-*

schäftliche Verbindung mit den Al'Anfaner Händlern geht automatisch an die Familie Charazzar über. Beiliegend findet sich ein Lageplan des Anwesens, das den Charazzar in Charypso zur Verfügung gestellt wird, um von dort aus Handel zu betreiben. Die Freibeuterabgabe beträgt zehn Prozent.

Unterzeichnet war das Dokument von allen, die in Charypso Rang und Namen hatten.

»Esss issst doch immer wieder erstaunlich, wasss für einflusssreiche Perssonen diessse Herren Magissster sssein können«, sagte sie zu dem jungen Tulamiden. »Wir brechen gleich auf, um unssser neuesss Domizzzil in Augenschein zzzu nehmen…«

Auch Tokahe und Zoe waren kurz nach Sindai und ihrer Truppe in Altaia eingetroffen. Sie hatten nicht damit gerechnet, auf ihrer Route in eine Stadt zu kommen, und wußten nicht recht, ob ihre Freude oder ihr Entsetzen über diesen Umstand überwiegen sollte. Zum einen waren sie endlich wieder unter Menschen und konnten sich vernünftige Nahrung kaufen, zum anderen war es innerhalb einer Stadt um vieles schwerer, die Gruppe, in der Raskir reiste, nicht aus den Augen zu verlieren und dennoch nicht entdeckt zu werden. Es hatte Zoe einiges an Überredungsgabe gekostet, die Freundin davon abzubringen, die Stadt zu erkunden. »Wir müssen die anderen suchen, Tok«, hatte sie immer wieder beschwörend gesagt und die Schelmin von einem hübsch bemalten Haus, dem schillernden Spiegel des Tsatempels oder einigen offenbar zahmen Äffchen im Vorgarten eines kleinen Häuschens fortgezogen. Maulend folgte Tokahe ihr, und so gelang es den beiden tatsächlich, erneut Raskirs Spur aufzunehmen. Um Mittag herum beobachteten sie, Süßwerk naschend, von einer schattigen Wiese aus, wie die auffällig gewandete Gruppe sich auf einer geschlängelten Straße aus Altaia fort und auf den Borontempel zu bewegte, dessen Symbol des gebrochenen Wagenrades man von der Stadt aus sehen konnte. Die beiden Freundinnen folgten ihnen und warfen, als Altaia ihrem Blickfeld entschwand, noch einen letzten traurigen Blick auf die Siedlung, ehe sich erneut das Blätterdach des Dschungels um sie schloß. »Ach *Yako*«, seufzte die Schelmin, »du stellst immer die dümmsten Aufgaben von allen!«

9. Ingerimm 1017 nach Bosparans Fall

Altaia, Morgen

Sieben Tage, nachdem die Geweihten von der Insel im Iliara zurückgekehrt waren, brachen Jantar und Taija zu den *Haipu* auf.

In einem langen Brief hatte der Geweihte seiner Gefährtin dargelegt, warum er seinen Stamm aufsuchen wollte.

Manchmal, Taija, müssen wir zu unseren Wurzeln zurückkehren, um zu begreifen, was wir allein nicht verstehen können. Die Bilder, die Larak, mein Bruder, mir sandte – sie kehren immer in meinen Träumen wieder. Ich weiß sehr wohl, Taija, daß du mein Verständnis unseres Glaubens stets als ›an der Grenze zur Blasphemie‹ bezeichnet hast. Nein, ich will nicht behaupten, daß Kamaluq, den mein Stamm verehrt, ein Bruder des großen Boron ist. Auch nicht, daß er ihm ebenbürtig wäre. Doch die Nachtgesichte, die der Jaguargott träumt und die Larak an mich weitergegeben hat, sind die gleichen, die ich in den Hallen des Herrn des Schlafes, des allmächtigen Boron, träume. »Welcher der Söhne des Nandus ist es, der die Waagschalen auszuloten sucht? Und welcher, der danach trachtet, sie zu stürzen?« waren die Worte des Orakels. Taija, die Antwort liegt dort draußen, in den Tiefen des Dschungels! Wie kommt es, daß meinem Stamm seltsame Dinge geschehen zu einer Zeit, in der wir – du und ich – tiefe Träume haben? Wir beide sind belesene Menschen, Taija. Welcher der Söhne des Nandus? Nun, der, dessen Namen ich weder zu nennen brauche noch zu nennen gewillt bin. Auch du ahnst es, das spüre ich. Auch du erinnerst dich an den Schutzbefohlenen, den wir vor vielen Götterläufen pflegten und der in deinen Armen starb. Wir wußten beide, daß der Ursprung seines Wahnsinns tiefer lag. Daß er die Wahrheit sprach.

Doch will ich nicht Angst und Zweifel schüren, solange ich mir nicht sicher bin. Wir müssen uns Gewißheit verschaffen! Und dann die Geweihtenschaft verständigen!

Taija hatte entschieden, Jantar ein Stück des Weges zu begleiten.

Sie hatten die anderen Geweihten über ihren Fortgang in Kenntnis gesetzt und erbeten, ihn nicht näher erklären zu müssen. Man gewährte ihnen diese Bitte. Taija versicherte, noch an demselben Tag zurückzukehren. Sie ließen sich von Ayla, der Alchimistin, verschiedene Kräuter und Verbände mit auf den Weg geben, und Jantar verstaute die Dinge, die er für seine Reise als nötig erachtete, auf dem Rücken eines Maultieres. Dann verließen sie den Tempel des Boron in den ersten Strahlen der erwachenden Praiosscheibe gen Osten.

Der Weg durch den Urwald war nichts Neues für Taija. Jantar hatte sie alles gelehrt, was er über die grüne Wildnis wußte, und ihm selbst lag das Leben mit und in dieser Umgebung noch immer im Blut. Er richtete sich nicht nach dem Stand der Sonne, denn der war im grünlich flirrenden Dämmer nicht zu erkennen. Er richtete sich nach den Wegzeichen der in Altaia Handel treibenden Haipu. Zwar hatte er als Geweihter des Boron keinen Kontakt mehr mit ihnen gehabt – er wußte, daß sie ihn verachteten, daß sie ihn ausgestoßen hatten, bis auf seinen Bruder, den Aikarr –, doch die Zeichen der Haipu kannte er, hatte sie stets gekannt und sich, wann immer es ihm möglich war, darin geübt, das Fährtensuchen in der Wildnis nicht zu verlernen. Sherinja, Lehrmeisterin seiner frühen Jahre, hatte ihn beständig darauf hingewiesen, daß er niemals vergessen sollte, wo seine Wurzeln lagen.

Und Jantar hatte es nicht vergessen.

Mit jedem Schritt, den sie tiefer in den Urwald eindrangen, erinnerte er sich der längst vergangenen Tage, in denen er mit dem Bruder die Geheimnisse der grünen Wildnis erforscht hatte. Nur daß seine Schritte heute, mehr als dreißig Jahre später, weniger leichtfüßig waren, seine Glieder von den Anstrengungen des Marsches schmerzten und die ungewohnte Stickigkeit der Luft einen leise pochenden Schmerz in seinem Kopf hinterließ.

Schmunzelnd bemerkte er, daß Taija der Weg durch die grüne Wildnis weniger zusetzte als ihm. Ich bin alt geworden, dachte er. Immerhin liegen fast zehn Götterläufe zwischen ihr und mir.

Hin und wieder – wenn er meinte, eine bestimmte Stelle wiedererkannt zu haben, mit der er eine besondere Erinnerung verband – blieb er versonnen lächelnd stehen. Dann drückte er kurz und fest die Hand seiner Begleiterin, und die zwei Menschen und das Maultier hielten für eine Weile in ihrem Marsch inne.

So zogen sie durch den Dschungel, der ergraute Haipu und die junge Tulamidin. Hand in Hand. Schweigend. Sie verstanden einander auch ohne Worte. Ganz so, wie es ihre Art war.

Im Dschungel von Altoum, Morgen

»Tokahe, Tokahe, schau nur, Schmetterlinge! Überall um uns herum! Mehr als die Finger der ganzen Schiffsmannschaft zusammen! Blaue, grüne, purpurfarbene, gelbe, perlmutterne… Schau, o schau nur, Tok, wie wundervoll sie sind!« flüsterte Zoe andächtig, während sie sacht am Arm der Freundin rüttelte, um diese zu wecken.

Es war der erste Morgen, nachdem die Gefährtinnen Raskir und der Brabaker Forschungsreisenden in den Altoumer Dschungel gefolgt waren, und tatsächlich war es den beiden Frauen bis jetzt gelungen, die vier nicht zu verlieren und auch nicht von ihnen bemerkt zu werden. Und sie hatten es sogar geschafft, abwechselnd zu wachen und so stets zur selben Zeit aufzubrechen wie die Gruppe, die sie verfolgten.

Der Dschungel war seltsam und fremd, doch zu Tokahes Erstaunen hatte die Gauklerin sich von Anfang an nicht vor ihm geängstigt. Im Gegenteil: Die Rothaarige schien die schwüle, grüne Wildnis um sich herum zu lieben, und immer wieder blieb sie staunend stehen, bewunderte eine der riesenhaften Pflanzen oder sah dem possierlichen Spiel eines Äffchens zu.

Wäre die Schelmin nicht derart sorglos oder die Gauklerin weniger verzückt von ihrer Umgebung gewesen, so hätten sie sich vielleicht darüber gewundert, daß ihnen in diesen Tagen, in denen sie – unerfahren und hilflos wie sie waren – durch den Dschungel stolperten, kein Leid widerfuhr. Kein wildes Tier sprang sie aus dem Dickicht an, keine der Pflanzen verbarg eine heimtückische Natur hinter ihren schillernden Blüten, weder Raubtier, Spinne, Schlange noch Insekt kreuzten unheilverkündend ihren Weg. Doch Tokahe und Zoe wunderten sich nicht, so wie wir es vielleicht getan hätten, sondern glaubten fest an das Gelingen all ihrer Unternehmungen und die Erfüllung all ihrer Wünsche. Oft hatten sie in den vergangenen Tagen über Lirobals Traviabund gesprochen und sich ausgemalt, wie wohl die Tochter des toten Liskolf, jene Firinja, aussehen mochte und wie es sein würde, mit ihr und Raskir gemeinsam die festlichen Tage in Brabak zu verbringen. Nie hatten sie auch nur eine Sekunde daran gezweifelt, daß alles genau so kommen würde, wie sie es sich vorstellten. Auch hatten sie zu keinem Zeitpunkt in Erwägung gezogen, es bräuchte vielleicht einen Plan, eine Idee, Vorbereitungen auf alle möglichen Eventualitäten, die ihnen bei der Rettung Firinjas im Wege stehen könnten – ganz zu schweigen von der Tatsache, daß es auch nicht einen einzigen Anhaltspunkt dafür gab, daß die entführte Swafnirgeweihte sich tatsächlich an dem Ort aufhielt, zu dem die Brabakerin ihre Gruppe führte.

Freilich könnten wir, geneigter Leser, uns über die Arglosigkeit der beiden wundern oder das Verhalten der Gefährtinnen naiv nennen.

Doch haben wir, so meine ich, kein Recht dazu.

Denn obgleich sie in ihrem Wesen derart anders waren, als wir es vielleicht sein mögen, haben sie doch ihren Teil des Lebens gelebt. Und vielleicht haben die Götter es so gewollt, daß es manche unter uns gibt, denen der Augenblick näher ist als das Morgen, Glückskinder, die nicht daran zweifeln, daß die Götter mit ihnen sein werden, die vielleicht noch nicht einmal wissen, daß die *Götter* es sind, die sie zu Glückskindern machen, da es kaum eine Spanne in ihrem Leben gibt, in der sie sich dauerhaft ängstigen oder zweifeln. Tokahe war ein Koboldszögling, ihr war das Leben leicht, ein Spiel kommender und gehender Bilder, an dem sie Gefallen fand oder von dem sie sich abwandte. Lediglich durch die Kraft der Liebe an Dere gebunden, vergaß sie, solange ihre Gefährtin bei ihr war, die Furcht, die dunklen Schatten. Und die Gauklerin? – Eine Träumerin, voll von schöngeistigen Wünschen, erfüllt von schwermütigen Liedern, geborgen mit der Schelmin an ihrer Seite in ihrer eigenen Welt... Vielleicht waren es gerade ihre Sorglosigkeit und ihr grenzenloses Vertrauen, die die Götter dazu bewogen, sie all die großen und kleinen Wunder, die ihnen in ihrem Leben begegneten, ungestraft schauen zu lassen? Wer vermag das zu beurteilen? Und so verscheuchen auch wir unsere

Sorgen und Bedenken, verbannen unsere Vorbehalte und lassen uns von der Verzückung der Gefährtinnen anstecken...

Die Schelmin war mittlerweile aufgewacht und betrachtete nun gleichfalls staunend die Farbenvielfalt der Vielgeflügelten um sie her.

»Der Schmetterling in seiner Art
sich bunt und flatterig gebart.
Hier tritt er wohl in Horden auf,
doch das nehm ich recht gern in Kauf.
Ich werd sie fangen ohne Tücke,
damit ich dann mein Herzblatt schmücke.
Denn einen Kranz aus Schmetterlingen,
den reim ich wohl auf ›gut gelingen‹.
Am besten, ich fang sofort an!
Dann werd ich ihn zu Zoe bringen...«

Die Gauklerin schüttelte ihre Lockenmähne und unterbrach die Freundin lachend: »Nein, nein, Tok! Ich möchte wirklich keinen Kranz aus toten Schmetterlingen! Lebendig sind sie mir viel lieber! Und wenn du nicht bald mit deinem unsäglichen Reimen aufhörst, meine Hübsche, wirst du sie gewiß vertreiben. Also sei lieber still und überlege statt dessen, was sich auf ›müssen‹ reimt!«

»Küssen!« stellte die Schelmin nach einer Weile des angestrengten Nachdenkens strahlend fest und streckte Zoe auffordernd ihre geschürzten Lippen entgegen. Doch just in diesem Augenblick landete eines der Flügeltierchen direkt auf ihrer Nase, und Tokahe hielt den Atem an und schielte, seltsame Grimassen schneidend, nach dem in dunklen und purpurnen Farben schillernden Wesen.

Auch die Gauklerin betrachtete es und schilderte der

Freundin präzise jede Bewegung, die es auf deren Nase vollführte. Nach wenigen Sätzen hielt sie jedoch verwundert inne, und der verzückte Ausdruck auf ihrem Gesicht wich einem erstaunten und verwandelte sich binnen weniger Wimpernschläge in einen angeekelten. Die Stirn der Rothaarigen legte sich in steile Falten, und mit einem angewiderten Laut wedelte sie über die Nase der Freundin und scheuchte das Tierchen fort. Tokahe warf ihr einen fragenden Blick zu.

»Es hatte drei Augen«, erklärte Zoe mit steinerner Miene. »Zwei davon waren bunt und schillernd, wie es für diese Tiere richtig ist. Das dritte befand sich in der Mitte des Kopfes, dort, wo der kleine Rüssel hätte sein müssen, mit dem sie für gewöhnlich Nektar saugen. Statt des Rüssels war dort dieses Auge. Tok, es sah aus wie das eines Zyklopen, nur viel kleiner natürlich. Und es war voller Eiter!«

»Nun, dann hat sich das mit der Romantik wohl erledigt, wie?« stellte die Schelmin ernüchtert fest. Zoe nickte und erhob sich mit einem angewiderten Schütteln. Und so packten sie ihre Sachen und verließen die Stätte ihres Nachtlagers.

Wie stets der Bresche, die die Gruppe vor ihnen in den Dschungel geschnitten hatte, folgend, gelangten sie nach einem Marsch von etwa hundert Schritt in Sichtweite des Nachtlagers von Sindai und ihren Begleitern und stellten fest, daß diese noch nicht aufgebrochen waren. Sie schlichen sich an das Lager heran (wobei sie in Wahrheit einen ziemlichen Lärm veranstalteten, der allerdings in den Geräuschen des Urwalds unterging) und beobachteten die Brabakerin, die neben einem Schlafenden auf dem weichen Boden kniete und ihn unverwandt anstarrte.

»Schau, Tokahe, das ist Raskir!« flüsterte die Gauklerin. »Was tut sie denn mit ihm? Und wo sind die anderen? Das neben Raskir, das ist der größere der beiden Führer, den erkennt man an den dunklen Haaren; aber wo sind der andere Führer, Lirobal und Fjornwulf?«

»Weiß nicht«, wisperte die Schelmin zurück. »Aber woher willst du wissen, daß der Schlafhaufen dort Raskir ist? Der roten Mähne zufolge könnte es genausogut der kleine Pirat mit den Hängebacken sein, und im übrigen glaube ich, daß die anderen frisches Wasser holen, ich höre nämlich ein Plätschern. Dort hinten.« Sie deutete in eine Richtung jenseits des Lagerplatzes. »Sollten wir im übrigen auch mal tun, Wasser auffrischen, meine ich. Ich bringe es nämlich mittlerweile tatsächlich nicht mehr über mich, unsere abgestandene Brühe zu trinken! Warum haben wir das eigentlich nicht in dieser netten Stadt getan? Na, wird wohl an dem leckeren Zuckerwerk gelegen haben ...«

In diesem Augenblick vernahmen sie tatsächlich ein Rufen aus der Richtung, in der die Schelmin die Wasserstelle vermutet hatte, dem Klang der Stimme nach stammte es von Fjornwulf. Die Brabakerin antwortete mit einem ›Alles in Ordnung!‹ und weckte damit die beiden Schlafenden auf, bei denen es sich tatsächlich um einen der Führer und Raskir handelte.

Da es ganz den Anschein hatte, daß Sindai und ihre Gruppe noch einige Zeit bis zum Aufbruch brauchen würden und die Schelmin und die Gauklerin ihnen immer in mindestens einer Meile Abstand zu folgen pflegten, zogen die Freundinnen sich zurück, um ihr Frühstück nachzuholen. Beim letzten Lagerplatz von Sindais Gruppe, an dem sie gestern vorbeigekommen waren, hatten Tokahe und Zoe Schalen einer orangefarbenen Frucht gefunden. Da sie dieses Obst gleichfalls schon öfter gesehen hatten und nun davon ausgehen konnten, daß es eßbar war, gab es an diesem Morgen ein wahrhaft opulentes Mahl: Schiffszwieback mit

Früchten. Die Gauklerin wurde nicht müde, das süße, klebrige Obst zu preisen, und Tokahe mußte ihr zustimmen, daß die Frucht im Vergleich zu dem salzigen Dörrfleisch bestens abschnitt und sogar fast mit dem altaiischen Zuckerwerk mithalten konnte. Sie ließen sich Zeit bei ihrem Morgenmahl, denn sie hatten die Erfahrung gemacht, daß eine Gruppe von sechs Menschen und einem Packpferd erheblich langsamer war als zwei leichtbepackte Frauen. (Zudem die Schar vor ihnen sich den Weg durch den Urwald erst freischneiden und erkämpfen mußte, wohingegen Tokahe und Zoe nicht mehr zu tun übrigblieb, als dem nicht zu übersehenden Pfad zu folgen, den die Sechsergruppe hinter sich ließ.) Irgendwann wurde ihre morgendliche Idylle durch ein leises Rufen unterbrochen.

»Zoe?! Tok?!« rief es, und die Stimme gehörte unverkennbar ihrem thorwalschen Freund. Strahlend sprang die Schelmin auf, erschrocken die Gauklerin, und beide liefen in die Richtung, aus der sie das Rufen vernommen hatten.

Wenige Wimpernschläge später trat Raskir aus dem Gebüsch, müde und abgekämpft, doch über das ganze, sonnengebräunte Gesicht strahlend, als er die Gesuchten erblickte. »Rask, prima, willst du mit uns frühstücken?!« – »Bei den Göttern, bist du wahnsinnig, Raskir? Das ist viel zu gefährlich?!« klang es nahezu synchron aus den Mündern der Gefährtinnen.

»Ja, Zoe, es ist gefährlich, ich werde auch nicht lange bleiben, nein, Tok, ich habe bereits gegessen und wollte eigentlich nachsehen, ob ihr noch genug Nahrung dabeihabt«, lachte der Hüne. »Aber, bei Swafnir, laßt euch erst einmal an mein großes Thorwalerherz drücken! Bin ich froh, euch zu sehen! Und daß es euch gutgeht! Ich hatte eine verdammte Angst um euch! Nicht zu wissen, ob ihr uns tatsächlich folgt, ob ihr dem Piratenpack in die Hände gefallen oder am Ende von einer Urwaldsbestie verschlungen worden seid! Beim Arsch meiner Ahnen, tut das gut, euch zwei Klappergestelle leibhaftig vor mir zu sehen!« Und er klemmte sich die Gauklerin unter den einen und die Schelmin unter den anderen Arm und wirbelte sie mit einem lauten ›Juchaaa!‹ durch die Luft. Nachdem er sie wieder abgesetzt hatte, teilte er ihnen mit, was er über den weiteren Verlauf der Reise in Erfahrung hatte bringen können. »Also, ihr zwei Hübschen, zum Fuß irgendeines Berges soll es gehen, soll ganz aus rosafarbener Jade sein – *rosafarbene* Jade, stellt euch vor! Allerdings wollen sie uns gar nicht bis dorthin mitnehmen. Hab ich von Bertez, der hat gehört, wie diese Sindai zu Fjornwulf gesagt hat: Wenn wir dort sind, verschwindest du mit den beiden. Über Firinja hat sie kein weiteres Wort verloren, weiß auch nicht, ob es schlau ist, sie jetzt danach zu fragen. Der Dschungel scheint ihr verdammt zuzusetzen. Schwitzt sich tot unter ihren Tüchern, weigert sich aber auch, sie abzunehmen. Schläft kaum – richtig unheimlich! Und wie die mich manchmal anstarrt, wenn sie glaubt, ich schlaf noch und merk's nicht. Einmal hat sie mir sogar über die Haare gestrichen, und ich hab schon gedacht, jetzt ist alles zu spät und sie verzaubert mich oder so. Hab dann meine Talismane umklammert – sie hat's nicht gemerkt, glaube ich – und hab das Unheil noch mal abwenden können. Ich bin verflucht froh, daß Bertez dabei ist. Prima Kerl, der Kleine! Wüßte gar nicht, was ich ohne ihn anfangen sollte. Und Fjornwulf – dem Guten scheint das Wetter auch ziemlich zuzusetzen. Ist immer 'n bißchen hektisch. Na, aber laßt gut sein, wir schlagen uns schon durch! So, ihr zwei Levthansbraten, jetzt muß ich aber zurück! Hab gesagt, ich würde ein paar Früchte sammeln gehen. Wenn das zu lange dauert, werden die am Ende noch mißtrauisch. Ihre zwei Spürhunde, diese seltsamen Führer, das sind ein paar ganz Anhängliche. Haben ihre Augen überall.

Aber nun sagt noch schnell, wie sieht es bei euch aus? Schwierigkeiten gehabt?«

»Nein.« Zoe schüttelte ihre roten Locken. »Sorge dich nicht um uns, Raskir, der Urwald ist bislang sehr freundlich zu uns gewesen, hat unsere Herzen erfreut mit seinem sich brechenden, funkelnden Licht, seinen possierlichen Baumbewohnern, dem lieblichen Atem der exotischen Pflanzen, den saftigen Frü…«

»Was Püschelchen eigentlich sagen wollte«, unterbrach die Schelmin ihre schwärmende Freundin, »ist, daß wir ganz hervorragend klarkommen und sie sich nicht jede Nacht in den Schlaf schlottert, weil sie vernarrt in ein paar herumspringende Äffchen ist. So, Thorbär, und nun schwing die Tatzen und mach dich auf zu deiner Hesindeperson, damit wir nicht am Ende allesamt in des Dämonenmeisters Schmortopf landen!« Und sie holte weit aus und verabschiedete ihn mit einem freundschaftlichen Schlag auf das muskulöse Hinterteil.

Raskir, derartige Zuneigungsbekundungen der Schelmin bereits gewohnt, revanchierte sich gleichermaßen, drückte dann noch einmal Zoe an sich und verschwand erneut zwischen dem dichten Buschwerk. Gutgelaunt trabte er durch den Dschungel und begann, nachdem er etliche Schritt zwischen sich und das Lager der beiden Frauen gebracht hatte, leise und vergnügt das *Lied der Wogen* zu pfeifen. Ha! dachte er schmunzelnd: Keine Trommelei mehr, Zoe und Tokahe geht es prächtig, ich bin nicht allein, und heute werde ich eine Gelegenheit finden, in Ruhe mit Bertez und Fjorn zu reden, um ihnen ein wenig die Augen über unsere gute Dame Rathilsdarn zu öffnen. Warum bin ich bloß nicht eher darauf gekommen?! Lirobal ist ein feiner Kerl und ein rechtschaffender obendrein – auf seine Art. Er wird mir gewiß helfen, Firinja rauszuschlagen. Wie ich's Fjorn beibringen soll, das weiß ich allerdings noch nicht, und ich könnt auch, bei Swafnir, gut verstehen, wenn er ihr den Kopf abhauen würde. Würd ich selbst gern tun. Aber das wirft dann ja unseren ganzen Plan übern Haufen… Besser ist wohl, ich sag's ihm erst, wenn wir am Lager sind. Hm, vielleicht ist er deshalb in den letzten Tagen öfter mal so seltsam, der riecht wohl, daß ich ihm was nicht sag. Ach, mir schmeckt das nicht mit dem ganzen Gelüge. Bei Swafnir, für so was sind wir nicht gemacht, wir Thorwaler! Aber reden muß ich in jedem Fall mit beiden. Und außerdem sollte noch jemand außer mir von Tok und Zoe wissen – besser ist das wohl, denn vielleicht bleibt mir nicht genug Zeit für lange Erklärungen, wenn's losgeht…

Im Gegensatz zu der Schelmin und der Gauklerin hatte sich Raskir nämlich sehr wohl Gedanken um die Rettung Firinjas gemacht. Er ging davon aus, daß seine Base sich tatsächlich in dem Lager am Rande des Jadegebirges befand, auf das Sindai zusteuerte. Da es nicht sicher war, daß sie – Lirobal, Fjornwulf und er selbst – die Forschungsreisende bis dorthin begleiten würden, galt es, Vorsorgemaßnahmen zu treffen, um, wenn Sindai sie zurückließe, dennoch deren Spur bis zu dem Lager verfolgen zu können. Daß Fjornwulf sie, wie Lirobal Sindai hatte sagen hören, zurück zum Strand – oder sonstwohin – führen würde, daran hatte der Thorwaler erhebliche Zweifel. Darüber hinaus – und je länger er darüber nachdachte, um so weniger – glaubte Raskir nicht, daß Sindai jemals vorgehabt hatte, sie zurück nach Hause zu schicken. Genaugenommen standen die Chancen diesbezüglich sogar ziemlich schlecht. Gesetzt den Fall, sie fänden den Weg zurück zum Ufer, an dem die Piraten lagerten: Was hätten sie davon? Dort gab es nur das Schiff der Freibeuter und die *Golgaris Schwinge,* und keines der beiden würde man ihnen zur Rückkehr nach Prem überlassen – von dem Umstand, daß man ihnen eine komplette Besatzung zu jedem der Schiffe hätte stellen müssen, einmal ganz abgesehen. Gut, zurück zu den Piraten am Strand könnte es also in keinem Fall gehen. Blieb nur noch die Möglichkeit, sie zu einer nahe liegenden Stadt auf der Insel zu schicken. Zum Beispiel zurück nach Altaia. Oder zu diesem Freibeuterhafen, Charypso, an der Westküste der Insel. Von Altaia aus könnte man sich einen Führer nach Charypso und von dem dortigen Hafen aus gewiß eine Passage nach Prem beschaffen.

Kurz und gut: Was auch immer es war, was Sindai und ihre Magierkumpane vorhatten, es stank meilenweit nach massenhaftem Dreck. Und es wäre schlichtweg leichtsinnig von der Brabakerin, das Wagnis einzugehen, daß er, Bertez oder Fjornwulf nach Altaia spazieren, Büttel oder Geweihtenschaft in Kenntnis setzen und diese auf ihre Fährte bringen würden. Denn um was für finstere Geschäfte auch immer es sich bei den Machenschaften Sindais und ihrer Rotte handeln mochte: allein die Entführung Firinjas, einer Geweihten, war Grund genug, ihnen eine ganze Menge Ärger an den Hals zu zaubern. Aber wie dem auch sein mochte: Sindai war nicht leichtsinnig. Also würde sie vermutlich dafür sorgen, daß Lirobal, er selbst und Fjornwulf ›zufällig‹ im Dschungel verlorengingen. Niemand würde ihr später das geringste nachweisen können, soviel war sicher.

Deshalb hatte der Thorwaler sich einen Plan ausgedacht. Wenn er Bertez und Fjornwulf dazu bringen könnte, ihm zu helfen, stünden seine Chancen recht gut, wie er fand.

Raskir hatte beschlossen, folgendermaßen vorzugehen: Sobald sie sich dem Altimontgebirge näherten, würde er sich in einem unbeobachteten Augenblick mit Lirobal und Fjornwulf absetzen, sich der Schelmin und der Gauklerin anschließen und Sindai bis zu dem Lager am Berghang verfolgen.

Zwar war es möglich, daß die beiden Spürhunde Sindais in der Lage wären, seine Fährte durch den Dschungel zu verfolgen, doch gegen ein solches Unternehmen sprach, daß die Brabakerin, wie es schien, unter Zeitdruck stand. Raskir bezweifelte, daß sie es sich leisten könnte, tagelang nach ihm zu suchen. Ja, noch heute würde er mit Lirobal reden!

Zuversichtlich wie er war, immer noch pfeifend und gut gelaunt, begann er nun, Früchte von den Sträuchern um ihn herum zu pflücken, um nicht mit leeren Händen zu den anderen zurückzukehren und am Ende noch Mißtrauen zu erregen. Denn zum Früchtesammeln war er schließlich vom Lager aufgebrochen. Besser eine falsche Frucht als gar keine, ich bin schließlich kein Perainegeweihter! dachte er, als er rechter Hand einen Strauch entdeckte, an dem kleine, pelzige Früchte hingen, die ähnlich orange gefärbt waren wie die großen, die er schon kannte. Er löste sein Halstuch und breitete es auf dem Boden vor dem Strauch aus, um die Früchte darin zu sammeln, und stellte wohlwollend fest, daß sie einen schweren, süßen Geruch verströmten, der ihn angenehm an Honig erinnerte. Die Blätter des Strauches waren fleischig und von tiefem Grün, seine wenigen Äste kräftig und gleichfalls von grünlicher Färbung. »Kollege, du siehst mir wie ein durch und durch gesundes Bäumchen aus, das wohl!« brummte er zufrieden, nachdem er seine Beobachtungen abgeschlossen hatte.

Doch als er die erste Frucht pflückte, stellte er fest, daß das, was er für kleine Härchen auf ihrer Oberfläche gehalten hatte, in Wahrheit feine Stacheln waren. Mit einem verärgerten Knurren ließ er die Frucht fallen und betrachtete mißmutig die vielen kleinen Einstiche an seiner rechten Hand. Die Dornen steckten noch in seiner Haut, und so versuchte er, ob sie sich mit den Zähnen fassen oder saugend herausziehen ließen. Letzteres funktionierte, und so lutschte er einige Zeit an seiner Hand, bis er bemerkte, daß diese langsam anschwoll und die dicke Ader an der Arminnenseite eine bedrohliche Blaufärbung annahm, die schnell den Arm hinaufwanderte. Etwa im gleichen Augenblick stellte er mit Erschrecken fest, daß seine Zunge sich nun seltsam taub anfühlte und ihm schwindelig wurde. »Bei Swafnir, verdammter Duglumsmist!« fluchte er, ließ Tuch und Frucht bei dem Strauch zurück und versuchte, schnellstmöglich zum Weg und von dort aus zum Lager zurückzufinden. Doch bereits nach wenigen Schritten wurde das pochende Rauschen des Blutes in seinen Ohren überlaut, und einige Wimpernschläge später konnte er sich nicht mehr auf den Beinen halten und stürzte der Länge nach mit dem Gesicht nach vorn auf den dichtbewachsenen Boden. Zumindest liege ich am Rande der Wegschneise, die wir hinterlassen haben, dachte er und stellte kurz darauf mit Erstaunen fest, daß die Bewußtlosigkeit, mit deren Eintreten er jeden Augenblick gerechnet hatte, auf sich warten ließ. Sein Geist war hellwach, seine Wahrnehmung kein bißchen getrübt: Er konnte das Schreien der Affen hören, das Summen der unzähligen Insekten, das Rauschen der Bäume. Auch daß er bei seinem Sturz in einem dornigen Gebüsch gelandet war und sich das Atmen äußerst schwierig gestaltete, da sein Gesicht auf dem feuchten Erdreich ruhte, nahm er ungetrübt wahr. Der süßliche Geruch der Frucht hing ihm noch immer in der Nase, und noch immer erinnerte dieser ihn an Honig.

Einzig und allein: Bewegen konnte er sich nicht. Sosehr er sich bemühte, den Kopf zu heben, um besser atmen zu können, oder zu schreien: Es ging nicht, nichts an ihm rührte sich auch nur einen Finger breit. Während er verzweifelt überlegte, was er tun solle, bemerkte er, wie irgendein winziges Tierchen in sein linkes Nasenloch krabbelte. Es war ein unglaublich widerliches Gefühl, und Raskir konzentrierte all sein Wünschen und Wollen darauf zu niesen. Doch es gelang ihm nicht. Verdammt, warum werde ich nicht ohnmächtig!! dachte er und spürte, wie die Panik sich anschlich und lauernd wartete, sich auf ihn zu stürzen. Bei Swafnir, bewahr die Ruhe, Rask! dachte er, und diese Aufgabe beschäftigte ihn so sehr, daß er für eine Weile von dem ekelhaften Gefühl in seiner Nase abgelenkt war.

Er hätte nicht sagen können, wieviel Zeit er damit verbrachte, sich auf ruhiges, gleichmäßiges Atmen zu konzentrieren, bis ihm zweierlei bewußt wurde. Erstens: er *konnte* noch atmen und zweitens: er konnte seinen Atem nicht bewußt steuern. Was auch immer er versuchte – langsamer atmen, schneller, Luft anhalten: Nichts davon hatte irgendeinen Einfluß auf seinen Atem, der unveränderlich ruhig und langsam strömte. Fast wie bei einem Schlafenden – ein-at-men, zwei, drei, aus-at-men, zwei, drei …

Wieder mußte der Thorwaler gegen eine anrollende Welle der Panik ankämpfen, als er rechts von sich Schritte vernahm. Und als er kurz darauf an der Schulter gefaßt und unsanft herumgedreht wurde, blickte er mit seinen starren, unbeweglichen Augen (die schmerzten, da Dreck in ihnen war, den er nicht fortzwinkern konnte) in das Gesicht des kleineren der beiden Führer. Das flusige rote Haar hing ihm in ungewaschenen Strähnen ins Gesicht, die Hängebacken sahen aus dieser Perspektive noch seltsamer aus als gewöhnlich. Und Raskir nahm zum ersten Mal den üblen Mundgeruch des Piraten wahr. Dennoch hatte Raskir sich selten in seinem ganzen Leben derart gefreut, jemanden zu sehen, wie in diesem Augenblick. Am liebsten hätte er sein Gegenüber umarmt. Doch als er diesem Impuls folgen wollte, brachte ihn der Umstand, daß er dazu nicht in der Lage war, wieder auf den Boden der Tatsachen zurück, und er betete inbrünstig, der tumbe Pirat möge ihn nicht ob seiner starren, offenen Augen für tot erklären und hier liegen lassen, sondern einen Grashalm vor seine Nase halten, um zu schauen, ob er noch atmete. Zu Raskirs Entsetzen tat er nichts dergleichen.

Der Pirat rief etwas in einer Raskir unbekannten Sprache in die Richtung, aus der er gekommen war. Aus dem Klang seiner Stimme war nichts zu entnehmen, das auf den Inhalt der unverständlichen Worte hingedeutet hätte. In diesem Tonfall, schoß es Raskir neben Hunderten anderer Gedanken durch den Kopf, hatte seine Mutter ihn früher immer gebeten, ihr beim Ausnehmen der Fische behilflich zu sein.

Nun näherten sich erneut hastige Schritte von rechts, und eine Frauenstimme – unverkennbar die von Sindai Rathilsdarn – rief etwas, doch Raskir verstand weder ihre Worte noch die Antwort des Mannes neben ihm. Kurz darauf trat die Brabakerin in sein Blickfeld – schwer atmend, verschwitzt, den Kopf wie immer mit Tüchern verhüllt –, kniete neben ihm nieder und sah in seine starren Augen. Sie sieht unglaublich traurig aus, stellte Raskir fest und wunderte sich am Rande seiner Wahrnehmung kurz darüber. »Raskir«, flüsterte Sindai, und er spürte, wie sie zaghaft über seine linke Hand strich. Den Piraten konnte er nicht mehr sehen, er war außerhalb seines Blickfeldes getreten und entfernte sich nun, den Geräuschen nach zu urteilen, einige Schritt weit. Also konzentrierte er sich erneut auf die vor ihm kniende Sindai, dachte immer und immer wieder: Sieh nach, ob ich lebe! *Sieh nach, ob ich lebe!* SIEH NACH, OB ICH LEBE!, als könne er sie mit seinen Gedanken erreichen, wenn er nur all seine Kraft darauf verwendete. Doch als er nach einiger Zeit, die ihm wie eine Ewigkeit erschien, seine mittlerweile fast unerträglich schmerzenden Augen erneut auf die Brabakerin konzentrierte, stellte er fest, daß diese die Lider fest geschlossen hatte.

Der Druck ihrer Hand war stärker geworden, und die steilen Falten auf ihrer hellen Stirn sowie das leichte Zittern ihrer Unterlippe erweckten den Eindruck, als fechte sie einen inneren Kampf aus. Schließlich öffnete sie erneut ihre Augen und sah ihm ins Gesicht. Und für diesen kurzen Augenblick war sie wieder die weiche, verletzliche Frau, neben der er – vor Jahren, wie es ihm nun schien – nach dem Sturm in der Kajüte seines Oheims aus der Bewußtlosigkeit erwacht war.

In diesem Moment erkannte der Thorwaler, daß Sindai ihn liebte. Und diese Erkenntnis erschreckte ihn zutiefst.

»Ich kann es nicht tun«, hörte er sie, mehr zu sich selbst, flüstern. »Ich brauche meine Kraft … für Wichtigeres.« Und sie löste ihre Hand aus der seinen, der weiche Ausdruck verschwand aus ihrem Gesicht, und das letzte, das er sah, war wieder das kalte, teilnahmslose Antlitz der Brabakerin, die sich, ohne noch einmal mit der Wimper zu zucken, vorbeugte und seine Augenlider schloß.

Dann vernahm er nur noch sich entfernende Schritte und eine allgegenwärtige, alles überlagernde Furcht. Die Panik kam erneut, begleitet von ihrem Bruder, dem Wahnsinn.

Dieses Mal wehrte Raskir sich nicht.

Lirobal Bertez und Fjornwulf brachen das Lager ab, während sie auf die Rückkehr ihrer Begleiter warteten. Raskir war vor gut einer Stunde im Dschungel verschwunden, und Sindai war ihm vor etwa einer halben gefolgt. »Wo bleibt er nur? Das dauert mir zu lange, wir müssen weiter«, hatte sie gesagt, ehe sie mit einem der Führer zwischen den Bäumen verschwunden war. Der andere, der kleinere der beiden Piraten, streifte irgendwo um das Lager herum.

Die Brabakerin nannte die beiden Yussuf und Wolpje,

doch hatte sie es offensichtlich nicht für nötig befunden, ihre Schiffsbegleiter und ihre Führer jemals namentlich miteinander bekannt zu machen.

Da auch die beiden grobschlächtigen Männer weder Raskir noch ihn selbst je eines Wortes oder mehr als eines flüchtigen Blickes gewürdigt hatten, hatte Lirobal ihnen insgeheim andere Namen gegeben. Denjenigen, der beim Lager zurückgeblieben war, nannte der Brabaker Lotse ›Romero‹, da er ihn ebenso unsympathisch fand wie den verhaßten Nebenbuhler. Zudem verlieh ihm die Hakennase auch eine entfernte Ähnlichkeit mit dem tatsächlichen Romero. Den zweiten, der mit Sindai im Wald verschwunden war, rief er insgeheim ›Hündchen‹, denn er wich nur selten von der Seite der Brabakerin, und wann immer diese ihn rief, um ihm irgendwelche Aufträge zu erteilen, zuckte der kleine, drahtige Mann zusammen und eilte mit dienstfertiger Miene herbei.

›Hündchen‹ hatte zudem schlaff hängende Wangen wie so manche Hunderasse, und da sein Haar von einem hellen Rotblond war und seine Haut demzufolge hell und empfindlich, hatten Wind und Wetter sie nicht braun gebrannt, wie die seines Gefährten, sondern flekkig rot, was den armseligen Ausdruck seines Antlitzes nur noch verstärkte.

Allerdings: Die Häßlichkeit des Piraten war nicht dazu angetan, Mitleid zu erwecken. Unter der hohen Stirn, stets geteilt durch eine steile Zornesfalte, lagen zwei stechende blaue Augen – nahezu wimpernlos –, deren harter, lauernder Ausdruck einen das Fürchten lehren konnte. Die kleinen, flinken Hände Hündchens spielten, wann immer sie nicht anderweitig beschäftigt waren, mit seinen Wurfmessern oder dem Degen, der an seiner Seite hing. Keine sorgsam verborgene Schwäche, keine noch so kleine Bewegung entging seinen scharfen Augen, und schon oft war es auf dem Weg durch den Dschungel geschehen, daß ein Wurfdolch Hündchens eine Schlange oder Tarantel getötet hatte, ehe der Brabaker Lotse diese überhaupt bemerkt hätte.

Der Marsch durch den Dschungel war bislang nicht sonderlich angenehm verlaufen: Die Hitze, das enervierende Trommeln, die ständige, fremdartige Geräuschkulisse, die giftigen Tiere und Pflanzen, die Angst inmitten einer ihm unbekannten, gefährlichen Umwelt, die vom Schneiden und Hacken schmerzenden Arme, die tiefen Striemen, die von Tag zu Tag mehr wurden – all das hätte Lirobal ohne Murren hingenommen. Was ihm aber schier unerträglich erschien, war die Stimmung innerhalb der Gruppe. Sindai ließ keinen Zweifel daran, wer die Personen ihres Vertrauens waren. Denn sie benutzte Raskir und ihn selbst stets nur als Geleitschutz und betraute sie nie mit eigenverantwortlichen Aufgaben. Auch ließ sie sie nie gemeinsam Wache halten. Stets war einer ihrer Spürhunde zugegen oder Fjornwulf, der sich, seit sie vom Strand aufgebrochen waren, mehr und mehr von ihm und Raskir ab- und der Gruppe um Sindai zugewandt hatte. Zu gern hätte Lirobal einmal mit Raskir über das seltsame Verhalten des Zimmermanns gesprochen, um sich von ihm die Loyalität Fjornwulfs bestätigen zu lassen. Denn insgeheim bezweifelte der Brabaker Lotse diese entschieden. Seiner Meinung nach sah es ganz danach aus, als wäre der rotgesichtige, flachsblonde Fjornwulf sehr viel eher bereit, Raskirs Haut zu opfern als die der Brabakerin, wenn es darauf ankommen sollte. Und diese Überzeugung behagte Lirobal überhaupt nicht. Doch es hatte sich seit dem Aufbruch keine Gelegenheit für ein Gespräch unter vier Augen mit Raskir ergeben.

Aber es gab noch einen weiteren Punkt, der Lirobal große Sorgen bereitete und den er dringend mit Raskir besprechen wollte: die Sprache, der sich Sindai und ihre beiden Wachhunde zur Verständigung bedienten.

Wie bereits erwähnt, besaß Lirobals Vater eine Schreibstube, und eine Schreibstube ist ein Ort, den die Leute aufsuchen, um sich von dem Schreiber einen Brief aufsetzen oder ein Dokument kopieren oder vorlesen zu lassen. In Brabak kamen diese Menschen oft aus fernen Ländern. So hatte Lirobal Bertez früh gelernt, verschiedene Sprachen und Schriften zu verstehen und niederzuschreiben. Zwar war er in der Kunst des Schreibens nie besonders gut gewesen und hatte nach dem Abbrennen der Schreibstube auch nicht in Erwägung gezogen, den – wie er fand – trockenen Beruf des Schreibers fortzuführen. Die Kenntnis der erlernten Sprachen aber hatte ihm bei seiner Arbeit als Lotse gute Dienste geleistet. Auch nun erwies sie sich wieder als nützlich. Denn Sindai und ihre Wachhunde bedienten sich einer Art Geheimsprache, einer Abart des Tulamidya, von der sie annahmen, keiner verstünde sie. Aber er verstand sie sehr wohl, hatte jedoch aus einem unguten Gefühl heraus von Anfang an den Ahnungslosen gespielt und etliche Stunden damit verbracht, ihnen zu lauschen, wenn er am Lagerfeuer lag und den Schlafenden mimte.

Und während Sindai in seiner Gegenwart unbefangen mit den Führern sprach, war Lirobal mit der Zeit mehr und mehr angst und bange geworden: denn in den Gesprächen war die Rede von Vorbereitungen gewesen, die nun bald zu einem Ende kommen würden. Die Waldmenschen, so hatte Hündchen berichtet, seien unvermutet zu einem Problem geworden, und man habe etliche von ihnen in Verwahrung nehmen müssen. »In Verwahrung?« hatte Sindai nachdenklich entgegnet. »Nun, sie werden gewiß noch nützlich sein…« Wozu, das hatte offensichtlich auch Hündchen nicht verstanden, denn er hatte nur kurz die Brauen gerunzelt und war nicht weiter auf die Bemerkung eingegangen.

Auch ein Drache war erwähnt worden – ein *Drache!* –, aber Lirobal hatte nicht verstanden, wie er das Wort ›Ingredienz‹, das er überdies nicht kannte, damit in Verbindung bringen sollte.

Überhaupt hatte er sehr schnell festgestellt, daß Hündchen offensichtlich sehr viel mehr in die Pläne der Brabakerin eingeweiht war als Romero. Denn es gab etliche Dinge, die sie nur mit ihm besprach. Solche Unterredungen wurden stets unterbrochen, wenn der Schnauzbartträger zu ihnen stieß.

Einen Namen gab es, der häufiger fiel: Galotta. Lirobal war sich sicher, diesen Namen irgendwoher zu kennen, er ließ irgendeine verborgene Saite seiner Erinnerung vibrieren… Doch sosehr er auch grübelte und sich das Hirn zermarterte: ihm wollte nicht einfallen, was es mit dem Namen auf sich hatte.

Selbst die *Golgaris Schwinge w*ar Thema eines dieser erlauschten Gespräche gewesen. Lirobal hatte die Ohren gespitzt und dennoch nicht verstanden, was er vernahm. Von einer Überführung irgendeines Wesens nach Maraskan war die Rede gewesen… Eines Wesens, das ›ihm‹ als Hilfsmittel dienen sollte.

Maraskan, das war eine große Insel im Osten Aventuriens, soviel wußte er. Eine Insel mit derart vielen giftigen Tieren und Pflanzen, daß der Dschungel von Altoum mit seinen Schlangen und Spinnen daneben wie Peraines Garten wirkte. Aber was für ein Wesen sollte in der Karracke nur überführt werden?! Und wem sollte es als Hilfsmittel dienen? Lirobal wußte sich auf all dies keinen Reim zu machen. Eine Bemerkung, am heutigen Morgen aufgeschnappt, hatte seiner tiefen Ratlosigkeit die Krone aufgesetzt. »Weißt du, was ich glaube, Wolpje?« hatte Romero zu Hündchen gesagt. »Ich glaube, an dem Rothaarigen liegt ihr was!« Und dann war Romero in ein dreckiges Lachen ausgebrochen und hatte Wolpje mit wissendem Augenzwinkern zugenickt. Hündchen war auf die recht laute Bemerkung seines Kumpans hin besorgt zusammengeschreckt und hatte sich suchend nach der Brabakerin umgesehen. Es war nicht schwer zu erkennen, daß er sich verdammt unwohl in seiner Haut fühlte. Doch Sindai hatte weder die Bemerkung Yussufs gehört noch den schuldbewußten Blick Hündchens aufgefangen, da sie kurz zuvor in Richtung einer nahen Wasserstelle verschwunden war.

»... an dem Rothaarigen liegt ihr was!« Nun, das war nicht schwer zu deuten. Es gab nur eine Frau in dieser Gruppe, und neben Hündchen auch nur einen Mann mit rotem Haar: Raskir Ingramsson. Der dreckigen Lache und dem Augenzwinkern Romeros nach zu urteilen, hatte es sich bei seiner Bemerkung um eine anzügliche gehandelt. Lirobal war es noch nie in den Sinn gekommen, die Brabakerin unter dem Aspekt ihrer Fraulichkeit zu betrachten. Sie verhielt sich einfach nicht entsprechend. Darum hatte er sie stets als ›Auftraggeberin‹ gesehen – neutral sozusagen. Aber als er nun, während er das Packpferd belud, noch einmal darüber nachdachte, mußte er zugeben, daß die Bemerkung Romeros einen wahren Kern haben könnte. Tatsächlich hatte Lirobal schon den ein oder anderen sinnenden Blick Sindais in Richtung Raskir aufgefangen.

»Wo bleiben sie denn so lange, zum Henker?« unterbrach Fjornwulf ihn da in seinen Gedanken. »Das gefällt mir nicht, dauert verdammt noch mal zu lange. Wir hätten uns nicht trennen sollen. Hab ich doch von Anfang an gesagt. Vielleicht sollten wir nach ihnen suchen, was meinst du, Bertez?«

»Halte ich für keine gute Idee, Fjorn. Wir wissen doch gar nicht, wo wir suchen sollen. Ich kann so gut Spuren lesen wie eine brabaksche Hure, und deine Stärke ist derlei auch nicht, soweit ich das beurteilen kann. Außerdem würde der Schnauzbartträger uns nicht gehen lassen. Und verständigen können wir uns auch nicht mit ihm. Wird uns wohl nicht viel mehr übrigbleiben, als einfach abzuwarten …«

Fjornwulf schüttelte den Kopf, lächelte dann aber und schwieg.

So ließen sie sich neben der erloschenen Feuerstelle nieder und warteten.

»Fjorn«, sagte Lirobal nach einiger Zeit, »was ist, wenn sie nicht zurückkommen?«

»Weiß nicht, können nur hoffen, daß Yussuf den Rückweg kennt und seine Leute uns gehen lassen.« Der Thorwaler wirkte sichtlich nervös.

»Yussuf …?!« wiederholte Lirobal fragend.

»Ja, ähm, der mit dem Schnauz. Hat mir mal seinen Namen gesagt – bei 'ner Wache, meine ich. Ja, bei 'ner Wache wird das wohl gewesen sein«, sagte Fjornwulf geistesabwesend. Lirobal Bertez wunderte sich, wie schlecht der Thorwaler lügen konnte.

Geräusche am Rande des Lagerplatzes enthoben ihn einer Antwort. »Sie kommen«, sagte er statt dessen und sprang auf, um ihnen entgegenzueilen.

Sindai und Wolpje traten auf die Lichtung. Hündchen hielt sich den linken Arm, der offensichtlich blutete. Er fluchte leise. Sindais Gesicht schien in Stein gemeißelt. »Raskir ist tot«, sagte sie. »Wir müssen weiter.« Ohne auf eine Reaktion zu warten, trat sie auf das Packpferd zu, nahm es beim Zügel und setzte sich in Bewegung. Hündchen machte sich an seinem Rucksack zu schaffen, entnahm ihm eine Flasche, entkorkte sie und trank einen tiefen Schluck. Dann kramte er eine zweite hervor, offensichtlich hochprozentigen Fusel, und kippte ein wenig der Flüssigkeit über die Wunde. Knurrend biß er die Zähne zusammen, verband den Arm dann notdürftig mit einem Stück Stoff und murmelte: »War eine große Raubkatze, ist nichts mehr von ihr übrig, nachschauen lohnt sich nicht« – erstaunlicherweise in gebrochenem Garethi und in die Richtung von Lirobal und Fjornwulf –, ehe er der Brabakerin folgte. Auch Romero und – nach einem Moment fassungslosen Erstarrens – der Zimmermann setzten sich in Bewegung.

Nur Lirobal rührte sich nicht vom Fleck. *Raskir ist tot. Wir müssen weiter*, hallten die Worte Sindais wieder und wieder in seinem Kopf. »Verdammt!« rief er schließlich der sich bereits entfernenden Gruppe hinterher. »Was soll das heißen: ›Wir müssen weiter!?‹ Was ist überhaupt geschehen? Wo ist er? Wir müssen ihn bestatten, zum Henker noch mal!«

Sindai wandte sich um. »Hör zu, Bertez: Wir können nichts mehr für ihn tun. Keiner von uns, auch du nicht. Entweder du bleibst hier, oder du folgst uns. Das ist alles.« Und sie setzte ihren Weg fort. Lirobal blieb stehen und sah ihnen nach. Dann nahm er seinen Rucksack und folgte ihnen. Was hätte er auch sonst tun sollen? Schließlich konnte er nicht ahnen, daß keine halbe Meile entfernt zwei Borongeweihte in ebendiesem Augenblick erstaunt innehielten, weil sie unvermutet auf eine in den Wald geschlagene Schneise gestoßen waren, an deren Rand sie kurz darauf den Thorwaler entdeckten.

Doch Lirobal hatte weder das zweite Gesicht noch ahnte er, daß Zoe und Tokahe ihnen gleichfalls folgten.

Das Bild Yvonjas erschien kurz vor seinem inneren Auge. Mit einemmal war er sich sicher, daß er sie niemals wiedersehen würde …

Im Dschungel von Altaia, Vormittag

Jantar kehrte zu der neben dem leblosen Körper am Boden knienden Taija zurück, ein dickes Stück Leder in der Rechten, auf der eine kleine, pelzige orangefarbene Frucht lag. »*Tonkopah*«, stellte er, auf die Frucht deutend, fest. Die Geweihte bettete den Kopf des reglosen Thorwalers auf ihre Decke; fragend blickte sie zu ihrem Gefährten auf.

»Es ist eine schlechte Frucht. Schafft etwas wie den Tod – und doch nicht ganz. Der Aikarr, mein Vater, sagte, sie bewirke die Erstarrung in der Ewigkeit.«

»Gibt es ein Gegenmittel, Jantar? Er atmet, schwach zwar, doch regelmäßig, so als schliefe er.«

»Ich weiß es nicht. Diese Pflanze ist sehr selten. In der pelzigen Haut verbergen sich giftige Stacheln. Man lebt nicht, stirbt nicht und kann nicht vergessen. Der Aikarr lehrte uns…« Der Geweihte verstummte, und Taija nickte verstehend. Es war schon häufiger geschehen, daß der Geliebte bei dem Versuch, ihr das Wissen oder den Glauben seines Stammes zu erklären, inmitten dieser Schilderung abgebrochen hatte – offensichtlich, da er nicht die rechten Worte oder Bilder fand, mit denen er sich ihr hätte verständlich machen können.

Sie betrachtete noch einmal ihre Umgebung, während sie dem Thorwaler in sanften, kreisenden Bewegungen über die Schläfe fuhr. An dieser Stelle des Dschungels standen die Baumriesen weniger eng beieinander. Statt dessen wuchsen hier dichtgedrängt etwa mannshohe Büsche und gelbliche Gräser. Überall um sie herum zirpte und raschelte es, und Taija war froh darüber, etliche Heilkräuter gegen giftige Bisse und Stiche bei sich zu tragen. Irgendwo westlich von ihnen schrie ein Tier und kurz darauf ein zweites. Die Schreie waren laut und gewaltig – Jaguare vielleicht; Taija wußte es nicht.

Bei der Schneise durch den Dschungel, auf die sie und Jantar vor wenigen Augenblicken gestoßen waren, handelte es sich gewiß nicht um einen Wildwechsel. Soviel war selbst ihr, die sich nicht aufs Fährtenlesen verstand, klar. Die Schneise hatten Menschen geschlagen, mindestens ein halbes Dutzend nach ihrer Schätzung, vermutlich die Begleiter des Fremden. Das bedeutete, daß sie ihren Gefährten für tot gehalten und hier zurückgelassen hatten. Der Geweihten schauderte, denn sie hatte nicht einmal das geringste Zeichen oder auch nur den Versuch einer Begräbniszeremonie an ihm entdecken können. Wer auch immer diese Menschen sein mochten: Sie waren entweder gottlos oder skrupellos, wahrscheinlich beides. Denn jede auch nur etwas eingehendere Untersuchung hätte gezeigt, daß der Mensch hier keineswegs tot war.

Während Taija mit feuchten Tüchern und der Spitze ihres Dolches vorsichtig die kleinen Stacheln entfernte, die sie an seinen Händen entdeckt hatte, untersuchte Jantar die Spuren um den leblosen Körper genauer. Die schwüle Hitze des Dschungels legte sich wie ein feuchter Mantel um ihn, während er sich, vorsichtig die zertretenen Pflanzen am Boden inspizierend, vorwärts tastete und sich so ein Bild von den Geschehnissen zu machen versuchte.

Mit einemmal erstarrte er inmitten seiner Bewegung und legte den Kopf lauschend auf die Seite.

Aus den nie verstummenden Stimmen des Urwaldes hoben sich zwei menschliche ab: Unbeschwert war ihr Tonfall, und die Art, wie die Menschen sich vorwärts bewegten, war laut und unbedacht.

»*Hiye-Haia,* wie oft soll ich dir denn nun noch erklären, daß du niemals und unter keinen Umständen in der Lage sein wirst, auch nur *ein vernünftiges* Gedicht zu erfinden, wenn du nicht endlich, endlich, endlich einmal einsiehst, daß, was ein echtes Gedicht sein will, sich gefälligst reimen muß! Wenn du also sagst: ›…den Traviabund, den ihr schließt, die Götter wissen es, aus Liebe und…‹ – wie war das noch gleich? Ist ja auch egal, denn, *Cepka,* das ist nicht nur viel zu lang und viel zu durcheinander, und niemand wird es verstehen, und behalten kann es auch keiner; deshalb – warte doch mal kurz,

Zoe – werde ich dir jetzt einfach mal kurz und schnell sagen, wie einfach das ist, zum Beispiel nämlich so:

›Statt Wanzen oder einem Floh schenken wir euch ein Bündel Stroh als Ruhelager eures Hundes in der Nacht des Traviabundes.‹ Zum Beispiel. Ja, das ist kurz und prägnant, das nehmen wir, das ist gut, sag selbst, das mußt du zugeben. Oder aber: ›Ein guter Grund zu dieser Stund ist ein Kuß auf den Mund beim Traviabund.‹ Oder …« Ein vergnügtes Lachen unterbrach das Geplapper und erstarb, als die zwei Frauen, zu denen die Stimmen gehörten, der drei Gestalten vor ihnen auf dem Pfad gewahr wurden.

Auch die beiden Geweihten betrachteten stumm und verwundert die Neuankömmlinge, die so gar nicht in diese Umgebung passen wollten. Taija erhob sich langsam und beobachtete die Frauen aufmerksam. Sie waren unter einem großen Baum mit mächtigen, gelben Blüten stehengeblieben, und der spitze Schreckensschrei, den die eine der beiden ausgestoßen hatte, scheuchte einen Schwarm silbrig schillernder Vögel auf, die kreischend davonflogen. Die kleinere der beiden Frauen war nach Art der Seeleute gekleidet, ähnlich wie der Thorwaler zu ihren Füßen. Ihr Haar war von einem erstaunlich feurigen Rot, die Haut schimmerte bronzen, und die weit aufgerissenen Augen hatten eine sonderbare Farbe: golden. Trotz der Haarfarbe und der Kleidung war Taija sich sicher, daß es sich bei der Fremden weder um eine Thorwalerin noch um eine Matrosin handelte. Ihre Begleiterin war wohl einen halben Spann größer und trug einen seltsamen, gestreiften Sack sowie kurzes schwarzes Haar. Sie war braungebrannt und ihr verschwitztes Gesicht von Sommersprossen übersät. Im Gegensatz zu ihrer zarten Begleiterin spielte um ihren etwas zu breiten Mund keinerlei Schrecken oder Angst, vielmehr vermittelte die aufgeregt über die Lippen fahrende Zungenspitze den Eindruck unverhohlener Neugierde. Gerade als die Geweihte sich entschlossen hatte, auf die beiden zuzugehen, fiel der Blick der Rothaarigen auf den Thorwaler zu ihren Füßen, und der Ausdruck von Angst wich dem der Verzweiflung. Mit einem erneuten Aufschrei löste sie sich aus ihrer Erstarrung und rannte los. Die Dunkelhaarige war dem Blick ihrer Gefährtin gefolgt und lief nun gleichfalls auf die Geweihten zu. Taija wich einige Schritt zurück und stieß gegen Jantar, der sie leicht an sich drückte und ihr so bedeutete stehenzubleiben und abzuwarten.

Die beiden Frauen jedoch beachteten sie gar nicht, sondern knieten bei dem Reglosen nieder, und die Rothaarige weinte hemmungslos, während sie ihn – recht fachkundig, wie Taija feststellte – untersuchte. »Raschgihrr, Raschgihrr …«, schluchzte sie immer wieder, bis sie nach wenigen Augenblicken erleichtert hervorstieß: »Er lebt, Tokahe, er lebt!!!« und sich dann, immer noch weinend, über ihn warf und immer wieder ein schwer verständliches »Raschgihrr … du lebst … wach auf … was haben sie dir getan, Raschgihrr …«, von sich gab. Die Dunkelhaarige strich ihrer Gefährtin beruhigend über die Haare, pflückte beiläufig eines der großen Farnblätter, die hier überall wucherten, und wedelte dem Reglosen damit Luft zu. Wenige Wimpernschläge später warf sie das Blatt fort, erhob sich und sah die beiden Geweihten fragend an. Taija stellte fest, daß sie noch immer keinerlei Anzeichen von Furcht oder Wut zeigte, und war froh darüber. Die beiden schienen den Thorwaler zu kennen und hielten sie und Jantar offensichtlich nicht für diejenigen, die ihn in diesen Zustand versetzt oder ihm sonstwie Übles angetan hätten.

»Was ist mit ihm? Ist er hier eingeschlafen? Gehört ihr zu den Menschen von der Magierperson? Oder heißt du am Ende Firinja, und Raskir ist vor lauter Begeisterung in Ohnmacht gefallen?! Also, wenn du

Firinja bist, dann hab ich mir dich jedenfalls ganz anders vorgestellt, aber…« Die Rothaarige war aufgesprungen und stieß ihrer Begleiterin unsanft in die Rippen, während sie entschuldigend und verunsichert in Richtung der Geweihten lächelte und der Dunkelhaarigen beschwörend zuzischelte: »Tok, verdammt, das sind *Geweihte* des Herrn *Boron*, das *sieht* man doch, und man *ihrzt* sie! Firinja hingegen ist eine *Swafnir*geweihte, welche sich in gänzlich andere Gewänder zu hüllen pflegen! Sei jetzt *bitte* um der Götter willen still!« Dann fuhr sie, nun an die Geweihten gerichtet, fort: »Entschuldigt, Eure Gnaden, meine Freundin Tokahe wollte Euch nicht erzürnen, es ist lediglich so, daß sie, unbedacht wie die schillernden Schmetterlinge und doch von gänzlich sanfter, wenn auch flatteriger Natur, nicht um die rechte Etikette weiß, die es Euresgleichen freilich entgegenzubringen gilt. Mein Name ist Zoe, und wir sind enge Vertraute Raskirs.« Sie deutete auf den Thorwaler. »So würde es, wie Ihr gewiß versteht, unsere Trauer und unser Entsetzen mindern, wenn Ihr uns berichten könntet, was mit ihm geschehen ist.« Sie verbeugte sich leicht, was sie dazu nutzte, sich sicherheitshalber einen weiteren Schritt von den Geweihten zu entfernen, wobei sie Tokahe mit sich zog.

Taija, erstaunt über die gedrechselte Ausdrucksweise der Rothaarigen, nickte kurz und deutete auf die pelzige Frucht, die unweit des Thorwalers am Boden lag: »Diese Frucht ist giftig. Ihre Stacheln haben ihn in diesen Zustand versetzt. Ich bin Taija, und dies ist Jantar. Wir kommen aus dem Tempel des Herrn in Altaia. Wir denken, daß es gut wäre, euren Freund dorthin zu bringen. In den Hallen des Herrn werden wir ihm besser helfen können.« Sie sprach in sehr langsamem Garethi und im singenden Tonfall der Tulamiden.

Jantar nickte. »Wo ist der Rest eurer Gruppe?« fragte er dann, gleichfalls mit starkem Akzent.

»Der Rest?« entgegnete Zoe. »Wir sind allein, das heißt, nein. Falls Ihr die Menschen meint, mit denen Raskir gereist ist, dann vermögen wir zu unserem tiefsten Bedauern auch nicht zu sagen, wo sie sich nun aufhalten – obgleich dies notwendig wäre. Denn wir dürfen sie nicht verlieren, da die Führerin der Gruppe die Tochter des Oheims unseres Gefährten Raskir – die darüber hinaus auch eine Geweihte ist, eine Geweihte des Swafnir, um genau zu sein – in ihrer Gewalt hat. Aber Euch diese Geschichte zu erzählen – denn Ihr solltet sie hören und uns Rat geben, so es Euch beliebt und Ihr dererlei vermögt – bedarf mehr Zeit denn der, die uns an diesem tiefgrünen Ort hier gegeben ist. Denn wenn die Gruppe, mit der Raskir gereist ist, zurückkehrt und uns findet, wäre unser Plan hinfällig; sie wissen nicht, daß wir ihrer Spur folgen. Vielleicht... vielleicht wäre es gut und durchkreuzte auch nicht Eure Pläne, wenn wir Raskir zuerst einmal ein wenig abseits dieser Schneise hier in Sicherheit brächten und so auch dafür Sorge trügen, daß ihm keines der mir unbekannten Tiere, die diese endlose Wildnis bewohnen, ein Leid zufügen kann. Es geht ihm doch gut, nicht wahr, Euer Gnaden? Euer Gnaden...?« Und wieder verbeugte sie sich leicht und sah die Geweihten unter halb niedergeschlagenen Lidern fragend und verschüchtert an, ganz so, als wisse sie nicht recht, ob sie diese mit ihrer Rede am Ende erzürnt oder irgendeinen ihr unbekannten Frevel begangen hätte. Tokahe verdrehte die Augen, hopste an der Seite der Freundin ungeduldig von einem Bein auf das andere, beobachtete beiläufig das Spiel zweier Äffchen in einem der nahe stehenden Bäume und pfiff leise eine äußerst unmelodische Weise.

Taija lächelte, dann nickte sie und begann mit Jantar eine behelfsmäßige Trage für den Thorwaler zu bauen. Derweil belauschten sie amüsiert das Gespräch der beiden Frauen, in dem Zoe verzweifelt versuchte, der

Schelmin zu erklären, daß die Geweihten des Boron nicht viel sprächen und außerdem das Pfeifen, Dichten und Singen in ihrer Nähe unangebracht sei. Sie erzielte nur einen geringfügigen Erfolg, denn obgleich Tokahe seufzend nickte, begann sie nach einigen Wimpernschlägen laut und schief zu *summen*. Dann sagte sie: »Püschelchen, du redest selbst wie der Wasserfall in Donnerbach, da ist es doch vielleicht besser, wenn ich mal kurz unseren Freunden hier erkläre, was los ist, und du deine hochgeistigen Gedanken lieber der guten Frau Hesinde mitteilst.« Und sie stupste die verzweifelt mit den Augen rollende Zoe in die Seite und nahm erneut ihre wenig liebliche Melodie auf.

So setzte sich der kleine Trupp einige Zeit später in Bewegung und suchte sich abseits des Weges einen Lagerplatz. Dort angekommen – Jantar war ihnen in einigem Abstand gefolgt und hatte, so gut es eben ging, ihre Spuren verwischt – erzählte Zoe den Geweihten die ganze Geschichte. Angefangen von ihrer Fahrt auf der *Golgaris Schwinge* – deren Name die Geweihten mit einem erstaunten Heben der Brauen quittierten –, über Liskolfs Tod, alles, was sie über die Entführung seiner Tochter wußten, bis hin zu ihrem Plan, Firinja zu befreien. Auch von ihrer Ahnungslosigkeit bezüglich der Dinge, die die Magierin im Schilde führte, und ihren erfolglosen Nachforschungen berichtete Zoe, und obgleich die Schelmin sie immer wieder unterbrach, um ein – ihrer Meinung nach außerordentlich wichtiges – Detail zu ergänzen, das die Gauklerin zu erwähnen vergessen hatte, verlor Zoe nicht den Faden.

Taija und Jantar lauschten schweigend, wobei sie Raskir mit einer Kräuterpaste einrieben und hin und wieder seinen Mund und seine Lippen mit Wasser benetzten. Als Zoe geendet hatte, entzündete die Geweihte eine Pfeife mit Rauschkraut. Während der süßliche Geruch des Krautes in der schwülwarmen Luft schwebte und seine entspannende Wirkung entfaltete, dachten sie darüber nach, was es nun zu tun gälte.

Selbst die Schelmin schwieg und strich gedankenverloren über den Arm des reglosen Thorwalers.

Raskir bemerkte es nicht.

Er lauschte auf das irre Lachen der Harpyie, die wieder und wieder niederstieß, um ihm ein weiteres Stück seines Auges auszuhacken.

Es war so laut, so laut, so laut …

Irgendwann brach Jantar in seinem brüchigen Garethi das nachdenkliche Schweigen: »Ihr zwei solltet mit Taija und eurem Freund in den Tempel zurückkehren. Dort kann man ihm gewiß helfen und findet ein Mittel gegen das Gift in seinen Adern. Ich werde mich von euch trennen und die Haipu aufsuchen. Das ist das Waldmenschenvolk, von dem ich abstamme; sie leben nicht weit von hier. Es gibt Hinweise darauf, daß das Lager, von dem ihr berichtet habt, mit den Ereignissen in Zusammenhang steht, von denen Taija und ich Gesichte hatten und von denen auch mein Stamm mir Nachricht schickte.«

»Nein!!!« unterbrach ihn Zoe, ihre Scheu vergessend, voller Leidenschaft. »Wir *können* Euch nicht allein gehen lassen, Euer Gnaden! Ihr sagt, daß Ihr zu Eurem Stamm wollt, um Dingen auf den Grund zu gehen, die möglicherweise mit den unsrigen in Zusammenhang stehen. Raskir würde es uns nie verzeihen, wenn Firinja etwas zustieße und wir nicht zuallermindest *versucht* hätten, ihr an seiner Statt zu helfen. Ihr *müßt* uns erlauben, Euch zu begleiten! Bitte, versteht mich nicht falsch, Euer Gnaden! Ich würde niemals leichtfertig dem Wort eines Geweihten widersprechen. Doch in diesem Fall *muß* ich es. Wir würden Euch auch gewiß nicht zur Last fallen und alles tun, um Euch keinerlei Unannehmlichkeiten zu bereiten. Und wer weiß, vielleicht können wir

Euch sogar behilflich sein. Denn einer, der sich noch bei der Gruppe, mit der auch Raskir reiste, befindet, ist ein Freund von uns und gewiß bereit, uns zu helfen. Sein Name ist Lirobal, und vielleicht gelingt es uns, uns unauffällig mit ihm in Verbindung zu setzen. Er wird die Gruppe noch bis an den Fuß des Altimontberges begleiten. Ich *bitte* Euch, Euer Gnaden, schickt uns nicht fort! Helft uns!« schloß sie flehentlich.

Jantar dachte nach. Ja, es stimmte, vielleicht könnten die beiden Mittelreicherinnen ihm behilflich sein. Und er verstand auch ihre Beweggründe, die es ihnen nicht erlaubten, ihn allein gehen zu lassen. Andererseits war sein Stand innerhalb seines Stammes schon schwierig genug. Wenn er nun auch noch in Begleitung dieser beiden Fremden käme, so brächte das gewiß weitere Schwierigkeiten mit sich. Fragend sah er Taija an. »Dennoch«, sagte sie, »nimm sie mit, Jantar. Ich werde den Thorwaler auf dem Maultier transportieren.«

Lächelnd drückte er kurz ihre Hand.

»Wir werden also gemeinsam aufbrechen«, wandte er sich dann an Zoe und Tokahe. »Die Spur der Gruppe, die ihr verfolgt, finden wir leicht. Aber es scheint ohnehin, als hätten wir letztendlich dasselbe Ziel. Und eurem Freund wird geholfen werden.«

Die Gauklerin nickte dankbar. Tokahe hingegen vergaß in ihrer Begeisterung alle guten Vorsätze und knuffte den Geweihten begeistert in die Seite. »Großartig!« strahlte sie. »Du mußt nämlich wissen, Euer Gnaden, daß ich die Waldmenschensprache fast perfekt beherrsche und deshalb sowieso sehr geeignet bin, dich zu begleiten, das wohl, bei Kamaluq ... Und Boron!« fügte sie nach einer kurzen Pause hinzu.

Jantar betrachtete sie mit einer Mischung aus Verärgerung und Ratlosigkeit. Doch als er das um Entschuldigung bittende Lächeln Zoes auffing, verflog sein Ärger, und er nickte bestätigend.

Kurz darauf trennte sich die Gruppe, und Jantar, Zoe und Tokahe brachen zu den Haipu auf, während Taija mit Raskir in den Tempel nach Altaia zurückkehrte.

Noch am Abend desselben Tages erreichten sie das Dorf der Haipu.

Jantar hatte seine neuen Reisegefährtinnen noch einmal ausdrücklich gebeten, sich in nichts seinen Anweisungen zu widersetzen, und so hatten weder Zoe noch Tokahe protestiert, als man sie kurz nach ihrer Ankunft in eine der Holzhütten, aus denen das Dorf bestand, geführt und sie dort allein gelassen hatte mit der Bitte, die Unterkunft bis auf weiteres nicht zu verlassen. (Wie sie nach einer kurzen Inspektion der Hütte – mehrere hängemattenähnliche Schlafstätten, einige halbfertige Steinschnitzereien, etwas Werkzeug, unbearbeitete Gesteinsbrocken – feststellten, hatte man dieser Bitte durch eine Wache vor der Tür Nachdruck verliehen.) Die Schelmin hatte die Schlafmatten genauer in Augenschein genommen, kurz darauf begeistert den hohen Grad ihrer Bequemlichkeit gepriesen und war wenige Wimpernschläge später selig entschlummert. Zoe hingegen war viel zu aufgeregt, um auch nur an Schlaf zu denken. Nachdem sie eine Zeitlang unruhig in dem Raum hin und her gewandert war, nahm sie sich schließlich einen unbearbeiteten Brocken des rosafarbenen Gesteins und schabte und schnitzte daran herum. Spät in der Nacht kam Jantar zurück und berichtete in kurzen Worten, daß sie bereits morgen mit einigen Kriegern zu den Darna aufbrechen und von dort aus zum Altimont ziehen würden, den sie in einer knappen Tagesreise erreichen könnten. Dann zog er sich zum Gebet zurück, und auch Zoe feilschte in dieser Nacht noch lange Zeit mit dem listigen Phex, ehe auch sie sich erschöpft in Borons Arme sinken ließ.

10. Ingerimm 1017 nach Bosparans Fall

Im Dschungel von Altoum, Vormittag

»Tokahe Cante-Tinza. Ho-Iaya-Ho! Huka! Zoe, Wapiya-Ya. Catka Han-Hepi-Ya. Cepka, ba, Cankuna-Ya, Zoe-Ya!«

Karlun, der alte Haipu-Sammler, sah verwundert zu der plappernden Tokahe hinunter. Was, so fragte er sich, wollte ihm diese laute Person nur sagen? Denn offensichtlich versuchte sie, ihm etwas mitzuteilen. Sein ständiger Begleiter, das Totenkopfäffchen Tapamah, saß wie immer auf seiner Schulter und beäugte gleichfalls skeptisch das wild gestikulierende, fremdartig riechende Menschenwesen an seiner Seite.

»*Karlun*«, sagte der Sammler schließlich und deutete mit der linken – die rechte hielt einen Speer – auf sich selbst. »*Hantackgyesh-sqca?*«

»Tok, Tok, er versteht dich!« flüsterte Zoe, die an der Seite der Freundin ging, andächtig. »Was hat er gesagt? Und was hast du denn gesagt? Oh, wie aufregend!«

Die Schelmin runzelte die Stirn. »Hm, also, das ist … Ich habe ihm nur versichert, daß wir beide außerordentlich mutige Personen sind, auch wenn wir keine Speere haben. Und, nun ja, weil ich nicht lügen wollte und du ja gar nicht sooo mutig bist, mein Püschel, habe ich eben deine sonstigen Qualitäten und guten Eigenschaften gepriesen. Hm, und das weiß er dann wohl jetzt … Ist nicht sonderlich gesprächig, unser Freund … *Karlun*, ja, so heißt er wohl.« Dann fuhr sie, an den

Sammler gewandt, fort: »Tokahe! Zoe!«, wobei sie zuerst sich selbst und danach der Freundin schwungvoll mit der flachen Hand auf den Brustkorb schlug, was letztere nach Luft japsen und ein wenig nach hinten taumeln ließ.

Karlun nickte verstehend und wandte seine Aufmerksamkeit wieder dem Weg zu, auf dem sie gingen. Offenbar hielt er das Gespräch für beendet.

Doch Tokahe gab sich mit dem, wie sie fand, ziemlich unbefriedigenden Gesprächsversuch nicht zufrieden und beschleunigte ihren Schritt, um zu einer vor ihr gehenden Kriegerin aufzuschließen, die an der Seite der Zwillingsbrüder Jantar und Larak schritt.

»Hast du ihn jetzt beleidigt, Tokahe? Ist er erzürnt, und deshalb dürfen wir nicht mehr neben ihm gehen? Hat er gesagt, wie das Äffchen heißt? Ich würde es allzu gern einmal streicheln. Sein Fell, es sieht so weich aus wie der Pelz eines jungen Kätzchens ... Aber gewiß wäre ihm das nicht recht, oder was meinst du? Vielleicht könntest du ihn ja einmal danach fragen? Aber nein, wahrscheinlich ist hier doch nicht ganz der rechte Ort, und wir sollten dererlei lieber verschieben ... schade«, überlegte Zoe, während sie sich bemühte, mit der Freundin Schritt zu halten. Diese wedelte nur abwinkend in der Luft umher. »Schsch, *Hiye-Haja*, ich muß mich konzentrieren!« Dann wandte sie sich an die Kriegerin, zu der sie mittlerweile aufgeschlossen hatten: »*Tokahe-at-Zoe Huka-ya. Ta, Cante-Tinza-ya? Ta, Ake-Iya! Cante-Tinza-zuca! – Huka-Hey*!« versuchte sie erneut, ein Gespräch anzufangen.

Doch wo Karlun hatte freundlich sein wollen und auf das ihm unverständliche Geplapper zumindest seinen Namen genannt hatte, sah die Kriegerin nur kurz zu ihnen hinab und stieß einen knallenden Schnalzlaut aus, der keinen Zweifel daran ließ, daß ihr nicht an einer Unterhaltung gelegen war. Der Laut klang eher danach, als wolle sie ein lästiges Insekt verscheuchen. Zoe fand, daß er sich zudem recht bedrohlich ausnahm, und ein vorsichtiger Seitenblick auf das starr nach vorn gewandte Gesicht der Kriegerin ließ sie schaudern. Die hochgewachsene Haipu trug rote, weiße und blaue Zeichnungen auf ihren maskulin anmutenden Gesichtszügen. Drei parallel verlaufende fleischige Narben über der rechten Gesichtshälfte wurden durch rote Farbe noch mehr hervorgehoben, weiße und blaue Linien liefen auf die stechend dunklen Augen zu, und die glänzenden schwarzen Haare waren, wie bei allen anderen der Haipu, zu einem kurzen Zopf im Nacken zusammengebunden.

Zoe warf Jantar einen ängstlich fragenden Blick zu, doch dieser lächelte nur das sanfte Lächeln, das ihm eigen war, und gab ihr keine Antwort auf ihre wortlose Frage. Statt dessen fing Larak, der Aikarr, ihren Blick auf, und während sie dem seinen standzuhalten suchte, dachte sie immer wieder flehentlich: Bitte, bitte, tut uns nichts… Sie erschrak, als der Aikarr sich nun an die Schelmin wandte.

»Tokahe-ta? Hiye-Haia-non. Huka-Hey non Eyapa-Tisa! Tabu. Iya-Istima. Ake-Iya! Ca-Yako-Pe. KauTa. Ta Mohaha Haja. Cgnon-Haipu-Haja, Tokahe-ya. Yako?!«

Zoe beobachtete den Aikarr genau. Hatte er am Ende beschlossen, sie und Tokahe im Dschungel zurückzulassen oder ihnen die Haut vom Kopf zu trennen oder was es sonst an fürchterlichen Dingen gab, die sie über die Waldmenschen gehört hatte? Zoe, deine Einbildungskraft galoppiert wieder mal mit dir davon! ermahnte sie sich kurz darauf, als sie zu ihrem Erstaunen sah, daß der Aikarr nur ernst, freundlich und bestimmt zu der Freundin sprach. Und tatsächlich nickte die Schelmin feierlich, während sie gleichzeitig mit der linken eine flinke, kreisende Bewegung vollzog – das füchsische Zeichen zur Unterstreichung eines Schwures, der vor dem Angesicht Phexens geleistet wird. »*Zoe-et-Tokahe Yako-ya*«, flüsterte sie dabei andächtig.

Dann straffte sich ihr drahtiger Körper, und Zoe stellte verwundert fest, daß die Schelmin nun auf Zehenspitzen ging.

»Was hat er denn gesagt? Muß ich jetzt auch so laufen wie du?« flüsterte die Gauklerin so leise es eben ging in das Ohr Tokahes.

»Ja«, hauchte diese. »Er hat gesagt, daß sie mich gar nicht verstehen können, weil ich die Sprache der *Mohaha* und nicht die der *Haipu* spreche. Und außerdem, daß wir leise wie Schleichkatzen sein müssen, weil Kamaluq jedes Geräusch hört und ihm das jetzt, wo wir auf dem Kriegspfad sind, nicht gefällt. Ich habe ihm geschworen, daß wir ab jetzt muckskätzchenstill sein werden. Also, *Yako*, mach mir keine Schande!« Und sie zwinkerte der Freundin aufmunternd und mit einem glücklichen Strahlen zu. Wie niedlich sie ist, dachte Zoe erleichtert und amüsiert, während sie neben der vor Stolz erröteten Tokahe einherschlich. Und: Manchmal muß ich sie einfach küssen! Sie beschloß, diesem Wunsch am heutigen Abend ausführlich nachzukommen. In diesem Augenblick wurde ihr bewußt, daß sie sich zum ersten Mal, seitdem sie die beiden Geweihten bei dem reglosen Körper Raskirs gefunden hatten, wieder wohl fühlte. Sie war froh, den Thorwaler in einem zwölfgöttlichen Tempel in Sicherheit zu wissen, zufrieden, daß sie und Tokahe dennoch versuchen konnten, das Unrecht, das geschehen war, rückgängig zu machen, und glücklich, daß sie mit diesem Wunsch nicht mehr allein waren. Das kurze Gespräch, das Tokahe gerade eben mit dem Aikarr der Haipu geführt hatte, gab ihr das Gefühl, in gewisser Weise ein Mitglied dieser fremdartigen Gemeinschaft zu sein, und das ließ sie sich sicher und geborgen fühlen. Denn der Aikarr, soviel hatte Jantar ihr erklärt, war der Führer der Haipu, und wenn er sie anerkannte, würden die anderen es ihm gleich tun, dessen war sie sich sicher. Während sie so in gelöster Stimmung durch den Dschungel schlich, ließ Zoe den heutigen und den vergangenen Tag vor ihrem inneren Auge Revue passieren. So vieles war geschehen, seit sie auf Taija und Jantar gestoßen waren!

Anfangs, ja, anfangs hatte sie sich vor den Geweihten des Boron gefürchtet. Es wäre falsch gewesen zu behaupten, daß sie nicht in gleichem Maße unendlich froh gewesen wäre, einem Diener der Zwölfgötter gegenüberzustehen. Doch hatte sie kaum je einen Boroni zu Gesicht bekommen. Und sie hatte den Herrn des Todes stets mehr geachtet und gefürchtet, als Trost in dem Gedanken an ihn gefunden. Doch in den letzten zwei Tagen war ihr, wohl zum ersten Mal in ihrem jungen Leben, bewußt geworden, daß auch Schlaf und Vergessen Gaben des Boron waren. Wann immer sie in das Gesicht Jantars sah, fand sie dort weder Kummer noch Gram, noch Verschlossenheit. Vielmehr spiegelten seine Züge innere Ruhe und Ausgeglichenheit wider. Und durch seine gleichbleibende Freundlichkeit und Beständigkeit verspürte sie ein Gefühl von Sicherheit. Noch nie hatte sie derart friedlich über den Tod nachgedacht wie in den vergangenen Stunden. Die Gauklerin hatte das Leben oft voller Schwermut und Melancholie betrachtet. Der Tod hatte sich in dieses Bild gefügt, denn er war Teil dieser Melancholie gewesen. Seit Tokahe bei ihr war, hatte sie das Sterben nicht mehr gefürchtet. Zu oft hatte die Geliebte sie mit ihrer Unbeschwertheit angesteckt. Doch nun glaubte Zoe das erste Mal zu verstehen, daß der Tod ihr weder Feind noch Freund war. Daß er mit ihrem und mit dem Schicksal aller Lebewesen verflochten war und sie am Ende ihres Lebens auf Dere nicht allein sein würde. Sie verspürte kein Bedürfnis mehr, ihre Furcht unter dem Mantel der Melancholie oder der überschäumenden Lebensfreude zu verstecken. Nein, alles war Teil des göttlichen Gefüges der Welt, und auch sie war ein Teil dieser Ordnung. Und somit blieb am Ende nichts, aber auch gar nichts, das es zu fürchten galt.

Ein warmes Glücksgefühl breitete sich bei diesen Gedanken in ihrer Brust aus, und ergriffen von der Tragweite und Ewigkeit ihrer Gedanken, tastete sie nach der warmen Hand Tokahes und drückte sie voll überschäumender Zärtlichkeit.

Als die Schelmin sich nun umwandte, um zu schauen, was die Geliebte ihr mitzuteilen hätte, hielt sie erstaunt inne, da sie solch eine Ergriffenheit noch niemals zuvor in ihren Zügen gesehen hatte. Kurz schoß ihr eine flapsige Bemerkung durch den Kopf. Doch auf eine ihrem Wesen bislang eher fremde Art verstand sie, daß hier und jetzt nicht der Augenblick zum Scherzen war. *Grrrewidditt, Grrrewidditt, manchmal will es mir scheinen, daß du ganz und gar zu einem Menschling werden willst,* gingen ihr die Worte ihres Vaters durch den Kopf. »Und wenn schon«, murmelte sie. »Das Schlechteste ist das nicht. Solange Zoe an meiner Seite ist, wird es schon richtig sein.« So erwiderte sie nur den Händedruck der Geliebten und hob sich den grandiosen Reim, der ihr just auf den Satz ›Zoe ist voll Ergriffenheit‹ eingefallen war, für einen späteren Zeitpunkt auf.

Am Abend des 10. Ingerimm 1017 stieß die Gruppe, bestehend aus Jantar, dem Geweihten des Boron, Larak, dem Aikarr der Haipu, seinem Lebensgefährten Taiku, der Kriegerin Kunkau, dem Sammler Karlun, zehn weiteren Haipu-Kriegern sowie Tokahe und Zoe auf wohl zwei Dutzend Waldmenschen vom Stamm der Darna.

Den ganzen Tag über waren Trommeln im Wald zu hören gewesen. Gegen Mittag hatten die Haipu eine kurze Rast eingelegt, um Taiku Gelegenheit zu geben, das Trommeln zu erwidern. Der Aikarr hatte Tokahe erklärt, daß man sich auf diese Weise verständigt hatte, die Darna am Fuße des Jadegebirges zu treffen, und die Schelmin hatte es wiederum der Gauklerin erklärt. Beide waren außerordentlich aufgeregt und lauschten von diesem Augenblick an mit doppelter Aufmerksamkeit dem Klang der Trommeln, um zu sehen, ob nicht auch sie den Sinn der Botschaften verstehen könnten. Zwar gelang es ihnen nicht, doch war dies ein spannendes Spiel, das sie bis zum Abend in Atem hielt.

Die Darna unterschieden sich, wie Tokahe und Zoe feststellten, bereits auf den ersten Blick von den Haipu. Der Stamm des Aikarr war kriegerisch und wild, alle trugen Hautbemalungen und ihr Haar straff zurückgebunden. Bewaffnet waren sie mit Speeren und Messern. Die Darna hingegen flochten sich Blüten in das offene, lange Haar und erinnerten in Wuchs und Gestalt eher an die zartgliedrigen Elfen. Ihre Waffen waren meist eigenartige lange Rohre, die mit kleinen Pfeilen geladen wurden. Des weiteren trugen sie Bogen oder kleine Dolche.

Auch die Sprache der Darna war weicher als die der Haipu, in ihr überwogen gedämpfte Kehllaute, wohingegen die Worte der Haipu sich mehr aus harten Schnalzlauten zusammensetzte, die auch die Schelmin, die sich stets für eine perfekte Stimmimmitatorin gehalten hatte, nur mit Mühe nachzuahmen vermochte. Allerdings konnte Tokahe, wie sie jubelnd feststellte, sehr wohl einige Worte der Darna verstehen.

Nach einer kurzen Rast, in der sich der Aikarr mit Jantar und einer Darna-Frau, ihre Führerin, wie Zoe und Tokahe vermuteten, zu einem kurzen Gespräch zurückgezogen hatten, setzten sie ihren Weg zum Lager der Weißen gemeinsam fort.

Jantar berichtete der Schelmin und der Gauklerin in kurzen Worten, daß sie an diesem Abend und dem darauffolgenden Tag die Vorgänge im Lager lediglich beobachten wollten, um dann zu beraten, was weiterhin zu tun sei. Denn bislang wüßten weder er selbst noch der Aikarr oder die Darna sich einen Reim auf die Geschehnisse zu machen, und man war überein gekommen, nicht übereilt zu handeln und so möglicherweise unnütz Blut zu vergießen, denn dererlei, so erklärte er, wäre weder im Sinne der Haipu noch der Darna. Auch galt es zuerst einmal zu erkunden, ob eine Gruppe der Haipu, die vor etwa einer Woche in dieser Gegend verschwunden war, sich tatsächlich im Lager der Fremden aufhielt. Gleiches galt für die Swafnirgeweihte, nach der Zoe und Tokahe suchten. Jantar berichtete weiterhin, daß man beschlossen hatte, die Gauklerin und die Schelmin erst am späten Abend mit zu einem der Beobachtungsposten zu nehmen. Bis dahin sollten sie mit einigen anderen bei einem kleinen Außenposten abseits des Lagers zurückbleiben. Zwar wäre es gut, wenn man mit jenem Lirobal, von dem sie berichtet hatten, in Verbindung treten könnte, doch wollte man sich zuerst einmal ein Bild von der Lage machen.

So verstrich der Abend mit Spekulationen und gespannter Erwartung, und als es dunkel geworden war und nur das leise Tuscheln der Wachen die Geräusche des Waldes unterbrach, erinnerte sich die Gauklerin an den verschobenen Kuß vom Nachmittag, und dieser wurde nun ausgiebig nachgeholt.

11. Ingerimm 1017 nach Bosparans Fall

Im Magierlager am Fuße des Altimont, Vormittag

Am frühen Morgen hatten Sindai, Fjornwulf und Lirobal mit ihren beiden Führern die Ausläufer des Altimont erreicht. Zu Lirobals Erstaunen hatte Sindai keinerlei Anstalten gemacht, sich an dieser Stelle von ihnen zu trennen. Auch von Bezahlung und erfolgreichem Abschluß des Marsches war keine Rede gewesen. Die Brabakerin war, seitdem sie Raskir zurückgelassen hatten, noch wortkarger geworden, als sie dies schon zuvor gewesen war. Ihre Miene hatte sich, wie Lirobal immer wieder mit Erschrecken feststellte, seit dem Zeitpunkt, da sie vor zwei Tagen aus dem Dschungel zurückgekehrt war und die Nachricht von Raskirs Tod überbracht hatte, kaum mehr verändert: Ihr Blick war starr, kalt und ausdruckslos. Das helle Gesicht schien mehr denn je in Marmor gemeißelt und zeigte die schönen, wie leblosen Züge einer grausamen Statue. Ja, grausam und leblos – das traf es Lirobals Ansicht nach am besten. Er hatte in Sindai stets eine unnahbare Person gesehen, deren fremdartige Schönheit ihn eher abstieß als faszinierte. Denn schön war sie, katzenhaft war jede ihrer Bewegungen, und doch war es nicht ihre Fremdartigkeit, die ihn immer öfter schaudern ließ. Auch Zoe, die kleine Gauklerin, war von einer fremden Schönheit gewesen. Doch was bei der kleinen Küchenfee von Leben erfüllt gewesen war – die sonderbaren Augen, die viel zu helle Haut, die geschmeidigen Bewegungen –, war bei Sindai tot und leblos. Und manchmal, wenn der Brabaker Lotse sie in einem unbeobachteten Augenblick betrachtete, beschlich ihn für den Bruchteil eines Wimpernschlages das grauenerregende Gefühl, neben einer seelenlosen Kreatur des Namenlosen einherzuschreiten.

Darüber hinaus machte er sich immer wieder Vorwürfe, nicht nach Raskir gesucht zu haben, um dessen sterbliche Überreste göttergefällig zu bestatten. In der ersten Nacht ohne den Thorwaler hatte er ernsthaft darüber nachgedacht, zu fliehen, sich allein in den Dschungel zu schlagen, den Körper seines Freundes zu suchen und zu begraben und dann auf dem schnellsten Weg nach Brabak und zu Yvonja zurückzukehren.

Die Dukaten, wegen der er die Brabakerin ursprünglich begleitet hatte, waren ihm mittlerweile so unwichtig geworden wie das Wohlbefinden einer nostrischen Küchenschabe.

Er glaubte auch gar nicht mehr daran, daß er sie je erhalten und von hier fort und zurück nach Hause kommen würde. Der trostlose, schweigsame Marsch durch den Dschungel hatte in ihm den Verdacht keimen lassen, daß Sindai vielleicht nur um Raskirs willen – vielleicht aber auch nie – die Absicht gehabt hatte, sie nach Ankunft am Fuße des Berges mit Fjornwulf ziehen zu lassen.

Doch der Brabaker Lotse war nicht geflohen, hatte nicht einmal nach einer Gelegenheit für ein solches Unterfangen Ausschau gehalten. Denn: Wie hätte er jemals allein aus dem Dschungel herausfinden sollen? So hatte er der Dinge geharrt, die da kommen würden, und das tat er noch immer, jetzt, einen halben Tag nach ihrer Ankunft in dem ›Magierlager‹, wie er es insgeheim nannte. Denn daß es hier von Magiern nur so wimmelte, war nicht zu übersehen. Er als Brabaker und gebildeter Mann erkannte einen Magister an seiner Robe, seinem Stab und an dem aufwendigen Kopfputz. Auch Sindai hatte unvermittelt, wenige Augenblicke vor ihrer Ankunft in dem Lager, einen solchen Stab in der Hand gehalten und trug diesen nun stets mit sich herum. Lirobal hatte sich gefragt, wie er so plötzlich in ihre Hand geraten war. Denn zuvor, das konnte er beschwören, hatte er nie einen Zauberstab bei ihr gesehen. Da sie ihn ja wohl kaum irgendwo am Wegesrand gefunden hatte, war er zu der Überzeugung gelangt, daß sie ihn herbeigezaubert haben mußte.

Seit ihrer Ankunft schien es ihm darüber hinaus fast so, als hätte man ihn vergessen. Sindai war sofort nach Betreten des Lagers mit Hündchen und einigen anderen Männern verschwunden, Fjornwulf hatte sich dem schmierigen Romero angeschlossen, und ihn hatte man mit dem Packpferd in der Nähe einer größeren überdachten Hütte zurückgelassen, die wohl als Stall für einige weitere Pferde oder sonstige Packtiere diente. Tatsächlich war recht bald eine ungepflegte Frau – wohl an die fünfzig Götterläufe alt – aus dem Gebäude geschlurft, hatte ihm das Tier abgenommen und auf einen Baumstumpf gedeutet, der neben dem Haus aus dem Boden ragte. Dann hatte sie ihm einen Wasserkrug und einige Früchte in die Hand gedrückt und war mit dem Tier im Inneren des Gebäudes verschwunden. Der Kleidung nach zu urteilen gehörte die Frau zu den Piraten, die sie am Strand von Altoum in Empfang genommen hatten und denen auch Hündchen und Romero angehörten.

Unbeachtet saß Lirobal dort auf seinem Baumstamm, nun bereits seit mehreren Stunden, wie er schätzte, verzehrte langsam und gemächlich Obst und Wasser und inspizierte das seltsame Lager mit schweifenden Blicken. Es war erstaunlich groß, befand er, und mußte schon seit längerer Zeit bestehen. Unweit des Stalles, vor dem er saß, standen einige Holzhütten, die in Art und Größe dem Stall ähnelten und bei denen es sich offensichtlich um Wohnhütten handelte. Hier, so vermutete er, mußten die anderen Piraten untergebracht sein, die derzeit damit beschäftigt waren, eine Art übergroßes Fangnetz zu knüpfen, das einige Schritt von den Hütten entfernt auf dem Boden ausgebreitet lag. Es war in der Tat ein riesenhaftes Netz. Der Brabaker Lotse konnte sich kein Lebewesen vorstellen, das man damit hätte fangen wollen – außer einem Mammut vielleicht oder einem Schlinger.

Doch das Netz war nicht das einzig Ungewöhnliche hier.

Der Stall und die Hütten befanden sich am Rande des provisorischen Dorfes. Weiter zur Mitte hin standen größere Hütten, und vor manchen entdeckte Lirobal kleine Kräutergärten. Ein Bach durchteilte das Lager; gemächlich plätscherte er von den Hängen des rosafarbenen Gebirges hinab und verschwand, nachdem er das Dorf passiert hatte, in den grünen Tiefen des Urwaldes. Die größeren Hütten waren wohl die der Magister und Magistrae, dachte der Lotse, denn in einer von ihnen waren Sindai und ihre Begleiter verschwunden. Etliche Schritt von diesen Hütten entfernt ragte das wohl sonderbarste Gebäude auf, das er je zu Gesicht bekommen hatte. Es lag am Rande des Altimontgebirges und war eben jenes, das bereits den jungen Haipukrieger in ratloses Staunen versetzt hatte. Dunkel glänzte es in den Strahlen der Sonne, und seine Oberfläche war so eben, daß sich das Laub der Bäume in ihm spiegelte und so das Schwarz an einigen Stellen grünlich schimmerte. Die Rundung des Kuppelbaus verzerrte das Spiegelbild und ließ es dadurch um so fremdartiger erscheinen. Am Boden des Gebäudes befand sich ein riesenhaftes, zweiflügeliges Tor. Über ihm war eine große Steintafel aus einem anderen, gleichfalls steinernen Material angebracht, in die Muster oder Zeichen eingraviert waren, die Lirobal aus der Entfernung nicht genau erkennen konnte. Auch er konnte sich nicht erklären, wie die merkwürdig glänzenden Steine hierhergekommen waren. Er hielt sie nämlich für Basalt, der erstens, wie er wußte, sehr teuer und zweitens – vor allem in dieser Gegend – gewiß selten war. Vielleicht kam er hier auch überhaupt nicht vor. Außerdem: Sagte man nicht, daß dieses Gestein magisches Wirken unmöglich machte? Er war sich dessen freilich nicht sicher, nahm es aber, da er für gewöhnlich sehr viel auf seine Allgemeinbildung und Erinnerungsgabe hielt, erst einmal als Tatsache an. Was aber tat dieses Gestein – gesetzt den Fall, er läge mit seiner Einschätzung richtig – inmitten eines Haufens zauberkundiger Personen? Und was mochte das gewaltige Gebäude beherbergen? Ein weiteres Rätsel gab die Architektur des Bauwerkes auf: kuppelförmig, aber scheinbar fugen- und ritzenlos. Wer mochte etwas Derartiges erbaut haben? Und wie mochte der- oder diejenige es bewerkstelligt haben? Was für eine Funktion erfüllte es, hier, inmitten des Urwalds?

Wohl ein Dutzend Schritt hinter dem dunklen Kuppelbau befand sich ein weiteres Gebäude, sofern man das Gebilde überhaupt als Gebäude bezeichnen wollte. Denn es erinnerte eher an einen hohen hölzernen Zaun, der um eine Fläche von gut hundert Rechtschritt errichtet war. Es befand sich gleichfalls am Rande des Gebirges, und der Bach verlief genau durch das Bauwerk hindurch. Hinter der eingezäunten Fläche erhob sich ein großer freier Platz – eine Art niedriges Plateau, auf natürliche Weise von dem rosafarbenen Jadegebirge gebildet. Mehrere Symbole – jedes gewiß von fünf Schritt Durchmesser – waren scheinbar auf die Oberseite des Steines geritzt oder geschlagen worden – scheinbar, denn vielleicht handelte es sich auch um ein natürliches Muster im Gestein oder um eine Sinnestäuschung, hervorgerufen durch das Licht, das sich in furiosem Glitzern und Gleißen auf dem Gestein brach. – Ja, der Berg war, wie er immer wieder staunend feststellte, ein Wunder Sumus. Von Lirobals Standpunkt aus schien er sich über den gesamten nördlichen Horizont zu erstrecken – ein riesiger funkelnder Edelstein, der ihn, in die wilde Urwüchsigkeit des Dschungels gebettet, an den kostbaren Schatz eines Drachen gemahnte.

Nein! Kein Drachenschatz, verbesserte er sich: Hier, genau an dieser Stelle, müßte man einen Tempel der lieblichen Rahja errichten! Trotz der ganz und gar nicht rahjagefälligen Situation, in der er sich befand, und trotz seiner großen Furcht wunderte er sich, daß ihm der Gedanke nicht schon eher gekommen war. Denn er hatte noch nie in seinem Leben einen Ort gesehen, der ihm geeigneter erschienen wäre! Alles an der Natur rings um ihn herum war rahjagefällig: die Farbe des Gesteins und seine schillernde Pracht, die wohlige Wärme – denn ganz im Gegensatz zu der Hitze des Urwalds wehte hier ein erfrischend kühler Wind –, die bunten Vögel, die immer wieder keckernd und tschilpend ihre Kreise zogen, das Plätschern des Baches …

Ja, Göttin! schickte er da aus tiefster Seele ein Stoßgebet in den flirrenden Sommerhimmel, wenn ich mit Yvonya den Traviabund geschlossen habe, werde ich mit einer deiner Geweihten hierher zurückkommen und ihr diesen Fleck Erde zeigen! Ich bin mir sicher, daß auch sie erkennen wird, daß er nur zu dem Zwecke erschaffen worden ist, dich an dieser Stelle zu preisen, liebliche Göttin! Und ich schwöre, daß ich alles in meiner Macht Stehende tun werde, um den Bau des Tempels mit allen Mitteln zu unterstützen, die mir gegeben sind! Dieses Lager hier muß verschwinden! Es paßt nicht hierher! Lieblos ist es angelegt, es flößt einem Furcht ein und zerstört die Schönheit des Ortes! Dieser Schandfleck mitsamt seinen finsteren Bewohnern wird, das schwöre ich, einem Bauwerk weichen, das die Schönheit dieses Platzes mit der deinen verbindet und ihn dadurch noch um vieles lieblicher erscheinen läßt!

Von derart göttergefälligen Gedanken in Hochstimmung versetzt, erschien ihm seine Situation mit einemmal viel weniger aussichtslos als noch kurz zuvor. Ja, so dachte er, ich bin in einem Dschungel. Und: Ich weiß nicht, welches Vorhaben ich unwissentlich unterstützte, als ich den Auftrag annahm, diese Sindai hierher zu begleiten. Aber wenn es ein götterlästerliches Tun sein sollte, das hier geplant wird, so werde ich Hilfe holen und es vereiteln!

Obgleich er weder wußte, woher er Hilfe hätte holen sollen, noch, wie er – gesetzt den Fall, ihm gelänge eine unbemerkte Flucht, wofür die Zeichen im Augenblick recht gut standen – diesen Ort je allein wiederfinden sollte, breitete sich mit einemmal eine unerschütterliche Zuversicht in ihm aus. »Nun denn, Lirobal«, murmelte er mit einem grimmigen Lächeln, »wollen wir doch mal sehen, was die gebildeten Herrschaften im Schilde führen!« Mit diesen Worten erhob er sich von seinem Beobachtungsposten und begann, das Lager genauer zu erkunden.

Er wanderte hierhin und dorthin, schaute beiläufig durch eine Fensteröffnung oder widmete sich angelegentlich der Betrachtung einer Pflanze, während er innehielt, um ein Gespräch zu belauschen. Obgleich er es selbst kaum fassen konnte (und er des öfteren verstohlen an sich heruntersah, um sich zu vergewissern, daß er nicht etwa unsichtbar geworden wäre): niemand beachtete ihn; es war fast schon unheimlich. Genaugenommen war die Alte beim Stall, der er das Packpferd übergeben hatte, die einzige, die in diesem Lager je Notiz von ihm genommen hatte. Den Netzknüpfern hatte er sich bis auf einen halben Schritt genähert, und keiner der Männer und Frauen hatte ihn auch nur eines Blickes gewürdigt.

Eine Weile hatte er ihr Gespräch verfolgt, aber er verstand sie sehr viel schlechter als Hündchen und Romero. Dennoch – ein paar Informationen hatte er herausfiltern können; seltsame Informationen: Von einem gigantischen Spinnentier war die Rede gewesen, das dem Netz ganz schön zugesetzt hatte – woraus Lirobal schloß, daß man *es* – was auch immer *es* sein mochte – wohl bereits gefangen hatte und er die Reparatur des Fangnetzes irrtümlich für die Fertigung desselben gehalten hatte. Des weiteren war von einem großen Wassertier die Rede gewesen, welches sich am heutigen Morgen recht wild gebärdet hatte. Ein Wassertier? dachte Lirobal. Wo mögen sie es halten? Sein Blick fiel erneut auf den hölzernen Zaun – ob sich hinter diesem vielleicht eine Art Bassin verbarg? Ein weiteres, mit viel Johlen untermaltes Gesprächsthema waren ›die wilden Männer und Frauen‹ gewesen. Offensichtlich hielt man sich irgendwo in diesem Lager Waldmenschensklaven, an denen man seine Lust befriedigte, denn die höhnischen Bemerkungen und grölenden Zwischenrufe, die die Erzählungen über die ›Wilden‹ begleiteten, waren grob und unmißverständlich. (An dieser Stelle muß angemerkt werden, daß Lirobal nicht erzürnt über den Umstand war, daß die Piraten sich Sklaven hielten. Schließlich hatte er den Großteil seines Lebens in Brabak verbracht, wo die Haltung von Sklaven gang und gäbe ist. Darüber hinaus handelte es sich bei den Gefangenen offensichtlich um Waldmenschen, um ›Wilde‹ also. Der mittelreichische und gebildete Leser mag sich also an dieser Stelle genauso über die Sklavenhaltung empören, wie ich es tue. Lirobal aber tat es nicht.)

Außerdem erzählte man sich, daß ›der Herrscher des Berges‹, von dem die Piraten gedämpft und mit großer Ehrfurcht sprachen, unruhig wäre. Dieser ›Herrscher des Berges‹ war Lirobal gleichfalls ein Rätsel. Könnte es sich um einen Zwergenkönig handeln, so fragte er sich, der vielleicht in den Tiefen des Altimont seine Wohnstatt hatte und es höchst ungern sah, daß Menschen an den Ausläufern seines Berges siedelten? Zu guter Letzt erfuhr er, daß viele übermorgen das Lager verlassen wollten. Sie wollten zum Strand Altoums ziehen, um von dort aus mit einer Karracke, der *Golgaris Schwinge,* wie Lirobal vermutete, nach Maraskan zu reisen. Maraskan, dachte Lirobal, ja, von Maraskan war schon öfter die Rede gewesen. Vielleicht hatte man ja vor, ihn und Fjornwulf mit nach Maraskan zu nehmen. Oder man ließe sie an einem Hafen zurück, zahlte ihnen ihren Sold, und von dort aus könnten sie dann ... Nun, um der Wahrheit die Ehre zu geben, glaubte er nichts dergleichen wirklich. Irgend etwas, das fühlte er mit jeder Faser seines Körpers, stimmte hier ganz und gar nicht. Nur konnte er sich auf das Gehörte und Gesehene noch keinen rechten Reim machen. So beschloß er, sein Glück schamlos auf die Probe zu stellen und einfach weiter zu schlendern, ganz so, als wäre dies ein gemütlicher Spaziergang und seine Anwesenheit die normalste Sache der Welt.

Während Lirobal sich nun auf die Magierhütten zubewegte – er hatte vor, diese erst einmal zu umrunden und dann seine Aufmerksamkeit auf das umzäunte Bassin, das absonderliche Basaltgebäude sowie das Felsplateau mit den Zeichnungen zu konzentrieren –, faßte er noch einmal zusammen, was er bislang in Erfahrung gebracht hatte.

Erstens: Die Karrake, mit der sie angekommen waren, war offensichtlich zu Transportzwecken hergeschafft worden. Ein Teil der Leute, die er für Piraten hielt, war hier, der andere bei der Karrake. Mit dieser sollte es also, so vermutete er, zur Insel Maraskan gehen.

Zweitens: Hier, inmitten des Dschungels von Altoum, befand sich – offensichtlich schon seit längerer Zeit – ein ganzes Nest von Magiern. Vermutlich hatten sie die

Abgeschiedenheit des Lagers mit Absicht gewählt, um bei den Dingen, die sie planten, ungestört zu sein. Verständlich.

Drittens: Es war wohl die Aufgabe der Piraten, dafür zu sorgen, daß die gebildeten Herrschaften hier in der Wildnis nicht verhungerten und ihnen auch sonst kein Leid geschah. Wer würde wohl am morgigen Tage das Lager verlassen? Die Magier? Um es einem Haufen Wilder zu überlassen, die gewiß alles plündern würden? Aber die Karrake – so prunkvoll und kostbar ausgestattet – war gewiß nicht dafür erbaut worden, einen Haufen Piraten zu beherbergen. Sie mußte für die Damen und Herren Magister bestimmt sein. Und – einmal angenommen, es wäre wahr und die Magier würden tatsächlich mit der *Golgaris Schwinge* nach Maraskan segeln –, warum in der Götter Namen war Sindai Rathilsdarn dann erst so kurz vor der geplanten Abreise an diesem Ort angelangt? Das Lager hier sah nach einer ganzen Menge Arbeit aus. So etwas ließ man doch nicht grundlos zurück, um auf eine Insel zu fahren, auf der es von Giftzeug nur so wimmelte. Marask*a*n! Marask*e*n! Da sprach doch schon der Name für sich! Nun gut, Maraskan hin, Marasken her, er hatte diese ekelhaften Tiere in Wahrheit noch nie in seinem Leben gesehen, und es gab Wichtigeres, über das er nachdenken mußte.

Also viertens: Gab es ein Viertens? Galotta … Ja, da war noch dieser Name gewesen, dieser Name, zu dem sein Gedächtnis noch immer nicht die rechte Brücke schlagen wollte …

Gut, dann also nicht. Vielleicht fiel ihm später ein, was es mit dem Namen auf sich hatte.

Die Inspektion des hölzernen und des basaltenen Gebäudes verschaffte Lirobal nicht die erhofften Hinweise. Er hatte beide einmal umrundet und festgestellt, daß sie keine Fenster, wohl aber Tore besaßen, die in

Richtung des Hochplateaus zeigten. Die Schrift über dem basaltenen Gebäude war sonderbar verschnörkelt, und er hatte etwas Derartiges noch nie zuvor gesehen.

Beide Tore waren mit ehrfurchtgebietenden Siegeln und Riegeln verschlossen, und aus beiden Gebäuden hatte er derart furchterregende Geräusche vernommen, daß er gar nicht mehr wissen wollte, was sich hinter den Toren verbarg. Aus dem Inneren des Kuppelbaus erklang ein Rasseln und Fauchen, das ihn entfernt an Atmen erinnerte, außerdem ein Kratzen, wie von starken Krallen, die über Steinboden schabten. Aus dem Bassin drang ein stetiges gurgelndes Glucksen, und als die hölzerne Umzäunung unvermittelt unter einem schweren Schlag aus ihrem Inneren heftig erbebte, hatte er schnellstmöglich das Weite gesucht.

Die Begutachtung des Steinplateaus war auch nicht viel aufschlußreicher gewesen. Es handelte sich bei den Vertiefungen tatsächlich um Steinmetzarbeiten, und zwar um unglaublich gute. Fast hatte es den Anschein, der Fels wäre von sich aus in dieser Form gewachsen. Das freilich war unmöglich, denn die Einschnitte stellten vier sternförmige Gebilde dar, die sich jeweils mit einer ihrer äußersten Spitzen in der Mitte des Gebildes berührten. Die nach außen gewendeten Spitzen der Sterne zeigten nach Osten und, auf der gegenüberliegenden Seite, nach Westen. An der südlichen und nördlichen Seite des Quadrates waren die Spitzen der Sterne nicht auf die jeweilige Himmelsrichtung ausgerichtet.

Es handelte sich hier unverkennbar um magische Zeichen, soviel war Lirobal klar. Aber weiter brachte ihn diese Erkenntnis nicht. Am Rande des Steinplateaus erhob sich eine sonderbare Konstruktion aus Holz, die Lirobal entfernt an einen Kran erinnerte, wie er zum Be- und Entladen von Schiffen verwendet wurde.

Ratlos entfernte er sich von dem Steinplateau und wandte sich nun doch den Häusern der Magier zu, während er sich zu erinnern versuchte, in welchem Sindai bei ihrer Ankunft verschwunden war. Seine Wahl fiel auf eines der mittleren Gebäude, doch als er sich diesem näherte, vernahm er sehr bald Worte in einer harten, knackenden Sprache. Vermutlich wurden hier die ›wilden Frauen und Männer‹ gefangengehalten. So wandte er sich einer der anderen Hütten zu.

Im Gegensatz zu der vorigen hatte diese ein Fenster, und der Brabaker Lotse ging wie selbstverständlich daran vorbei. Ja, das war unverkennbar die Stimme Sindai Rathilsdarns. Lirobal hockte sich unterhalb der Öffnung auf den Boden, lehnte den Kopf gegen die hölzerne Wand und prüfte unter halbgeschlossenen Lidern, ob ihn jemand beobachtete. Doch es war wie schon zuvor: Niemand störte sich an seinem Tun, niemand beachtete es. Dennoch weiterhin den in der Sonne Schlafenden mimend, konzentrierte Lirobal sich auf die Stimmen innerhalb des Hauses. Man sprach Tulamidisch. Aha.

Noch immer vernahm er die Stimme Sindais: »... und so denke ich gleichfalls, werter Magister Galotta, daß es wohl an Euch sein sollte, den *Azzitai* zu halten, während wir um die Gunst der Herrin *Asfaloth* bitten. Offensichtlich scheint auch Ihr, geschätzte Kollegae, meiner Meinung zu sein, wie ich an den Vorbereitungen des Plateaus unschwer habe erkennen können. Ein weiterer Vorteil dieser Vorgehensweise wäre, daß Ihr, werter Gaius, der Ihr Eure Anrufung erst zu einem späteren Zeitpunkt beginnt, bis zu Eurem Eintritt in Euer Heptagramm der Herrin des Chaos einige Huldigung erbringen könntet, indem Ihr Euch der Opferzeremonien annähmet. Das würde unsere Beschwörung während des *Mutabilli* gewiß positiv unterstützen«, sagte sie gerade.

Lirobal schnappte nach Luft und riß, seine Tarnung als Schlafender vergessend, entsetzt die Augen auf.

Beschwörung, sie hatte *Beschwörung* gesagt! Und *Opferzeremonie!*

Nein, er wußte weder, wer diese ganzen Azzitais und Mutabillis waren, aber ›Herrin des Chaos‹, das war ihm bei weitem Erklärung genug. Er kannte keine Herrin des Chaos, niemand der Zwölfgötter war für dererlei zuständig. Das ließ in seinen Augen nur eine Möglichkeit offen, und die wollte er lieber nicht bis zu ihrem Ende durchdenken … Weg, nichts wie weg! Wenn sie dich hier bemerken, werden sie gewiß nicht erst fragen, ob du ihr Gespräch belauscht hast oder nicht!

Einen panischen Fluchtimpuls unterdrückend, bewegte er sich genauso unauffällig von dem Gebäude fort, wie er sich zu ihm hin bewegt hatte, und drehte sich erst wieder um, als er den Baumstumpf nahe des Stalls und somit seine ursprüngliche Ausgangsposition erreicht hatte. Die Piraten hatten ihre Knüpfarbeiten inzwischen beendet und waren gerade damit beschäftigt, das Netz zusammenzurollen. Aus einer der Piratenhütten traten Romero und Fjornwulf und steuerten, als sie ihn entdeckten, auf ihn zu.

Noch ehe sie ihn erreicht hatten, lenkte eine Bewegung bei den Magierhütten Lirobals Aufmerksamkeit zurück in diese Richtung. Aus der Hütte trat Sindai an der Seite eines alten Mannes, dessen Kopf von zahlreichen häßlichen roten Narben entstellt war. Ihnen folgte eine weitere Person, ganz und gar verschleiert, deren Bewegungen ihm auf eigentümliche Art befremdlich erschienen. Doch nahm er dieses Detail nur am Rande wahr. Vielmehr blieb sein Blick an dem rotköpfigen Alten haften.

Rot war sein Kopf, verbrannt in Schande, auf ewig trägt er dieses Mal. ›Geächtet nun‹, so heißt der Spruch, des göttlich' Urteils Widerhall. Der Hofmagus, der mußte gehn, der König hat's befohlen, ging ihm die Melodie eines Liedes durch den Kopf, dem er einmal auf dem Markt in Brabak gelauscht hatte und an dessen Worte er sich plötzlich erinnerte: *So schlich er fort in dunkler Nacht, ganz heimlich und verstohlen. Voll Rache war sein Herz darauf, er schloß sich an den Ogerzügen, um über diese als ihr Herr fortan nun zu verfügen. Und brachte Unheil über Dere, doch konnte nicht bestehn. Im Angesicht der Macht der Zwölf, da mußt' Galotta untergehn. Rot war sein Kopf…* Ja, das war es! Natürlich: Galotta, der verstoßene Magister des Königs. Die Ogerzüge! Die finstere Nahema! Das mußte vor etwa – er überlegte kurz – fünfzehn Jahren gewesen sein.

Lirobal entsann sich gut, daß sein Vater ihm – er selbst war damals kaum sieben Götterläufe alt gewesen – wieder und wieder aus dem Aventurischen Boten vorgelesen hatte, um ihm von den Schrecknissen des Krieges und schließlich vom Sieg Kaiser Hals über die Menschenfresser zu berichten. Lirobal hatte ihm jedes Wort von den Lippen abgelesen und die blutrünstigen Berichte immer wieder hören wollen, so sehr hatten sie seine Phantasie beflügelt. Damals hatte er sich stets gedacht, daß er einst genau so ein mutiger und heldenhafter Mann werden würde wie der mächtige Kaiser Hal selbst… Galotta. Wie, so fragte er sich, hatte er diesen Namen nur vergessen können?

Sindai und ihre Begleiter bewegten sich von ihm fort in Richtung des Steinplateaus.

Fjornwulf klopfte ihm kameradschaftlich auf die Schulter – was Lirobal erschreckt zusammenfahren ließ – und riß ihn aus seinen Gedanken. »Bertez, Yussuf und seine Kumpel haben ein paar nette Frauen auf Lager. Interesse?« Die Stimme des Thorwalers klang unsicher, wie Lirobal fand. Das süffisante Grinsen wirkte gequält. Fjornwulf tat ihm mit einemmal leid, und Lirobal schämte sich, denn er war sich plötzlich sicher, den Zimmermann in den Tagen zuvor zu Unrecht des Verrats verdächtigt zu haben.

»Weißt du, Fjorn«, entgegnete er deshalb, wobei er

darauf achtete, seiner Stimme eine verschlagene und ausgekochte Färbung zu verleihen, »ich für meinen Teil stimme mich auf ein derartiges Vergnügen immer mit einer Partie Boltan ein. Wie wär's? Steigert die Vorfreude, kann ich dir versichern!«

»Prima Plan, Bertez!« erwiderte Fjornwulf einige Wimpernschläge zu schnell und ließ sich sogleich mit einem – wie Lirobal fand, unverhohlen erleichterten – Seufzer neben ihm auf den Baumstumpf plumpsen.

Sowohl er selbst als auch der Thorwaler hatten in Garethi gesprochen, und wie erwartet schüttelte Romero – oder Yussuf – nun abfällig spottend den Kopf, zwirbelte die speckigen Enden seines Bartes und sagte klar und verständlich: »Könnt ja später nachkommen, ich geh dann schon mal vor«, während er in Richtung der Hütten deutete, aus denen Lirobal die fremdartigen Stimmen der Wilden vernommen hatte. Romero, du fiese kleine Ratte, dachte der Brabaker Lotse bei sich, ich habe mir doch schon immer gedacht, daß du uns verstehst! Laut sagte er: »Geht klar, Yussuf, wird nicht lange dauern, soviel ist sicher!« Er wartete, bis der Schnauzbärtige sich entfernt hatte, dann wandte er sich an den Thorwaler.

»Nun, Fjorn, wie ist die Lage?« fragte er und begann beiläufig, mit einem Stock Linien auf den Boden zu zeichnen. »Boltan spielen ohne Karten können wir ja nun leider nicht, was?«

Der Zimmermann betrachtete schweigend seine zerschlissenen groben Stiefel.

»Ich hab Schiß«, sagte er schließlich.

Lirobal konnte sich in Anbetracht der Schlichtheit, mit der Fjornwulf die Lage auf den Punkt gebracht hatte, ein amüsiertes Schmunzeln nicht verkneifen.

»Ja«, gab er zurück, »ich auch. Und, was tun wir jetzt? Hast du eine Idee?«

»Weiß nicht, Bertez. Verdammt, die halten sich Sklaven! Und ich sitz daneben und tu nichts! Hab schon genug Dreck am Stecken, bei Swafnir! Jurga tät sich im Grab umdrehen, wenn sie mich sehen könnte. Das ist ein ganz schön fauler Kahn hier, das sag ich dir …«

»Schon mal über die Rattentaktik nachgedacht? Verlassen des sinkenden Schiffes und so?«

»Hm, ja, hab ich. Bringt aber nichts. Wohin willst du, ist doch überall nichts als Wald und Bäume und Kroppzeugs. Abhauen ist kein Problem, die suchen uns nicht. Wissen ja so gut wie wir, daß wir's allein keine zwei Meilen weit schaffen. Die wollen übermorgen hier weg, vielleicht nehmen sie uns mit, und wir können nach Hause …«

Lirobal schüttelte entschieden den Kopf. »Nein, Fjorn, ich sag dir was: Mein Entschluß steht fest. Ich schlag mich in den Dschungel, wenn's sein muß, alleine. Komm mit, wenn du willst, aber überleg es dir schnell. Mich halten hier keine zehn Kamele mehr.«

Der Thorwaler studierte noch immer den Dreck auf seinen Schuhen.

Lirobal wartete. Er überlegte, ob er Fjornwulf erzählen sollte, was er belauscht hatte, entschied sich jedoch dagegen. Denn er war sich nicht sicher, ob der Zimmermann ihn nicht am Ende verraten und sich selbst auf diese Weise eine bessere Position verschaffen würde. Ich hab schon genug Dreck am Stecken, hatte der Thorwaler gesagt. Wer also sagte ihm, daß der Schiffskoch zögern würde, sich aus Furcht noch ein klein wenig mehr Dreck aufzuladen? »Überleg's dir gut, Fjorn«, fügte er dennoch hinzu. »Ich an deiner Stelle würde mitkommen.«

Doch Fjornwulf schüttelte nur müde den Kopf, dann erhob er sich schwerfällig. »Ich kann nicht. Viel Glück, Bertez«, murmelte er noch, ehe er sich schleppend in Richtung der Hütte in Bewegung setzte, in der zuerst Yussuf und im Laufe ihres Gespräches noch einige weitere Piraten verschwunden waren und aus der man mittlerweile lautes Johlen und Schreien vernahm. Kurz davor schwenkte er ab und wandte sich einer anderen Hütte zu.

Lirobal sah der gebückten Gestalt nach, bis sie die Tür erreicht hatte.

Dann nahm er seinen Rucksack mit den wenigen Habseligkeiten, die ihm geblieben waren, befestigte den noch halbvollen Wasserschlauch an seinem Gürtel, warf einen letzten Blick auf das rosafarbene Gesteinsmassiv und kehrte dem Lager der Magier den Rücken.

»Wenn es irgend jemanden gibt, der etwas gegen das Grauen unternehmen kann, das sich hier zusammenbraut, so werde ich ihn finden!« dachte er.

Fjornwulf war an der Tür der Hütte stehengeblieben und sah Lirobal nach. Er kicherte vergnügt. »Reizend, ganz reizend«, murmelte er. »Ich werde immer besser!« Dann wandte er sich um und verschwand in der Unterkunft.

Im Altoumer Dschungel
am Fuß des Altimont, Vormittag

Die Späher der Haipu, denen Jantar auf die Bitte Zoes und Tokahes hin den Lotsen beschrieben hatte, benachrichtigten den Aikarr kurze Zeit, nachdem Lirobal das Lager verlassen hatte. Sie berichteten, der Weiße irre ziellos im Dschungel umher. Der Aikarr gab Anweisungen, Lirobal umgehend zu ihm zu bringen.

Die Todesangst Lirobals, als einer der Haipu ihn lautlos von hinten ansprang, zu Boden riß, ihn fesselte und knebelte, um ihn daraufhin zu einem ihm unbekannten Ort zu führen, muß wohl nicht näher beschrieben werden. Und genauso groß wie seine Angst war sein Erstaunen beim Anblick Zoes und Tokahes an der Seite eines Borongeweihten und eines Schamanen, der dem Geweihten wie aus dem Gesicht geschnitten und nur durch Kleidung und Haartracht von diesem zu unterscheiden war. Wie erleichtert war er, als die Gauklerin ihm versicherte, daß die Dunkelhäutigen mit den kriegerischen Gesichtsbemalungen ihn nicht töten, sondern ihm helfen wollten! Nachdem er Todesangst, Erstaunen und Erleichterung überstanden hatte, berichtete er in knappen Worten, was er im Lager gehört und gesehen hatte.

Bei der Erwähnung der Namen, die Sindai ausgesprochen hatte, wurde der Geweihte mit einem Schlag fahlweiß im Gesicht, und als Lirobal geendet hatte, bat er, eine kurze Zeit allein mit dem Aikarr sprechen zu dürfen. Tokahe und Zoe nutzten die Gelegenheit, den Brabaker Lotsen wieder und wieder zu umarmen und ihm zu berichten, was sie in der Zwischenzeit erlebt hatten.

Inmitten des Staunens, Entsetztens und der Fassungslosigkeit breitete sich ein glückliches Strahlen auf seinem Gesicht aus, als er erfuhr, daß der totgeglaubte Raskir am Leben und wohl in Sicherheit war. Doch ansonsten schwindelte ihm, je mehr er die Tragweite der zusammengetragenen Informationen zu begreifen begann. Lirobal verstand nichts von Magie, und Tokahes magische Fähigkeiten halfen ihnen in bezug auf die Rätsel eines ›Mutabilli‹ oder die erwähnten Sterngebilde am Boden der Plattform nicht weiter. Auch den beiden Freundinnen grauste es bei der Vorstellung einer ›Herrin des Chaos‹, die, so waren sie sich einig, nichts anderes sein konnte als eine dämonische Kreatur.

Während Lirobal die Lage ruhig zu überdenken versuchte und Zoe, völlig verängstigt, am Boden kauerte, hüpfte die Schelmin aufgeregt von einem Bein auf das andere und kramte alle Weisheiten hervor, die ihre Zieheltern sie jemals über Dämonen gelehrt hatten.

»Öffnet sich irgendwo ein Tor
und lugt dahinter ein Dämon hervor,
so schlag ihm die Tür vor der Nase zu,
dann hast du schleunigst wieder Ruh!
Doch wenn er viele Hörner hat,
dann haut er dir die Nase platt.
Und sind's tatsächlich mehr als sieben,
wärst besser du zu Haus geblieben!«

deklamierte sie, mit stolzgeschwellter Brust auf und ab laufend.

Nach einer kurzen Pause fügte sie hinzu:

»Stinkt's fies nach Schwefel in der Nacht,
und du hörst den Magus fluchen,
wirst eh du um den Schlaf gebracht
und solltest es mit Flucht versuchen!«

Lirobal bedachte sie mit einem konsternierten Blick, und die Gauklerin schüttelte mit einem verärgerten ›Pst!‹ in Richtung der Freundin unwillig den Kopf.

»Dann halt nicht«, murmelte Tokahe schmollend. »Könnt ja sehen, wo ihr ohne meine Weisheit bleibt!«

Doch als niemand ihrem Schmollen Beachtung schenkte, setzte sie sich wieder zu den beiden Freunden und gab sich redlich Mühe, ausnahmsweise einmal konstruktiv zu sein.

Einige Schritt abseits der anderen stützte sich Jantar schwer an einen Baum, während er seinem Bruder zu erklären versuchte, was er soeben verstanden zu haben glaubte.

Ja, langsam und alptraumartig verdichtete sich das

Bild. Es paßte alles zusammen. Die Gerüchte über die Rückkehr Borbarads, das Orakel, die Magier, Dämonenanrufungen, das Opferritual, die Beschwörung... Er taumelte und vernahm überlaut den rasenden Schlag seines Herzens, während er dem Aikarr mit ruhiger Stimme von seinen soeben zur Gewißheit gewordenen Befürchtungen berichtete.

»Ich weiß, Larak, du wirst mir widersprechen. Du wirst noch in dieser Nacht angreifen wollen. Ich beschwöre dich: Tu es nicht. Du hast mich gerufen, damit ich dir meinen Rat gebe. Und ich sage dir: Wir brauchen den Beistand der Geweihtenschaft! Wir brauchen den Beistand der Priesterschaft der Hesinde! Ich *muß* sie verständigen, Larak. Wenn wir jetzt gleich nach ihnen schicken, was glaubst du, wie lange werden deine Fährtensucher brauchen, um mit ihnen hierher zurückzukehren?«

Der Aikarr überdachte die Frage. »Es ist Vormittag. Wenn sie jetzt aufbrechen, erreichen sie Altaia nach der Dämmerung. Sie könnten zurück sein, wenn der Mond bereits einen Großteil seiner nächtlichen Reise zurückgelegt hat. Reicht das, Jantar?«

»Ich weiß es nicht, Larak. Ich weiß nur, daß wir es versuchen müssen. Ich denke, die Magier werden in der morgigen Nacht ihr unheiliges Werk zu vollenden versuchen, um am darauffolgenden Tag diesen Flecken Land – zerstört und ausgeblutet – zu verlassen. Wenn die Geweihtenschaft nicht rechtzeitig hier eintreffen sollte, können wir unsere Vorgehensweise immer noch ändern. Nur beschwöre ich dich: Schicke deine Späher, sie zu führen, Bruder!«

»Deine Priester, Jantar, werden sie unseren Spähern folgen wollen? Einem Haufen ›ungläubiger Wilder‹, die nicht einmal ihre Sprache sprechen? Denn nichts anderes sind sie in ihren Augen. Du und ich, wir erkennen, was uns eint und was uns trennt – doch wir verstehen beide die Sprache der Trommeln.«

Jantar nickte und berührte den Bruder sanft an der Schulter.

»Wir werden ihnen die beiden Frauen mit auf den Weg geben. Sie werden klären, was zu klären bleibt, nachdem ich Taija verständigt habe.«

»Gut, Bruder. Lirobal aber sollte bei uns bleiben; er ist ein mutiger Mann. Ich werde nach meinen Spähern schicken.«

So kam es, daß Zoe und Tokahe ihre Unterredung mit Lirobal vorzeitig beenden mußten und noch in derselben Stunde nach Altaia aufbrachen. Jantar hatte ihnen eindringlich erklärt, was sie zu tun hatten. Begleitet wurden sie von Karlun, dem alten Sammler, seinem Totenkopfäffchen Tapamah und Istiko, einem jungen Krieger.

Derweil verstärkten der Aikarr und die Darna ihre Wachen und warteten. Die Zeit floß zäh und langsam durch die brütende Hitze des Urwalds. Und jeder der angespannt Wartenden betete auf seine Art und Weise, daß sich keine seiner schlimmsten Ängste und Vermutungen bestätigen würde …

Im Magierlager am Fuß des Altimont, Mittag

Sindai lag mit geschlossenen Augen auf einer hölzernen Pritsche, als Fjornwulf den Raum betrat. Der Eintretende kümmerte sich nicht um das offensichtliche Ruhebedürfnis der Halbelfe. Mit einem amüsierten Lächeln ließ er sich neben der schlanken Frauengestalt auf die schmale Pritsche sinken. »Aber, aber, werte Sindai: Schon jetzt derart erschöpft? Das große Spektakel steht doch erst bevor! Wäre es nicht viel mehr an der Zeit, sich in Zerstreuung zu üben statt in Konzentration? Oder seid Ihr am Ende der Meinung, die Zerstreuung käme noch früh genug? Nun, vielleicht habt Ihr recht.« Sindai riß die Augen auf und blickte ihn verständnislos an. Er kicherte, ehe er fortfuhr. »Nun, um der Zerstreuung willen bin ich zu Euch gekommen, schöne *Elfe!* Lirobal, Euer kleiner, unbedarfter Freund, hat sich in den bösen, feindlichen Dschungel geschlagen! *Heldenmutig!* Sagt selbst, ist es nicht reizend, wie er um sein Leben und somit dem Verhängnis in die Arme läuft? Ich habe einigen der Bukanier eine kleine Freude bereitet und sie auf seine Fährte gesetzt. Ich dachte, es würde Euch erfreuen, davon zu hören. Nicht? Nun, auch gut. Wünsche noch angenehme Zerstreuung.«

Noch immer schmunzelnd, offenbar auf höchste zufrieden und ohne eine Antwort Sindais abzuwarten, erhob sich Fjornwulf, schlenderte zur Tür und öffnete sie. In der Tür drehte er sich noch einmal um. »Ach ja, ehe ich es vergesse: Ich bin zu dem Entschluß gekommen, daß es wieder einmal an der Zeit für ein neues Äußeres ist, sobald diese Aufgabe hier abgeschlossen ist. Um ehrlich zu sein, Ihr gefallt mir außerordentlich. Eine interessante Studie. Und eine Herausforderung. Tatsächlich – so unvollkommen und doch so ehrgeizig und selbstbeherrscht. Nun, wir werden sehen, ob Ihr heute nacht eine gute Figur macht und es lohnenswert ist, Euch – zumindest in Seinem Reich – zu erhalten. Das sollte Euch ein Ansporn sein, werte Sindai.«

Und mit einem leisen Lachen zog der Gestaltwandler die Tür hinter sich zu.

Sindai lag noch immer sprachlos auf ihrem Lager. Zornig? Nein, zornig war sie nicht. Vielmehr verwundert über den unverschämten, bösen Spott des Quitslinga. Sie war dem Blender und seinen Kreaturen nicht gewachsen, das wußte sie jetzt. Doch manche Folianten sagten, die Quitslinga stammten aus dem Gefolge Asfaloths. Wenn dem so wäre, wollte die Herzogin sie vielleicht prüfen. Und ihr zu verstehen geben, daß sie scheitern würde? Aber warum? Langsam zog Sindai die Kappe von ihrem Haupt und strich nachdenklich über das seltsam organische, wie lebendig wirkende helle Haar. Eine der Strähnen wickelte sich gleich einer Würgeschlange um ihren Mittelfinger und zog sich zusammen. Die Magierin schüttelte die lästige Strähne ab. Würde sie, Sindai, Ihr, Caljinaar, der vielfarbigen Herzogin des wimmelnden Chaos, gewachsen sein? Fjornwulf, Alrik oder wie auch immer sein Name war, hatte sie verspottet, hatte sie zu reizen versucht. Doch Sindai wußte, wieviel Wahrheit in seinen Worten lag. Wenn es wahr wäre, wenn Caljinaar ihr zum Tausch gegen den gewagten Zauber – oder aus Zorn gegen die Anrufung, die Galotta plante, und die sie selbst zuzulassen gewillt war, wer vermochte das zu sagen – *ihr* ureigenes Selbst schenken würde? Sindai horchte tief in sich hinein. Nein, dort war nicht Wahnsinn, dort war nicht Chaos, dort herrschte noch nicht der Odem der gestaltlosen Herzogin. Dort waren Ruhe und das Wissen um die eigene Macht. Aber auch Gewißheit um das Risiko, das sie einzugehen gewillt war. Langsam und mit Bedacht rief sie sich das Antlitz Derajans ins Gedächtnis, seine flehenden Augen … und dann das Gesicht Raskirs, des rothaarigen Hünen mit dem kindlichen Gemüt. Beide hatte sie geliebt – auf ihre Art. Beide hatte sie *ihr* zu Ehren zurückgelassen. Beide hatte sie dem Wahn, hatte sie *ihr* geopfert. Was mehr konnte Caljinaar verlangen?

»Was verlangt Ihr, Herzogin?« flüsterte Sindai. »Was mehr kann ich Euch geben?«

»Deine Ruhe, Sindai«, wisperte es tief in ihr. »Deine Disziplin. *Dich selbst* …«

Im Dschungel von Altoum, Nachmittag

Irgendwo in den Tiefen des Altoumer Dschungels kämpften sich Karlun, Istiko, Tokahe und Zoe durch die brütende Hitze. Jeder Schritt war eine Qual. Um sie herum summte und brummte es ohne Unterlaß. Die Luft war schwer von der Feuchtigkeit, der Schweiß rann ihnen in Strömen den Körper herab. Scharfe Blätter zerschnitten ihre Haut, und die Wunden schmerzten, wenn der salzige Schweiß mit ihnen in Berührung kam. Unzählige Male schon hatten sich die Füße Zoes und Tokahes im Wurzelwerk verfangen, und sie waren gestolpert oder gestürzt. Ihre Beine spürten sie kaum noch.

Auch für die Haipu war der Marsch eine Herausforderung: Der Aikarr hatte ihnen aufgetragen, den *schnellsten*, nicht den sichersten Weg nach Altaia zu wählen. Der schnellste Weg führte nicht entlang ihrer Fährten. Er führte mitten durch das grüne Meer. Dennoch einen einigermaßen gangbaren Weg – auch und vor allem für ihre im Urwald unerfahrenen Begleiter – zu finden erforderte von Istiko und Karlun äußerste Konzentration.

Die grauen Augen Karluns, des alten Sammlers, suchten immer wieder den Boden und die Pflanzen nach Spuren ab. Er verstand genausowenig wie Istiko, was für eine Gefahr ihnen von dem Magierlager am Altimont drohte. Doch daß sie um ihr Leben liefen, daß jeder Wimpernschlag verstrichener Zeit kostbar war, daß sie die Stadt der Weißen so schnell wie möglich erreichen mußten, das war klar aus den Worten des Aikarr hervorgegangen. Karlun hatte die Angst in dessen Augen gesehen, auch wenn seine Stimme wie immer ruhig und beherrscht geklungen hatte. Und als sie sich voneinander verabschiedet hatten, hatte Larak ihm die Hände gedrückt. Eine Geste, die bei den Haipu ungewisses Wiedersehen bedeutete. Auf diese Art verabschiedeten sich auch die jungen Männer und Frauen, die zu ihrer Reifeprüfung auszogen, von ihren Stammesgenossen. Man wußte nie, wie und ob sie zurückkehren würden.

Ungewisses Wiedersehen ... Karlun vertraute dem Aikarr. Er würde sein Bestes geben, damit es ein Wiedersehen gäbe. Der Weg war beschwerlich, selbst für ihn. Tapamah, sein Totenkopfäffchen, kletterte irgendwo hoch über ihm in den Bäumen. Es würde ihn warnen, wenn sich gefährliche Tiere näherten – Raubtiere würde Tapamah gewiß erkennen und melden, doch eine giftige Schlange zu Füßen der Wanderer würde sein langjähriger Begleiter nicht sehen können. Für derartige Gefahren trug allein Karlun die Verantwortung.

Hinter dem alten Sammler keuchten die beiden Frauen. Karlun sorgte sich um sie. Bis jetzt schlugen sie sich noch recht gut, sie jammerten und klagten nicht und forderten keine Pause. Freilich, ohne die beiden wären Istiko und er einige Stunden schneller am Ziel gewesen. Doch wenn sie dieses Tempo beibehielten, könnten sie es dennoch – wenige kurze Pausen eingerechnet – bis zum frühen Abend in die Stadt der Weißen schaffen. Allerdings bezweifelte Karlun, daß sie dieses Tempo beibehalten könnten. Kurz nach ihrem Aufbruch vom Altimont aus hatten die beiden sich noch aufgeregt unterhalten, so daß Karlun sie mehrfach mit Hilfe kleiner Gesten – die der Aikarr den beiden vor ihrem Aufbruch erklärt hatte – zurechtweisen und zum Stillschweigen auffordern mußte. Zu Anfang hatten die Freundinnen dennoch oft staunend innegehalten, um sich auf eine bunte Pflanze, einen Vogel oder anderes aufmerksam zu machen. Mittlerweile jedoch starrten sie nur noch auf den Boden und setzten verbissen einen Fuß vor den anderen. Der alte Haipu konnte nur hoffen, daß er das Richtige tat, indem er den Frauen gegenüber nicht zeigte, daß er ihre Erschöpfung bemerkte. Jeder Schritt war ein Schritt in Richtung Altaias, und je weniger Pausen sie machten, desto eher würden sie die Stadt erreichen.

Istiko bildete den Schluß der Gruppe. Karlun war schon oft mit dem jungen Krieger im Dschungel unterwegs gewesen, und er wußte, daß Istiko zu kämpfen verstand. Zudem war der Krieger überaus wachsam. (Für diese Wachsamkeit hatte er bereits in jungen Jahren seinen Namen bekommen, der in Garethi soviel bedeutet wie ›Vernimmt den Schlag des Schmetterlingsflügels‹. Überdies hatte Istiko außerordentlich große Ohren, nach Ansicht der Haipu ein Zeichen guten Hörvermögens.)

Auch Istiko betrachtete sorgenvoll die vor ihm her stolpernde Zoe, die sich immer öfter an ihrer Freundin abstützte, um nicht zu fallen. Er erwog, Karlun eine Rast vorzuschlagen, entschloß sich aber dagegen, da er dem Urteilsvermögen des Älteren vertraute, und wandte seine Aufmerksamkeit statt dessen wieder verstärkt der Umgebung zu.

Ein langgezogener Schrei ertönte irgendwo aus den Baumwipfeln weit über ihnen. Für die Ohren der anderen war er nicht von den steten Geräuschen des Urwalds zu unterscheiden, doch Karlun hielt unvermittelt inne und lauschte. Er erkannte die Stimme seines Äffchens unter Tausenden. Ein weiterer spitzer, kurzer Schrei erklang – Raubkatzen! Sein kleiner Begleiter hatte Raubkatzen erspäht. Der Schrei des Äffchens kam aus nordwestlicher Richtung. Karlun schlug einen Kurs weiter südwestlich ein.

Einige Zeit später – sie hatten die Raubtiere offensichtlich umgangen, ohne ihre Aufmerksamkeit zu erregen – kehrte das Äffchen auf ein hohes Keckern des Sammlers hin auf dessen Schulter zurück, und Karlun gab das Zeichen zum Rasten.

Tokahe und Zoe wären fast in den alten Mann hineingelaufen, so überraschend hielt er an. Erst als Karlun sich auf einer Wurzel niederließ und seine Hände in einen kleinen Bach tauchte, verstanden sie, daß sie sich für den Augenblick nicht mehr weiterquälen mußten. Zoe ließ sich kraftlos neben dem alten Haipu auf die Baumwurzel fallen, während Tokahe sich der Länge nach im seichten Wasser ausstreckte. Istiko suchte sich eine Stelle, von der aus er einen guten Überblick über das Umfeld ihres Rastplatzes hatte. An einem Strauch neben ihm wuchsen grüngelbe Früchte. Er betrachtete sie eingehend, dann pflückte er eine und biß in das saftige, orangefarbene Fruchtfleisch. Auch Karlun griff nach den Früchten. Eine teilte er sich mit Tapamah, zwei weitere hielt er den beiden Frauen hin. Zoe reagierte nicht auf ihn, die Schelmin jedoch, der das kühle Wasser offensichtlich neue Lebenskraft einflößte, setzte sich auf, nahm die Frucht und biß gierig hinein. Schließlich erhob sie sich kauend und nickte Karlun dankend zu: »*Karlun Wapiya* – zu dumm, daß du mich nicht verstehst, alter Mann. Aber ich glaube, ich werde mich mal um meine Freundin kümmern.« Und sie hockte sich vor Zoe auf den Boden und redete leise und eindringlich auf sie ein. Eine Zeitlang geschah nichts. Doch dann straffte sich der Körper der Rothaarigen, und die Erschöpfung auf ihrem Gesicht wich einem Lächeln. »Ja, Tokahe, ich denke, du hast recht. Sorge dich nicht um mich, ich bin mir sicher, daß wir es schaffen werden! Wir wollten doch die Welt retten.« Sie lachte bitter, und die Schelmin zuckte unter dem Klang dieses Lachens zusammen, denn Verbitterung war ihr fremd, und auch zu der Freundin paßte es nicht. »Ach, Tok«, fuhr Zoe fort, »mir scheint dieser Abend in Grangor so fern, so Äonen weit entfernt zu sein. Was Jantar uns erzählt hat, die Befürchtungen, die er hegt … Sie sind um so vieles schlimmer als alles, was ich mir jemals hätte vorstellen können. Tatsächlich habe ich nie

›die Welt retten‹ wollen. Denn ich hätte nie gewollt, daß ihr Gefahr droht. Und nun komme ich mir so töricht vor, Tokahe! Zwei dumme Narren wie wir spielen ein albernes Spiel, und ehe wir uns versehen, wird daraus Wirklichkeit. Und was tun wir? Wir sind hilflos und entsetzt und stolpern mehr tot als lebendig durch einen Dschungel. Ach, Tokahe: Wir selbst können gar nichts ausrichten! Wir sind nur kleine, dumme Mädchen und verstehen noch nicht einmal das ganze Ausmaß der Bedrohung … Aber die Geweihten der Hesinde, die werden helfen können! Und wenn es denn nun unsere Aufgabe ist, sie zu dem unheiligen Ort zu führen, werde ich so lange weiterlaufen, bis ich tot umfalle! Dann werde ich zu den Göttern beten, daß sie uns helfen mögen – und daß nichts von dem geschieht, vor dem ich mich doch so fürchte«, fügte sie leiser hinzu.

Die Schelmin sah sie schweigend an. Wieder nahmen die Worte des Vaters in ihrem Kopf Gestalt an: »Grrrewidditt, Grrrewiditt, manchmal will es mir scheinen, daß du ganz und gar zu einem Menschling werden willst …«

Nachdenklich strich sie über das Amulett um ihren Hals.

Bald darauf zogen sie weiter.

Im Magierlager am Fuß des Altimont, Abend

Taiku und Lirobal lagen Seite an Seite auf der Lauer und beobachteten das Lager der Magier.

Mittlerweile war es Abend geworden, und die beiden waren voller Besorgnis. In den vielen Stunden, die der Brabaker Lotse und der junge Haipukrieger nun schon gemeinsam Wache hielten, hatten sie sich aufeinander eingestellt und kleine Gesten entwickelt, mit denen sie sich verständigen konnten. Vor einiger Zeit hatte Taiku

Lirobal auf einige Menschen aufmerksam gemacht, die begannen, Kisten und Gerätschaften auf die steinerne Plattform zu tragen, auf der Lirobal am Morgen die sonderbar gleichmäßigen sternförmigen Gebilde entdeckt hatte. Um was genau es sich bei den Gerätschaften handelte, konnten sie aus der Entfernung nicht erkennen. Mittlerweile befanden sich schon etliche Kisten und Körbe auf dem Steinplateau, und zudem schienen sich die Bukanier rund um das Lager zu formieren. Lirobal beunruhigte diese Tatsache, denn bislang hatte er keine Art der Bewachung des Lagers feststellen können. Und er bezweifelte, daß diese Vorsichtsmaßnahmen wegen seiner Flucht getroffen worden waren. Genaugenommen glaubte er nicht einmal, daß irgend jemand – außer Fjornwulf natürlich – von seinem Verschwinden Notiz genommen hatte.

Er hatte den Thorwaler noch mehrmals gesichtet. Er hielt sich stets in der Nähe Sindais auf und schien ihr, wo immer er konnte, zur Hand zu gehen. Hin und wieder sah er ihn auch mit einem der anderen Magier in ein Gespräch vertieft. Offenbar, so dachte Lirobal, hatte Fjornwulf beschlossen, die Nähe der Magier zu suchen, weil er hoffte, dies werde ihm Sicherheit geben können. Der Brabaker Lotse wünschte, der Thorwaler wisse, daß er, Lirobal, nur wenige Schritt von ihm entfernt im Gebüsch lag und daß er Verbündete gefunden hatte. Er wünschte, Fjornwulf wüßte, daß es noch eine zweite Chance für ihn gab, dem Lager den Rücken zu wenden. Doch da ein Zeichen, das er Fjornwulf hätte geben können, auch andere auf sie aufmerksam machen würde, unterließ er es. Dennoch hoffte er im stillen, der Zimmermann möge sich ebenfalls zur Flucht entscheiden. Bei Phex! Er, Lirobal, hatte schließlich das gleiche gewagt! Doch nichts Derartiges geschah, im Gegenteil: Fjornwulf schien sich hervorragend mit den Magiern zu verstehen.

Taiku berührte den Brabaker leicht an der Schulter und machte einige kurze Gesten. Lirobal nickte, und Taiku verschwand lautlos im Urwald. Er würde ins eigene Lager zurückkehren und Bericht erstatten, wie er es in regelmäßigen Abständen tat. Der junge Lotse war sich sicher, daß er auch dieses Mal mit einem Kopfschütteln zurückkehren würde. Jantar würde einen Angriff so lange wie möglich hinauszögern, in der Hoffnung, die Hesindegeweihten aus Altaia träfen noch rechtzeitig ein. Lirobal glaubte nicht daran, so sehr er es sich auch wünschte. All die Aktivitäten der letzten Stunden innerhalb des Magierlagers deuteten darauf hin, daß, was auch immer geschehen würde, in dieser und nicht, wie Jantar vermutete, in der nächsten Nacht stattfinden sollte – zumindest war das Lirobals Eindruck. Und dann ... wäre es für jede Hilfe zu spät.

Lirobal wäre es um etliches wohler, hätte er mehr ›zivilisierte‹ Menschen an seiner Seite, die ihn verstünden und mit denen er Vermutungen und Befürchtungen austauschen könnte. Zwar hatten sich die Haipu – allen voran Taiku, sein Wachkumpan – bislang recht zivilisiert und umsichtig verhalten, doch Lirobal kannte gleichfalls genug Geschichten über die ›Wilden aus dem Süden‹. Ach, Raskir! Wärest du an meiner Seite, ich machte mir weniger Sorgen! seufzte er.

Die sanfter anmutenden *Darna* waren ihm genauso unheimlich. Sie erinnerten ihn mit ihren großen, leicht schräg stehenden Augen an Elfen, und die waren ihm schon immer nicht ganz geheuer gewesen. Die Tatsache, daß Sindai, von der Raskir erzählt hatte, daß sie gleichfalls ein Spitzohr war, mit in diese unheilige Angelegenheit dort draußen verwickelt war, hatte den Brabaker Lotsen lediglich in seiner Abneigung bestätigt. Dennoch war er froh darüber, daß die Darna auf seiner Seite kämpfen würden, wenn es zu einer Auseinandersetzung käme.

Überdies hatten sie einen Geweihten des Boron – ob Waldmensch oder nicht – bei sich. Mit was auch immer er sich im Kampf gegen die finsteren Magier stellte – es konnte nur besser sein, als allein gegen sie zu stehen.

Nach einiger Zeit kehrte der junge Haipukrieger zurück. Wie erwartet schüttelte er kurz den Kopf. So blieben sie weiter auf ihrem Posten und hielten Augen und Ohren offen.

Altaia, am Abend

In einer weißgetünchten Kammer des altaiischen Borontempels hielt Taija Naryad nachdenklich die Hand Raskirs. Ruhig und gleichmäßig strich sie über die rauhe Haut. Noch immer war der Thorwaler nicht aus seiner Starre erwacht, obwohl Taija und die anderen Geweihten alles Erdenkliche versucht hatten, der eigentümlichen Vergiftung entgegenzuwirken. Nun gab es nichts mehr, das sie noch für den Bewußtlosen tun konnte. Und so betete sie, streichelte seine Hand und betupfte seine Stirn immer wieder mit kühlenden Tüchern. O Boron, so dachte sie, ich fürchte nicht seinen Tod. Stürbe er, so wäre es seine Zeit zu sterben. So hättest du seinen Namen gerufen, und er käme zu dir, und ich wäre glücklich, in dieser Stunde darum zu wissen und zu dir zu beten. Doch Jantar sprach von den Eigenarten dieser Pflanze, und so fürchte ich mich davor, daß sein Körper stirbt und sein Geist im Wahn gefangen bleibt. Könnte er dennoch zu dir gelangen, Herr? Ist auch dies ein Ruf von *dir?*

Ich sorge mich zudem um Jantar, meinen Geliebten. Ich sorge mich um die Dinge, die uns dazu trieben, das Orakel im Iliara aufzusuchen. Und ich hadere mit mir selbst, ob ich glauben soll, was meine Angst mir zuflüstert. Ich frage mich, ob es vielleicht nicht nur meine Angst ist, die mir dies eingibt, sondern vielmehr ein Fingerzeig von dir und deinen göttlichen Geschwistern. Dann wäre es meine Angst, die mich hinderte, so zu handeln, wie die Götter es von mir erwarten ... Doch was ist es, das von mir erwartet wird? Kehrt der dunkle Bruder Rohals zurück nach Dere? Sind unsere Vermutungen wahr, bestätigen sich unsere schlimmsten Ängste? Jantar sprach zu mir auf die Art, in der es nur den Geweihten möglich ist, miteinander in Verbindung zu treten. Er sagte, die beiden Frauen würden kommen und einige seines Stammes. Ich solle nach den Hesindepriestern schicken. Das habe ich getan. Ich habe sie überzeugen können, den Waldmenschen zu folgen, sobald diese Altaia erreichen. Ich bete darum, daß sie rechtzeitig ankommen mögen! O Herr, mein Leben liegt in deinen Händen, und dort ruht es sicher und geborgen. Ich zweifle nicht an dir. Ich zweifle nicht an meinem Glauben und kämpfe gegen die Furcht, die mich niederzudrücken droht. Ich bin so schwach, Herr. Doch für dich will ich stark sein!

Sie strich sich eine Strähne ihres schwarzen Haares aus der Stirn und sah erneut forschend in das Gesicht des Thorwalers. Seine Lippen bewegten sich leicht, und seine Augenlider flatterten. Der Pulsschlag wurde schneller. Taija betätigte die kupferne Glocke, die neben dem Bett an der Wand befestigt war. Ein dunkler Ton erscholl, und einige Zeit später hörte sie Schritte auf dem Gang, die sich ihrem Zimmer näherten.

Raskir öffnete die Augen. Nackte Angst stand darin geschrieben, die Lippen verzerrten sich zu einem stummen Schrei. Taija lächelte sanft, drückte leicht seine Hand und sprach mit ruhiger, eindringlicher Stimme: »Fürchte dich nicht, Raskir. Du bist in den Hallen des Tempels des Herrn Boron. Er wacht über dich und deinen Weg. Du bist nicht allein. Er ist bei dir.«

Der Atem des Thorwalers wurde flacher, seine Lider flatterten erneut. Doch ehe sie sich für immer schlossen, erwiderte er kurz den Händedruck der Geweihten, und die Angst in seinem Gesicht wich einem Ausdruck, der Taija erschauern ließ. Sein Blick war in die Ferne gerichtet, er schaute etwas, das Taija nicht wahrnehmen konnte. Ein erstauntes Erkennen lag darin, und Zuversicht, nicht länger Furcht.

Dann war es vorbei. Raskirs Körper erschlaffte, und seine Augen schlossen sich. Taija schlug langsam das Boronsrad über dem Haupt des jungen Thorwalers.

Die Tür öffnete sich, und Ayla, die Heilkräuterkundige des Klosters, betrat den Raum. Fragend sah sie auf den leblosen Körper des Thorwalers nieder und dann in das Gesicht der Geweihten.

Taija nickte und lächelte.

Ayla erwiderte das Lächeln der Geweihten, wandte sich um und verließ die Kammer. Kurz darauf ertönte die Glocke des Klosters und rief die Geweihten zum Gebet.

Sie beteten für die Seele von Raskir Ingramsson, und ihr ritueller Gesang begleitete den Thorwaler auf seiner letzten Reise über das Nirgendmeer.

Im Dschungel von Altoum, Abend

Sternenklar war der Nachthimmel über dem Dschungel, und noch immer huschten Karlun, sein Äffchen Tapamah und Istiko durch den Urwald. Zoe und Tokahe stolperten zwischen ihnen.

Zoe summte bereits seit Stunden leise eine kleine, schwermütige Melodie, immer dieselbe, wieder und wieder. Tokahe hatte die einfache Klangfolge aufgenommen und setzte seit unzähligen Stunden im Takt des Liedes einen Fuß vor den anderen. Hm – Schritt –

Hm-Hm – Schritt – Hmhm – Schritt – Hmmm – Schritt – Hmhmhmhm – Schritt – Hmhmmm ... Wahrscheinlich tat die goldäugige Gauklerin das gleiche, und der einzige Sinn des kleinen Liedes war, wie in einer Art Trance zu laufen. Auch Karlun und Istiko vermuteten das, und so nahmen sie die Beeinträchtigung ihrer Sinne in Kauf und ließen die Rothaarige gewähren.

Doch schließlich hielt der alte Sammler inne und deutete auf einen hellen Schein zwischen den Bäumen. Einige Schritte weiter, und sie traten aus dem Urwald heraus auf eine nahezu ebene Fläche, die eindeutig von Menschenhand bearbeitet worden war. Als Tokahe erkannte, daß es sich um etwas wie ein Feld handelte, fiel sie ihrer apathischen Freundin um den Hals und drückte sie fest an sich. »Wir haben es geschafft!« flüsterte sie ihr ins Ohr. »Wir haben es geschafft!«

Kurze Zeit später konnten sie bereits vereinzelte Lichter der Stadt erkennen, die unter ihnen in einem Talkessel lag. In der Luft hing der schwache Duft von frischem, kühlendem Menthol. Sie sammelten all ihre verbliebenen Kräfte und hasteten so schnell sie eben konnten auf Altaia zu.

Im Magierlager am Fuß des Altimont, später Abend

In dem Lager, das die Waldmenschen unweit des Magierlagers errichtet hatten, lief Jantar unruhig auf und ab, während er den Schilderungen Lirobals lauschte.

»Es ist nun schon seit mehreren Stunden dasselbe Bild. Die Bukanier haben sich rund um das Lager aufgestellt und schirmen es nach möglichst vielen Seiten hin ab. Auf dem Steinplateau haben sich die Herren und Damen Magier zusammengerottet und eine Menge

Schnickschnack aufgebaut, viele Kerzen und rauchende Tiegel. Seit Stunden veranstalten sie einen sonderbaren Singsang, und zwischendurch sagt dann immer wieder einer der Kerle was in einer Sprache, die ich nicht verstehe. Aus dem Kuppelbau und dem Holzverschlag haben sie irgendwas Riesiges mit so einer Art Kran auf das Plateau gehievt. Auch ein Netz, hab aber nicht erkennen können, was drin war. Verdammt! Ich kenne mich zwar nicht mit so was aus, aber wenn das keine Beschwörung ist, dann freß ich 'nen Besanmast! Bei Rondra, wir dürfen nicht mehr zögern, wir müssen angreifen! Mir wäre es verflucht noch mal auch lieber, ein ganzes Heer von Hesindepriestern dabeizuhaben. Aber sie sind nicht hier, und sie werden es auch nicht schaffen! Worauf wartet Ihr noch, Euer Gnaden? *Wir* sind hier, und *wir* können etwas tun! Und wenn das nicht schnellstens geschieht, brauchen wir überhaupt nicht mehr einzugreifen! Ich flehe Euch an: Sagt Eurem Bruder, er soll seine Leute sammeln! Wir müssen angreifen! Jetzt!« sagte der Brabaker Lotse beschwörend.

Jantar schwieg eine Weile, dann nickte er.

»Ihr habt recht, Lirobal«, meinte er schließlich. »Es wäre falsch, noch länger zu warten. Nun können wir nur noch beten.« ... und kämpfen, fügte Lirobal in Gedanken hinzu. Mit einemmal schien ihm seine Rede gegen den Geweihten töricht und dumm. Er wollte überhaupt nicht angreifen! Er wollte sich keinem Haufen finsterer Magier entgegenstellen! Es war etwas anderes, auf der Lauer zu liegen und das Geschehen zu beobachten. Aber kämpfen, mit einer lächerlichen Waffe, die er zudem noch nicht einmal meisterlich zu führen verstand? Doch er konnte seine Worte nicht mehr zurücknehmen. Jantar beriet sich kurz mit dem Aikarr und den Darna, dann brachen sie ihr Lager ab und huschten leise durch den Wald in Richtung des Magierlagers.

Man hatte sich auf ein gemeinsames Zeichen geeinigt, das davon künden sollte, daß alle ihre Plätze eingenommen hatten. Ein weiteres akustisches Signal hatte man für den Angriff ausgemacht. Der Aikarr würde es geben, und an seiner Seite standen Jantar, Lirobal und der Großteil der Darna.

Das Magierlager war strategisch gut angelegt – oder schlecht, je nachdem, von welcher Warte aus man es betrachtete. In nördlicher und östlicher Richtung schmiegte es sich an die Ausläufer des Altimont. Dort machten breite Geröllfelder ein unbemerktes Anschleichen schwierig, wenn auch im Schutz der Dunkelheit nicht unmöglich. In südlicher und westlicher Richtung grenzten die ersten Hütten des Lagers in einigen Schritt Entfernung an den Dschungel. Im Norden endeten die Ausläufer des Berges in dem sonderbaren, glatten Steinplateau, das sich gleich einem steinernen Fuß in die Lagerstätte hineinschob. Zwischen dem Steinplateau und dem Dschungel in südwestlicher Richtung erhob sich das seltsame, mattschwarze Kuppelgebäude. Zur Rechten der steinernen Ebene rauschte der Bach den Berghang hinunter. Um einen Teil des Baches war, direkt an das Plateau anschließend, jenes hölzerne, zaunartige Gebilde errichtet, in dem sich, wie Lirobal vermutete, das wie auch immer geartete Wassertier befand, von dem die Piraten gesprochen hatten.

In einem lockeren Halbkreis von Süden nach Osten hin standen die Hütten der Bukanier sowie der Stall, von dem aus Lirobal am Morgen zu seiner Entdekkungsreise durch das Lager aufgebrochen war.

Die Hütten der Magier befanden sich auf der rechten Seite des Baches ziemlich genau in der Mitte zwischen den Piratenunterkünften und dem Plateau.

Die Bukanier hatten an beiden Ufern des Baches und zwischen ihren Hütten Laternen und Fackeln in den Boden gerammt, die das Gelände bis zum Waldsaum hin ausleuchteten. In diesem Bezirk patrouillierten die Männer und Frauen in lockerer Formation. Sie waren bewaffnet, aber nicht übermäßig wachsam, wie Lirobal, Jantar und die Waldmenschen erstaunt feststellten. Offenbar war die Bewachung des Lagers in dieser Nacht eher als allgemeine Vorsichtsmaßnahme angeordnet worden und nicht, weil man tatsächlich den Angriff eines Gegners fürchtete.

Es gab nur wenige Stellen, von denen aus man einen recht guten Blick auf das Steinplateau hatte. Jantar, Lirobal, der Aikarr und die Darna schlichen sich am Rande des Dschungels entlang, überquerten den Bach und liefen bis hin zu dem westlichsten Punkt, an dem der Urwald an die Ausläufer des Jadeberges grenzte. Sie standen nun selbst etwas erhöht und konnten deshalb das Geschehen auf dem wohl dreißig Schritt entfernten Steinplateau relativ gut beobachten.

Was sie dort sahen, ließ ihnen das Blut in den Adern gefrieren.

Überall auf dem Plateau brannten Kerzen und tauchten den rosafarbenen Fels in ein sonderbar warmes, fast heimeliges Licht. Sie waren, soweit Lirobal das beurteilen konnte, entlang der magischen Zeichen aufgestellt worden.

In der Mitte der sternförmigen Zeichen befand sich mittlerweile ein hölzerner, reusenartiger Verschlag, in dem sich etwas regte, das Lirobal entfernt an einen Krakenmolch erinnerte. Da ihm der Gedanke allerdings allzu absurd erschien, verwarf er ihn wieder. Hinter der Reuse erkannte er zwei gewaltige Formen, auf die er sich überhaupt keinen Reim machen konnte.

Bei einer davon handelte es sich vermutlich um den Inhalt des Fangnetzes, denn dieses baumelte leer über dem Plateau an dem Hebearm des Kranes. Kran und Netz warfen verzerrte Schatten auf die Felswand hinter der steinernen Ebene.

Linker Hand, in einem Flammenkreis, stand Sindai Rathilsdarn, das Haupt gesenkt, in konzentrierter Anspannung erstarrt. Zu ihrer Rechten kniete Gaius Cordowan Galotta, gleichfalls mit gesenktem Haupt, von Flammen und magischen Zeichen umgeben. Sein Körper wiegte sich wie in Trance. Um das Feuer herum standen etwa ein Dutzend Frauen und Männer, die, genau wie Galotta und Sindai, in einfache, schwarze Kutten gekleidet waren. Die Magier summten einen tiefen, gleichbleibenden Ton, der ein ungutes Gefühl in der Magengegend erzeugte. In das Brummen hinein riefen Sindai und Galotta abwechselnd Worte in einer Sprache, die Lirobal nicht verstand.

Über dem Steinplateau waberte Nebel in den unterschiedlichsten Farben, von tiefstem, fluoreszierendem Grün bis zu triefendem Purpur. Die Schwaden verbreiteten einen unerträglichen Gestank nach Schwefel, Verwesung und anderem, das Lirobal nie zuvor gerochen hatte. Einer der außerhalb der Zeichen stehenden Magier hob einen Krug hoch über seinen Kopf und rief gleichfalls etwas in der Lirobal unbekannten Sprache. Dann goß er irgend etwas aus einer großen, leuchtenden Phiole in das Gefäß und streckte es erneut dem nebelverhangenen Nachthimmel entgegen. Das Innere des Gefäßes schien zu brodeln, und der Brabaker Lotse schüttelte sich angewidert, denn es schien ihm, als surrten für einen Augenblick unzählige grünschillernde Schmeißfliegen in einer hohen Säule aus dem Behältnis in den Himmel.

Einer der Bukanier führte aus der Richtung des Stalls ein Pferd an einem Strick heran. Lirobal zwinkerte mehrmals, ehe er glaubte, was er sah: Das Tier hatte zwei Köpfe!

Ein zweiter Zauberkundiger nahm den Strick entgegen und hielt das Tier fest. Ein dritter näherte sich und schnitt dem Tier mit einer kurzen, fließenden Geste beide Kehlen durch. Blut spritzte über das Plateau, Sindais Rufen wurde einen Augenblick lang lauter, und das Tier brach zusammen. Der Bukanier, der es hergeführt hatte, und drei weitere nahmen den toten Körper und zogen ihn fort. Am Rande des Plateaus ließen sie ihn liegen; Lirobal bemerkte erst jetzt, daß dort weitere Kadaver lagen. Ihm wurde übel, und er biß sich kurz in die Handfläche, um sich nicht erbrechen zu müssen. Alles in ihm schrie: Sei kein Dummkopf, Lirobal! Nimm deine Beine in die Hand und lauf davon!

Nur unter größter Willensanstrengung gelang es ihm, seine Position nicht zu verlassen. Hilfesuchend berührte er Jantar, der neben ihm am Boden kauerte, an der Schulter: »Was, in der Götter Namen, tun die dort?!« flüsterte er entsetzt.

»Sie rufen die Kreaturen der Niederhöllen an«, entgegnete der Geweihte tonlos. Lirobal wich instinktiv einige Spann zurück und rang nach Atem.

In diesem Augenblick bewegte sich der Kran. Der Ausleger schwenkte zur Seite, der Greifarm ließ das Netz zu Boden fallen und schwenkte dann erneut über den Magiern, senkte sich tiefer, ergriff eine Bohle des hölzernen Verschlages und hob ihn an. Lirobal holte geräuschvoll Luft und vergaß vor Entsetzen auszuatmen. Unter dem Holzkäfig befand sich tatsächlich ein Krakenmolch! Sein grünbewarzter Körper zuckte nur leicht, als er aus dem Käfig befreit wurde. Seine sechs Fangarme klatschten haltlos zu Boden und blieben dort reglos liegen. Noch unfaßbarer war, was nun, da das hölzerne Gefängnis nicht länger dunkle Schatten warf, noch auf dem Plateau zu erkennen war. Hinter dem Krakenmolch schwankte, langsam und wie benommen, eine gewiß zwei Schritt hohe, graue Spinne!

Und neben ihr … lag ein Drache!

Er schien gleichfalls betäubt zu sein, denn das mächtige Tier machte einen hilflosen Eindruck. Es lag auf der Seite, einer seiner Flügel hing halb ausgestreckt in der Luft und zuckte träge, zwei seiner Beine baumelten schlaff über dem steinernen Boden. Seine purpurnen Schuppen schimmerten matt im Schein des Feuers.

Lirobal kniff sich mehrmals, ehe er entsetzt flüsterte: »Jantar, verdammt: *Was ist das?!?*«

Der Geweihte antwortete ihm nicht. Lirobal bemerkte, wie die Waldmenschen um ihn herum ihre Waffen fallen ließen und sich leise murmelnd zu Boden warfen.

Der Borongeweihte redete auf seinen Bruder ein, seine Stimme klang bittend, beinahe beschwörend.

»Noiona steh mir bei! Ich werde wahnsinnig!« flüsterte Lirobal verzweifelt. »Was machen die denn da? Worauf warten wir noch? Laßt uns von hier verschwinden! Bei Hesinde, warum werfen sie ihre Waffen weg? Jantar, verdammt ...« Der Geweihte faßte ihn am Arm und schüttelte ihn leicht. »Bertez«, raunte er eindringlich, »die Nebelspinne ist den Waldmenschen heilig. Sie beten.«

»Bei Hesinde, Jantar, sie müssen doch erkennen, daß ihre Wunderspinne gleich abgestochen wird! Und wir werden auch gleich abgestochen, wenn wir nicht sofort ...«

»Ja«, unterbrach ihn Jantar. »Wir werden angreifen. Jetzt!«

Lirobal bemerkte, wie der Aikarr etwas flüsterte und die Waldmenschen zögernd nach ihren Waffen griffen und sich aufrichteten. Direkt neben ihm ertönte laut und schrill das Keckern eines Vogels. Der Brabaker erinnerte sich dunkel, daß dies den anderen Haipu als Zeichen dienen sollte. Denn Taiku und Kunkau warteten mit dem Rest ihres Stammes am östlichen Zipfel des Lagers. Es war abgesprochen, daß er und seine Leute dort einen Scheinangriff vornehmen sollten, um denjenigen, die das Plateau angriffen, zumindest die Bukanier vom Hals zu halten.

Und tatsächlich ertönte wenige Wimpernschläge darauf ein kehliger Kampfruf der Haipu aus östlicher Richtung, gefolgt vom Schreien der Bukanier. Die meisten Piraten, die im Sichtfeld Lirobals und seiner Leute standen, verließen ihren Posten und rannten in Richtung der Schreie.

Während Lirobal sich noch zu entscheiden suchte, was grauenhafter wäre, die Geschehnisse auf dem Plateau mit Verbündeten an seiner Seite oder ein ungewisses Schicksal allein in einem unbekannten Dschungel, schwoll Sindais Rufen auf dem Plateau erneut an.

»Jetzt!« zischte Jantar. Ein Hagel winziger Pfeile ergoß sich über die nahe stehenden Piraten und streckte die meisten nieder. Lirobal lachte verzweifelt auf. Dann umklammerte er seinen Dolch und folgte einigen Darna und Jantar auf das Plateau zu. Mit jedem Schritt, den er rannte, betete er zu Rondra: »Erfülle mich mit Zorn, mutige Göttin! Auf daß ich zumindest ihn habe, um ihn diesem Wahnsinn entgegenzustellen!« Der Borongeweihte brüllte laut und schrill, aber Lirobal achtete nicht auf seine Worte. Auch er selbst schrie, als er am Rande des Steinplateaus angekommen war und es nun zu erklimmen versuchte. Und mit einemmal war sie da, die Wut. Sie verdrängte die Furcht für einen Augenblick. »Hört auf damit, ihr verfluchten Schweine!!!« brüllte er und reckte sein Messer in die Höhe.

Doch niemand hörte auf ihn.

Statt dessen wandten sich drei der Magier in Richtung der Angreifer, streckten die Hände aus und riefen etwas in der unverständlichen Sprache. Aus ihren zu Schalen geformten Handflächen lösten sich glühende Feuerbälle. Einen kurzen Augenblick schwebten sie unheilverkündend über den geöffneten Handflächen. Dann rasten sie mit dschinngleicher Geschwindigkeit auf Lirobals Leute zu.

Der Lotse selbst befand sich bereits im Sichtschatten

des Plateaus, so daß ihn die flammenden Geschosse nicht erreichten. Doch hinter ihm explodierten sie völlig geräuschlos, was die Szenerie noch grauenvoller erscheinen ließ, und tauchten den Platz für kurze Zeit in gleißendhelles Licht. Die Getroffenen wurden fortgeschleudert, zerfetzt oder standen in Flammen. Sie schrien, und wer noch laufen konnte, eilte in den Busch zurück.

Lirobal stand allein am Felsplateau. Doch ehe er sich noch entscheiden konnte, ob er fliehen oder in Ohnmacht fallen sollte, durchfuhr ihn ein höllischer Schmerz, dessen Ursprung er nicht ausmachen konnte. Es war ihm auch gleichgültig. Er wimmerte und krümmte sich, ließ sein Messer fallen und versuchte dann, so schnell es eben ging, am Rand des Berges entlang in den Schutz der Baumriesen zu gelangen.

Altaia, später Abend

Durch die Nebelschwaden des Iliara wandert ein Mann. Er ist hoch gewachsen und von makelloser Schönheit. Schwarz wie die sternenlose Nacht sind Haar und Augen, scharf und kantig die Gesichtszüge. Stolz und gerade sind Haltung und Gang des Fremden.

Sicher schreitet er durch den Dunst. Dieser Mann kennt sein Ziel.

Als er schließlich auf die nackte Waldmenschenfrau trifft, ist er nicht erstaunt. Ohne zu zögern, schreitet er an ihr vorbei und betritt den im Wasser liegenden Einbaum.

Die dunkelhäutige Darna folgt ihm, und das hölzerne Gefährt gleitet still durch das nachtschwarze Wasser.

Das Boot hält am Ufer einer kleinen Insel inmitten des Flusses.

Orchideen, Zedern und Eiben stehen dicht an dicht. Der Mann verläßt den Einbaum und betritt die Insel. Ohne sich noch einmal nach der Darna umzusehen, wendet er sich zielstrebig nach Norden, und seine Silhouette verschwindet im Nebel.

Die Fährfrau sieht ihm eine Weile versonnen nach. Dann senkt sie das Haupt.

Der Nebel um sie herum scheint dichter, fast greifbar zu werden.

Sie streckt die nackten Arme aus, und ihre Handflächen liebkosen die weißen Schwaden. Ihr biegsamer Körper schmiegt sich an das Weiß wie an den Körper des Geliebten.

Der Nebelleib umfängt sie mit seinen feuchten Armen. Sie kriecht hinein in den kühlen Dunst.

Mit ihr verschwindet auch der Einbaum…

Der Fremde betritt das Innerste der Insel, ihr Herz.

Um seinen Mund bildet sich ein sardonisches Grinsen.

Die schwarzen Augen begutachten neugierig, ohne Ehrfurcht, jede Rundung der drei jadefarbenen Statuen, erforschen jeden Fingerbreit des Gesteins.

Lang sind die sechs Finger der schlanken Hand, die das dunkle Haar zurückstreichen, als er wie selbstverständlich näher tritt und sich vor den Statuen auf der Erde niederläßt.

Gelassen lehnt er sich zurück, stützt sich mit den Händen auf und betrachtet aufmerksam die merkmallosen Gesichter der Statuen.

Als er nun spricht, klingen sowohl Versonnenheit und Stolz als auch Herausforderung und das Wissen um die eigene Macht aus der weichen, wohlklingenden Stimme: »Seit Äonen gebt Ihr hier den Sterblichen Antwort auf ihre Fragen. Nun bin ich gewißlich mehr Euch denn ihnen gleich…« Der Mann hält kurz inne und lacht leise und amüsiert auf, »…doch im Grunde werdet Ihr wohl auch mir, einem nach Wissen Dürstenden, der aus freien Stücken seinen Weg zu Euch wählte, nicht die Beantwortung seiner bescheidenen Anfrage verweigern können.«

Der Nebel um die Statuen wird dichter, und wieder lacht

der Mann – vergnügt und selbstzufrieden wie jemand, der zu wissen glaubt, daß ihn nichts und niemand aufhalten kann.

Wie beiläufig streicht er über sein prunkvolles Gewand.

Als er erneut aufblickt, sind die Jadestandbilder kaum noch im Nebel zu erkennen.

Kurz huscht ein Anflug von Erstaunen über die ebenen Züge.

Langsam erhebt sich der Mann, als der Nebel noch dichter wird.

Ein grauer Schatten legt sich um die steinernen Figuren.

Er geht einige Schritt in Richtung des Schattens und verschwindet in ihm.

Als er kurz darauf erneut auf die Lichtung hinaustritt, liegt ein Ausdruck von Verärgerung auf dem makellos geschnittenen Antlitz.

»Bedauerlich«, sagt er nachdenklich. »Aber es geht auch anders.«

Dann wendet er sich ab und verläßt das Herz der kleinen Insel im Iliara.

Hinter ihm lichtet sich der Schatten. Die Statuen sind verschwunden.

Was bleibt, sind drei steinerne Sockel aus Jade und ein kleiner Fuchs, der mit witternd in die Luft gerecktem Näschen hinter dem mittleren Podest hervorlugt …

Taija wälzte sich unruhig im Schlaf hin und her.

Der fremde Mann – etwas war falsch mit ihm. Irgend etwas erzeugte ein Gefühl, das sie vor gar nicht so langer Zeit schon einmal in einem Traum verspürt hatte.

Das Bild der Insel verblaßte, und sie vernahm eine ferne Stimme. Sie klang vertraut, auf eine sonderbare Art und Weise vertraut. Ihr schlafender Körper atmete ruhiger und gleichmäßiger.

Taija ließ sich fallen in ein Meer aus samtweicher Dunkelheit. Alles in ihr öffnete sich den Worten, die durch die Schwärze zu ihr herüberwehten.

Vor ihrem geistigen Auge entstanden – nun bereits zum zweiten Mal an diesem Tag – Bilder, Klänge, Gefühle, Worte.

Wir können nicht mehr warten … Wir werden erneut angreifen … Trage es hinaus in die Welt … Wir müssen gemeinsam gegen ihn kämpfen … Sie beschwören dämonische Wesenheiten … Grauenvoll … Schmerz … Zuversicht … Ich bin bei dir, Taija, immer … Wir werden einander wiedersehen …

Mit einem Ruck öffnete die Geweihte die dunklen Augen. Sie saß aufrecht in ihrem Bett und umklammerte die wollene Decke. »Jantar«, flüsterte sie.

Ihr Blick glitt zu der hölzernen Platte, dem einzigen Schmuck auf den kahlen Wänden ihres Zimmers. Dort stand, in einfachen, unverzierten Lettern: *»Was dir gegenübersteht in der Stille der Welt, ist nichts als die Stimme des Herrn, dein Weg und Wille.«*

Ja, dachte sie: mein Weg und Wille … die Stille der Welt …

Langsam erhob sie sich von ihrem kargen Lager und begab sich in den Turm, der sich über dem Borontempel erhob und dessen Spitze ein gebrochenes Wagenrad zierte, das Zeichen für Ende und Vergänglichkeit. Dort blickte sie still auf das Tal hinab.

Nach einer Weile verließ sie ihren Platz und rief die Geweihten des Tempels zusammen. Sie berichtete ihnen von der Nachricht Jantars. Sie berichtete ihnen von dem Grund seines Fortgangs und von ihrer beider Besuch auf der Insel im Iliara.

»Wir sollten beten«, sagten sie.

»Ja«, entgegnete Taija.

Und sie begaben sich zu ihren Schützlingen und holten auch sie zum Gebet.

Als Taija später auf den Turm zurückkehrte, schweifte sie durch ihre Erinnerungen: der Tag, an dem sie von den Eltern fort und das erste Mal in einen Tempel des

Boron gegangen war… Schon damals, als sie mit den staunenden Augen eines kleinen Mädchens die Statue des großen, strengen Raben betrachtete, hatte sie sich geborgen gefühlt. Der Augenblick ihrer Ankunft auf Altaia, die erste Begegnung mit dem Haipu, dessen Anblick in einem Tempel sie zunächst sehr verwundert hatte, die kurzen Gespräche, die sie geführt, die langen brieflichen Dispute, die sie ausgetauscht hatten, das wundervolle Gefühl, als der Fremde zum Vertrauten, der Vertraute zum Gefährten wurde…

Sie weinte nicht. Sie fürchtete sich nicht. Sie war traurig, doch sie trauerte nicht.

So, mit einem leisen Lächeln, den Blick fest auf die fernen Lichter Altaias gerichtet, erwartete sie die Ankunft Zoes, Tokahes und der beiden Waldmenschen. Und das Ende des Schicksalsfadens, den Fatas, die Tochter Satinavs, für diese Nacht ersonnen hatte…

Im Magierlager am Fuß des Altimont, Nacht

Es hatte lange gedauert, bis Lirobal in der völligen Finsternis des Dschungels zu seinen Leuten zurückgefunden hatte. Denn zunächst war er einfach nur ziel- und richtungslos in den Dschungel geflohen. Nach einiger Zeit jedoch hatte er Stimmen vernommen und erkannt, daß er offenbar im Kreis gerannt war. Zu seiner großen Erleichterung traf er dann zuerst auf Jantar und nicht auf einen anderen Waldmenschen, der ihn unter Umständen nicht erkannt, für einen Feind gehalten und erschlagen hätte.

Mittlerweile hatten sich die überlebenden Darna und Haipu erneut unweit der Lichtung im Schutz der Bäume versammelt. Das Feuer hatte nur wenige Waldmenschen das Leben gekostet, doch die Furcht der Krieger vor den Flammen und der magischen Kraft ihrer Gegner war groß. Jantar hatte mit viel Geduld die Haipu beruhigt, die dererlei Magie noch nie zuvor gesehen, geschweige denn am eigenen Leib erfahren hatten. Die Darna vermochten zwar selbst eine Art von Magie zu wirken, doch war diese ungleich sanfter – im Einklang mit der Natur, in der sie lebten, und nicht dazu angelegt zu zerstören. Der Borongeweihte erklärte Lirobal mit kurzen Worten, die Haipu und Darna fürchteten sich vor der Strafe Kamaluqs. Die Waldmenschen waren sich nicht mehr sicher, ob es tatsächlich richtig und ihre Aufgabe war, in das Geschehen einzugreifen.

Lirobal hätte viel dafür gegeben, ihre Sprache zu beherrschen. Er hätte ihnen erklären mögen, daß es nichts, aber auch gar nichts daran zu zweifeln gab, daß sie fliehen müßten, fort von hier – oder sterben! Doch er verstand die Sprache der Waldmenschen nicht, und Jantar wollte er trotz seiner Furcht nicht anflehen, den Rückzug anzutreten. Denn alles, was er als Begründung ins Feld zu führen hatte, war seine grenzenlose Furcht vor dem Tod. Und er getraute sich nicht, diese einem Geweihten des Totengottes zu gestehen.

Um nicht wahnsinnig zu werden und gegen das leise Wimmern, das sich immer wieder unkontrolliert seiner Kehle entrang, anzukämpfen und zumindest irgend etwas zu tun, was ihm sinnvoll erschien, schlich er die wenigen Schritt zurück zum Rand der Lichtung, um das Gelände und die Vorgänge auf der Plattform weiterhin im Auge zu behalten. Sein geschundener Körper schmerzte bei jedem Schritt, doch die Angst war schlimmer. Dennoch versuchte er mehr schlecht als recht, beides zu ignorieren.

»Dies ist ein Alptraum«, murmelte er und schüttelte immer wieder verbissen den Kopf, um abwechselnd Ohnmacht und Fluchtimpuls zu unterdrücken.

Der Gestank nach Schwefel und Fäulnis war noch intensiver geworden. Auch die fremdartigen Beschwörungsformeln der Magier schwollen immer häufiger an, und die Körper Sindais und Galottas zuckten in merkwürdig skurrilen Bewegungen vor und zurück. Lirobal nahm am Rande wahr, daß die Wachen der Bukanier nun um einiges aufmerksamer wirkten und mit gezogenen Waffen am Rande der Lichtung auf und ab gingen. Doch die Vorgänge auf dem Steinplateau nahmen ihn viel zu sehr gefangen, als daß er den Piraten und ihren Machenschaften viel Aufmerksamkeit gewidmet hätte. Irgend etwas hatte sich auf dem Plateau verändert. Der Brabaker Lotse kniff die Augen zusammen und starrte angestrengt in die brodelnden, stinkenden Dämpfe, die nun ohne Unterlaß aufstiegen und sich wie zäher Schleim über den Köpfen der Magier zusammenzogen. Sindai schrie mittlerweile. Schrill und hoch hallte ihre Stimme durch die Nacht – wieder und wieder rief sie ein und dasselbe Wort, vielleicht einen Namen; Lirobal wußte es nicht.

Galottas Stimme war gleichfalls laut, doch klang sie eher befehlend, fordernd.

Sindai ... Ja, mit Sindai stimmte etwas nicht ...

Lirobal beobachtete apathisch den zuckenden Körper der Elfe, dann riß er entsetzt die Augen auf. Ihre Form, ihre Umrisse, alles an ihrer Gestalt schien seltsam *unkonsistent* zu sein! Fast erschien es ihm, als brodele ihr Fleisch, gleich dem grün-purpurnen Dunst über ihr; als forme es sich – immer und immer wieder neu ...

Ein lauter Schrei ertönte, und Lirobal riß seinen Blick los von dem Körper Sindais. Ohne daß er es bemerkt hatte, waren viele neue Gestalten auf das Plateau geführt worden. Es waren Waldmenschen, ihrer Haartracht nach zu schließen Haipu. Hinter jedem von ihnen stand einer der Magier, der die – offenbar gefesselten und wehrlosen – Körper hielt. Und mitten unter ihnen, am Fuß des Symbols, in dem sich Galotta befand, stand, gleichfalls gefesselt, eine junge Frau in der bunten Robe der Swafnirgeweihten. Das lange rote Haar umwehte ihre hochgewachsene Gestalt, und Lirobal bemerkte erst jetzt, daß sie schrie. Ihr Schrei war der Schrei einer Wahnsinnigen …

Nun brüllte auch Lirobal laut auf: Einer nach dem anderen sackten die Körper der Waldmenschen leblos in sich zusammen. Etwas Metallenes glitzerte in den Händen der Magier. In dem Gebilde, in dem die Tiere lagen, erhob sich mit einemmal der purpurne Drache, zuckten, wie in einem Krampf gefangen, die warzigen Tentakel des Krakenmolches, richtete sich die mächtige Nebelspinne zu ihrer vollen Größe auf. Und zwischen ihnen erhob sich eine Säule aus siedendem, waberndem Fleisch, ein Mahlstrom des Chaos, ein fleischgewordener Nachtmahr – wirbelte und kochte, und Fleisch und Blut und Galle und Schleim breiteten sich aus, ergriffen die Körper der mächtigen Tiere und zogen sie hinein in ihren grauenvollen Reigen … Alles war Schrei und Tod und Sog: Sindais Kreischen klang nicht länger menschlich, der Chor der Magier schwoll an zu einer grausigen Kakophonie, immer wieder riß der wabernde Himmel über der Plattform auf, und Kreaturen schienen Gestalt anzunehmen und wurden, noch ehe sie zu erkennen waren, erneut eins mit den tosenden schrillen Farben. Die Swafnirgeweihte wurde von einem Tentakel, der plötzlich aus dem purpur-grünen Brei über den Köpfen der Magier herausschoß, erfaßt und in die zuckende Luft geworfen. Für kurze Zeit verschwand sie in dem wabernden Nebel, dann spie die Masse ihren Körper aus, und er schlug leblos auf dem Boden auf. Dicke, gelbe Eiterblasen manifestierten sich aus dem Nichts und zerplatzten in der Luft. Und über all dem schwang ein tiefer, dunkler, fremder Ton, eine Stimme, wie Lirobal sie noch nie zuvor vernommen hatte. Grenzenloser Schmerz lag darin und auch Erstaunen. Der Ton war eher in seinem Kopf, als daß seine Ohren ihn wahrgenommen hätten, und er übertönte auf sonderbare Art alles andere – stand fragend über Chaos und Untergang. Plötzlich durchzuckte Lirobal ein Schmerz, der ihn taumeln und zu Boden fallen ließ. Fremde Bilder schossen durch seinen Geist, zu viele und zu mächtig, als daß er sie hätte erfassen können – Drachen, er sah Drachen, die sich aufbäumten in ihrem letzten Todeskampf – *Macht! Macht! Macht!* – sah sie fallen – *Kraft! Kraft! Kraft …!*

Dann erstarb der Ton, und Lirobal spürte, wie etwas in seinem Kopf zerbrach …

Am Rande nahm Lirobal wahr, daß die Waldmenschen an ihm vorbei auf die Lichtung gestürmt waren. Sie rannten auf die Plattform zu. Nur wenige Bukanier stellten sich ihnen entgegen. Die meisten waren schreiend in den Dschungel geflüchtet.

Jantar erreichte als erster das steinerne, chaosumtobte Plateau. Doch noch ehe er es erklommen hatte, traf ihn der Schwerthieb eines Bukaniers. Der Geweihte fuhr herum und rammte dem Angreifer in ohnmächtiger Wut seinen Dolch in den Leib. Der Pirat stolperte und brach zusammen. Jantar erklomm das Plateau, kurz hinter ihm folgten Larak, Taiku und Kunkau. Sie kämpften wie Löwen. Lirobal stand wie versteinert an seinem Platz am Rande der Lichtung, starrte und schrie. Schrie in einem gleichmäßigen, steten Ton, schrie, ohne es zu bemerken, starr vor Entsetzen.

Der grausame Reigen aus waberndem Fleisch inmitten des Zeichens, in dem sich die Tiere befunden hatten, kam jäh zum Stillstand. Aus verschwommenen Linien formte sich ein Bild: ein purpurner Drache mit Tentakeln an den Seiten, seltsam verformtem Kopf, der zu Teilen eins mit dem der Spinne geworden war … Auf seinen langen Spinnenbeinen schwankend, breitete er die purpurnen Schwingen aus; die grünbewarzten Tentakel an seinem Leib peitschten die klebrige Luft.

Galotta brüllte etwas und richtete sich auf. Kerzengerade stand er dort und sah in das Wabern über sich.

Für einen Wimpernschlag schien die Zeit stillzustehen.

Eine bleierne Schwere legte sich über die Lichtung. Der Fels des Altimont selbst schien zu erbeben unter einem fernen, tonlosen Ruf.

In dem Kreis der Drachenchimäre züngelte unvermittelt eine kleine Flamme auf. Die Stimme Galottas tönte herrisch und schneidend in der plötzlichen Stille.

Die Flamme wuchs, dehnte und streckte sich wohlig unter seinem fordernden Werben. Langsam bildete sich eine Gestalt heraus – aufrecht und ganz aus lodernder Glut.

Jantar hatte sich an den Magiern vorbeigekämpft und sprang laut brüllend auf Galotta zu. Doch noch ehe er ihn umreißen konnte, drehte sich der Beschwörer in seine Richtung. Er rief etwas und schleuderte dem Geweihten seine linke Faust entgegen. Der Borongeweihte strauchelte, fiel zu Boden und kroch unter Aufbietung all seiner Kräfte weiter auf den Beschwörer zu. Galottas Blick wanderte von der Chimäre hin zu Jantar und wieder zurück. Seine Bewegungen wirkten aufgeregt und fahrig, als er erneut sein beschwörendes Werben aufnahm.

Langsam richtete sich Jantar nochmals auf. Sein Körper war angespannt, er setzte zum Sprung an, gleich einem Raubtier löste er sich vom Boden… Galotta schrie auf, drehte sich erneut zu dem Geweihten und schleuderte ihm abermals seine zur Faust geballte Hand entgegen.

Jantars Körper krümmte sich im Sprung zusammen und erschlaffte dann.

Er schlug auf dem Boden auf und rührte sich nicht mehr.

Das glühende Rot pulsierte und schien zu lachen.

Dann löste sich eine Flamme, wurde selbst Gestalt, wuchs ins Unermeßliche, sprang, gleich einem Funken, mitten in die Augen des Drachen hinein und war verschwunden.

Die Chimäre stand still.

Galottas Stimme wurde lauter, fast kreischend. Und wieder erbebte die lebendige Glut. Und wieder schien sie zu lachen. Dann löste sich eine weitere Flamme aus dem brennenden Leib, wuchs und dehnte sich und wurde zu Funken und sprang in die Augen des Drachen und verschwand. Und abermals löste sich eine Flamme, und wieder und wieder … Die Chimäre zuckte, schien mehr und mehr von innen heraus zu glühen. Die wabernden Nebel wurden rot und flirrten in der Hitze, und Funken flogen auch aus dem Kreis heraus, der das grauenvolle Tier und den Dämon aus Feuer gefangen hielt.

Galotta starrte entsetzt und bewegungslos auf das lodernde Wesen, das nun langsam die Grenze des Kreises übertrat und sich tänzelnd auf den Magier zubewegte. Noch immer löste sich Funke um Funke aus dem glühenden Flammenleib. Die Chimäre breitete erneut ihre mächtigen Flügel aus und erhob sich auf ihren langen Spinnenbeinen. Die Tentakel fegten über die Plattform und schleuderten Magier und Waldmenschen gleichermaßen durch die Nacht. Lirobal sah Fjornwulf am Rande der Plattform stehen und verstand nicht, was er sah. Der Zimmermann kniete am Boden, und es schien, als würde er zu der wabernden Fleischsäule beten. Wild gestikulierten seine großen Hände durch die Luft. Offenbar hatte er den Verstand verloren. Lirobal sah Taiku und Kunkau, Rücken an Rücken, die Waffen gegen das Ungeheuer erheben. Ein weiterer Tentakelhieb brachte auch ihnen den Tod. Das Wesen beugte sich leicht zurück, es schien, als holte es Atem – einen mächtigen, kräftigen, einen tiefen Atemzug …

Kurz bevor die glühende Feuergestalt ihn erreichte, kreuzte Galotta die Hände auf der Brust und verbeugte sich voll Ehrerbietung vor den lebendigen Flammen.

Dann atmete die Chimäre aus. Und die Luft ringsumher explodierte in Feuer und Hitze und tosendem, rasendem, glühendem, alles verzehrendem Tod …

Wieder schien es Lirobal – ein letztes Mal in seinem kurzen Leben –, als verlangsamte sich die Zeit vor seinen Augen. Überscharf sah er Larak, den Aikarr der Haipu, der sich schützend über den Körper seines Geliebten warf. Sah Wolpje auf den Klumpen Fleisch zurennen, der einst Sindai gewesen war. Sah Romero, der unweit von ihm in seinem Blut lag …

Kurz bevor die tosenden Feuer ihn selbst erreichten, sah er Yvonya, seine Yvonya, die lächelnd vor den Flammen stand und ihn zu sich rief. Sein Schreien erstarb.

»Bei Rahja, ich liebe dich«, murmelte Lirobal.

Dann kam die Hitze. Und mit ihr die Dunkelheit …

Über dem Südmeer, Nacht

Perafir schwebte hoch über dem dunklen Wasser. Sie sang.

Volltönend und tief, wundervoll und alt war ihr Lied. Es handelte von Abschied, von Fortbestand, von Erneuerung. Amargant war flügge geworden. Sie war nicht länger eins mit ihrem Sohn.

Die mächtigen Nüstern tranken salzige Meeresluft, der Hunger ließ den Jagdtrieb erwachen, und Perafir genoß das Gefühl der eigenen Macht und Stärke. Weit unter sich erblickten ihre scharfen Augen eine Bewegung dicht unterhalb der Wasseroberfläche.

Perafir legte die Schwingen eng an ihren schillernden Körper und schoß herab wie ein todbringender Pfeil.

Doch kurz bevor sie das Wasser erreichte, bremste die Drachin abrupt ihren Fall.

Da war ein Schmerz in ihr – ein fremder Schmerz, eine Qual, zu der sie keine Geschichte, keine Erinnerung kannte. Amargant … Er schrie! Schrie nach ihr! Schrie nach allen ihres Volkes …! *Lüge … Verrat … Wahnsinn …*

Perafir stand still über dem Wasser. Der Schrei verebbte nicht, sondern schwoll an, stetig, grausam – und fremd. Das war nicht Amargant! Und doch spürte sie die Kraft seines Karfunkelsteins, fühlte, als wäre es ihr eigener Leib, der verging, wie die Kraft darin schwarz wurde und schwand.

Wie war das möglich? Der Karfunkel, die reine Seele, die Essenz der Drachen, wurde stumpf, trüb und dunkel, und sein Leuchten wurde matt und war von Schlieren durchsetzt.

… Amargant … Amargant … Kraft … Macht … Ewigkeit … Amargant … rief der Körper der Purpurnen, rief jede Faser ihres Seins dem zu, der ihr Sohn gewesen war.

Dann erhob sie sich erneut in die Luft, konzentrierte all ihre Kraft auf das Fliegen. Schneller als ein Dschinn schoß sie über das Meer auf Altoum zu …

Im Magierlager am Fuß des Altimont, Nacht

Das Wesen, das einmal Amargant gewesen war, schrie.

Aus jeder Faser seines Körpers spie es Feuer. In jedem seiner Gedanken tobte grenzenloser Haß. Alles in ihm wußte um den Verrat. Den Verrat der Mutter, die ihn nichts von diesen Qualen gelehrt hatte. Den Frevel der Waldmenschen, die *Kun-Kau-Peh* nicht gehuldigt hatten. Etwas in ihm schrie nach Wasser, schrie nach Tiefe. Etwas in ihm hungerte nach Zerstörung, dürstete nach Vernichtung.

Alles war Feuer. Alles war Tod.

Wie Blitze zuckten die Bilder vor seinen Augen – eine Plattform aus Stein ... *Menschen ... Schmerz ... Erniedrigung ... IHR SOLLT STERBEN!!! ... Schmerz ... ICH WILL ES SO!!! ... LEIDET!!! ...* Grausame, fremde, höhnische Verzückung über das Feuer, das Feuer, das Feuer ...

Eine unbekannte, gewaltige Macht, die das Wesen, das einmal Amargant gewesen war, mit sich fortriß in nachtblaue Tiefen, schreiende Wälder, berstenden Fels und allgegenwärtige Flammen ...

Unter ihm war nichts mehr als tosendes Feuer.

Seine Peiniger starben. Die Menschlinge starben.

Doch er wollte mehr! Wollte all seine Kraft hinausspeien, wollte allgegenwärtiges Feuer, allgegenwärtigen Tod.

Mehr!!!! schrie alles in ihm. Mehr! *Mehr!* MEHR!!!

Und die gequälte, wahnsinnige Kreatur stieß sich mit ihren dünnen Spinnenbeinen vom Boden ab, zuckte in hilflosem Zorn mit den grünbewarzten Tentakelarmen ... und flog ... und ließ hinter sich brodelnde Erde, brennende Leiber, glühenden Fels zurück.

Die Feuer in ihr tanzten noch immer. Und wo sie über den Dschungel jagte, hinterließ sie eine Spur aus tosender Hitze und wirbelnden Flammen, die sich wieder und wieder aus den Augen der Chimäre lösten, sich ausdehnten und, alles verzehrend, in dämonischer Freude zur Erde stoben ...

Gleich einem lebendigen Flammenstrahl raste die Drachenchimäre durch die Nacht – fort vom Altimont zog sich ihre gleißende Spur, und es war dem Wesen, das einmal ein junger Drache gewesen war, als riefe ihn jemand, etwas ... nach Westen ... nach Altaia ...

Altaia, Nacht

In dem Augenblick, als Sindais Körper zerfloß und sich auf ewig in der siebten Stufe der Verdammnis verlor, erreichten Zoe, Tokahe, Istiko, Karlun und das Äffchen Tapamah den Borontempel Altaias.

Die Geweihte hatte sie von ihrem Platz auf dem Turm aus kommen sehen, und Ayla, die Alchimistin des Tempels, empfing die Ankömmlinge mit einem Tee aus wohltuenden, kraftspendenden Kräutern.

Die Geweihten der Hesinde waren bereits eingetroffen und erwarteten die kleine Gesandtschaft, um von ihr zu erfahren, was genau an den Hängen des Altimont vor sich ging.

Die Nacht war drückend. Selbst der Geruch der mentholhaltigen Quellen vermochte die Schwüle nicht zu vertreiben.

Die Geweihten beider Tempel saßen mit Tokahe, Zoe und den Waldmenschen im Garten des Borontempels. Taija erschrak über die Verfassung, in der sich die beiden mittelreichischen Frauen befanden. Die Rothaarige war völlig entkräftet. Ihre vollen Lippen zitterten leicht, und die porzellanenen Hände vermochten den Becher mit der dampfenden Flüssigkeit nicht zu halten. Ihre Freundin versuchte immer wieder, ihr einen Schluck der heilenden Kräuter einzuflößen. Da die Waldmenschen scheu am Rande der Gruppe auf dem Boden hockten und sich ohnedies nicht mit den anderen verständigen konnten, war es an Tokahe zu berichten, was sie gesehen hatten.

Das verschmitzte Lächeln, das quirlige Wesen der Dunkelhaarigen, das kecke Blitzen ihrer grünen Augen war einer an ihr seltsam wirkenden Ernsthaftigkeit und Feierlichkeit gewichen.

Während sie mit der einen Hand immer wieder über den zitternden Körper der Freundin strich, umfaßte die andere mit festem Griff ein golden schimmerndes Amulett, das an einem Lederband um ihren Hals hing. Als Tokahe von den Ereignissen am Fuße des Altimont berichtete, schwang in ihrer Stimme nichts mehr von der überschäumenden, sorglosen Lebensfreude und der schelmischen Unbeschwertheit mit, die zeit ihres Lebens jedem ihrer Worte innegewohnt hatten.

»Sie beschwören Dämonen«, sagte sie schlicht. »Jantar vermutet, es habe etwas mit der Rückkehr des ›Alveraniars des verbotenen Wissens‹ zu tun. Ich weiß nicht, wer das ist. Aber Jantar sagt, wenn du, Taija, ihm recht geben würdest, dann solltest du berichten, was auf der Insel geschehen ist – was auch immer das heißen mag«, fügte sie mit einem kleinen Lächeln hinzu, und für einen Moment blitzte es wieder vergnügt in den Augen der Schelmin auf.

Dann holte sie tief und geräuschvoll Luft, erhob sich langsam und sagte: »Ich weiß nicht, wie wir es schaffen sollen, den Weg in demselben Tempo zurückzulegen, in dem wir hergekommen sind. Und eigentlich sollten wir wohl am besten mindestens dreimal so schnell laufen. Karlun sagt, er habe gehört, wie der Tiger gebrüllt hat. Ich glaube, er hat gesagt, der Tiger ist die Seele von Larak, dem Schamanen, der genauso wie dein Liebster aussieht, Taija, Euer Gnaden. Wenn ich den alten Sammler richtig verstanden habe, glaubt er, der Schrei des Tieres ist eins gewesen mit dem Schrei seines Schamanen. Ich weiß es nicht. Aber sicher ist, daß auch ich glaube, daß es am besten wäre, wir wären schon da.« Sie warf einen langen, sorgenvollen Blick auf ihre Gefährtin. Die Augenlider der Gauklerin flatterten, und immer seltener geschah es, daß sie die Augen mit einem unwirschen Schütteln des Kopfes wieder aufzureißen versuchte.

»Ich glaube«, flüsterte Tokahe, »es wäre besser, sie bliebe hier.«

Fragend blickte die Schelmin die Geweihten an.

»Vielleicht kann sie bei Raskir bleiben?« sagte sie, einer plötzlichen Eingebung folgend, und ihre Miene hellte sich sichtbar auf.

Noch ehe jemand der Anwesenden etwas erwidern konnte, vernahmen sie unvermittelt ein sonderbares Geräusch.

Und dann brach das Unheil über Altaia herein...

Es begann damit, daß die Nacht mit einemmal zum Leben erwachte. Kreischend und tschilpend stoben Trauben von Vögeln auf, und der östliche Himmel war schwarz vom Schlag Aberhunderter Flügel und Schwingen. Laut kreischende Trompetenvögel, tschilpende Sittiche, keckernde Pfefferfresser, schreiende Kakadus, krähende Buntschreier, Alverane und Fledermäuse flatterten durch die Nacht. Mit ihnen kamen die Insekten: Hellblau schillernde Ikanariaschmetterlinge, brummende Fliegen und Hummeln, grell zirpende Zikaden und Heuschrecken, summende Motten und Käfer, sirrende Schnaken und riesenhafte Libellen schwärmten durch die Luft auf Altaia zu.

Ein flackernder Schein schob sich von Osten über die bewaldeten Hügel. Das rötlichgelbe Licht wurde heller und heller und tauchte den Borontempel und die unter ihm liegende Stadt nach und nach in ein unwirkliches, pulsierendes Licht.

Alle am Borontempel Versammelten waren aufgesprungen und starrten mit weit aufgerissenen Augen gen Osten. »Bei den Göttern, der Urwald brennt«, flüsterte Taija.

Die Wahnsinnigen begannen in ihren Unterkünften zu schreien, und aus dem Innern des Tempels vernahm man Türenschlagen und die hastigen Schritte der Geweihten, die zu ihren Schützlingen eilten.

Die Menschen im Garten des Tempelgebäudes bedeckten schützend ihre Gesichter, als die Insekten den Garten erreichten.

Dann knackte und barst das Unterholz, und die fliehenden Tiere kamen. Überall brachen sie aus dem Urwald hervor und stürmten über bestellte Felder und Weiden, zertrampelten die Ernte und scheuchten das Vieh auf, das sich, kopflos blökend und muhend, der flüchtenden Herde anschloß.

Riesige Brabaker Waldelefanten, Wildkatzen, fangzahnbewehrte Dschungeltiger, mächtige Riesenaffen, Panther, Geparden, fliegende Greifkatzen, Purzel-, Moos-, und Löwenäffchen und blaugraue Schattenlöwen flohen vor dem todbringenden Feuer. Ein Meckerdrache zischte schreiend am Ohr der Schelmin vorbei und verschwand. Ein riesenhafter Waldschrat brach, rückwärts laufend und seine machtvolle Keule in wilder Wut gegen den blutroten Himmel schwingend, aus dem Unterholz hervor. Der Boden erbebte unter dem gewaltigen Schritt zweier Hornechsen, die nahe an den Geweihten vorbeitrampelten und Bäume und Sträucher umknickten, als wären es morsche Zweige. Rauschend, berstend, knackend, tosend und kreischend raste die riesige Herde auf die Stadt zu und ließ verwüstetes Land hinter sich zurück.

Und dann erhob sich die Chimäre über den Hügeln.

Ehrfurchtgebietend stand sie über den Wäldern, ein flammenumtoster, tödlicher, fleischgewordener Frevel gegen die zwölfgöttlichen Geschwister. Noch immer lösten sich in nicht enden wollender Flut Flammenleiber aus dem geschändeten Körper des purpurnen Drachen; wo sie den Boden berührten, schien die Erde selbst Flamme zu werden, und Pflanze, Tier, Humus und Stein flossen sterbend ineinander und vergingen unter der grausamen Macht des dämonischen Feuers …

Mit der geschändeten Kreatur kam der Sturm; ein Sturm aus reiner tosender Luft, ohne Blitz, ohne Donner.

Taija war die erste, die sich aus der Erstarrung löste.

Sie riß ihren Blick los von dem Ungeheuer am Himmel, schaute ein letztes Mal auf die Stadt, auf Tokahe und Zoe, auf den brennenden Urwald; dann wandte sie sich um und lief auf den Tempel zu, um den noch immer wahnsinnig schreienden Schützlingen des Noionitenklosters Beistand zu leisten. Ihre große, schwarze Gestalt verschwand in den Mauern des hellen Sandsteinbaus.

Die Geweihten der Hesinde fielen auf den Boden und riefen laut ihre Göttin an.

Karlun, Tapamah und Istiko flüchteten panisch gen Süden und verschwanden zwischen den sturmgepeitschten Bäumen.

Auch Zoe hatte sich aufgerichtet und starrte auf das Grauen über ihren Köpfen. Sie schien seltsam ruhig und gefaßt. Langsam griff sie nach der Hand Tokahes und strich sanft über deren feuchte Finger. Ihr Atem ging ruhig und regelmäßig, und in ihren Augen lag nichts als grenzenlose Trauer, als sie nun die Rechte dem Wesen über ihrem Kopf entgegenstreckte und mit ihrer zarten Hand sanft durch die flackernde Luft strich, als wolle sie dem fleischgewordenen Nachtmahr am Himmel über den purpurschillernden Körper streichen.

»Ein Drache, Tokahe«, flüsterte sie. »Ich habe niemals zuvor in meinem Leben einen Drachen gesehen.« Ihre Stimme klang unsagbar traurig, und als die Schelmin ihre Freundin nun in fassungslosem Unverständnis anblickte, sah sie, daß helle Tränen gleich funkelndem Tau über das orangerotumflammte Gesicht der Gauklerin rannen. »Er kämpft, er kämpft dagegen an, Tokahe … *Kämpfe, Drache! Kämpfe!!!*« schrie sie dann, stellte sich auf die Zehenspitzen und reckte beschwörend ihre schlanken Arme in den flammendroten Himmel.

Tokahe umfaßte das Amulett um ihren Hals, drückte es fester und fester, und zum erstenmal in ihrem Leben empfand sie Furcht. Hilflos betrachtete sie Zoe, die immer schneller auf sie zurasende Chimäre, die Welt, die in einem Meer aus Feuer um sie herum versank. Dann kniff sie ihre grünen Augen zusammen, als fixiere sie etwas. »Llladiffidath«, murmelte sie flehend und riß die Augen ruckartig wieder auf.

Inmitten des tosenden Feuers entstand, einzig und allein für die Augen der Schelmin sichtbar, ein buntschillerndes Tor. In ihm materialisierte sich das Bild einer saftiggrünen Wiese, auf der der Vater stand und sie aus seinen birnenförmigen, wäßrigblauen Augen fragend ansah. An seiner Seite hockten der Klabauter Teggeckch, ihr Freund Rajastrandunkelfudz, ein kleiner Biestinger, und Tokahes Stiefschwester, die einen grünen Handschuh fest in ihren kleinen Fäusten hielt. Llladiffidath streckte Tokahe auffordernd seine aufgedunsenen, wohlmanikürten Händchen entgegen, und die flaumige Kükenfeder auf seinem Hut wippte, von einem leisen Windhauch bewegt, sanft hin und her.

»Grrrewidditt«, sagte er leise, bittend. »Komm zurück.«

Tokahes Haut kribbelte und spannte sich schmerzhaft unter der stetig zunehmenden Hitze. Das Hauptgebäude des Borontempels barst unter den tosenden Flammen. Die Roben der Hesindegeweihten hatten Feuer gefangen, und die Frauen und Männer schrien. Tokahe wandte ihren Blick von den ausgestreckten Händen ihres Vaters ab und blickte in die goldenen Augen Zoes.

Mit der Hand fuhr sie über das glühende, wunderschöne Gesicht ihrer Gefährtin.

Zoes Tränen verdampften in der alles verzehrenden Hitze, ihr feuerrotes Haar ging in Flammen auf. Tokahe sah ein letztes Mal mit ersterbendem Blick zu ihrem Vater auf und schüttelte stumm den Kopf. Dann preßte sie sich eng an den Körper der Geliebten, und schmerzhaft verschmolz ihrer beider Haut miteinander, als eine der lebendigen Flammengestalten neben ihnen zu Boden ging und sie in ihrem prasselnden Tanz mit sich riß.

Llladiffidath wiegte betrübt das viel zu große, verquollene Köpfchen und schloß das buntschillernde Tor mit einer unwirschen Bewegung der kleinen vierfingrigen Hand …

Amargant flog tief über der brennenden Stadt. Die langen warzigen Arme der Chimäre schleuderten schreiende Leiber durch die Nacht, und die ins Gigantische gewachsenen, schwarzbehaarten Beine der Nebelspinne rissen Mauern nieder und brachten ganze Gebäude zum Einsturz.

Immer und immer neue rotglühende Geschöpfe lösten sich aus seinem Körper, wurden zu großen, aufrecht gehenden Glutsalamandern, auf deren Köpfen Hörner aus Flammen zuckten. Niemand entkam ihrem heißen Atem.

Auch der Spiegel auf dem Dach des Tsatempels barst unter der Hitze und zerbrach in tausend winzige Splitter, in denen sich, als sie zur Erde fielen, die in Grauen verzerrten Gesichter der Sterbenden spiegelten.

Tief hinter dem Schmerz und dem Haß regte sich der gequälte Geist des jungen Drachen und suchte sich mit äußerster Kraft einen Weg zu bahnen zwischen zerstörerischem Trieb und kranken, fremden Gedanken, die nicht die seinen waren. Sein magischer Feuerodem zehrte an der Essenz seines inneren Selbst, seines Karfunkels.

Und mit einemmal wußte der junge Drache, wußte *Amargant*, was ihm als einziges zu tun blieb, um seine unermeßlichen Qualen zu beenden. Mit einer letzten, unvorstellbaren Kraftanstrengung konzentrierte er sich auf die astrale Macht in seinem Innern, konzentrierte er sich auf *sein* ureigenes Sein. Ein letztes Mal bäumte sein Leib sich auf.

Und dann spie er in einem gigantischen Feuerball angeekelt all seine Kraft, sein schreiendes Selbst hinab auf die Stadt unter sich.

Und Amargant verging in Glut und Lohe.

Und Haus und Mensch und Tier zerbarsten.

Und die Fluten des Iliara färbten sich rot.

Und der Himmel zerbrach.

Und Altaia brannte …

Mit den ersten Sonnenstrahlen des 12. Ingerimm erhob sich der pupurne Körper Perafirs über den qualmenden, schwelenden Trümmern der toten Stadt.

Lange kreiste die Drachin über der verbrannten Erde. Dann landete sie sanft an der Stelle, an der einmal der Tempel der Tsa gestanden hatte.

Behutsam schoben ihre Krallen die verkohlten Balken und glühenden Steine beiseite. Vorsichtig blies der Atem aus den Nüstern Perafirs die Asche fort.

Als sie gefunden hatte, was sie suchte, erbebte der Körper der Drachin vor Glück.

Unter Schutt und Asche verborgen lag ein kleiner, purpurn funkelnder Kristall.

Sein Innerstes war klar und rein.

Unendlich zärtlich nahm sie ihn auf. Dann breitete sie erneut ihre Schwingen aus und trug den Karfunkelstein Amargants mit sich fort …

Was bleibt...

Nun sind sie tot, die, denen wir folgten, die, deren Hoffnungen und Ängste wir teilten.

Auf der Asche ihrer sterblichen Überreste beginnt erneut der Dschungel zu wachsen.

Und wir, die wir zurückbleiben, können beten, daß die zwölfgöttlichen Paradiese Heimat der Rechtschaffenen sein und die Niederhöllen auf ewig die Seelen der Götterlosen verschlingen mögen.

Geweihte des Boron sind gekommen und haben die zerstörte Erde, die einst Altaia war, eingesegnet, und die Geweihtenschaft der Zwölfgötter hielt einen Götterdienst zu Ehren der Toten. Um den Hunderten Frieden zu geben, die hier ihr Leben ließen.

Es war im Monat Rahja 1018 nach Bosparans Fall.

Viele kamen aus Charypso und allen Teilen Aventuriens, um den Toten die letzte Ehre zu erweisen, und starrten fassungslos auf das Ausmaß der Zerstörung.

Die Ermittlungen zur Klärung des Unglücks waren offiziell eingestellt worden. Niemand fand die Ursache, und viele weinten und schrien vor Verzweifung, denn sie glaubten, ihre Angehörigen, Freunde und Geliebten seien sinnlos gestorben. Und einige verfluchten laut die Götter, die dererlei geschehen ließen.

Auch ich bin dort gewesen und habe die Väter gesehen, die ihre Kinder verloren hatten, habe den Schmerz in den Augen der Zurückgebliebenen und Alleingelassenen wahrgenommen. Inmitten des Weinens und Klagens der Trauernden blickte auch ich zu den verkohlten

Überresten des Borontempels von Altaia, und auch mich überkam Wut. In meinem Inneren verfluchte ich Boron in menschlicher, schwacher Eifersucht und Hilflosigkeit dafür, daß er mir meine Schwester nun ganz genommen hatte. Für einen Moment war ich versucht, einen der rußgeschwärzten Steine zu nehmen und ihn nach den Geweihten zu werfen. Was für ein Recht hatten sie, Worte der Anteilnahme zu sprechen, Worte des Verständnisses?! Sie verstanden meinen Schmerz eben nicht. Sie hatten nicht meine Tränen geweint. Sie sprachen vom göttlichen Gefüge der Welt, doch in diesem Augenblick wollte ich nicht länger Teil dieses Gefüges sein.

Man hatte nach den Statuen im Iliara gesucht und sie nicht gefunden. Was bedurfte es mehr der Beweise? Die Götter hatten uns verlassen, so dachte ich. Sie waren fortgegangen in der Stunde, da die Menschen sie und ihren Beistand am nötigsten gebraucht hätten! Wir waren nicht Teil ihres Gefüges, wir waren ihr Spielball. Wir waren nicht Werkzeug, wir waren wertlos!

In den Gesichtern vieler der Umstehenden sah ich die gleiche Wut.

Und hätte in diesem Augenblick jemand den ersten Stein geworfen, ich wäre seiner Tat gefolgt.

Doch dann geschah etwas Wundervolles, etwas, das ich niemals mehr in meinem Leben vergessen werde und das mir erneut Hoffnung schenkte, die ich fortan, das schwöre ich, niemals mehr in Frage stellen werde: Die Priester der Zwölfgötter traten vor die Menschenmenge, und aus ihrer Mitte löste sich die Gestalt eines älteren Praiosgeweihten. Sein langer weißer Bart und seine goldweiße Robe waren vom Ruß verschmutzt, doch das Sonnenzepter in seinen Händen schimmerte golden, und der helle Schein umhüllte seine ganze Gestalt, so daß sie kraftvoll und ungebeugt wirkte.

Seine Stimme war laut und klar, als er sprach: »Wir

stehen für die Zwölfgötter, und die Geweihtenschaft hat mich auserwählt, in ihrem Namen zu euch zu sprechen. Ihr seid fassungslos, in euch schreit die Wut, ihr zweifelt an eurem Vertrauen in die Götter. Die Statuen sind fort, sagt ihr, der Tempel der Hesinde ist entweiht, der der Tsa zerstört, und heißt das nicht, daß sie, die göttlichen Geschwister, uns allein gelassen haben? Wo war der gerechte Zorn des Herrn Praios, wo der unbezwingbare Streitarm der Rondra, wo der weise Ratschlag Hesindes, das schützende Herdfeuer der Travia? Was ist aus Peraines fruchtbaren Feldern geworden, wo war Phexens Zuflucht, Rahjas Liebe in Anbetracht all dieser Grausamkeit und Zerstörung? Wo stehen Firuns unerbittliche Härte, Efferds Wut und die heilige Kraft Ingerimms gegen die Frevler, die diese Stadt zerstörten?

Sollen wir wirklich glauben, daß es *Borons* Wille war, alle zu sich zu rufen? Wandte Tsa sich ab von diesem Ort und seinen Bewohnern – in nur einer Nacht?

Sollten tatsächlich die Menschen hier derart gefrevelt haben, daß ihr Untergang gerechtfertigt gewesen wäre? Aber, so denkt ihr, ich kannte doch meine Schwester, ich kannte meinen Sohn …

Was in vielen von euch verbleibt, ist Wut und Hilflosigkeit. Und das Verlangen nach einer Antwort auf die vielen Fragen.

Antworten auf all eure Fragen können wir euch nicht geben. Auch wir sind erschüttert, auch wir stehen fassungslos vor den Trümmern dieser Stadt, vor den Trümmern unserer Tempel. Auch wir haben uns gefragt: Warum? Zumindest ich muß gestehen, daß für einen Augenblick der Zweifel in mir keimte. Ich erschrak darüber zutiefst.

Wir, die Geweihtenschaft, haben für diese Stadt gebetet, und wir haben erneut Kraft in unserem Glauben gefunden. So sprechen wir nun zu euch in der Hoffnung, daß auch ihr teilhaben könnt an unserer Zuversicht, an unserem Glauben, und daß auch ihr Kraft schöpfen möget für die finsteren Zeiten, die kommen werden. Kraft, euch den Rotten der Verderbten entgegenzustellen mit einem Gebet auf den Lippen und dem unerschütterlichen Wissen in euren Herzen, daß ihr nicht allein seid.

So hört unsere Worte: Ja, die Statuen im Iliara sind fort. Ja, die Götter kamen nicht, das Unheil abzuwenden, das Altaia zerstörte. Und doch haben sie uns nicht verlassen, und doch vergessen sie uns nicht!

Borbarad, der Verderbte, ist in unsere Sphären zurückgekehrt.

Altaia wird nur der Anfang des Grauens gewesen sein. Uns erreichte schlimme Kunde aus dem Weidenschen, im Bornland erheben sich die Heere des Finsteren, Maraskan scheint überschwemmt von den abscheulichen Metzen des Dämonenmeisters.

In diesen schweren Stunden ist es an *uns*, an mir, an der Geweihtenschaft, an jedem einzelnen von euch, eine Entscheidung zu treffen – seine persönliche Waffe zu wählen und sie mit all seiner Kraft dem Bösen entgegenzuschleudern.

Wer jetzt, in diesen Zeiten, zögert und jammert, wer hadert und die Hoffnung und den Glauben an die Gerechtigkeit verliert, der begibt sich auf die dunkle Seite!

Wir können den Göttern nicht befehligen, sie kämpfen nicht unsere Kriege für uns, sie begehen nicht unsere Heldentaten. Wenn wir in Anbetracht des Unheils warten, daß *sie unsere* Feinde bekämpfen, so freveln wir gegen die Unsterblichen Geschwister! Sie haben Borbarad nicht gerufen – wir selbst waren es in unserer unersättlichen Gier nach Macht und Größe.

Wesen aus unserer Welt haben geholfen, den Dunklen zurückzuholen. Wesen aus unserer Welt haben zugelassen, daß Altaia zerstört wird!

Laßt uns gemeinsam dafür sorgen, daß Wesen aus unserer Welt im Namen der Götter den Frevler richten und stürzen werden!

Es wird nicht einfach werden. Er ist ein starker Gegner, er hat viele Gefolgsleute. Seine Waffen sind mannigfaltig. Jedes Zögern unsererseits gibt ihm mehr Macht, jedes Zagen der Verzweifelten ebnet ihm ein weiteres Stück seines Weges, jeder unserer Zweifel an den Göttern bereitet ihm erneutes Vergnügen!

Zweifelt nicht! Zagt nicht! Zögert nicht!

Ja, das Orakel im Iliara ist fort. Doch was, so frage ich euch, hättet ihr es fragen wollen? Ist es nicht an jedem von uns, selbst zu entscheiden, welchen Weg er wählen, welchen Pfad er beschreiten wird?

Die Götter haben uns nicht verlassen! Sie prüfen uns und unseren Glauben.

Wenn die Tempel der Zwölfgötter und alle, denen ihre Gebote heilig sind, sich dem Dunklen gemeinsam entgegenstellen, in Wort und Tat, so wird er nicht bestehen können! Mit Hilfe der Götter und unserem Glauben wird Praios' gerechter Zorn, Rondras unbezwingbarer Streitarm, Firuns unerbittliche Härte, Phexens Schläue, die Weisheit Hesindes, Efferds unbezähmbare Wut, das heilige Feuer Ingerimms ihn vernichten! Mit Peraines Kraft wird gesunden, was zerstört wurde, Tsas Odem wird neues Leben schaffen, und Travias Herdfeuer wird denen Zuflucht sein, die ihre Heimstatt im Kampf verloren! Rahjas Liebe wird uns einen. Und Boron selbst wird gütig wachen über jene, die ihr Leben lassen müssen.

Was also müssen wir fürchten?

Die Götter sind mit uns, solange unser Glaube mit uns ist! Ihr seid nicht allein!«

Er hob das Sonnenzepter hoch über seinen Kopf, und es war, als bündele sich alles Licht der Sonnenscheibe in dem glänzenden Metall. Der reflektierte Lichtstrahl breitete sich von den Geweihten über die gebannt lauschende Menschenmenge aus.

Wir fielen auf die Knie und dankten den Göttern…

Möge sich diese Zuversicht, die ich damals in den Augen der Zuhörer sah, in den Herzen aller Deresöhne und -töchter widerspiegeln!

In meinen jahrelangen Nachforschungen habe ich meine eigene Theorie zur Ursache des Untergangs von Altaia entwickelt. Gaius Cordovan Galotta, Sindai Rathilsdarn, ein Haufen finsterer Paktierer, einige Brabaker Magister in ihrer grenzenlosen Selbstüberschätzung und die Charazzarsche Sippe – all ihnen lag der Wunsch nach Macht, nach Ruhm, nach Einfluß näher als der Wunsch nach Leben, Fortbestand und Götterfurcht. Sie klage ich an, jeden von ihnen! Sie alle wurden Spielball Borbarads, gesellten sich zu dämonischen Kreaturen, wie jenem Quitslinga in der Gestalt eines Thorwalers, der dem jungen Fjornwulf inmitten der namenlosen Nacht nicht nur sein Leben, sondern auch seinen Körper nahm. Sie alle wollten ein Wesen schaffen, Borbarad zu dienen. Ließen ein Schiff erbauen, das dieses Chimärenwesen dem Dämonenmeister zur Hilfe nach Maraskan hätte überführen sollen. Wie dumm sie waren, wie einfältig! Denn der Alveraniar des verbotenen Wissens spielt mit seinen Knechten wie mit seinen Feinden, und er spielt sein Spiel nach seinen Regeln. In seinen Augen sind wir nur Zutaten, Ingredienzen – ob Geweihte des Swafnir, ob Waldmensch, ob Schwarzmagier. Was bedeutet ihm die Existenz von ein paar hundert Menschlingen – seien es nun seine Diener oder nicht? Was bedeutet unser Leben, wenn Borbarad sich rächen, seine Eitelkeit befriedigen will? Wenn es ihm in den Sinn kommt, die Statuen im Iliara zu zerstören – was kümmert es ihn, wenn dabei eine ganze Stadt zugrunde geht? Ich weiß, daß ich mit dieser Anklage mein Leben aufs Spiel setze. Und doch ist die Wahrheit in diesen Tagen wichtiger als Sicherheit und Schutz. Gaius Cordowan Galotta ist noch immer am Leben, genauso wie jene Brabaker Magister und jene Sippe der Charazzar, so gering ihr Anteil an diesem Verbrechen im Vergleich auch sein mag.

So rufe ich euch an, werte Leser, jeden von euch! Laßt uns, jeder auf seine Art, dem Alveraniar des verbotenen Wissens und seinen Schergen in ihre verderbten Gesichter speien!

Nur daß die Götter uns fern wären, sollten wir fürchten, nicht den Tod!

Bald schon werden die Trümmer Altaias ganz unter Sträuchern und Schlingpflanzen begraben sein, und auch die ersten Bäume suchen sich erneut ihren Weg aus Staub und Asche hervor zum Licht.

Auch wir werden uns erneut aus dem dunklen Zeitalter dem Licht entgegenstrecken.

Bete dafür, Bruder! Kämpfe darum, Schwester!

Es liegt in deiner Hand!

Auszug aus dem Tagebuch der Taija Naryad

Aus den Überresten des Tagebuchs der Taija Naryad, Geweihte des Boron, in Seine Hallen berufen im Jahre 1017 nach Bosparans Fall, dem Tag des Untergangs der Stadt Altaia

Ich habe nie gedacht, daß der Tag kommen könnte, an welchem ich beginnen würde, an meinem Glauben zu zweifeln …

Ja, diese Worte stammen aus meiner Feder. Ich sagte sie zu Dir, Jantar, wenige Tage erst sind seitdem vergangen, lange, unendlich lange Tage und Nächte, in denen ich im Tempel gewartet, in denen ich gebetet habe … Und erst jetzt, in der Nacht des 11. Ingerimm, erkenne ich, wie leer ein Gebet sein kann, wie vermessen ein Flehen.

Herr des Schlafes,
der Du Bishdariel ausschickst und uns durch Deine Augen sehen läßt,
Deine Wunder wirken in meiner Finsternis,
Deine Stimme tönt sanft in unserem Vergessen,
Herr des Vergessens,
Deinen Bund will ich erneuern,
zurück in Deine Arme gebe ich mein Sein,
Herr des Todes,
der Du an den Toten Wunder tust wie an den Lebenden,
der Du uns den Weg weist über das Nirgendmeer
und Deinen Raben ausschickst,

uns heimzuholen in die Hallen, aus denen Du uns
dereinst ausgesandt,
Herr Boron, ich sehne mich nach dem Frieden in
Deinen Armen.
Daß Du mir fern wärest allein will ich fürchten
und nicht den Tod …

Wie oft formten meine Lippen diese Worte, wie oft habe ich ihnen beim Götterdienst gelauscht, wie oft gaben sie mir Kraft, habe ich sie hinausgeschrien, wenn ich einsam war? Ich vermag es nicht zu sagen. Und doch, erst in dieser Nacht, in dem Augenblick, da die Gebetbank unter der Last meines Schmerzes zusammenbrach, unter der Last meines zitternden Körpers, unter der Last meines Flehens und meiner Verzweiflung, erst jetzt habe ich ihren Sinn verstanden.

Diese hölzerne Gebetbank… so dünn war sie schon, so abgewetzt ihr Holz von den Knien so vieler, die in all den Jahren zu Dir gebetet haben, mein Herr.

Mir ist so leicht zumute, so friedlich rauschen die Bäume vor dem Fenster meiner Kammer, denn ich habe erkannt, daß mein Zweifel nichts war als Angst. Und ich fürchte mich nicht mehr, Herr, denn Du hast mich nicht verlassen. Man wird Dir eine neue Bank bauen, schlicht wird sie sein, wie die alte es gewesen ist, und Du wirst diejenigen trösten, die auf ihr niederknien, und wenn ihre Zeit gekommen ist, wird sie erneut zusammenbrechen und anzeigen, daß eine neue Zeit begonnen hat.

»Die Zeit der großen Bekehrungen ist vorbei«, habe ich meine Lehrmeisterin Tulameth einmal sagen hören. Aber, Jantar, das ist nur bedingt richtig.

So viele Deresöhne und -töchter vermögen über ihrer Angst vor dem Tod das wahre Wesen des Herrn nicht zu sehen, welches ihnen doch gerade diese Angst vor dem vermeintlichen Ende nehmen kann. Viele glauben an die Götter mehr aus Angst oder Ehrfurcht, mehr wie das Zollen eines Tributes besuchen sie die Tempel, denn aus Vertrauen und Liebe.

Die Zeit der großen Bekehrungen mag vorüber sein, doch die Zeit, die kommen wird, wird dunkler sein als die namenloseste Nacht, und mit ihr wird die Zeit kommen, in der wir unser Schweigen werden brechen müssen. Um denen Trost zu spenden, die der eisige Odem gestreift, um denen Kraft zu geben, die noch nicht um die Finsternis wissen und um die Rotten der dunklen Mächte am Horizont dieser friedlichen Tsanacht. Der Nacht, in der ich auf Deine Nachricht aus den Wäldern warte, Jantar – Bruder, Freund, Geliebter.

Ich werde Deiner Worte harren, Jantar, und dann zu erfüllen suchen, was mir als Aufgabe von unserem Herrn zugedacht – von Boron, dem gütigen, dem mächtigen Gott.

Während Du dort draußen bist, in den grünen Wäldern von Altoum … und mir träumte, daß Du nicht zurückkehren wirst.

Ich schreibe Dir diese Zeilen nicht als Abschied, Jantar, denn ich habe die Hoffnung, Dich in den Hallen des Herrn wiederzusehen.

Auch sind diese Zeilen kein Andenken an den toten Raskir, obgleich ich an seinem Sterbebett erkannte, was das Orakel hat sagen wollen. Ja, Jantar: Raskir starb in den Abendstunden. Das Gift trug seinen Geist zu schnell mit sich fort, als daß ich ihn hätte halten können, und als sein Geist fortging in die Gefilde aus Wahn und Vergessen, rauschten die riesenhaften Schwingen, und Golgari nahm ihn mit sich fort.

Diese Worte sind mehr denn ein Nachruf auf die Toten. Sie sind ein Aufruf an die Lebenden, so wie das Wissen um die Dinge, die dort hinter den immergrünen Hügeln des Urwaldes geschehen, ein Aufruf an mich gewesen sind.

Boron, verzeih Deiner Dienerin den törichten Wunsch, ein letztes Mal so zu tun, als säße ich hier an meinem hölzernen Tisch und schriebe meinem Geliebten.

Ach, manches ist eitler weltlicher Tand, doch dieser ist mir in den letzten Jahren so lieb geworden, daß ich ihn mit meiner Art verbinden möchte, Abschied für mich selbst zu nehmen.

Jantar, Du würdest meine Gedanken wissen, auch ohne diese Zeilen zu lesen. Wir haben einander schon immer verstanden, auch ohne Worte.

Und dennoch schreibe ich …

Ich liebe die Sprache allzu sehr für eine Dienerin des Boron, das hast Du mir oft gesagt. Es muß wohl an dem tulamidischen Blut liegen, das in meinen Adern fließt. In ihm pulst noch das Leben auf den Basaren Thalusas, die lauten Stimmen der Händler und das Schnauben der Tiere in der stickigen Luft der viel zu engen Gassen. Ich liebe sie noch immer, die blumige, bilderreiche Sprache meiner Heimat; nirgendwo sonst auf Dere habe ich Menschen mit schmeichelnderen Zungen reden hören. Ich höre noch immer das fröhliche Plappern meiner geliebten Schwester Tulameth, die mir eine der vielen Geschichten erzählt, die sie schon immer so gern erfunden hat. Und in solchen Momenten vermisse ich einen Wimpernschlag lang die sprunghafte Unbeschwertheit, die auch mir einmal zu eigen gewesen ist. Ja, Jantar, es ist wahr. Das Schweigen ist mir immer schon eine der schwersten Prüfungen gewesen. Und doch, in den Hallen des Herrn, in den Jahren, da ich zu einer Geweihten des Boron gereift bin, habe ich die Stille und die knappen Worte der Boronsdiener zu schätzen gelernt. So frei von Falsch sind sie, so klar und offen ist ihre Rede.

Nach meiner Weihe habe ich ein Schweigegelübde abgelegt – einen Götterlauf lang habe ich im Tempel in Thalusa gelebt, die alten Schriften studiert und auf die Stille gelauscht. In dieser Zeit habe ich gelernt, daß Worte allzu oft achtlos etwas in uns ersticken, von dem ich einmal in einem Lehrfolianten der Boronskirche las: *»Was dir gegenübersteht in der Stille der Welt, ist nichts als die Stimme des Herrn, dein Weg und Wille.«*

Ich liebe diese Worte, sie sind, wie Du weißt, der einzige Schmuck an den steinernen Wänden meiner Kammer. Du hast mich einmal gefragt: »Warum gerade diese Worte, Taija?« Jetzt, Jantar, will ich Dir Antwort geben. Festgehalten auf einer Holztafel, wachen sie über mich und gemahnen mich, nicht zu vergessen, was ich einst erfahren habe.

Damals, im Tempel des Herrn, habe ich erkannt, was meine Bestimmung ist. Dort hatte ich einen Traum.

Noch nie habe ich einem Menschen davon erzählt, und auch jetzt, nach so vielen Jahren, finde ich keine Worte für die Bilder dieser Nacht, außer denen, die an der Wand meiner Kammer zu lesen sind. Es wurde Tag, und ich *wußte* mit einemmal, wo mein Platz auf Dere sein würde. Ich fühlte es mit jeder Faser meines Seins. So sehr, so ganz, so endgültig war dieses Wissen, daß nur Er es gewesen sein kann, der in dieser Nacht zu mir sprach.

Bruder, wie leicht war es mir damals, Seinem Ruf zu folgen – und wie schwer wird es mir heute.

Am Tag nach der Erfüllung meines Gelübdes ging ich zu Schwester Tulameth und bat sie, nach Altaia versetzt zu werden.

Seitdem lebte ich hier, im Haus der heiligen Noiona.

Das Leben in diesen Mauern ist nicht leicht gewesen.

Nichts gibt es, das hier sicher wäre, außer dem Glauben. Und dieser ist es auch, dieser allein, der uns die Kraft zu geben vermag, in die dunkelsten Tiefen der Seele vorzudringen und dort einen Funken zu entzünden.

Ich erinnere mich noch genau an einen Tag vor etwa einem Mond. Es war ein glücklicher Tag. So selten ist es, daß zwei Schützlinge gleichzeitig als geheilt aus dem Kloster entlassen werden können.

Ich stand mit Dir vor den schweren Eichentoren des Klosters, und unsere Blicke folgten zwei sich entfernenden Wagen. »Dauert es dich, daß sie uns fürchten?« fragtest Du mich. »Ja«, sagte ich »aber ich verstehe, daß sie ihr Leben außerhalb dieser Mauern führen müssen. Und ich bin glücklich, daß sie dorthin zurückgefunden haben.«

Du hast mir immer diese Art von Fragen gestellt, wenn wir vor den Toren des Klosters standen und auf das ferne Altaia hinabsahen, umrahmt von den grünschimmernden Wassern des Iliara, den Nebeldämpfen der heißen Quellen und den dunklen Baumriesen des Urwaldes. Und nie war ich mir sicher, ob Du nicht insgeheim darauf gewartet hast, daß ich einmal antworten würde: »Ja, und ich möchte mit ihnen gehen.«

Aber das habe ich niemals gewollt.

Mein Leben gehört dem Herrn, es ist Ihm geweiht.

Mein Platz ist der, den Er mir zuweist, und die Zeit in diesem Kloster war die glücklichste meines Lebens.

Und dennoch, Bruder: Ist es nicht der Glaube, den wir hinaustragen müssen in die Welt? Ist es richtig, daß wir schweigend unseres Weges ziehen, vorbei an den verschreckten Gesichtern derer, die unsere Wege kreuzen? Warum halten wir nicht inne, warum rufen wir es nicht laut über die Dächer Deres: Höre du, der du das Boronsrad schlägst und eilig deine Türe verschließt, höre alter Mann mit den angsterfüllten Augen, höre du, der du meinen Worten lauschst: Boron ist ein gütiger Gott! Er schenkt dir den Schlaf und gibt dir Kraft, er schenkt dir das Vergessen und schützt dich vor dem Wahn, er schenkt dir den Tod und gibt dir Frieden! Fürchte Seine Gaben nicht!

Das Schweigen ist ein Gebot des Herrn, ich will nicht fehlen, würde Seine Worte niemals in Frage stellen. Aber Bruder, steht nicht in den ›Wegen des Raben‹ geschrieben: »Eure Stimmen sollt ihr nur erheben, um die Worte des Herrn zu sprechen und seine Aufgaben zu erfüllen.« Und steht dort nicht auch geschrieben: »Es ist der Wille des Herrn, dem Verzweifelten Trost zu spenden?«

Der Grat zwischen Glauben und Frevel scheint mir manchmal so schmal, Jantar.

So oft hast Du zu mir gesagt, wenn ich glaubte, einer Aufgabe nicht gewachsen zu sein: Dein Leben gehört dem Herrn, Taija. Verzage nicht – kämpfe! Und ich habe lächeln müssen und mir stets gedacht, Du hättest diese Worte einmal in einem Folianten der Rondrakirche gelesen. Doch hast Du mir Mut gemacht, ich habe gebetet und gelernt zu kämpfen.

Auch um Raskir habe ich gekämpft, Jantar. Ich habe ihn nicht an den Wahn verloren, das weiß ich jetzt. Boron hat ihn zu sich gerufen. Er sprach seinen Namen, noch ehe wir den Körper Raskirs im Urwald fanden. Nur um Deine Geweihtenschaft zu warnen, Herr, verlangsamtest Du den Flug des Raben, erstarrte Uthars Pfeil einen göttlichen Wimpernschlag lang in seinem Flug.

Und nur um die Warnung weiterzutragen, schreibe ich diese Zeilen, falls geschehen sollte, was mir träumte in dieser Nacht, da Raskir über das Nirgendmeer flog.

Brüder, Schwestern, die ihr diese Zeilen lest, wenn auch ich an dem Platz weile, zu dem Er mich rufen wird – tragt es hinaus in die Welt: Borbarad, der Finstere, ist zurückgekehrt, ist auferstanden aus dem Gestank der Niederhöllen! Verlaßt Eure Tempel, geht hinaus, sprecht den Menschen Mut zu, gebt ihnen das einzige, was ihnen in diesem Kampf zu helfen vermag: das Wissen um die Macht der Götter, den Glauben daran, daß das Schicksal in ihren Händen ruht, die Gewißheit, daß die zwölfgöttlichen Geschwister uns nicht vergessen haben.

Dann zieht in den Kampf gegen die Rotten der Nacht!

Stellt euch gegen Lüge und Verführung mit weit ausgebreiteten Armen! Geht an der Seite derer, denen es bestimmt ist, ihr Leben im Kampf gegen das Übel zu lassen! Wartet nicht tatenlos in euren Tempeln, wie es schon so oft geschah!

Nun sind einige Stunden vergangen, und bis vor kurzem dachte ich noch, sie könnten es schaffen, Jantar. Ich habe die Geweihtenschaft der Tsa und der Hesinde verständigt, ganz so, wie Du es mir aufgetragen hast. Sie werden in wenigen Augenblicken hier eintreffen, in der Nacht des 11. Ingerimm 1017 nach Bosparans Fall.

Sie werden zu spät kommen. Es ist bereits geschehen.

Ich spürte Deine letzten Atemzüge, Geliebter.

Flammen, so viele Flammen …

Ich vernahm das Schlagen der Schwingen, auf denen Du fortgetragen wurdest, und hörte Deine Seele lachen, als sie über das Nirgendmeer entschwand.

Ich werde zu unseren Schützlingen gehen.

Wir können unserem Schicksal niemals entfliehen. Und ich würde es auch niemals wollen. Mein Leben gehört dem Herrn, es ist Ihm geweiht.

Herr des Todes,
der Du an den Toten Wunder tust wie an den Lebenden,
der Du uns den Weg weist über das Nirgendmeer
und Deinen Raben ausschickst,
uns heimzuholen in die Hallen, aus denen Du uns dereinst ausgesandt,
Herr Boron, ich sehne mich nach dem Frieden in Deinen Armen.
Daß Du mir fern wärest allein will ich fürchten
und nicht den Tod …

Anhang

Begriffe, Namen, Orte

Die Zwölfgötter:

Praios – Gott der Ordnung und des Gesetzes; sein Symbol ist die Sonne

Rondra – Göttin des Krieges und des Donners; ihr Symbol ist die Löwin

Efferd – Gott des Wassers; sein Symbol ist der Delphin

Travia – Göttin des Herdfeuers und der Gastfreundschaft; ihr Symbol ist die Gans

Boron – Gott des Todes, Schlafes und Vergessens; sein Symbol ist das gebrochene Rad

Hesinde – Göttin der Magie und der Wissenschaft; ihr Symbol ist die Schlange

Firun – Gott der Jagd und des Winters; sein Symbol ist der Eisbär

Tsa – Göttin der Wandlung und Erneuerung; ihr Symbol ist die Eidechse

Phex – Gott der Diebe und Händler; sein Symbol ist der Fuchs

Peraine – Göttin der Ernte und des Wachstums; ihr Symbol ist der Storch

Ingerimm – Gott des Feuers und des Handwerks; sein Symbol sind Hammer und Amboß

Rahja – Göttin der Liebe, des Rauschs und der Ekstase; ihr Symbol ist die Stute

Der Zwölfgötterglaube ist der am weitesten verbreitete in Aventurien. Die Götter werden als ein Pantheon verstanden, innerhalb dessen man zwar Lieblinge haben kann, die Existenz der jeweils anderen aber keineswegs leugnet. Götter in

Aventurien sind etwas Faßbares; sie greifen immer wieder aktiv in das Leben der Bewohner Deres ein.

Der göttliche Widersacher der Zwölf ist der Namenlose.

Auf der anderen Seite gibt es auch ein ›Pandämonium‹, welches sich aus dem pervertierten Widerpart eines jeden der Zwölfgötter zusammensetzt. Auch diese dämonischen Wesenheiten können in das Leben der Menschen eingreifen, auch sie haben mächtige Diener (sozusagen den Gegenpart der Alveraniare), doch nur die gottlosesten Bewohner Deres sind – meist aus Machtgier – zu einer Anrufung der Erzdämonen und ihrer Gefolgschaften bereit.

Abu Terfas – freier Magier aus Mhanadistan. Chimärologe, der letzte, dem das Elixier zur ›Vereinigung‹ von Kreaturen bekannt ist

Agrimoth/Widharcal – dämonische Verhöhnung der Göttin Peraine; Dämon der verkrüppelten Wälder, des Waldbrandes, der Wirbelstürme etc., in dessen Domäne auch die Beschwörung der ➻ Azzitai fällt

Al'Anfa – Sklavenhalterstadt im Süden Aventuriens

Altaia – Stadt auf der Südmeerinsel Altoum, die vor einigen Jahren unter bislang ungeklärten Umständen unterging

Altoum – Insel im aventurischen Südmeer

Alveraniare – Kinder der Zwölfgötter und legendäre Heilige, die zu ihrem Gefolge gezählt werden

Amazeroth/Iribaar – dämonische Verhöhnung der Göttin Hesinde; Herr des Irrsinns und des Wahns und Meister der Illusion; Bewahrer des verbotenen Wissens

Asfaloth/Calijnaar – dämonische Verhöhnung der Göttin Tsa; Asfaloth ist die Herrscherin über das Chaos, das Erschaffen von Monstrositäten aus dem Nichts, die ständige sinn- und ziellose Verwandlung, die ewige Jugend und den plötzlichen Tod. In ihre Domäne fällt das Wirken des Zaubers ›Mutabilli Hybridil‹, mit dem der Beschwörer eine Chimäre zu erschaffen versucht. Diejenigen, die mit Asfaloth paktieren (ihr im Tausch gegen Macht einen Teil ihrer selbst überlassen haben), kann man bei genauem Hinsehen unter Umständen daran erkennen, daß irgend etwas an ihrem Körper ins Monströse mutiert ist

astrale Kraft – Kraft, die auf Dere existiert und die manche Wesen aufnehmen können, um mit ihr Zauber zu wirken. Die verbrauchte astrale Energie kehrt dann erneut ins astrale Gefüge zurück

Aventurischer Bote – eine bekannte deresche Zeitung

Aves – Götterkind; Sohn der Rahja und des Phex; Schutzpatron der Reisenden und Abenteurer

Azzitai – brennender, aufrecht gehender Glutsalamander, der alles in Brand setzt, was er berührt; dämonische Wesenheit aus der Domäne ➼ Agrimoths

badoc – schwer zu übersetzender elfischer Ausdruck; in etwa für abnormal, krank, aus der Art geschlagen, nicht seiner Art entsprechend, gegen sein ureigenes Wesen handelnd

Bahram Nasir – Oberster Geweihter der ➼ Puniner Kirche

Basilisk – gefürchtetes Schlangenwesen mit einer Krone auf dem Kopf, dessen Blick tödlich ist und dessen Gestank so grauenvoll, daß alles Leben in seinem Umkreis daran zugrunde geht

Beilunker Reiter – aventurischer Botenreiter

Blender ➼ Amazeroth

Boltan – aventurisches Würfelspiel

Borbarad – mächtigster Magier Aventuriens, Sohn des ➼ Nandus, einst Widersacher seines Zwillingsbruders ➼ Rohals des Weisen. Seine Anhängerschaft, die sogenannten Borbaradianer, folgte seinen Lehren auch nach seinem Ableben in der Dämonenschlacht im Jahre 398 v. H., und es gelang ihnen sogar, ihrem Meister einen Weg zurück nach Aventurien zu ebnen

Bukanier – wilde Horden aus Flüchtlingen, Kriegsdeserteuren und Verstoßenen, die sich gemeinsam im Dschungel durchzuschlagen versuchen

Charazzar – einflußreiche Brabaker Familie

Chimären – magisch erschaffene Mischwesen; intelligente Lebewesen verfallen dabei meist dem Wahnsinn (➼ Harpyien)

Darna – Waldmenschenstamm auf Altoum; man sagt, viele Angehörige dieses Stammes hätten magische Kräfte

Dere – die Welt

Drachenei/Drachenei-Akademie – Magierakademie in Khunchom, nach dem mächtigen Artefakt benannt, das dort aufbewahrt wird

Dumpfschädel – fiebrige aventurische Krankheit

Elida von Salza – Heilige des Efferdglaubens

Fatas – eine der beiden Töchter des Satinav; Fatas formt aus den Hoffnungen der Menschen die Zukunft, Ymra aus ihren Erinnerungen die Vergangenheit

Galotta, Gaius Cordovan (* 43 v. Hal) – ehemaliger Hofmagus zu Gareth, der verstoßen wurde; spätestens seit dem Zug der Oger ist bekannt, daß er sich offenbar auf die schwarze Seite der Magie geschlagen hat

Golgaris Schwingen/Schwingen des Raben – Alveraniar Borons; trägt die Seelen der Toten über das Nirgendmeer in Borons Hallen, wo auf Rethon, der Seelenwaage, ihr Leben beurteilt wird

Götterlauf – Jahr

die ›Große‹ – die Göttin Tsa

Güldenland – sagenumwobener Kontinent westlich von Aventurien

Gwenn-Petryl-Steine – heilige Steine des Efferd, die aus sich heraus bläulich leuchten

Hal von Gareth – Kaiser, nach dessen Krönung die neue Zeitrechnung begann. Er verschwand unter ungeklärten Umständen

Harpyie ➛ Chimäre aus Frau und Greif. Harpyien sind wahnsinnig und darum unberechenbar

Heilige Inquisition des Praios – Vereinigung zur Untersuchung und Verfolgung von Frevel gegen und zur Reinerhaltung des Zwölfgöttlichen Glaubens durch die Diener von Praios, des Gottes des Gesetzes

Hesindes Hain – Paradies der Hesinde, der Göttin der Weisheit, in der religiösen Vorstellung ein Labyrinth, in dem unzählige zu lösende Rätsel verborgen liegen

Hranngar – Seeschlange; ein Dämon, der, so sagt man, der Erzfeind des heiligen Pottwals Swafnir ist

Ifirn – Halbgöttin; Tochter des Firun

Kamaluq – Jaguargottheit der Waldmenschen

Kap Brabak – gefährliches, schwer zu umschiffendes Kap im äußersten Süden Aventuriens
Karracke – Schiffstyp
Kor – Halbgott, Sohn der Rondra und des alten Drachen Farmelor
Levthan – Mannwidder, Halbgott; Sohn der Rahja
Mada/Madamal – der Mond. Mada ist eine Tochter der Hesinde und des Phex und schenkte den Wesen auf Dere entgegen dem Wunsch einiger der Zwölfgötter die Magie. Sie wurde dafür an den Himmel verbannt
Mantikor – Chimäre aus Skorpion, Löwe und Mensch
Marbo – Halbgöttin; Tochter Borons
Meckerdrache – aventurische Drachenart, die genau das am liebsten tut, was ihr Name besagt
Meer der Sieben Winde – Meer im Westen Aventuriens
Moha/Mohisch – ein Stamm von Waldmenschen und ihre Sprache
Mutabilli Hybridil – Formel für das magische Ritual zur Erschaffung von Chimären; gleichzeitig Anrufung → Asfaloths
Nachtwind – große Eulenart mit nachtschwarzem Gefieder; greift magiebegabte Wesen an
Nahema ai Tamerlein – eine der mächtigsten Magierinnen Aventuriens. Gewiß über 300 Jahre alt, hat sie dennoch das Äußere einer jungen Frau. Man sagt, daß Galotta durch ihr Wirken vom Hof des Königs verstoßen wurde
Nandus – Götterkind; Sohn der Hesinde und des Phex
Nebelspinne – eine riesenhafte Spinnenart, die auf Altoum lebt. Sie wird von manchen Waldmenschen als ›Spinnerin aller Lebensfäden‹ verehrt
Nipakau – animistische Vorstellung von Seele und Wesen der Waldmenschen, die in den Dschungel zurückkehren, wenn einer der ihren stirbt
Noiona, heilige – Heilige der Boronkirche; Begründerin der Seelenheilkunde
Noionitenkloster – Einrichtung der Boronkirche zur Heilung Wahnsinniger
Nostria – kleines aventurisches Königreich, im Norden Aven-

turiens. ›Nostrisch‹ gebraucht man mancherorts im Sinne von ›tölpelhaft‹, ›bäurisch‹

Orks/Orkschädelsteppe – haarige, intelligente und dennoch sehr tierhafte Bewohner Aventuriens und einer ihrer Wohnorte

Otta – Drachenboot der ➻ Thorwaler

Ottajasko – ein Thorwalerdorf; Wohnort einer Sippe. Steht auch für die Sippe selbst

Ottaskin – die Mannschaft einer ➻ Otta; eine Thorwalerschiffsbesatzung

Praiosscheibe – die Sonne (das Symbol des Praios)

Puniner Kirche – Zweig der Boronkirche, die ihren Haupttempel in Punin hat. Die Boronkirche ist seit 303 v. H. gespalten. Der al'anfanische Boronkult hat seinen Haupttempel in Al'Anfa und legt, im Gegensatz zu den Puninern, sein Hauptaugenmerk bei der Verehrung Borons auf die Aspekte Tod und Vergessen (Opferrituale etc.) Der al'anfanische Kult ist vielerorts verrufen

Quitslinga – Gestaltwandler; mächtiger Dämon aus der Domäne ➻ Amazeroths und einer der wenigen, der auch auf eigenes Belieben hin lange Zeit auf Dere verweilen kann

Rohal der Weise – mächtiger Magier und Philosoph; ›guter‹ Zwillingsbruder ➻ Borbarads

Satinav – der Hüter der Zeit, der frevelte und von den Göttern auf ewig an das Ruder des Schiffes der Zeit gekettet wurde

Schelm – sogenanntes ›Wechselbalg‹, das als Kind von Kobolden gestohlen wurde, bei ihnen aufwuchs und auch einen Teil der koboldischen Magie erlernte

Schinakel – kleines Ruderboot für sechs Mann

Schivone – Schiffstyp

Selemferkel – aventurische Schweineart

Septessenz – nach Auffassung mancher Magier das siebente der aventurischen Elemente. Es steht für die astrale Kraft der Magie

Shadif – tulamidisches Vollblutpferd

siebte Stufe der Verdammnis – wenn ein Aventurier mit einem der Erzdämonen aus dem Pandämonium paktiert, so verfällt er mit jeder Bitte, die der Dämon ihm erfüllt, mehr und mehr der dämonischen Wesenheit, die er angerufen hat. Je mehr der Paktierer von der dämonischen Wesenheit nimmt, desto mehr Macht gewinnt sie über ihn. Und da die ›Belohnungen‹ der Dämonen für ›treue Dienste‹ so grausam sind wie sie selbst, hat ein jeder Dämon ein anderes letztes ›Geschenk‹ für seinen Diener Das der ➻ Asfaloth ist das endgültige Zerfließen des Körpers in nie wieder konsistente Stofflichkeit

Simia – Götterkind; Sohn der Tsa und des Ingerimm

Skalden – Barden der ➻ Thorwaler

Sumus Leib/Sumuleib – der Leib der Erdriesin, die Erde

Swafnir – Götterkind; Sohn der Rondra und des Efferd: ein mächtiger Wal, den vor allem die ➻ Thorwaler als Gott und zusätzlich zu Efferd oder an seiner Statt verehren

Tabu – nach dem Glauben der Waldmenschen Dinge, über die man nicht spricht; unumstößliche Verbote

Tapam – nach dem Glauben der Waldmenschen der eigene, unsterbliche Schutzgeist eines jeden Wesens

Thorwal – Land und Hauptstadt der Thorwaler

Thorwaler – ein Seefahrervolk Nordaventuriens

Tierkönige – das erste Tier einer jeder Art gilt als unsterblich

Tulamiden – aventurischer Volksstamm, Wüsten- und Steppenbewohner

Uthar – ›Uthar mit dem unwiderruflichen Pfeil‹; Alveraniar Borons; Wächter des Eingangs zu den Hallen der Toten

zerbrochenes Wagenrad – Symbol des Gottes Boron. Steht für das Ende und die Vergänglichkeit

Zyklop – Gigant, riesenhafte Kreatur mit nur einem Auge. Zyklopen sind angeblich hervorragende Schmiede

Das Schwarze Auge

1. Band: Ulrich Kiesow, *Der Scharlatan* · 06/6001
2. Band: Uschi Zietsch, *Túan der Wanderer* · 06/6002
3. Band: Björn Jagnow, *Die Zeit der Gräber* · 06/6003
4. Band: Ina Kramer, *Die Löwin von Neetha* · 06/6004
5. Band: Ina Kramer, *Thalionmels Opfer* · 06/6005
6. Band: Pamela Rumpel, *Feuerodem* · 06/6006
7. Band: Christel Scheja, *Katzenspuren* · 06/6007
8. Band: Uschi Zietsch, *Der Drachenkönig* · 06/6008
9. Band: Ulrich Kiesow (Hrsg.), *Der Göttergleiche* · 06/6009
10. Band: Jörg Raddatz, *Die Legende von Assarbad* · 06/6010
11. Band: Karl-Heinz Witzko, *Treibgut* · 06/6011
12. Band: Bernhard Hennen, *Der Tanz der Rose* · 06/6012
13. Band: Bernhard Hennen, *Die Ränke des Raben* · 06/6013
14. Band: Bernhard Hennen, *Das Reich der Rache* · 06/6014
15. Band: Hans Joachim Alpers, *Hinter der eisernen Maske* · 06/6015
16. Band: Ina Kramer, *Im Farindelwald* · 06/6016
17. Band: Ina Kramer, *Die Suche* · 06/6017
18. Band: Ulrich Kiesow, *Die Gabe der Amazone* · 06/6018
19. Band: Hans Joachim Alpers, *Flucht aus Ghurenia* · 06/6019
20. Band: Karl-Heinz Witzko, *Spuren im Schnee* · 06/6020
21. Band: Lena Falkenhagen, *Schlange und Schwert* · 06/6021
22. Band: Christian Jentzsch, *Der Spieler* · 06/6022
23. Band: Hans Joachim Alpers, *Das letzte Duell* · 06/6023
24. Band: Bernhard Hennen, *Das Gesicht am Fenster* · 06/6024
25. Band: Niels Gaul, *Steppenwind* · 06/6025
26. Band: Hadmar von Wieser, *Der Lichtvogel* · 06/6026
27. Band: Lena Falkenhagen, *Die Boroninsel* · 06/6027
28. Band: Barbara Büchner, *Aus dunkler Tiefe* · 06/6028
29. Band: Lena Falkenhagen, *Kinder der Nacht* · 06/6029
30. Band: Ina Kramer (Hrsg.), *Von Menschen und Monstern* · 06/6030
31. Band: Johan Kerk, *Heldenschwur* · 06/6031
32. Band: Gun-Britt Tödter, *Das letzte Lied* · 06/6032

Das Schwarze Auge

33. Band: Barbara Büchner, *Das Galgenschloß* · 06/6033
34. Band: Karl-Heinz Witzko, *Tod eines Königs* · 06/6034
35. Band: Hadmar von Wieser, *Der Schwertkönig* · 06/6035
36. Band: Barbara Büchner, *Schatten aus dem Abgrund* · 06/6036
37. Band: Barbara Büchner, *Seelenwanderer* · 06/6037
38. Band: Hadmar von Wieser, *Der Dämonenmeister* · 06/6038
39. Band: Christel Scheja, *Das magische Erbe* · 06/6039
40. Band: Linda Budinger, *Der Geisterwolf* · 06/6040
41. Band: Momo Evers, *Und Altaia brannte* · 06/6041
42. Band: Barbara Büchner, *Blutopfer* · 06/6042
43. Band: Lena Falkenhagen, *Die Nebelgeister* · 06/6043 (in Vorb.)
44. Band: Karl-Heinz Witzko, *Die beiden Herrscher* · 06/6044 (in Vorb.)
45. Band: Bernhard Hennen, *Die Stunde der Schlange* · 06/6045 (in Vorb.)
46. Band: Barbara Büchner, *Das Wirtshaus* Zum lachenden Henker · 06/6046 (in Vorb.)
47. Band: Karl-Heinz Witzko, *Die Königslarve* · 06/6047 (in Vorb.)

Weitere Bände in Vorbereitung